분 노 의   날 들

JOURS DE COLÈRE
by Sylvie Germain

Copyright ⓒ Editions Gallimard, 1989
Korean translation copyright ⓒ Munhakdongne Publishing Corp., 2016

This Korean edition was published by arrangement with Editions Gallimard
through Sibylle Books Literary Agency, Seoul
All rights reserved.

이 책의 한국어판 저작권은 시빌 에이전시를 통해
프랑스 갈리마르출판사와 독점 계약한 (주)문학동네에 있습니다.
저작권법에 의해 한국 내에서 보호를 받는 저작물이므로
무단 전재와 무단 복제를 금합니다.

분 노 의 날 들

Jours de colère

Sylvie Germain

실비
제르맹
장편소설

이창실
옮김

문학동네

골덴코프에게

지나간 수십 세기
지나간 사람들,
그건 아주 먼 옛날,
아득히 먼 옛날!

세상보다 더 무거운 우리는
한결같은 사랑으로
세월을 건너간다
돌 하나가 물살을 가로지르듯!

우리는 시간 속을 걸어간다
우리의 빛나는 몸들이
형언할 수 없는 발자국을
우화 속에 새긴다……

폴 발레리
「원기둥들의 찬가」 중에서

일러두기

1. 주석은 모두 옮긴이주이다.
2. 본문 중 고딕체는 원서에서 이탤릭체로 강조한 부분이다.
3. 본문 중 성서 인용은 공동번역을 참조했다.

Jours de colère

차례

분노와 아름다움

Colère et beauté

부락

노인들에게서는 광기가 휴식을 취한다. 이 광기는 마른 나무의 빈 구멍 속에서 추위와 피로와 굶주림으로 차츰 몸이 마비되어가는 올빼미처럼 꿈쩍도 하지 않는다. 그러다 끝내 조상影像처럼 창백하고 흐릿한 그림자가 되어 공포가 깃든 멍한 눈을 끔벅거리는 올빼미. 그러나 이처럼 빈사 상태에 도달하기 이미 오래전부터 광기는 그 혹은 그녀의 마음속으로 잠입해 그곳에서 무르익으며, 그 생각과 꿈, 기억, 감각 속을 지그재그로 내달리고 있었음이 틀림없다. 깡충대거나 발을 구르면서, 아니면 노래하거나 소리치면서, 아니면 구불구불 나아가거나 뛰어가면서.

앙브루아즈 모페르튀의 경우, 광기는 질풍처럼 밀어닥쳐 껑충껑충 기어오른 뒤 한껏 자세를 낮추고는 사납게 달려들듯이 앞

다리를 치켜들고 있었다. 하늘 한복판에서 굳어버린 번갯불 같은 성난 광기였다. 그가 모르는 한 여자를 마주한 순간에 닥친 광기였다. 어느 봄날 아침, 그는 욘 강둑에서 목이 칼에 찔린 채 이미 죽어 있는 여자를 보았다. 그의 기억 속에서는 모든 것이 뒤죽박죽이었다. 여자의 살짝 벌어진 매혹적인 입술과 피가 흐르는 목의 상처가 뒤섞였다. 그의 기억은 입과 상처를, 말과 절규를, 침과 피를 혼동했으며, 아름다움과 범죄를, 사랑과 분노를 혼동했다. 욕망과 죽음을 혼동했다.

이와 달리 에드메 베르슬레에게 광기는 종종걸음으로 끼어들어 시냇물처럼 졸졸 흐르다가 이윽고 천천히 멈춰 섰다. 어떤 어둠도 가리거나 흐려놓을 수 없는, 하늘 한구석에 자리한 연푸른 틈새처럼 부드러운 광기였다. 그녀의 마음속에서 자라난 이 광기 역시 한 여자로 말미암은 것이었다. 한 여자—여인들 가운데 가장 복되신 여인*—의 은총으로 자라난 광기였다. 성모께 열정을 바치며 그녀는 차츰 자신과 가족의 삶을 성모께서 베푸시는 끊임없는 기적과 혼동하게 되었다. 그녀는 입과 미소를, 말과 기도를, 침과 눈물을 혼동했다. 아름다움과 비가시적인 것을, 사랑과 자비를 혼동했다. 죽음과 성모님의 승천을 혼동했다.

---

* 「누가복음」1장 42절.

두 사람 다 노년에 이르도록 살아남았다. 그러나 광기는 좀처럼 그들 곁을 떠나지 않았고 죽음의 시간을 허락하지도 않았다. 그들은 죽음과 자신들의 삶을 완전히 혼동했다. 화강암 기반의 고지, 숲 그림자 속에 자리한 한 부락에서 두 사람은 이런 광기의 오랜 체류를 경험하고 있었다. 한 사람은 부락 어귀에, 또 한 사람은 부락 끄트머리에 거주했다. 뢰오셴*이라 불리는 이 부락은 너무도 작고 초라해 그 시작과 끝을 구분하는 것이 의미 없는 일처럼 보이긴 했다. 그러나 두 농가 사이의 거리가 아무리 짧다 해도 그 간극은 엄청난 것이었다. 그토록 가까운 두 지점 사이에서도 어떤 일이든 일어날 수 있었으며, 각각의 장소에 닥치는 사건이 그 일대를 온통 혼란에 빠뜨릴 수도 있었다.

이 부락에는 경계가 없었다. 온갖 바람과 폭풍우와 눈과 비에, 온갖 열정에 그대로 노출된 부락이었다. 경계라고는 숲이 형성하는 경계뿐이었다. 하지만 그것은 침투 가능한 탐욕스러운 경계, 움직이는 경계였다. 광기가 사랑을 잠식할 때 마음의 언저리가 그렇듯이. 그곳이 어느 부락인지 알려주는 어떤 표지판도 세워져 있지 않았다. 그저 사람들의 입에서 입으로 이름이 전해지는 곳, 너무도 풍광이 볼품없어 어느 누구도 그 이름을 글로 써

---

* '떡갈나무 숲의 늑대'라는 뜻.

서 게시할 생각을 하지 않았을 부락이었다. 몸에서 몸으로 그 힘이 전달되며 그곳 주민들의 살肉에 밴 희미한 영광을 딛고 덩그러니 서 있는 그런 곳이었다.

외부인이 거기까지 올라오는 일은 드물었다. 부락 사람들은 보통 일요일이나 축일이나 장날에, 혹은 일을 하러, 성당과 면사무소와 광장과 선술집이 있는 아랫마을까지 내려갔다. 외부인은 그곳까지 올라갈 엄두를 낼 수 없었기에 아랫마을 사람들은 이 부락의 과묵한 주민들을 야만인 취급하곤 했다. 마을 사제는 숲으로 둘러싸인 이 반半미개인들에게까지 하느님의 말씀이 뚫고 들어가기란 도저히 불가능한 일일 것이라 여겼다.

하지만 사정은 달랐다. 사제의 짐작과 달리 말씀은 그곳까지 도달해 있었다. 옛 신앙과 오래된 공포, 불가해한 마력을 여전히 떨쳐버리지 못한 채 진흙길을 오르느라 굼뜨고 둔해진 건 사실이지만, 말씀은 무엇보다 나무들의 뿌리와 가지, 껍질에 얽혀들어 있었다. 짙은 그림자를 드리운 울창한 나뭇잎들처럼 비가 후려치고 바람이 흔들어놓은 말씀이었다.

뢰오셴에는 모두 다섯 농가가 있었다. 외양간과 헛간이 딸린 간소하고 튼튼한 건물 다섯 채가 퀴르 강을 굽어보며 잘 숲으로 이어지는 오르막길을 따라 늘어서 있었다. 앙브루아즈 모페르튀는 두 아들 에프라임, 마르소와 함께 이 길 아래쪽에 자리한 첫 번째 농가에 살았다. 디딤돌 하나를 내디디면 불행과 고독으로 들어서야 한다는 듯, 부락 어귀에 있어 페름뒤파*라 불리는 농가였다. 앙브루아즈 모페르튀가 부를 축적한 뒤 그곳에 정착하면서 디딤돌은 더 높아지고 확장되었는데, 그렇긴 해도 이 디딤돌을 넘어서면 어김없이 예의 고독으로 들어서야 한다는 사실에는 변함이 없었다. 페름뒤파를 지나면 페름폴랭이 나왔다. 피르맹과 아돌핀 폴랭 부부가 두 자식 로즈와 투아누를 데리고 사는, 거주자들의 이름을 딴 농가였다. 그런가 하면 공동 세탁장 근처에는 피에르와 레아 코드르뵈글 부부가 아들 위게와 함께 사는 페름뒤밀리외**가 있었다. 잇달아 페름그라벨이 나왔는데, 그곳에는 기욤과 니농 그라벨과 그들의 자식들이 살았다. 마지막으로 오르막길 맨 위쪽의 숲과 맞닿은 곳에는 다른 농가보다 좀더 고립된, 에드메와 주제가 외동딸인 렌과 함께 사는 농가가 있었다. 페름뒤부***라 불리는 농가였다. 부락의 남자들은 모두 벌목이나 소 치는 일을 했지만 개울과 강에 뗏목을 띄워 장작을 운반하는 계절이 오면 함께 그 일을 했다. 뗏목에 실린 장작은 물줄기

---

* '문지방 농가'라는 뜻.
** '한복판 농가'라는 뜻.
*** '끄트머리 농가'라는 뜻.

를 타고 베르망통이나 클람시의 선별항港까지 내려왔다. 부락의 여자들과 아이들은 나무들의 가지를 치거나 껍질을 벗기고, 잔가지를 모으거나 땔감용 나뭇단을 꾸리는 일을 했다. 그들은 계절에 따라 부락에 머물기보다 숲속에서 살다시피 하는 날이 더 많았고, 장작을 싣고 저 혼자 내려오는 뗏목들을 감시하느라 강가에서 야영을 하는 이들도 있었다.

그들의 믿음은 그들의 삶을 닮아 거칠고 단순하며 말수가 적지만 고집스럽고 완강한 것이었다. 주일이면 아무리 혹독한 겨울 날씨에도 성당 안쪽에 머리를 수그린 채 다닥다닥 붙어 서 있는 그들을 볼 수 있었다. 아랫마을까지 눈과 얼음에 덮인, 3킬로미터도 넘는 길을 걸어내려온 사람들이었다. 그렇다고 해서 그들을 향한 주임신부나 마을 신자들의 경계가 조금이라도 느슨해지는 건 아니었다. 인간보다 나무나 덤불, 짐승과 더 가까이 지내는 저 사람들이 과연 영혼을 온전히 보전할 수 있을까? 나무 밑동의 희부연 어둠 속을 떠도는 마술적인 영들과 어울리게 되지는 않았을까?

에드메 베르슬레의 믿음은 아랫마을 사람들은 물론 부락 주민들의 믿음과도 달랐다. 그 믿음에는 다른 사람들에게서는 볼 수 없는 여유와 생기와 상상력이 깃들어 있었다. 빛깔을 띠기까지 한 믿음이었다. 성당의 중앙홀 입구 성수반 옆에는 목재 성모상이 무수한 촛불 빛을 받으며 서 있었는데, 그녀의 믿음은 바로 이 성모상의 겉옷 같은 쪽빛이었다. 그것은 무엇보다 집요한 환상으로 물들어 있었다. 에드메에게는 성모님을 연상시키지 않는 것이 아무것도 없었다. 그녀는 모든 것을 성모님이 입은 푸른 겉옷의 기적 같은 보호 아래 두었다. 예를 들어 5월의 첫날 눈이 오면 에드메는 이 눈과 관련해 퍼져 있는 믿음에 그 누구보다 집착했다. 일 년 중 바로 이날 눈이 내리면 부락의 여자들은 키 작은 풀들이나 울퉁불퉁한 돌들 틈에서, 혹은 나무줄기나 우물의 갓돌에서 조심스레 눈을 쓸어모아 작은 유리병에 담았는데, 여자들 말대로라면 성모님의 달인 이 5월 첫날에 내린 눈은 영묘한 약효를 지닌 것이었다. 그런데 에드메는 한술 더 떠서 이 눈은 육신의 상처뿐 아니라 마음의 병과 번뇌까지 치유해준다고 확신했다. 이 눈이야말로 성모님의 지극히 순수한 눈물이라 믿었기 때문이다. 성모님이 한없이 자애로운 꿈을 꾸시다가 이 땅의 불행한 자들과 죄인들을 보고 느닷없이 마음이 동해 흘리신 눈물이라고.

성모님을 향한 그녀의 깊은 신심은 딸의 탄생과 함께 절대적인 숭배로 화했다. 렌이 태어난 것은 성모님, 오직 성모님으로 말미암은 것이었다. 외딸인 렌은 그녀의 유일한 재산이요 열정이었으며 그녀의 긍지 자체였다. 이 임신에서 남편 주제가 맡은

역할은 아무것도 없다고 해도 좋았다. 그녀는 오직 성모님께 감사의 마음을 바쳤다.

실제로 렌은 긴 세월 불임을 겪어온 에드메의 태胎가 맺은 감탄할 만한 결실이었다. 끈질긴 희망의 끄트머리에서 뒤늦게 맺힌 아름다운 과실, 묵주알을 굴리며 왼 수천 번의 성모송에 대한 보답이었다. 고집스러운 열정으로 가득한 손가락 끝에서 반들반들하게 닳아 검은 대리석이나 흑요석 구슬처럼 되어버린 회양목 묵주알들이었다. 그녀가 딸의 이름을 렌이라 지은 것도 성모님께 바치는 감사의 표시였다. 은인인 성모께서 마흔 살도 넘은 그녀를 임신케 해 그녀의 태를 축복해주었기 때문이다. 호적부에는 감탄과 찬미의 마음을 가득 담은 일련의 이름들이 함께 등록되었다. '렌, 오노레, 빅투아르, 글로리아, 에메, 그라스, 데지레, 베아트, 마리 베르슬레'라고.*

그런데 그녀에게 닥친 이 기적 같은 일이 딸의 몸속에서 과도한 양상으로 퍼져나가는 듯싶더니 급기야 기괴하고도 끔찍한 모습으로 표출되었다. 마치 렌이라는 이름 뒤에 장엄한 옷자락처럼 길게 이어지는 이름들 하나하나가 저마다 온전한 몸 하나를 요구하는 것 같았다. 그러나 각각의 이름은 독립된 몸을 쟁취하

---

* 여왕, 칭송받는(여자), 승리, 영광, 사랑받는(여자), 은총, 기다리던(여자), 행복한(여자). 이 이름들 모두가 '마리아'를 의미한다.

지 못한 채 하나로 뭉쳐 자신들의 힘을 과시했다. 나이든 에드메의 태가 맺은 이 축복받은 열매는 저 혼자만으로도 족히 과수원 하나, 아니, 밀림 하나는 됨직했다.

세월이 흐르면서 렌은 몸이 엄청나게 뚱뚱해졌고, 사춘기에 이르러서는 여물어 부풀어오르기 시작한 과일처럼 무르익었다. 빛을 발하는 거대하고 불가사의한 과일, 부드러운 윤기가 흐르는 과피에다 과육이 쉴새없이 팽창하는 과일이었다. 사람들은 모두 그녀를 '뚱보 레네트'라고 불렀다. 그러나 에드메만은 벅찬 자부심과 기쁨으로 딸에게 지어준 그 고귀한 이름을 여전히 존중했다. 그처럼 당당한 몸의 개화開花가 다른 사람들에게는 호기심을 자아내거나 웃음거리가 되었지만 에드메는 조금도 걱정하지 않았다. 오히려 그처럼 넉넉한 모양새의 딸을 보면 감탄의 마음만 커져갈 뿐이었다. 에드메는 렌의 이 과다한 살을 자연이 부린 망령으로 보기는커녕 성모님의 소진되지 않는 선물로 여겼다. 그래서 딸아이의 몸이 불어날수록 성모님께 더 많은 찬미를 바쳤다.

그런데 뚱보 레네트에게서 특기할 만한 점은 몸만 불어난다는 사실이었다. 그녀가 받은 이 과다한 육의 선물이 얼굴과 손과 발은 건드리지 않았다. 숱 많은 적갈색 머리털과 기이하게 부풀어오른 목 사이로 흠잡을 데 없이 순수하고 조막만한 달걀형 얼굴이 드러났다. 거인의 몸 위에 실수로 얹어놓은 듯한, 섬세함과 우아함이 가득한 작디작은 얼굴이었다. 비만한 육신의 끄트머리에 매달린 손과 발도 마찬가지였다. 민감하고 상처받기 쉬운, 하찮아 보이지만 사랑스럽고 경이로운 것들이었다.

그녀의 유순한 시선은 종종 멍한 빛을 띠었고, 눈꺼풀은 도자기 인형의 눈꺼풀처럼 믿기지 않을 만큼 늘 천천히 깜박였다. 새빨갛고 작은 입에서는 새의 지저귐 같은 소리나 방울이 또르르 구르는 듯한 웃음소리만 새어나왔다. 간혹 들릴 듯 말 듯 흐느끼는 울음소리도 끼어들었지만. 그리고 걷는다기보다 껑충껑충 뛰어다닌다는 표현이 어울렸다. 머리를 우스꽝스럽게 좌우로 흔들거나 지나치게 살이 찐 몸뚱이 주위로 어린 소녀의 앙증맞은 두 손을 휘저어대면서, 마치 비정상적으로 무거운 몸뚱이의 움직임을 도와줄 보이지 않는 무언가를 항시 찾고 있는 것 같았다. 그렇게 무겁고 퍼진 몸뚱이로 공간을 이동하기란 쉽지 않았다. 이 거대한 몸뚱이는 그 자체로 하나의 우주였다. 비밀스러운 공간, 장밋빛 도는 흰 피부 아래 갇힌 살의 미로. 그 안에서 그녀는 끊임없이 어둠 속을 더듬으며 거닐었다. 그녀에게는 자신의 몸 자체가 정원이자 숲이며 고원이요 강이요 하늘이었다. 자신의 몸 자체가 세상이었다.

그녀는 오로지 자신의 몸속에, 오로지 그 몸뚱이 속에 거주했으며, 모호한 꿈들로 가득한 자신의 살 속에서 살 따름이었다. 거기서 침묵과 고독과 느림을 벗삼아 여왕으로 군림하며 살았다. 그녀의 몸속에서 시간은 외부와는 다른 방식으로, 이루 말할 수 없이 느리게 흘러갔다. 그녀는 장밋빛과 금빛 비곗덩어리로 온통 술렁이는 거대한 살의 궁전에서 선잠에 빠져 지냈다.

그러나 그녀가 군림하는 세계는 불행했다. 이 몸의 왕국은 그녀에게 고뇌와 절망이었다. 어머니가 차려주는 푸짐한 요리들을 손끝으로 한 입씩 집어삼키며 엄청난 양의 음식을 쉴새없이 먹어대도 굶주림이 가시지 않았기 때문이다. 그렇게 늘 굶주림에 시달렸다. 그녀가 내면 세계를 헤매며 줄곧 찾으려 하는 것도 이 끈질긴 굶주림의 비밀이었다. 하지만 이 굶주림은 좀처럼 손에 잡히지 않았다. 그녀의 몸속에서 구불구불 매끄럽게 굽이치며 표류하는 느린 시간이 따라잡기에는 너무도 대담하고 민첩한 작은 짐승처럼 사방으로 달아나곤 했기 때문이다. 녀석이 그녀의 살 속에 쉴새없이 깊은 구멍들을 뚫어놓았다. 쩍 벌어진 그 아가리 앞에서 현기증을 일으켜 실신하지 않으려면 그것들을 수시로 메워야만 했다. 그녀를 영혼까지 파먹어들어가는 탐욕스럽고 잔인한 작은 짐승. 녀석은 언제나 먹을 것을 더 많이 달라고 조르며 그녀의 몸 구석구석에서 날카로운 비명을 질러댔다. 그러나

투실투실한 살에 억눌린 이 비명은 배은망덕하게도 그녀의 목구멍에서 가느다란 방울 소리처럼 새어나올 따름이었다.

뚱보 레네트는 그렇게 살았다. 굶주림, 그 포악한 작은 짐승이 변덕을 부리는 살의 웅장한 궁전에 갇힌 여왕으로. 때로 절망과 무력감으로 흐느낌이 새어나오는 것도 그 때문이었다. 그러나 이 오열이 두 눈까지 도달한 적은 한 번도 없었다. 굶주림의 새된 비명처럼 오열도 비곗덩어리 살 속에서 도중에 길을 잃었다. 오열은 먹을 것을 요구하는 이 금빛 진창 속에서 졸졸대고 천천히 소용돌이치며 그녀의 몸을 부드럽게 흔들었다. 그럴 때면 그녀의 시선은 인형 같은 두 눈꺼풀 사이에서 더 멍한 빛을 띠었다. 얼이 빠진 그 멍한 모습이야말로, 굶주림이라는 자신의 적을 잡아 목을 비틀 수 없다는 당혹감을 드러내는 그녀 나름의 방식이었다. 그러나 다른 사람들과 마찬가지로 에드메 역시 딸의 절망감을 눈치채지 못했다. 에드메는 환한 빛을 발하는 이 고요한 몸 앞에서 여전히 경탄을 금치 못했다. 다산多産의 여신의 실재 몸을 먹이고 치장하며 그녀는 기쁨을 느꼈다. 육신의 숨막히는 열기 속에서 선잠에 빠진 채 온종일 하릴없이 굶주림을 쫓고 있는 딸을 위해 에드메는 종일토록 일을 했다. 아침마다 에드메는 딸을 위해 커다란 나무 욕조에 나무뿌리로 향을 낸 따뜻한 목욕물을 준비했다. 딸아이가 옷 입는 것을 돕고 머리를 빗어주고 몸을 치장해주었다. 에드메는 생생한 빛깔의 꽃들이 수놓인 커다란 숄로 딸의 몸을 감싸고 숱 많은 적갈색 머리를 틀어올려주고 그 작은 손가락들에 반지들을, 깎아서 호박색 광채가 돌 때까지 다듬고 윤을 낸 나무반지들을 끼워주었다. 그뿐만 아니라 반투명한 푸른 구슬 목걸이들을 짤그락대는 묵주처럼 길게 목에 감아주었다. 그러고 나면 에드메는 살아 있는 이 비만한 성모상 앞에서 감탄을 금치 못했으며, 자부심 가득한 마음으로 딸을 부엌으로 데려가서는 난롯가의 장의자에 앉혔다. 그곳에서 렌은 고통이 배어 있는 귀엽고 조용한 웃음을 간간이 터뜨리며 저녁까지 남아 있었다. 손에 들린 바느질감 위로 그 조그만 얼굴을 수그린 채. 계절에 따라 정원에 면한 창가 혹은 난롯가에 앉아 길고 섬세한 손으로 수를 놓거나 바느질을 하면서, 그렇게 하루하루를 보냈다. 그동안 에드메는 청소나 요리를 하거나 채소밭이나 가금 사육장에 나가 일을 했다.

주제가 딸을 보며 느끼는 감정은 에드메가 느끼고 드러내는 엄숙하고 과장된 감정보다 좀더 불안한 것이었다. 뚱보 레네트를 마주하고 있노라면 그는 당혹감과 공포와 매혹이 뒤섞인 묘한 느낌에 빠져들곤 했다. 나무꾼 열 사람 몫의 음식을 먹어치우고도 늘 허기져 보이는 거대한 몸뚱이. 꿈꾸는 듯 나른한 표정으로 바느질을 하는 것 외에는 아무것도 할 줄 모르는 이 딸아이에게 앞으로 무슨 일이 닥칠 것인가? 주제는 자신의 몸 안에서 노년의 무게가 나날이 무겁게 짓눌러오는 것을 감지했다. 머지않아 그 지역 숲에 나가 품을 파는 일도 할 수 없을 것이며, 퀴르 강둑을 따라 내려가며 물위에 장작을 띄우는 일도 불가능해질 것이다. 그렇다면 누가 그들의 생활비를 댄단 말인가? 어떤 남자라도 이 거대한 장밋빛 흰 살덩이를 아내로 삼겠다는 생각은 감히 하지 못할 것이다. 지참금이라고는 해소할 길 없는 굶주림밖에 없는 딸아이였다. 그러나 에드메의 눈살을 찌푸리게 할 이런 말을 감히 입 밖에 내지는 못한 채 그는 홀로 고민거리를 되씹었다. 이렇게 그의 지친 몸 안에서 노년의 무게는 점점 감당할 수 없는 것이 되어갔다.

황혼

그런데 뚱보 레네트를 아내로 맞고 싶어하는 남자가 나타났다. 솔슈와 잘, 파이 숲의 소유주인 앙브루아즈 모페르튀의 맏아들이었다. 그 지방의 한 농사꾼 여자에게서 사생아로 태어난 모페르튀가 어떻게 그런 큰돈을 벌 수 있었는지, 어떤 수상한 음모를 꾸며 뱅상 코르볼의 소유지인 숲들을 가로챌 수 있었는지는 아무도 알지 못했다. 이 불가해한 부富의 이전을 두고 부락민들 사이에 적잖은 소문이 나돌긴 했어도 이 모든 쑥덕공론에 일말의 자부심이 배어 있는 것도 사실이었다. 그들 부락 출신의 남자가, 고지대 사람이, 저지대 사람의 재산을 탈취하는 일은 흔치 않았기 때문이다. 고지대 사람들은 그들의 척박한 땅만큼이나 가난했다. 울창한 숲으로 덮인 화강암 기반의 이 메마른 땅에는 군데군데 샘과 연못이 있고, 산울타리 담장으로 둘러싸인 목초지와 들판이 드문드문 보이고, 엉겅퀴와 가시덤불 속에 부락들이 흩어져 있었다. 숲 한복판에 이끼와 지푸라기가 섞인 점토로 틈새를 메운 허름한 통나무집을 짓고 사는 이들도 있었다. 앙브루아즈 모페르튀 역시 이 숲의 사람들 사이에서 유년기를 보낸, 그들 가운데 하나였다. 아니, 사생아로 태어난 그는 그들보다 못한 사람이었다. 하지만 교활함과 악착스러움을 발휘해 그들의 주인이 되고 그들이 일하는 숲의 소유주가 된 것이다. 그런 그에게 사람들은 선망과 질시의 감정을 동시에 품었다.

부자가 된 모페르튀가 자신이 태어난 부락으로 돌아와 살게 되자 그를 향한 사람들의 이와 같은 감정은 더욱 고조되었다. 그가 어린 시절에 떠난 뢰오셴에 영원히 돌아오지 않거나 이미 오래전에 정착한 클라므시에 그대로 머무를 수도 있었기 때문이다. 오래된 변두리 지역인 베틀레앵에서 뗏목을 띄워 장작을 운반하는 사람들 사이에서 사는 대신 도심으로 옮겨갈 수도 있었고, 도로 쪽으로 창들이 난, 넓은 정원이 딸린 아름다운 집을 구입할 수도 있었을 것이다. 하지만 그는 그런 삶을 원치 않았다. 뢰오셴의 농장으로 만족했다. 그가 그렇게 돌아온 것이 고향이 그리워서인지 아니면 복수심이 동해서인지는 알 수 없었지만.

페름뒤파는 한때 무로가家의 농장이었다. 그의 어머니 잔 모페르튀는 그곳에서 일하던 하녀였으며, 앙브루아즈 모페르튀 역시 그곳에서 나고 자랐다. 그는 일찌감치 잘 숲에서 벌목꾼들과 함께 일하면서 벌목에 따르는 허드렛일을 맡아 했다. 그러나 프랑수아 무로가 죽고 나자 그의 아내 마르고는 하녀를 쫓아냈다. 그래서 잔 모페르튀는 아들을 데리고 욘의 저지대 마을로 내려와 다른 농장에서 품을 팔게 되었다. 그러나 아이는 숲을 그리워했다. 그는 농장의 심부름꾼이 되고 싶지 않았다. 그의 애정은 땅도 가축도 아닌 나무들을 향해 있었다. 하지만 그가 사는 곳은 숲에서 멀리 떨어진 강 근처였으므로 그는 뗏목으로 장작을 운반하는 일을 도왔다. 그렇게 그는 나무들을 되찾았다. 강 하류에서 되찾은 나무들은 사지가 잘려 뿌리도 가지도 잎도 없었지만, 그래도 나무임은 틀림없었다. 클라므시에서 파리까지 아직 강에 뗏목을 띄워 장작을 운반하던 시기에 그는 직접 뗏목을 타기도 했다. 장작을 실은 거대한 뗏목을 타고 욘과 센 강을 내려오는 동안 장작은 두 배 세 배로 불어났으며, 마침내 샤랑통 포구로 들어오는 맨발인 그의 손에는 양치기의 지팡이 같은 길고 가느다란 막대가 들려 있었다. 그렇게 그는 며칠이고 동틀 무렵부터 해질녘까지 장작 운반인의 조수로 일하면서 강 건너편으로 엄청난 양의 장작을 운반할 수 있도록 도왔다. 장작이 안전하게 물길과 수문과 다리를 통과하도록 돕는 역할이었다. 하지만 자신이 운반인이 될 기회는 놓치고 말았다. 대량의 장작을 뗏목으로 운반하던 시대가 막을 내리고 무인無人 뗏목을 이용하는 관행만 지속되었기 때문이다. 결국 그는 욘 강둑에서 가까운 클라므시에 남아 베틀레앵이라는 변두리 지역의 다른 목재 운반인들 사이에서 살게 되었다. 거기서 그는 결혼을 하고 아들 셋을 얻었다. 아들들 가운데 강 사람들의 수호성인을 기려 니콜라라는 세례명을 받은 막내는 태어난 뒤 곧 죽었으며, 산모 역시 출산 사흘 만에 산욕열로 목숨을 잃고 아이와 함께 땅에 묻혔다. 앙브루아즈 모페르튀는 홀아비가 되어 열네 살과 열두 살인 두 아들 에프라임과 마르소와 남게 되었지만 이듬해에 이 변두리 지역을 떠났다. 그렇게 그는 도시와 저지대와 강을 떠났으며, 강 사람들을 떠나 숲 사람들 사이로 돌아왔다. 내륙의 숲지대로, 온통 화강암질인 땅에 나무들이 자라는 고지대로 다시 올라왔다. 자신이 태어난 곳으로 돌아가 살기로 마음먹었기 때문이다. 페름뒤파는 텅 비어 있었다. 마르고 무로는 오래전에 죽고 없었으며, 물려받을 자손이 없어 방치된 집은 금세라도 무너져내릴 듯했다. 그는 상속인 없는 이 농장을 사서 수리하고 확장했으며 새 건물과 외양간과 헛간 여러 동을 짓게 하고 인근의 땅을 모두 사들였다. 그리고 그곳에서 주인으로 군림했다.

강 사람들의 수호성인인 니콜라는 자신의 이름을 받은 앙브루아즈 모페르튀의 막내아들은 물론 그 아이에게 이름을 지어준 어머니 역시 보호해주지 않았다. 그렇게 니콜라 성인은 모페르튀에게 등을 돌리며 그가 강 사람이 아님을 상기시켰는데, 이 실총失寵은 마술과도 같은 한 사건과 겹치며 중요한 의미를 띠게 되었다. 상喪을 치르고 몇 주 뒤 모페르튀는 또다른 보호의 손길을 발견한 것이다. 그것은 어떤 성인이 아니라 물가에서 마주친 숲의 마술적인 정령으로부터 비롯된 보호였다. 그것은 아름다움과의 해후였고, 부富의 발견이었다. 섬광처럼 순식간에 닥친, 끔찍한 아름다움의 발견이었다. 그후 그의 마음에 무언가가 접목되어 우툴두툴한 뿌리를 박았으며, 송악처럼 쌉쌀하고 어지러운 냄새를 풍기며 그것을 휘감았다. 그가 마주친 아름다움에서는 분노의 맛이 났다. 그의 삶을 오래전부터 따라다닌 분노의 맛.

그는 재혼을 하지 않았다. 다시 아내를 얻을 생각이 조금도 없었다. 들어오는 혼처도 모두 거절했다. 이미 배우자를, 연인을 선택해두었던 것이다. 돌이킬 수 없는 기이한 선택, 절대적이면서 있을 수 없는 선택이었다. 아름다움과 분노와 피의 날, 갑작스럽게 이루어진 선택이었다. 그에게 강요된 선택, 미친 선택이었다.

부자가 된 앙브루아즈는 살림을 맡겨 부릴 노파 한 명만을 두었다. 시계추처럼 끊임없이 머리를 흔들어대는 습관 때문에 도딘*이라 불리는 노파였다. 그는 오로지 두 아들의 혼인에만 관심을 쏟았다. 맏이인 에프라임을 코르볼의 딸 클로드와 맺어줄 작정이었다. 그래서 두 사람이 혼인이 가능한 나이가 될 때까지 기다렸다. 두 해 안에 일이 성사될 것이었다. 둘째 아들 마르소에게는 그의 새로운 신분에 걸맞은 배필을 구해줄 생각이었다.

하지만 앙브루아즈가 가장 신경을 썼던 것은 에프라임과 클로드 코르볼의 혼인이었다. 이 혼인이야말로 그의 최대 관심사였다. 부자가 되고 뱅상 코르볼에게서 숲 세 곳을 가로챈 것만으로는 충분치 않았다. 그는 코르볼의 딸마저 차지하고 싶었다. 욘강 유역의 집에서 그녀를 데려다가 이곳에, 숲의 고독 속에 가둬두고 싶었다. 코르볼이라는 이름마저 집어삼켜 자신의 이름과 뒤섞고 싶었다. 코르볼에게는 레제라는 아들도 하나 있었지만 병약하고 발육이 나쁜 이 아들이 가문의 이름을 영속시킬 위험은 전혀 없어 보였다. 생식능력이 없는 아이가 분명했기 때문이다. 사정이 그러했으므로 에프라임이 아버지가 지명한 여자 대신 페름뒤부의 게으른 뚱보를 아내로 맞겠다는 결심을 털어놓았을 때 그는 무어라 말할 수 없는 분노를 느꼈다. 그것은 불복종보다 더 나쁜, 배신이자 모독이었다. 도적질이었다. 코르볼이라

---

* Dodine. 동사 dodiner는 옛 지방어로 '고개를 설레설레 흔들다'라는 뜻이 있다.

는 이름을 도둑맞는 것이나 다름없었다. 오 년 가까이 노려온 먹잇감을 놓치는 셈이었다. 그는 에프라임의 결정에 맹렬히 맞서며 아들의 상속권을 박탈하고 자식으로 인정하지 않겠다고 위협했다. 하지만 결국 일은 벌어지고 말았다.

그 일은 놀랄 만큼 자연스럽고 신속하게 벌어졌다. 이 부락에서는 한 달에 두 번 빵을 구웠는데, 시월의 첫번째 빵이 구워질 때 에프라임은 뚱보 레네트를 사랑하게 되었으며, 같은 달 두번째 빵이 구워진 다음날 그녀를 아내로 맞았다.

그가 페름뒤부에 가게 된 이유는 에드메가 약초에 관한 지식으로 명성이 자자했던데다 고약 제조법까지 꿰뚫고 있었기 때문이다. 전날 밤 마르소가 아궁이 밖으로 굴러나온 장작 하나를 도로 넣으려다 발에 심한 화상을 입은 게 일의 시발점이었다. 덧신에 불이 붙는 바람에 발바닥이 벗겨진 마르소는 통증으로 밤을 꼬박 새워야 했는데, 환자의 머리맡을 지켜야 했던 도딘이 다음날 에프라임을 시켜 에드메에게 약을 구해 오게 했다. 에프라임은 꼭두새벽에 페름뒤부에 왔다. 날이 새지 않아 아직 어두운 시각이었지만 에드메의 부엌 창문에서는 이미 불그레한 빛이 어른거렸다. 반죽해둔 빵을 새벽부터 굽기 위해 에드메가 화덕에 불을 지피는 중이었다. 부엌으로 들어선 에프라임은 그곳을 가득 채운 열기와 벽에 주홍색으로 넘실대는 커다란 빛의 너울에 강한 인상을 받았다. 화덕 안은 에드메가 방금 전에 집어넣은 금작화와 마른 장작으로 가득했다. 나무가 지지직 탁탁 소리를 내며 타들어갔고, 잔가지들이 진홍색에서 연노랑으로 변하며 장밋빛과 금빛의 소금 결정체 같은 자잘한 조각들로 쪼개졌다. 땀에 흠뻑 젖은 에드메는 어깨까지 소매를 걷어붙이고 윙윙대는 화덕 아궁이 앞에서 분주히 움직이고 있었다. 널찍한 부엌 탁자 위에는 반죽을 담아둔 버들광주리가 가득했다. 그리고 화덕 바로 옆의 장의자에 뚱보 레네트가 가슴을 살짝 든 자세로 길게 누워 있었다. 그녀는 조그만 얼굴을 화덕 쪽으로 돌린 채 시선을 불길에 고정하고 있었다. 아니, 고정했다기보다 방황하는 시선이었다. 도자기 인형의 눈처럼 크게 열린 예쁜 하늘색 두 눈이 번득이는 불길에 눈물처럼 투명하게 반들거렸다. 하지만 감정이 온전히 배제된 그 눈물은 솟구치지도 흘러내리지도 않았다. 정체된 부드러운 눈물. 바위틈에 살짝 고인 빗물. 인형의 눈물이었다.

그녀는 빵 굽는 과정을 지켜보기 위해 일찌감치 일어나 있었다. 그 어떤 의식보다 그녀를 황홀하게 만드는, 장중한 구강口腔의 의식이었다. 탁탁 소리를 내며 붉게 타오르는 화덕이 매료된 그녀의 눈앞에 마법의 입처럼 아가리를 벌렸다. 그녀의 굶주림에 상응하는 그 입속으로, 반죽은 큼직한 판에 놓여 삼켜지고 부풀어올라 바삭거리는 맛과 단단한 모양새를 갖춰갈 것이다. 화덕의 진홍색 아가리가 그녀 자신의 입과 뒤섞이고, 곧 그 안으로 들어갈 반죽이 올려진 판과 그녀의 혀가 뒤섞였다. 침이 그녀의 입술까지 파도처럼 넘실대며 솟구쳤다. 몸속에서는 굶주림이 더욱 고조되었다.

그녀는 아직 잠옷 차림이었으며, 손질하지 않은 머리털이 양어깨와 등을 지나 허리께까지 흘러내려 있었다. 벌꿀색과 다갈색 음영이 불안정하게 아롱지며 흔들리는 긴 적갈색 머리였다. 머리털이 번득이는 화덕의 섬광과 뒤섞였다. 머리털과 화덕에서 똑같은 동요와 전율이 일며 양쪽이 모두 환히 타올랐다. 용해된 물질 같은 그녀의 머리털은 금과 청동과 용암의 주조물처럼 보였다. 살과 흙이 뒤섞인 주조물, 전설적인 동물의 아가리에서 흐르는 침과 피의 주조물이었다. 나무─신의 옆구리에서 굴러떨어지는 진흙과 수액과 태양의 주조물이었다.

화덕과 머리털. 동일한 굶주림이 다투어 소리를 질러대고 몸을 비틀며 웅성댔다. 결핍과는 무관한, 과잉으로 말미암은 굶주림이었다. 축제와 기쁨의 굶주림이었다. 흰 천으로 만든 수수한 잠옷 차림으로 장의자에 나른히 누워 있는 뚱보 레네트의 거대한 몸은 버들광주리들에 담긴 둥근 반죽들과 흡사했다. 효모가 발효되어 잔뜩 부풀어오른, 희고 부드러운 반죽이었다. 육肉

의 무한한 개화로 팽팽히 긴장된 희고 부드러운 살결. 갑자기 에프라임의 눈에 뚱보 레네트가 이제까지와는 전혀 다른 모습으로 비쳤다. 그녀는 더이상 페름뒤부의 뚱뚱한 처녀가 아닌, 눈부신 육肉과 욕慾의 여신이었다.

화덕과 머리털, 반죽과 살, 빵과 여자, 굶주림과 욕구. 이 모두가 에프라임의 눈과 입 속으로 몰려들어와 한데 뒤섞이며 그의 몸속에서 소리를 질러댔다. 섬광과도 같은 빛들이 그를 둘러싸고 춤을 추었으며, 머리카락이 큰 파도처럼 그를 실어갔다. 장작이 그의 핏줄과 신경을 타고 탁탁 소리를 내면서 근육 속으로 타들어가고, 열기가 그의 배와 옆구리에서 활활 타올랐다. 젊은 여인의 풍만하고 고요한 살이 그의 내면에서 기적의 반죽처럼 계속 부풀어올랐다. 그런데 그 무엇보다 에프라임의 주의를 끌었던 것은 뚱보 레네트의 발이었다. 아주 작고 섬세한 하얀 맨발이 긴 잠옷 밖으로 삐져나와 장의자 끄트머리의 허공에서 살랑살랑 흔들리고 있었다. 그 귀여운 발들은 그녀의 무겁고 살찐 몸과는 별개의 것처럼 보였다. 몸에서 떨어져나온 발들이 종종걸음으로 유쾌하게 공간 속을 헤매고 다니는 듯, 에프라임은 이 발들이 자신의 상반신을 지그시 누르는 듯한 느낌을 받기까지 했다. 이 작은 발들이 그의 가슴 부위를 콩콩 울려댔으며, 자유롭고 경쾌하게 걷는 그 리듬에 맞춰 가슴속 심장이 놀라서 뛰는 것이 느껴졌다. 그 순간 방문 목적을 밝히는 에프라임의 입에서 엉뚱한 말이 새어나왔다. 너무 당황한 나머지, 불타는 장작에 마르소가 발을 데었다고 말하는 대신 작은 발들에 그의 심장이 데었다고 말한 것이다. 그러다 겨우 정신을 가다듬고 자초지종을 설명했다. 에드메는 마침 빵을 굽기에 알맞게 달궈진 화덕을 비우고 청소하기 시작한 터라 일을 중단할 수 없었으므로 뚱보 레네트에게 카밀러 기름에 담근 백합 알뿌리 단지를 저장소에서 가져오라고 시켰다. 그러고 나서 자신은 커다란 빵삽에 밀가루를 살짝 뿌린 다음 버들광주리에 담긴 내용물을 거기에 쏟아부었다. 그러는 동안 에프라임에게 방향성 진통제의 사용법을 차근차근 일러주었다. 그러나 에프라임은 그녀의 말을 듣고 있지 않았다. 에드메의 말은 귓전으로 흘렸고 가볍게 바닥을 스치는 뚱보 레네트의 발소리에만 정신이 팔려 있었다. 레네트가 몸을 좌우로 흔들며 느릿느릿 걸어갔다. 이 미세한 옆질로 잠옷 속 몸뚱이와 물결치는 풍성한 머리털이 조용히 흔들리는 사이 작은 두 발이 어둠 속을 더듬듯 가볍게 팔짝거리며 앞으로 나아갔다.

뚱보 레네트의 작은 발들은 그의 심장뿐 아니라 옆구리와 배와 샅도 두드려댔다. 발들이 그를 차서 눈에 보이지 않는 뚜렷한 흔적을 남겼다. 베어 쓰러뜨릴 나무들에 벌목꾼이 표시를 해두듯이. 이 순간 그가 온 마음으로 원한 것이 그것이었다. 뚱보 레네트의 그 굉장한 몸 위로 풀썩 쓰러져 그의 내면에서 솟구치는 욕망의 절규가 쾌락의 헐떡임이 되게 하는 것. 결국 에드메가 반죽을 집어넣은 화덕의 문을 힘껏 도로 닫는 순간 에프라임은 두 번째 용건을 털어놓았다. 더 깊이 생각해보지도 않은 채 렌을 아내로 삼게 해달라고 청한 것이다. 내면에서 후끈 끓어오른 욕구가 너무도 깊고 강렬해 사고 능력을 완전히 상실한 상태였다. 욕구가 법이 되고, 자명하고도 필연적인 것이 되었다. 에드메는 열기로 붉게 달아오르고 땀으로 번들거리는 얼굴로 에프라임 쪽을 돌아보더니, 화덕의 아궁이보다 더 번득이는 예리한 눈초리로 그를 바라보았다. 그녀는 머릿속으로 에프라임을 재고 있었다. 부유한 모페르튀의 맏아들이긴 해도 죽음을 면할 수 없는 인간에 불과한 그가 그녀의 귀한 외딸을 아내로 맞을 자격이 있을까? 렌도 이미 열일곱 살이 넘었으니 혼인을 생각해야 할 나이였지만, 그렇다고 렌을 보통 사람처럼 취급할 수 있을까? 오직 성모께서 허락하신 은총으로 영광에 싸여 이 세상에 온 그녀를.

"생각해보겠네."

마침내 그녀가 이마의 땀을 훔치며 말했다.

바로 그 순간, 뚱보 레네트가 춤을 추는 듯한 종종걸음으로 부엌에 다시 나타났다. 양손에는 백합 알뿌리 단지가 들려 있었다. 그녀는 탁자 위에 단지를 올려놓은 뒤 빵 굽는 달콤한 냄새에 홀려 방문객의 존재는 안중에도 없다는 듯 곧장 자신의 장의자로 돌아갔다.

"생각해보겠네." 에드메가 되풀이해 말했다. "저녁에 다시 오게. 남편이 집에 있을 때 말이야. 둘이서 함께 이야기해보게."

에프라임은 페름뒤부에서 가져온 단지를 도딘에게 건넸다. 이 방향성 진통제가 마르소의 통증을 가라앉혀주었다. 에프라임은 그 길로 곧장 솔슈 숲으로 아버지를 보러 갔다. 곧 있으면 샤토시농에서 나무 박람회가 열리는 만성절*이었다. 앙브루아즈 모페르튀는 판매를 목적으로 겨울철에 벌일 벌목을 사전 점검하러 숲에 나가 있었다. 타고난 벌목꾼인 그는 숲들의 소유주가 되고 나서도 중개인 없이 직접 숲에 나가 나무들을 살피고 평가했다.

에프라임은 이미 해가 저물기 시작한 귀갓길에 올라서야 아버지에게 자신의 결심을 알렸다. 앙브루아즈는 아들에게 세 번이나 같은 말을 반복하게 했다. 자신이 꿈을 꾸는 게 아니며 아들이 진지한 태도로 말하고 있다는 걸 확인이라도 하려는 듯. 그는 안 된다고 했다. 벌목 대상으로 찍힌 나무 밑동에 도끼를 내리치듯 딱 잘라 거부 의사를 표명했다. 두말할 필요 없는 결정적이고도 돌이킬 수 없는 거부였다. 그렇더라도 달라질 건 없다고 에프

---

* 모든 성인을 기리는 대축일로. 매년 11월 1일이다.

라임은 못을 박았다. 자신은 이미 결심이 섰고, 아버지가 반대한다 해도 결심을 철회할 수 없다고. 그러자 아버지의 말투가 위협조가 되었고, 부자 관계를 끊겠다느니 상속권을 박탈하겠다느니 하는 말이 튀어나왔다. 에프라임은 아버지의 말에 조용히 귀 기울이며 고개를 끄덕였다. 그는 아버지가 얼마나 말을 아끼는 사람인지 알고 있었다. 쓸데없는 말은 한마디도 하지 않는 사람, 좋은 일 궂은 일 가리지 않고 자신이 한 약속은 반드시 지키는 사람이었다. 그런 아버지가 이제 부자의 연을 끊고 그에게서 상속권을 박탈하려 하고 있었다. 그는 이 희생을 받아들였다.

"마음대로 하세요. 저도 제 마음대로 할 겁니다. 렌 베르슬레와 결혼할 겁니다."

에프라임은 이렇게만 대답했다.

그때까지 두 남자는 계속 걷고 있었는데, 이 순간 앙브루아즈 모페르튀가 발길을 멈추었다. 에프라임도 함께 멈춰 섰다. 일몰빛이 산등성이 뒤에서 자주색으로 변해가고, 숲들이 거대한 멧돼지의 내장처럼 보랏빛 덩어리로 치밀해지면서 거기서 금세라도 밤이 튀어나올 것 같았다. 짙어져가는 어둠 속에서 서로 마주 보고 선 두 남자의 윤곽이 뚜렷이 드러났다. 아버지는 잠자코 허리띠를 끌러 버클을 거머쥐고는 온 힘을 다해 내리치려는 듯 몸을 한껏 뒤로 젖혔다. 아들에게서 시선을 떼지 않은 채. 그러나 에프라임은 눈도 깜짝하지 않았다.

"단념해! 넌 코르볼의 딸과 결혼할 거야! 다른 여자는 안 돼. 어떤 여자도. 알아들었냐?"

앙브루아즈는 그 자세 그대로 소리를 질렀다.

"단념합니다. 아버지도 숲도 단념합니다. 저는 렌 베르슬레와 결혼할 겁니다."

에프라임이 침착한 목소리로 받았다.

그러자 아버지의 팔이 날아들었다. 허리띠가 아들의 얼굴을 관자놀이에서 목까지 정면으로 훑고 지나갔다. 얼굴을 가로질러 상처 자국이 났다. 낙인이 찍힌 것이다. 그는 벌목 대상이 된 나무, 버림받은 아들이었다. 쓰러질 운명의 인간이었다. 하지만 그것은 오로지 욕망에 충동질당한 그 자신의 온전한 동의로 이루어질 일이었다. 그는 뚱보 레네트의 몸 위로 쓰러질 것이었다. 밀려드는 통증을 참기 위해 그는 이를 악물고 두 주먹을 꽉 쥔 채 꼼짝도 하지 않았다. 피가 뺨을 타고 흘러내렸다. 페름뒤부의 빵 굽는 화덕의 열기가 다시 느껴지는 듯했다. 그는 아버지의 얼굴에서 눈길을 떼지 않았다. 분노로 일그러진 저 사나운 얼굴은 이미 그에게서 멀어지며 저녁의 그림자들 속으로 스러져갔다. 그의 안에서 또 한 차례 여러 감각이 뒤섞였다. 하늘에 떠 있던 마지막 구름, 그의 뺨을 타고 흐르는 피, 페름뒤부의 화덕에서 번득이던 빛, 렌의 머리카락…… 그 모두가 몸을 비틀며 부풀어 올라 불그스름한 빛을 발했다. 지금 이 순간의 통증과 약속된 쾌락, 굶주림과 욕구, 분노와 기쁨이 동시에 느껴졌다. 앙브루아즈 모페르튀가 쳐들었던 팔을 다시 떨어뜨렸다.

"이렇게 끝이 나네요, 아버지."

에프라임이 희미한 목소리로 말하자 상대가 소리쳤다.

"다신 아버지라 부르지 마! 이제 나한테 아들은 하나뿐이다. 마르소 하나밖에 없어. 너도 니콜라처럼 죽은 거야. 더는 존재하지 않아! 맹세컨대 마르소가 코르볼의 딸과 결혼할 거다! 녀석이 숲을 전부 차지하게 될 거야. 넌 아무것도 없어! 네가 굶어죽든 말든, 네 뚱보 여자를 먹여 살리느라 구걸을 하든 말든 상관 않겠다! 나한테선 한 푼도 못 가져가, 한 푼도!"

에프라임은 몇 발짝 걷기 시작하더니 갑자기 멈춰 서서 아버지 쪽을 돌아보며 물었다.

"그런데 이 숲들은 어떻게 가로챈 거죠? 무슨 더러운 짓을 한 거예요?"

아버지가 뱅상 코르볼의 숲들을 차지하게 된 몹시 의심스러운 경위에 대해 에프라임이 처음으로 입 밖에 낸 질문이었다. 앙브루아즈는 놀란 짐승처럼 움찔했지만 곧 공격 태세를 취했다.

"썩 꺼져!"

그는 허리띠를 다시 휘두르며 고함을 쳤다. 에프라임은 그를 등지고는 들판을 가로질러 마을 쪽으로 내려갔다.

앙브루아즈 모페르튀는 도로를 따라 집으로 돌아왔다. 두 손이 아직도 분노로 떨렸다. 에프라임이 베르슬레의 뚱보 딸과 결혼하겠다고 고집을 피우는 것보다 이 순간 그의 마음을 더 괴롭힌 건 아들이 던진 마지막 질문이었다. 에프라임이 무언가 눈치를 챈 걸까? 그가 쟁취한 부의 어두운 비밀을 간파하게 된 것일까? 이 비밀이 드러날 것을 걱정하는 것은 아니었다. 하지만 그는 질투심 많은 연인처럼 이 비밀에 집착했다. 그 누구도 이 비밀을 그에게서 훔쳐가서는 안 되었다. 절대로 그럴 수는 없었다. 오직 두 사람, 코르볼과 그 자신만이 아는 비밀이었다. 그 자신보다 코르볼이 더 감추고 싶어하는 비밀, 눈곱만큼도 내비치고 싶어하지 않는 비밀이었다. 실은 하나의 이름, 하나의 몸을 지닌 비밀이었다. 이제는 침묵하게 된 이름, 사라져버린 몸. 카트린 코르볼이라 불리는 비밀이었다.

초록색 눈

카트린 코르볼. 저지대 사람들뿐만 아니라 숲으로 둘러싸인 고지대 사람들 모두가 뱅상 코르볼의 아내인 카트린이 도망쳤다고 믿고 있었다. 뱅상 코르볼의 말대로라면 그의 아내는 다른 남자와 살기 위해 남편은 물론 두 아이, 클로드와 레제마저 집에 두고 파리로 떠난 것이었다. 그녀가 이렇게 달아났대도 그리 놀랄 일은 아니었다. 사람들은 카트린 코르볼의 몸에 마귀가 들렸다고 늘 생각해왔기 때문이다. 그 고장에서만 해도 카트린은 애인이 한두 명이 아니었고, 그녀가 사라지고 난 뒤에는 더 많은 애인이 있었다는 소문이 나돌았다. 당시 그 고장 사람들은 뱅상 코르볼을 동정 반 비웃음 반이 섞인 눈으로 바라보았다.

아내가 그를 떠난 것은 사실이었다. 그녀는 어느 봄날 아침,

해가 뜨기도 전에 집에서 몰래 빠져나와 온 강가의 집과 시골 생활과 남편으로부터 달아났다. 절대로 사랑할 수 없어 증오하기에 이른 남편이었다. 그녀가 모든 것을 버린 것도 사실이었다. 자신의 두 아이마저. 슬픈 가면처럼 보이는 창백하고 고요한 얼굴에 커다란 회색빛 눈을 한 아이들이었다. 그녀는 굳어버린 무대장치―증오와 권태와 슬픔 사이를 오가는 고독―속에서 똑같은 장면만 끝없이 되풀이해 연출되는 가정이라는 소극장에서 달아난 것이다. 마비된 감각과 졸음에 빠진 생명으로부터의 도주, 육신의 점차적인 경화硬化로부터의 도주였다. 그 말이 사실이었다. 그녀의 몸에는 마귀가 들려 있었다. 꿈틀대고 욕망하며 기쁨의 탄성을 지르는 마귀였다. 그녀의 아름다움은 톡 쏘는 광채를 발했다. 공간과 속도에 마음을 빼앗긴 이들에게 삶의 맛을 일깨워주는 아름다움이었다.

그녀는 그런 식으로 달아났지만, 그날 아침 그렇게 빨리 달렸음에도 파리행 열차에 오르는 데 실패했다. 역을 향해 발길을 재촉하는 그녀를 새벽녘에 클라므시 대로에서 남편이 따라잡았다. 두 사람은 티격태격 다투었다. 그는 어떻게든 그녀를 집으로 데려가려 했고, 그녀는 떠나겠다고 고집을 피웠다. 결국 코르볼은 그녀를 대로에서 끌어내어 온 강둑까지 데려갔다. 그들은 비탈을 구르고, 이슬로 반짝이는 덤불 속을 뒹굴다가 몸을 일으켜 다시 맞붙어 싸웠다. 그러나 소리를 지르지는 않았다. 싸움이 길어질수록 침묵도 깊어져만 갔다. 그 일은 모르방의 고지대로부터 장작을 실은 수많은 뗏목이 물줄기를 타고 내려와 도착하는 시기에, 클라므시의 수문 상류 지점에서 일어났다. 포근한 밤이었으며, 저지대 강둑에는 봄꽃이 피기 시작했다. 뗏목들이 강을 따라 제대로 내려오는지 감시하는 임무를 맡은 앙브루아즈 모페르튀는 장작들로 가득한 술렁이는 강 근처 둑 위의 노천에서 잠을 자고 있었다. 강은 온통 장작으로 뒤덮여 더이상 물이 보이지 않을 지경이었다. 솔슈 숲의 사지가 절단된 떡갈나무들과 너도밤나무들이 저지대의 이 마을 저 마을을 거쳐 도시까지 떠내려가는 중이었다. 쉴새없이 희미한 고함소리를 질러대며 느릿느릿 이동하는 거대한 가축떼와도 흡사했다. 물살을 따라 내려오는 나무들의 마지막 노래, 어두운 흐느낌이었다.

날이 밝아오기 시작했다. 앙브루아즈 모페르튀는 잠에서 퍼뜩 깨어났다. 이해할 수 없는 무언가가 그를 잠에서 낚아챈 참이었다. 침묵과도 같은 무엇이었다. 땅에서 올라오거나 물이나 늪에서 솟는 것이 아니고, 그렇다고 하늘에서 내려오는 것도 아닌, 더없이 묘한 침묵이었다. 주변에서 들리는 소리는 한결같았지만, 강과 이파리들에서 나는 소음과 나란히, 놀랄 만한 침묵이 감돌며 그 모든 소음을 멀리 쫓아버리는 듯싶었다. 강렬하고도 치밀한, 완벽한 침묵이었다. 침묵은 점점 더 짙어지며 앙브루아즈 모페르튀의 살갗 속으로 얼어붙은 땀처럼 스며들었다. 그는 몸을 일으켰다. 땅이나 하늘이나 물에서 솟는 것이 아닌 이 침묵에 계속 귀를 기울이면서. 바로 그 순간 그는 보고 말았다. 마주 보이는 건너편 강기슭에서 남자와 여자가 싸우고 있는 것을. 침묵은 바로 그들에게서, 그들의 싸움과 증오로부터 솟아났다. 두 사람의 얼굴은 알아볼 수 없었다. 다만 두 형체가 서로를 향해 달려들거나 밀쳐내는 모습이 마치 날렵하고도 거친 춤을 추는 것 같았다. 실제로 존재하는 남녀일까, 아니면 모페르튀의 잠 속에서 튀어나온 꿈에 불과한 걸까? 그의 잠 속 깊이 숨어 있던 꿈, 도깨비불처럼 몸을 비틀며 강둑을 따라 달려가는 꿈.

하지만 저 남녀에게서 발산되는 침묵은 손으로 만져질 듯 너무도 치밀해서 어떤 꿈에서 비롯된 것일 리가 없었다. 그런 침묵은 살과 피로 이루어진 몸에서 생겨난 것일 수밖에 없었다. 오직 죽음을 예고하는 침묵이었다. 갑자기 앙브루아즈 모페르튀는 이 침묵 안에 깃든 엄청난 폭력의 비명소리를 감지했다. 하지만 이 죽음의 침묵을 깨기 위해 미처 소리를 지를 새도 없이 여자가 휘청대며 쓰러졌다. 남자가 그녀의 젖가슴에 단도를 꽂은 참이었다. 남녀가 서로에게서 떨어져나갔다. 바로 그 순간 앙브루아즈 모페르튀는 솔슈와 잘과 파이 숲의 소유주인 뱅상 코르볼을 알아보았다. 모페르튀가 운반하는 동일한 크기로 자른 수천 개의 통나무에는 하나같이 그 소유주가, 종 모양의 그림 속에 든 C라는 글자가 뚜렷이 표시되어 있었다. 순간 사악하고도 강렬한 기쁨이 그를 사로잡았다. 그가 방금 목격한 범죄가 번쩍 타오르는 번갯불처럼 그의 머릿속을 환히 비추는 듯했다. 그는 자세를 바로잡은 뒤 코르볼이라는 이름을 소리쳐 불렀다. 쩌렁쩌렁하고 경쾌한 목소리로 그 이름을 외쳤다.

코르볼은 그 자리에서 굳어버린 듯 꼼짝도 하지 않았다. 강 너머에서 들려오는 자신의 이름이 그를 강둑에 못박았다. 마치 자신이 취한 죽음의 몸짓이 온 저지대에 메아리치며 그의 등짝을 후려친 듯이. 강물을 타고 떼지어 내려오는 장작들, 그의 이름 머리글자가 새겨진 저 장작들이 주인의 이름을 일제히 외쳐대는 게 아닌가 싶었다. 그에게 부를 가져다준 이 숲에서 그의 이름이 빠져나온 듯했다. 그의 소유인 나무들이 오로지 이 범죄의 순간을 포착해 온 저지대에 대고 그의 이름을 까발리려고 모르방의 고지대에서 내려온 것 같았다. 살인자인 그의 이름을.

그의 범죄는 저질러지기 무섭게 그에게 보복을 가해왔다. 모페르튀가 고함을 지른 순간 뱅상 코르볼은 난데없이 자신이 땅과 하늘을 마주해, 땅과 새와 나무, 하느님과 특히 자기 자신과 마주해 규탄받고 있음을 느꼈다. 모페르튀의 고함소리야말로 코르볼이 미처 정신을 차리기도 전에 이 범죄가 그의 마음속에서 반격을 가해오게 했다. 그렇게 그는 피에 흥건히 젖은 두 손을 허공에 늘어뜨리고 카트린의 시신 위로 몸을 숙인 채 그대로 서 있었다. 그가 그렇게 꼼짝 않고 남아 있는 동안 앙브루아즈 모페르튀는 가장 가까운 부교浮橋로 가서 강을 건넜다. 그리고 코르볼이 있는 지점에 이르렀다. 그는 두 발짝 떨어진 곳에 우뚝 서서 코르볼에게 그곳을 떠나라고, 집으로 돌아가라고 말했다. 시신을 치우고 범죄의 흔적을 말끔히 없애는 일은 자신에게 맡기라고. 그러면서 나중에 그를 보러 가겠다고 했다. 저녁에, 마을 어귀, 코르볼이 사는 집 근처의 작은 숲가에서 만나자고. 그때 가서 자신이 침묵을 지키는 것에 대한 조건을 분명히 하겠다고. 코르볼은 이 익명의 상대 쪽으로 몸을 돌리지도 않은 채 귀를 기울였고, 사내는 좀 딱딱하긴 해도 여전히 쾌활한 목소리로 그의 등에 대고 말했다. 코르볼은 사내의 말을 잠자코 경청한 다음 집으로 돌아갔다. 이미 코르볼이 진 게임이었다. 그는 이 사내의 명령에 무조건 복종했다. 강 혹은 너도밤나무와 떡갈나무 덤불 사이에서 물과 숲의 이름 모를 정령처럼 불쑥 나타난 사내였다. 그가 방금 전에 저지른 범죄로부터 튀어나온 끔찍한 정령인지도 몰랐다. 잔인하고 무자비한 이 정령은 이제 그를 놓아주지 않을 것이다. 놈은 양턱 사이에 먹이를 문 들개처럼 그의 의식에 달라붙었다. 웃음 띤 표정으로.

뱅상 코르볼은 어깨를 잔뜩 움츠린 채 뒤도 돌아보지 않고 느린 걸음으로 멀어져갔다. 되도록 면적을 적게 차지하려는 사람처럼 온몸을 우그리고서. 경사진 땅을 올라가는 그의 양손은 두 마리 죽은 새처럼 몸을 따라 축 늘어져 있었다. 손에는 카트린의 젖가슴에서 솟구친 피가 이미 말라붙어 있었다. 피는 그의 살가죽에 들러붙어 살을 뚫고 심장까지 파고들었다. 이 피가 그에게 메스꺼움을 불러일으켰다. 앙브루아즈 모페르튀는 그가 떠나가는 모습을 지켜보고 있었다. 덩치가 꽤 크고 건장한 사내인 코르볼의 실루엣이 달라진 것을, 뻣뻣하고 위축된 모습으로 변해버린 것을 그는 눈치챘다. 모페르튀는 생각했다.

'이건 시작에 불과해! 네놈의 가지를 전부 쳐내서 잔가지 하나만 남길 테다. 널 잡아 비틀고 죽은 나무토막처럼 부숴버릴 테다!'

그러고는 쾌활하게 투지를 드러내며 덧붙였다.

'이제부터 주인은 나다!'

그는 풀숲에 누운 여자 쪽으로 몸을 돌렸다. 여자는 눈을 뜨고 있었다. 금빛 반점이 찍힌 선명하게 빛나는 초록색 눈이었다. 눈이 이런 빛깔인 여자들은 마법을 부리는 악령들과 비밀스러운 거래를 하며 상대의 마음을 사로잡는 치명적인 힘을 지녔다며,

농부들과 벌목꾼들이 경계하는 그런 초록색이었다. 이런 눈의 여자와 어쩌다 눈길이 마주치기라도 하면 황급히 성호를 긋는 노인들도 있었다. 강물 속에서 반짝이는 뱀의 비늘 색을 띤 눈. 초록색 뱀.

눈꺼풀이 관자놀이 쪽으로 약간 쳐들린 눈이었다. 코는 아주 가늘고 곧았다. 눈꼬리가 살짝 올라간 눈꺼풀과 가느다란 활 모양의 눈썹으로 인해 그 순수한 선의 흐름이 더욱 돋보였다. 앙브루아즈 모페르튀는 카트린 코르볼의 아름다움을 두고 사람들이 하는 말을 자주 들어왔지만 이 아름다움이 얼마나 깊고 관능적이며 생기에 차 있는지 미처 예상치 못한 터였다. 얼마나 기이하고 독특한 아름다움인지. 놀라움과 동요를 불러일으키는 아름다움, 경탄을 자아내기보다는 욕망과 격정을 부추기는 아름다움. 숨죽인 절규처럼, 허스키한 목소리로 부르는 노래나 시큼한 맛처럼, 난데없이 달려들어 멱살을 움켜쥐는 아름다움. 아직 죽음으로 인해 손상되거나 얼어붙지 않은 아름다움이었다. 카트린을 덮친 이 난폭한 죽음은 그녀의 얼굴에 더욱 강렬한 표정을 심어놓은 참이었다. 오만하고도 절대적인 솔직함이 담긴 표정이었다. 순간 앙브루아즈 모페르튀의 마음속에서 솟구쳤던 그 모든 표독스러운 기쁨이 갑자기 흐려지며 방향을 틀더니 분노에 오롯이 자리를 내주었다. 그런 특별한 아름다움을 감히 세상에서 제거해버린 뱅상 코르볼을 향한 차갑고 어두운 증오였다. 그는 여자를 강가에서 끌어내 덤불숲에 매장하기 위해 시신 곁에 무릎을 꿇고 앉았다. 그 순간 갑자기 그의 몸이 여자의 몸 위로 쓰러졌고, 그의 머리가 여자의 목 위에서 도리질했다. 그렇게 그는 한순간 여자의 몸을 품에 안았다. 이제 막 죽음의 손으로 넘어가 더욱 충격적인 아름다움을 발하는 몸이었다. 그는 온 힘을 다해, 느닷없는 절망감에 휩싸인 강렬한 욕구의 부추김을 받아, 이 아름다움을 죽음에서 떼어놓으려 했다. 때마침 물길을 따라 이동하는 장작들의 소음에 새로운 울림이 가미되었다. 마치 통나무들에 거칠게 새겨진 종들이 강물 속에서 요동치기 시작한 것 같았다. 하나의 추—각각의 종에 든 C라는 글자—가 흔들리자 모든 종들이 일제히 울려댔다.

코르볼의 C, 카트린의 C, 분노와 슬픔의 C, 카트린 코르볼의 심장인 C가 강물 속에서, 온갖 나무들이 자라는 숲속에서 힘차게 뛰고 있었다.* 카트린의 심장인 C가 이 땅에서 마지막으로 뛰고 있었다. 한 남자의 상반신 밑에서 마지막으로 경이롭게 두근 댔다. 그렇게 앙브루아즈 모페르튀는 자신의 가슴 아래서 여자의 심장이 뛰는 것을 느꼈다. 이 심장이 두근대는 소리가 자신의

---

* Corvol의 C, Catherine의 C, colère(분노)와 chagrin(슬픔)의 C, cœur(심장)의 C.

심장을 뚫고 들어오는 것을 느꼈다. 그 순간, 광기가 앙브루아즈 모페르튀의 마음속으로 침입해 들어왔다. 광기가 그를 움켜잡고 만 것이다. 그에게 제물처럼 바쳐진 여자, 이 여자의 연인이 될 수 없었기 때문이다.

상처에서 흘러나온 피가 아직 축축했다. 짐승이 제 옆구리의 벌어진 상처를 핥듯 그는 이 피를 핥았다. 그는 카트린의 몸과 자신의 몸을 더이상 구분할 수 없었다. 죽은 카트린의 아름다움이 그에게는 상처가 되었다. 그녀는 물론 그 자신에게서 흐르는 피를, 죽음은 물론 생명으로부터 흐르는 피를, 그는 핥았다. 아름다움과 욕구의 피를 핥았다. 분노의 피를 핥았다. 그는 그녀의 어깻죽지에 머리를 묻고 그녀의 머리카락 속에 두 손을 집어넣었다. 아직 생명의 냄새와 열기를 간직한 금발 속에. 그는 여자의 관자놀이와 눈꺼풀에 입을 맞추고 반쯤 벌어진 여자의 입술을 깨물었다.

그런 다음 카트린의 몸을 천천히 들어올려 수풀 근처에 내려놓았으며, 그곳에 돌로 흙을 파서 무성한 잡초와 엉겅퀴 아래 시신을 깊숙이 묻었다. 카트린을 흙과 돌 밑에 매장하기 전 그 목덜미 아래 강에서 빼돌린 장작 하나를 밀어넣고 가슴에는 코르 볼의 단도를 올려두었다. 죽은 이가 이방인의 신분으로 저승에 들어가지 않도록 양손에 십자가를 쥐여주듯, 고인의 영혼이 저

승길에서 통행료를 지불할 수 있도록 양 손바닥 안에 동전 한 닢을 밀어넣어주듯. 무릇 값을 치르지 않아도 되는 것은 하나도 없으니까. 게다가 앙브루아즈 모페르튀는 이승과 저승을 구분짓지 않았다. 그는 카트린이 저승의 세력들 사이에서 자신의 살인자 남편을 고발할 수 있기를, 그래서 코르볼에게 가장 값비싼 대가를 요구하며 복수할 수 있기를 바랐다.

날이 완전히 새기 전에 그는 범죄의 모든 흔적을 말끔히 지웠다. 산 자들의 눈으로부터 일체의 흔적을 지워버렸다. 보이지 않는 세계를 지배하는 자들의 준엄한 시선마저 피해갈 수는 없겠지만. 죽어서 흙과 돌 밑에 누운 카트린은 남편이 자신의 젖가슴에 꽂은 단도를 양손에 움켜쥐고 있었다. 나무뿌리나 진흙은, 땅 밑이나 강물 속에 사는 짐승들은 이 사실을 알고 있을 터였다. 인간들은 이 범죄를 모를 수 있겠지만 땅은 그럴 수 없을 것이다. 저지대에서 고지대 숲들에 이르기까지 땅은 모를 리 없으며 아름다움을 훔친 코르볼에게 보복해올 것이었다.

카트린이 쓰러져 피를 쏟은 곳에 그는 잔가지와 가시덤불로 불을 지폈다. 재가 된 풀과 피가 아침 산들바람에 실려 강가에 흩어졌다. 한 시간 전에 이 장소에서 벌어진 일은 아무도 짐작하지 못할 것이다. 아무도 그 사실을 모를 것이다. 오직 코르볼과 그 자신만이 아는 비밀이었다. 그가 코르볼만큼 두려워하지는 않는 비밀, 그렇긴 해도 몹시 집착하는 비밀이었다. 또 그가 코르볼보다 더 많은 것을 아는 비밀이기도 했다. 카트린이 누운 장소를 아는 사람은 그 자신뿐이었으니까. 무엇보다 카트린의 피가 지닌 맛을 아는 이 또한 그뿐이었다. 그는 카트린의 젖가슴에 머리를 기댄 마지막 사람이었다. 그녀의 목과 입에 자신의 입술을 갖다대고, 그녀의 머리카락을 쓰다듬고, 그 피부의 향내를 들이마신 마지막 사람이었다.

하지만 그가 몰랐던 사실, 그 순간 이후로 잠시도 벗어날 수 없는 사실이 있었다. 모페르튀 자신이야말로 카트린 코르볼과 미친 사랑에 빠진 마지막 사람이었다는 것. 여자는 강가의 풀숲에 누워 있었다. 얼굴은 하늘을 향해 있고, 광막한 장밋빛 새벽을 향해 열린 아몬드 모양의 초록색 두 눈은 여전히 빛을 발했다. 반쯤 열린 입에는 범죄가 저질러지기 직전에 감돌았던 놀라운 침묵의 광채가 서려 있었다. 제2의 입처럼 깊이 베인 젖가슴에서도 이 미친 침묵의 피가 흘렀다. 그는 이 모두를 보고 만 것이다. 마음속에 새겨진 이 영상을 영원히 간직할 것이었다. 나무에 새겨진 종 수천 개가 한꺼번에 울려대는 것 같은, 영원히 살아 있는 낭랑한 영상이었다. 도를 넘어선 아름다움을 한도 끝도 없이 외쳐대는 끈질긴 영상이었다. 도를 넘어선 폭력과 욕망과 고통과 생명을 담은 아름다움. 절정의 순간에 공격받고 저항하다 꺾이고 결국 육신으로부터 강탈당한 아름다움.

앙브루아즈 모페르튀가 목격한 것이 바로 그것이었다. 아름다움을 형성해 나날이 정복해간 얼굴은 욕망에 찬 반항적인 육신의 내장 사이에서 아름다움을 끌어내 승화시켰지만, 이제 이 얼굴에서 아름다움이 강탈당한 것이다. 아름다움이 그 육신에서 푸른 불 가면처럼 뜯겨나간 것이다. 미지의 죽음으로 옮아가는 얼굴에서 번득이는 예기치 못한 섬광. 소멸의 신비 속으로 미끄러져 들어가는 순간 최후의 눈부신 광채를 발하는 아름다움. 이것을 그가 본 것이다. 죽음의 손에 산 채로 넘겨진 카트린 코르볼의 아름다움. 이것이 그가 목격한 전부였다. 이제 이 모습이 밤낮으로 그의 눈앞에 아른거리며 떠나지 않게 되었다. 특히 밤에 그랬다. 죽은 카트린의 아름다움과 해후했던 그 아침 이후 그는 날마다 침상에 똑바로 누운 채 꼼짝도 하지 않고 밤을 지새웠다. 카트린을 매장하기 전 그가 그녀의 목에 받쳐준 것과 똑같은 장작 위에 목덜미를 올려둔 채. 하지만 그날 아침 그가 강에서 가져온 이 떡갈나무 토막에는 두 개의 이름이 새겨져 있었다. 코르볼의 이름과, 그가 첨가해 넣은 자신의 이름이었다. 나중에 코르볼의 것이었던 숲들이 자신의 소유가 되었을 때 모페르튀는 태양의 형상 속에 자기 이름의 머리글자 M이 든 망치를 만들게 했다.

　같은 날 저녁 정해진 장소에서 뱅상 코르볼을 다시 만났을 때 모페르튀의 말투는 그날 아침 강가에서보다 훨씬 거칠었다. 일 말의 경쾌함도 묻어 있지 않은 가차없는 말투였다. 그사이 카트린의 얼굴이 그를 사로잡은 터였다. 죽은 카트린의 적나라한 아름다움이, 끔찍하고도 경이로우며 성스러운 비밀처럼 그에게 드러난 참이었다. 그렇게 드러난 순간 파괴된 비밀이기도 했다. 이런 파괴에는 응당 보복이 따라야 했다. 남편을 향한 카트린의 증오와 말없는 분노와 필사의 싸움이 그의 내면으로 밀려들어 심장까지 솟구쳐올랐다. 그가 매 계절 살아남기 위해 일하며 섬겨야 했던 부유한 주인 남자였다. 그러나 베틀레앵의 번잡한 변두리 지역에서 뗏목으로 목재를 운반하는 일꾼이자 품팔이 노동자이며 사생아인 그에게 이 남자에 대한 설욕의 기회만 주어진 것은 아니었다. 더 중대한 앙갚음이 이루어져야 했다. 카트린 코르볼의 피가 그 자신의 피와 뒤섞여 혈관 속에 보복을 요구하는 끈질긴 함성과 희미한 절규를 실어날랐다. 강가 풀숲에서 검게 변한 카트린의 피, 앙브루아즈 모페르튀의 심장 속에서 검은 주문이 되어버린 피였다.
　그리하여 그는 자신이 아는 것에 대해 침묵하는 대가로 두 가지 조건을 내걸었다. 첫번째는 향후 일 년 안으로 공증인 앞에서 고지대의 숲, 즉 솔슈와 잘과 파이 숲을 그에게 넘긴다는 조건이었고, 두번째는 코르볼의 딸 클로드를 그녀가 열여덟 살이 되는 즉시 모페르튀의 맏아들에게 준다는 조건이었다. 두번째 조건은 그가 카트린의 아름다움을 목격하고 나서야 머릿속에 떠올린 것이었다. 클로드를 요구하며 그가 원한 것은 카트린의 몸에서 비롯된 무엇이었다. 카트린의 몸에서 태어난 여자를 자신의 맏아들을 통해 차지하겠다는 의도였다. 자식들을 통해 카트린과 피와 살을 섞겠다는 것이었다. 이것이 그의 침묵에 대한 대가였다. 그게 전부였으며 그 외에는 아무것도 요구하지 않을 것이다. 하지만 코르볼이 이 두 가지 약속을 지키지 않는다면 당장이라도 진실을 폭로하고 말 것이다. 그에게는 증거가 있었으며 시신이 묻힌 장소를 아는 것도 그 자신뿐이었으므로. 코르볼은 그 모든 조건을 받아들였다. 그리고 두 가지 약속 중 첫번째를 지켜, 사건이 있고 일 년도 안 되어 자신의 숲들을 모페르튀에게 넘겨주었다. 아무도 이해할 수 없는 이런 정신 나간 행동에 사람들은 경악했다. 하지만 불쌍한 코르볼이 아내가 달아난 뒤로 제정신이 아니라는 점을 고려해 애초의 놀라움은 다소 가라앉았다. 카트린 코르볼이 집을 나가면서 짐가방 속에 남편의 이성도 한 조각 챙겨간 거라고 사람들은 생각했다. 이제 코르볼은 바깥출입을 하지 않았고, 웃거나 미소를 짓지도, 방문객을 받지도 않았다. 그는 욘 강가의 집안에 틀어박혀 지냈다. 그 자신보다 더 슬프고 창백해 보이는 두 자식과 함께. 하지만 자식들과도 말을 하지 않았다. 그는 집에 거주한다기보다 추위에 떠는 그림자처럼 집안을 배회하고, 온종일 서재에 박혀 있었다. 그곳에서 놀라움과 공포가 가시지 않은 얼굴로 탁자에 양손을 맥없이 올려둔 채 몇 시간이고 생각에 잠겼다.

그의 아내가 떠나며 그에게서 이성의 일부를 갈취해간 거라 믿는 사람들의 말은 일리가 있었지만, 사실 그녀는 더 지독한 짓을 저지른 터였다. 그의 칼에 찔려 쓰러지면서 그에게 남아 있던 약간의 이성마저 휘청거리게 만든 것이다. 그리고 강 건너편에서 그의 이름을 외쳐대는 모페르튀의 고함소리가 그의 뒤집힌 이성을 돌처럼 굳어지게 했다. 그런데 모페르튀가 이해하지 못한 사실이 하나 있었다. 그러니까 모페르튀가 요구한 침묵의 대가를 코르볼이 조건 없이 수락한 것은 자신의 죄가 드러날까 두려워서가 아니라는 것. 오히려 그 범죄에 합당한 벌, 야비하고 구역질나는 벌에 자신을 곧장 넘겨주기 위해서였다는 사실이다. 자신이 저지른 범죄는 어떤 감옥에도 가둬둘 수 없는, 그토록 끔찍한 것으로 여겨졌다. 그런데 험상궂고 고집 센 표정에다 심술궂은 눈과 거친 목소리를 지닌 저 벌목꾼, 숲에서 내려온 악령처럼 느닷없이 강에서 튀어나온 저 짐승 같은 인간은 그의 범죄와 닮아 있었다. 코르볼이 보기에 모페르튀는 그가 저지른 범죄의 화신이었다. 그를 심판하러 온 것이 아니라 끝없이 괴롭혀대기 위해 온 영靈이었다. 사실 그가 필요로 한 것이 그것이었다. 심판을 받는 것이 아니라, 짓밟히고 빼앗기고 고통받는 것. 그 누구도 코르볼 자신보다 스스로에게 더 가혹한 심판을 내릴 수는 없을 것이다. 그는 사람들이 말하는 정의로부터 돌연 까마득히 떨어져나와 있었다. 그것은 인간들의 법과는 상관없는, 훨씬 잔인하고 광기 어린 어떤 막연한 법과 관련된 일이었다. 쉴새없이 그의 마음과 영혼을 꾸짖으며 영원히 작열하는 한 줌의 잉걸불처럼 들쑤셔대는 법이었다. 모페르튀는 이 법과 속죄의 광기를 구현했으며, 코르볼은 이에 순종했다.

시월의 결혼식

부락에 도착한 에프라임은 페름뒤부에서 발길을 멈췄다. 부엌 식탁에 에드메와 주제가 앉아 있었다. 뚱보 레네트는 아궁이 옆 장의자에서 졸고 있었다. 틀어올린 머리에, 커다란 꽃무늬 숄로 몸을 감싼 채. 왼뺨에 길게 생살이 드러난 상처 입은 얼굴로 들어오는 에프라임을 본 순간 에드메와 주제는 자리에서 일어섰다. 여전히 꿈속을 헤매는 뚱보 레네트는 에프라임이 온 것을 알아차리지 못하고 멍한 표정으로 아궁이 불길만 바라보았다.

"보십시오, 제 아버지에게 가서 말씀드렸더니 그 대답이 이겁니다."

에프라임은 이렇게 말하며 손을 얼굴에 갖다댔다. 그러더니 다시 말을 이었다.

"두 분의 딸 렌에게 청혼하러 왔습니다. 전 이제 빈털터리입니다. 집도 없습니다. 아버지의 집에서 쫓겨났으니까요."

주제가 다가가 그의 팔을 잡았다.

"이리 와 앉게, 한잔하세. 에드메! 술잔과 술을 가져와요. 축하할 일이니까. 자네가 이렇게 와준 걸 축하해야지. 그러니 기운을 내게. 정말이군! 모페르튀 양반에게 호되게 당했군, 혼이 났겠어! 에드메! 상처를 치료할 습포든 뭐든 좀 가져와요……"

주제 영감은 안절부절못하며 사방을 오갔다. 이처럼 예기치 않게 사윗감이 생긴 것은 못내 흡족했지만 이 사윗감에게 막 닥친 일에 동요하지 않을 수 없었기 때문이다. 에프라임 모페르튀가 그날 아침 딸에게 청혼하러 왔었다는 소식을 에드메에게 들었을 때, 주제는 장의자에 털썩 주저앉아 한 시간 가까이 무릎을 치며 그대로 앉아 있었다.

"꿈이 아니야!…… 이건 꿈이 아니야!……"

그는 행복에 겨운 미소를 지으며 같은 말만 되풀이했다. 자기 딸을 맡겠다고 나선 남자를 마침내 찾아낸 것이다.

"꿈이 아니야, 이건 꿈이 아니야!……"

그는 춤이라도 출 것 같았다. 청혼을 받아들이는 것은 이미 기정사실이었다. 그러나 에드메는 좀더 신중한 태도를 취하며 어떤 기쁨이나 자긍심도 드러내지 않았다. 그녀에게 영예란 자기 딸을 내주는 일이지 사위를 맞는 일이 아니었다. 그녀는 망설이는 태도로 온종일 쉴새없이 중얼댔다. "생각해볼 일이지!"라고. 막상 무엇을 생각해봐야 하는지는 모르는 채. 한편 뚱보 레네트는 자신과 관련된 이 소식을 듣고도 전혀 놀라는 것 같지 않았다. 그녀 안에는 일체의 감정이 잠들어 있어 오직 굶주림만이 마음과 생각을 가득 채우고 있었다. 결혼, 사랑, 욕구, 이 모든 것이 그녀에게는 의미가 없었다.

에프라임이 다시 찾아올 때까지 에드메는 마음을 정하지 못하고 있었다. 그러나 그날 저녁 그가 옆얼굴이 잔뜩 부어오른 모습으로 들어서는 것을 본 순간 그녀도 그를 받아들였다. 모페르튀 영감이 알거지로 내쳐버린 그 아들의 얼굴에 난 상처야말로 에프라임이 그녀의 딸을 맡을 자격이 있음을 입증하는 분명한 증표였다. 그가 관례대로 한껏 멋을 부린 깨끗한 정장 차림으로 와서 청혼을 했던들 그에게 충분한 자격이 있다는 판단이 선뜻 서지 않았을 것이다. 기적과도 같은 그녀의 딸은 모든 관례를 벗어나 있었기 때문이다. 그런데 그처럼 상처 입고 버림받은 에프라임은 그녀의 눈에 고귀하게 비쳤고 심지어 성스러워 보이기까지 했다. 이제 가난한 고아에다 집도 없는 에프라임은 성모님의 가호밖에는 의지할 데가 없었기 때문이다. 주제 역시 에프라임이 상속권을 박탈당했다는 소식에 마음이 흔들리거나 하지 않았다.

애석한 일인 것은 틀림없지만, 그는 에프라임이 힘세고 끈기 있는 일꾼임을 누구보다 잘 알고 있었다. 그거면 충분했다. 그들은 늘 가난했으니 앞으로도 그렇게 살면 되었다. 저마다 조금씩 자리를 양보하면 농가에 새 식구를 들일 자리를 마련할 수 있을 터였다. 이제 바통을 넘겨준다는 사실이 중요했다.

에드메는 뚱보 레네트를 또 한번 저장소에 다녀오게 한 다음 버터 제조용으로 휘저어놓은 우유와 약초를 섞어 에프라임의 관자놀이와 뺨에 붙일 습포를 만들었다. 그동안 식탁에서 두 남자는 술을 마셨다. 주제가 자두주를 담아둔 커다란 토기 호리병을 앞에 두고 얼굴을 마주한 채. 잠시 후 주제는 딸에게 그들 곁에 와 함께 앉으라고 말했다. 렌은 순순히 다가와 아버지 곁에 자리를 잡았다. 에프라임이 그녀에게 자신의 청혼을 받아들이는지 물었다. 마침내 렌도 그를 향해 맑고 푸른 두 눈을 들고 어렴풋이 미소를 지어 보이며 고개만 끄덕였다.

에프라임은 페름뒤부에 머물렀다. 그는 정해진 결혼식 날까지 헛간에서 잠을 잤다. 앙브루아즈 모페르튀는 베르슐레가 사람들을 보러 오지 않았을 뿐 아니라 욕설이나 협박을 하러 올 생각도 하지 않았다. 그들의 집 앞을 지나갈 때는 혐오감을 표시하기 위해 뒤돌아서서 문지방이 있는 쪽을 향해 침을 뱉은 뒤 가던 길을 계속 갔다. 어쩌다 길이나 숲속에서 아들과 마주쳐도 알은체하지 않았다. 이방인을 만났을 때 얼핏 떠올리는 조심스러운 경계의 표정조차 짓지 않았다. 마치 에프라임이 존재하지 않거나 눈에 보이지 않는다는 듯 모르는 체했다. 사람들이 그의 아들에 대해 말하려 하거나 이 결혼을 두고 설득이라도 할라치면, 그는 놀란 표정으로 그들을 바라보며 잘라 말했다.

"누굴 두고 하는 말인가? 무슨 얘기지? 내겐 아들이라곤 마르소 하나뿐이야. 에프라임이라 했는데, 난 그런 사람 몰라. 그런 이야기에는 관심도 없네."

앙브루아즈 모페르튀의 이런 차가운 분노는 성모님에 대한 신심이 지극한 에드메의 마음을 아프게 했다. 그녀는 5월 첫날에 내린 눈을 받아 녹인 물에 천을 적셔 매일 저녁 에프라임의 상한 얼굴을 씻어주었다. 이 상처가 모욕당한 아들의 마음속까지 뿌리내리지 않도록, 거기서 사악한 보복의 욕구가 머리를 들지 않도록 하기 위해서였다. 그녀는 지극히 자비로운 성모님의 눈물로, 눈에 보이거나 보이지 않는 그의 고통을 씻어냈다.

어찌됐건 앙브루아즈 모페르튀는 에프라임이 숲에서 일하게 내버려두었다. 그는 에프라임을 여느 품팔이 벌목꾼과 다름없이 고용했다. 하지만 그 누구보다 엄중하게 감시했으며 제일 힘든 작업을 배당했다. 앙브루아즈 모페르튀는 자신의 상속자가 되어야 했을 아들을 노예로 삼았다.

결혼식은 시월이 가기 전, 만성절을 코앞에 두고 치러졌다. 주제와 에드메와 렌과 에프라임은 작은 당나귀가 끄는 이륜마차를 타고 아랫마을까지 내려갔다. 에드메는 흰 나사로 드레스를 지어 딸의 거대한 몸에 입히고 목에는 푸른 리본을 매어주었다. 성모님의 겉옷과 같은 푸른색 리본이었다. 동행한 마을 사람은 한 명도 없었다. 하나같이 앙브루아즈 모페르튀의 분노를 살까 저어했기 때문이다. 그러나 모두들 이륜마차가 지나가는 것을 커튼 뒤에 숨어 지켜보았다. 도딘만이 부락 어귀까지 종종걸음으로 몰래 따라와 에프라임에게 입을 맞추고 절약해 모은 돈에서 떼어낸 몇 푼을 손에 쥐어주었다. 그들이 부락으로 돌아왔을 때는 이미 해가 저물어 있었다. 네 사람은 인적이 끊긴 부락을 조용히 다시 통과했다. 또다시 사람들은 창문 뒤에 숨어 그들을 훔쳐보았다. 차가운 저녁 가랑비와 안개 사이로, 진흙 속에서 발굽이 헛돌며 힘없이 이륜마차를 끄는 작은 당나귀와 승객들의 희미한 형체만 알아볼 수 있었다. 검은 형체 셋이 앞좌석에 붙어앉고, 거대한 신부의 희끄무레한 형체는 뒷좌석에서 흔들리고 있었다. 겨울의 도래를 알리러 온 풍만한 눈●의 여신 같은 모습으로. 가랑비가 부슬대는 정적 속에서 당나귀의 마구에 매달린 방울 소리만 희미하게 울려퍼졌다. 어린아이의 조금 서글픈 웃음소리나 뚱보 레네트의 웃음소리를 닮은 귀여운 방울 소리였다. 어쩌면 그녀가 자신의 묘한 웃음소리를 늙은 당나귀의 방울 소리와 뒤섞어놓은 것인지도 몰랐다.

이렇게 결혼식이 치러지고, 만사가 절차대로 진행되었다. 에프라임 역시 아버지와의 관계를 정리하면서 아버지가 분노를 쏟아낼 만한 일이었다고 인정하고 돌이킬 수 없는 일로 받아들였다.

그리하여 에프라임은 페름뒤부에 정착하게 되었다. 앙브루아즈 모페르튀는 맏아들을 통해 코르볼이라는 이름을 집어삼킨 뒤 자신의 이름을 주인으로 만들어 군림케 할 작정이었건만, 에프라임이 렌과 이름을 공유함으로써 이 맏아들의 이름은 이제 힘도 부도 상실해버렸다. 에프라임은 자신의 이름을 베르슬레라는 이름과 결합시켰다. 베르슬레라는 부드럽고 온화한 이름에 자신의 이름을 섞음으로써 모페르튀라는 이름의 중압감에서 벗어났다. 렌을 위해 그는 모든 것을 상실했다. 아들의 자격과 세 숲에 대한 권리는 물론 넓은 안마당과 헛간과 외양간이 딸린 아름다운 페름뒤파도 잃고 말았다. 가난에서 벗어나기 무섭게 또다시 그곳으로 곤두박질친 셈이었다. 하지만 그는 그 무엇도 후회하지 않았다. 그가 렌 곁에서 발견한 평화와 행복은 이곳의 숲을 모두 합한 것보다 더 크고 깊은 것이었다. 그녀 곁에서 이제 막 찾은 거처는 페름뒤파보다 훨씬 넓고 넉넉했다. 그것은 어떤 경계도, 그림자도, 소유권의 미심쩍은 이전도 없는 비옥한 땅이었다. 몸을 누이고 숨고 꿈꾸고 싶은, 깊고 부드러운 땅이었다. 장밋빛 흰 살결의 이 달콤한 살의 궁전 속으로 그는 매일 밤 망각에 이르도록 빠져들었다. 그는 그날의 피로와 고통과 고독을 망각했으며, 무엇보다 그의 마음을 들쑤셔댄 감춰진 증오를 망각했다. 아버지를 향한 이 증오는 아버지가 자신을 부인하고 저주하고 허리띠로 자신의 얼굴을 후려치던 날 저녁에 시작된 것만은 아니었다. 훨씬 해묵은 증오, 한시도 그를 떠나지 않은 증오였다. 언제나 난폭하며 권위적이었던 아버지, 오만하고 악착스러운 마음이 늘 노여움에 사로잡혀 있던 아버지였다. 마음이 단단히 굳어 있어 아내의 요절을 겪고도 슬픔을 느끼기는커녕 눈 하나 깜짝하지 않던 아버지였다. 어머니의 죽음에 그토록 무심한 아버지를 에프라임은 이미 용서할 수 없었는데, 그러던 중 아버지의 수상쩍은 부의 축적을 목격하면서 심기가 더욱 불편해지는 것을 느꼈다. 아버지에 대한 의심과 혐오감에 시달리게 된 것이다. 그렇게 재산을 이양하고 만 코르볼의 이해할 수 없는 행동에 대해 아버지는 한 번도 해명하려 들지 않았다. 또 이 문제를 두고 사람들이 제기하는 질문에도 대답한 적이 없었다.

"그냥 그렇게 된 거야. 더 할 말 없다. 코르볼과 나, 두 사람 사이에 모든 게 정상적으로 처리되었다. 공증인 앞에서 말이야. 이제 숲들의 소유주는 나다. 내가 주인이라고.”

두 아들을 포함해 누구든 감히 질문이라도 할라치면 그는 무뚝뚝한 목소리로 이렇게 응수했다. 그리고 상대가 거기서 그치지 않고 꼬치꼬치 캐물으면 그는 불같이 화를 냈다. 에프라임은 아버지가 그처럼 고집스레 침묵을 지키는 이유가 미심쩍었을 뿐 아니라 어쩌면 야비하고 끔찍한 것일 수도 있겠다는 느낌을 떨칠 수 없었다. 처음부터 이런 의심이 잠시도 그의 머릿속을 떠나지 않고 내면에 끈질긴 욕지기처럼 남아 있었다. 아버지가 그와 결혼시키겠다고 맹세한 뱅상 코르볼의 딸 클로드를 그는 알지 못했다. 어쩌면 착하고 매력적인 여자인지도 몰랐다. 하지만 그녀를 사랑할 수는 없을 것이었다. 아무리 아름다운 여자라 해도 거기 그렇게 있는 것만으로도 끊임없이 그의 불안과 혐오감을 자극하고 심지어 악화시킬지도 몰랐다. 그러나 뚱보 레네트 곁에 있으면 망각이 가능했다. 모든 것을 망각할 수 있었다. 의심의 짐이 가벼워지고 욕지기가 가라앉고 증오가 사라지는 것을 느꼈다. 몸과 머리카락, 살과 피부. 뚱보 레네트는 그의 궁전이요 기쁨의 땅이었다. 그는 이 망각의 숲 깊숙이 들어가 그 모든 찬란한 감각 속에서 길을 잃었다. 마치 뚱보 레네트의 몸을 사로잡은 그 지속적인 굶주림이 그의 살 속에는 끝없이 욕구가 밀려드는 뜨거운 미로를 만들어놓은 것 같았다. 그의 안에서는 굶주림과 욕구가 똑같이 활활 타오르고 소용돌이치면서 뒤섞였다.

그러나 뚱보 레네트에게서는 굶주림과 욕구가 섞이지 않고 싸움을 벌였다. 실제로 그녀 안에서는 싸움이 벌어지고 있었다. 조용하고 눈에 띄지 않지만 몹시 격렬한 싸움이었다. 마치 굶주림이 이 거대한 몸을 점거해 홀로 지배하려는 것 같았다. 몸안의 공허가 더욱 생생하고 강렬해져 순수한 내면의 공간이 자리잡음으로써 완벽한 처녀성이 펼쳐지고 있었다. 욕구가 실린 남자의 몸이 가해오는 공격과는 다른 공격을 기다리면서. 살과 피가 전해주는 것과는 다른 황홀감이었다. 뚱보 레네트를 갉아먹는 이 해소되지 않는 굶주림은 단순한 기다림에 지나지 않았다. 마음속 깊이 새겨진, 육肉이 된 기다림이었다. 이 기다림이 요구하는 것은 남자의 몸이 아니었다. 그것과는 아주 다른 몸, 영광의 몸, 흰빛의 계시와도 같은 몸이었다. 그런고로 뚱보 레네트는 이 살의 궁전에서 더 큰 고통에 시달려야 했고, 지속적으로 빠져 있던 반수 상태는 꿈을 꾸는 듯한 상태가 되었다. 그런데 자신의 몸과 영혼을 끝없이 괴롭혀댄 이 막연한 기다림의 정체에 그녀는 이제 어렴풋이나마 눈을 뜨기 시작했다.

하지만 너무도 막연한 이 기다림은 그런 식으로 더 오래 지속될 수밖에 없었다. 여러 몸 사이에서 지그재그로 나아가면서 시간을 끌며 방황해야 했다. 그녀 주변에는 많은 몸들이 있었지만 그녀에게 충족감과 궁극적인 평화를 선사하기에는 역부족이었다. 실제로 뚱보 레네트에게서는 아홉 명의 아이가 태어났다. 정상을 벗어난 몸에 깃든 생식능력은 살 밖으로 팽창될 운명이었다. 어머니가 그녀에게 지어준 이름들 하나하나가 시간이 흐르며 저마다 완전한 몸을 부여받았다. 남자의 커다란 몸이 매일 밤 망각을 찾아 피로와 괴로움과 고통과 말없는 분노를 내려놓기 위해 그녀의 몸 위로 쓰러졌으며, 그때마다 그녀 안에서는 풍요로운 새 생명이 몸을 일으켰다.

결혼 이듬해에 뚱보 레네트는 아들을 낳았다. 아이는 8월 15일 꼭두새벽에 태어났다. 매해 같은 날 그녀는 어김없이 아들을 출산했다. 태어난 시각만 달랐다. 맏아들은 8월 15일 새벽에, 다섯째 아들은 8월 15일 정오에, 막내아들은 8월 15일 밤에 태어났다. 뚱보 레네트와 에프라임의 아들 아홉 명은 성모님의 시계처럼 하루의 여러 시각을 가리켰다. 아침의 아들들과 정오의 아들, 밤의 아들들이 있었다. 저마다 이름에 마리라는 또다른 이름이 덧붙었다. 에드메가 기적과도 같은 딸을 신심으로 바친 그 성모님을 기리기 위해서였다. 에드메의 설명대로라면, 영광스러운 성모승천대축일을 기념해 태어난 이 아들들은 모두 성모께서 거듭 베푸신 자비의 응답에 지나지 않았다. 그녀가 수없이 올린 성모송에 성모께서 화답하신 것이다. 렌의 막내아들이 태어난 8월 15일 밤, 에드메는 이 아들이 기형임을 알아차렸지만 그렇다고 상심하기는커녕 오히려 기뻐했다. 에드메가 보기에 그것은 실총失寵과는 정반대되는 것, 그녀가 평생토록 경험해온 신비의 최종적인 발현이었다. 아이는 언청이였다. 그 순간 에드메는 깨달았다. 이 아이가 마지막이며, 렌이 더이상 아이를 낳지 않을 것임을. 이 결함은 아이가 태어날 때 그 입에 신비의 천사가 새겨넣은 표징이었다. 어머니의 뱃속에서 계시받은 비밀을 이 막내아들이 누설해서는 안 되었으므로. 어머니의 뱃속에 항시 깃들어 있던 비밀, 굶주림의 비밀을.

굶주림은 뚱보 레네트 안에 늘 현존하며 그녀를 끈질기게 괴롭혀댔다. 에프라임의 몸뿐 아니라 그녀가 잉태하고 낳아서 기른 아홉 아들의 몸 역시 그녀의 굶주림을 해소하거나 완화해주지 못했다. 그러나 결혼 이후에 닥친 꿈을 꾸는 듯한 상태는 해가 가고 출산이 어김없이 반복되면서 소녀 시절과 젊은 시절 내내 그녀가 빠져 있던 무기력한 졸음을 차츰 떨쳐냈고, 그후 그녀에게 사물들이 보다 명료하게 보이기 시작했다. 뚱보 레네트는 서서히 의식의 세계로 건너왔고 그녀 안에 자리한 막연한 꿈도 안개처럼 걷히기 시작했다. 그리고 몸도 예전처럼 주체할 수 없을 만큼 무겁게 여겨지지 않았다. 그녀는 분주하게 움직이고 일하는 법을 배워갔다. 아직은 몹시 굼뜨고 엄청난 조심성이 따랐지만, 예의 꿈꾸는 듯한 상태를 마치 몽유병자처럼 유지해가면서. 다소 불안하고 때로는 힘겨워 보이는 느린 동작으로 그녀는 공간 속을 옮겨다녔으며, 더이상 예전처럼 아궁이의 열기에 싸여 장의자에 몸을 누인 채 하루를 보내지도 않았다. 그러나 저녁 식사를 마친 뒤 찾아드는 끔찍한 허기의 고통 앞에서는 속수무책이었다. 그럴 때면 예전처럼 벽난로 옆 장의자 위에 잠시 몸을 누이고서 푸른 불길을 바라보았다. 굶주림으로부터 솟구치는 여전히 막연한 꿈과 마음속에서 동요하는 어렴풋한 기다림이 계속 그녀를 부추겨댔기 때문이다. 그런 순간이 오면 변함없이 우수가 깃든 부드럽고 멍한 시선에 반투명한 푸른 불길이 옮겨 붙었다.

바로 이 시기에, 평생토록 겸손한 순종의 삶을 산 주제의 몸이 눈에 띄게 쇠약해져갔다. 그는 손자들이 전부 태어나는 것을 볼 때까지 기다리지 못하고 뚱보 레네트가 셋째 아들을 출산하기 직전에 세상을 떠났다. 어느 날 밤 잠자리에 든 그는 눈을 감으면서 다시는 이 눈을 뜰 수 없으리라는 것을 알았다. 그러나 그 날 밤, 잠이 아닌 죽음 속으로 들어가야 한다는 확신도 그를 전혀 불안에 빠뜨리지 못했다. 마음속에 동요도 일지 않았다.

'난 살 만큼 살았어. 갈 때가 되었지. 이 세상에서 내 할 일은 한 거야. 딸애도 결혼했고 손자들도 벌써 커가고, 또 하나가 곧 태어날 테지! 이제 바통을 넘겨준 거야. 그래, 에프라임과 그 아들들에게로 바통이 넘어간 거야. 그런데 가난은 여전해서 이곳은 자리가 비좁아. 그러니 자리를 내주어야 해.'

이렇게 생각하며 그는 곁에 누운 에드메 쪽으로 몸을 돌렸다. 어쨌거나 반세기 가까이 그의 반려였던 여자였다. 그러니 영원히 눈을 감기 전 마지막으로 한번 더 그녀를 보아야만 했다. 그런 다음 그는 얼굴을 벽 쪽으로 돌렸다. 세상에는 조심스럽고도 은밀하게 다루어야 할 것들이 있었으므로. 주제에게 죽음은 바로 그런 것이었다.

4월의 결혼식

앙브루아즈 모페르튀는 뱅상 코르볼의 딸을 데려오기 위해 정해준 기일이 닥치기를 마냥 기다리고 있지만은 않았다. 그저 겨울이 지나기만을 기다렸다. 에프라임의 반항으로 그의 인내심은 한계를 넘어선 터였다. 설상가상으로 마르소마저 그의 말을 듣지 않고 그 고장의 다른 여자에게 마음을 빼앗기게 하는 위험을 무릅쓸 수는 없었다. 일을 서둘러야 했다. 눈이 녹기 무섭게 그는 자신이 소유한 가장 아름다운 수소, 바슈와 마르졸레를 새로 칠을 한 수레에 매고 마르소와 함께 클라므시까지 내려갔다. 마르소는 아무것도 원하지 않았다. 아버지가 강제로 시키려는 결혼을 원하지도 거절하지도 않았다. 형이 페름뒤파 밖으로 쫓겨나고 형에게 말을 걸지 말라는 아버지의 서슬 퍼런 명령이 떨어진 후로 그는 완전한 고독 속에 갇혀버렸다. 에프라임과 마찬가지로 그 역시 아버지 앞에서 늘 마음이 거북했는데, 이는 혐오감이라기보다 두려움에 가까운 감정이었다. 반대로 에프라임에게는 순수하고 완벽한 애정과 신뢰를 느꼈으며, 형을 존경해 마지않았다. 그런데 그에게 이런 충만하고 거리낌없는 애착을 돌연 금지하면서 아버지는 이제까지 일말의 그림자도 끼어들지 않았던 관계에 무거운 어둠을 드리워놓았다. 아버지는 그가 에프라임의 자리를 차지하고 형의 몫을 전부 가로채도록 강요했다. 그는 에프라임의 실총을 제 탓으로 돌리고 있던 터라 이 모두가 더욱 가혹하게 여겨졌다. 결국 형은 자기 때문에, 자신의 발 화상을 치료할 약을 에드메 베르슬레에게 얻으러 페름뒤부를 찾아갔으니까. 불행이 시작된 것도 바로 그날이었다. 하지만 감히 아버지에게 반기를 들 수는 없었다. 등골이 오싹해질 만큼 두려운 아버지의 말을 거역할 수는 없었다. 그래서 마음속으로 늘 어떤 분노를 되씹고 있는 아버지와 늙은 도딘 사이에 홀로 남아, 겨우내 절망에 갇혀 지내야 했다. 그리고 이제 그는 잔뜩 멋을 부린 정장 차림으로 어떤 여자를 만나러 가지 않으면 안 되었다. 그 자신만큼이나 어린, 그가 전혀 모르는 처녀였다.

뱅상 코르볼은 마치 오랫동안 기다려온 벌을 달게 받듯 앙브루아즈 모페르튀를 맞았다. 이 벌이 예정된 기일보다 일찍 닥쳤다

해도 별로 달라질 건 없었다. 또 생각보다 더 가혹한 상황이 벌어졌지만 코르볼은 놀라지 않았다. 아들 레제가 누나와 떨어지려하지 않은 것이다. 레제는 욘 강가의 집에 누나 없이 남느니 숲언저리의 저 외딴 부락에 박혀 사는 편을 택했다. 어머니가 사라지고 난 후로 레제는 상처 입고 배신당한 자신의 사랑을 온통 누나에게 쏟게 된 터였다. 그뿐만 아니라 어머니가 그들을 버리고달아난 날부터 그는 성장을 멈추었다. 마치 그의 안에서 시간이정지해 어린아이의 몸 그대로 화석이 된 것 같았다. 열두 살 난레제는 일곱 살 아이처럼 보였다. 그 방탕한 어머니가 돌아오기를 기다리는 듯, 마침내 어머니가 돌아왔을 때 자신을 알아보지못할까봐 두렵다는 듯. 반바지 차림에 무릎이 희고 여윈 어린 아들을 어머니가 알아보지 못할까봐 그는 두려웠다. 어머니가 집에돌아오면 그동안 아무 일도 일어나지 않았다고 믿게 해야 했다. 어머니가 그토록 오랜 기간 동안 도주해 있던 것이 아니라 잠깐파리에 다녀온 거라고 믿게 해야 했다. 벌써 오 년째 계속된 도주였지만. 이런 당찮은 기다림의 힘을 레제는 오로지 누나 곁에서찾았다. 그런데 그런 누나마저 떠난다면 그는 모든 힘을 잃고 희망도 산산조각날 것이었다. 성장이 멈춘 그의 작은 몸은 누나의몸에 접목되어서만 살아남을 수 있었다. 이렇게 해서 뱅상 코르볼은 두 자식을 모두 잃게 되었다. 앙브루아즈 모페르튀로 말하자면 이 허약하고 겁에 질린 사내아이는 필요 없었지만 코르볼을 철저히 벌거벗겨 고독과 고통을 가중시키겠다는 생각을 내심 품고 있었던지라, 결국 이 예기치 못한 기회를 놓치지 않고 사내아이도 데려가겠다고 수락했다.

클로드 코르볼은 한마디 말도 불평도 없이 자신의 운명을 받아들였다. 아버지처럼 병적으로 복종해서가 아니라 무관심했기 때문이다. 그녀는 어머니와 닮은 구석이 하나도 없었다. 외모도 성격도 어머니와는 딴판이었다. 눈은 아버지처럼 회색이고, 입술도 얇고 까칠했다. 아름답다고 할 수 없는 지극히 평범한 외모였다. 어떤 열정도 생기도 탈출의 충동도 찾아볼 수 없는, 엄격하고 침착한 모습이었다. 그녀의 얼굴에는 이미 유년기에 교묘히 덧씌워진 가면이 들러붙어 있었다. 그녀의 어머니는 거부한 가면이었다. 어머니는 반항적이며 가출벽이 있었지만, 딸인 그녀는 체념을 타고난 듯했다. 고독과 침묵과 권태에 체념한 모습이었다. 나날이 더 숨통을 조르는 먼지구름으로 시간을 잘게 부수는 청동 시계추들의 나른한 소음에 싸인 방들, 정원의 달콤한 꽃향기가 무겁게 감도는 방들에서 어머니는 달아났다. 욘 강 기슭의 이 집에서 도망쳐버렸다. 그러나 그녀는 이곳에서 평화를 발견했다. 책을 읽고 강가를 따라 산책하고 정원을 가꾸는 일을 좋아했다. 그녀의 첫 영성체 날 아버지가 심은 목련나무 꽃그늘 아래서, 혹은 어두운 가구들을 장식한 장식품들 사이에서 몽상에 잠기기를 좋아했다. 이 조용한 시골 저택에 감도는 부동不動에 경의를 표하기라도 하듯. 그리고 저녁이면 텅 빈 넓은 거실에서 피아노를 쳤다. 이제 그들을 찾는 이는 아무도 없었으며, 아버지도 더이상 방문객을 받지 않았다.

그런데 수년간 이어진 이런 칩거 생활 끝에 마침내 아버지가 한 방문객을 맞았다. 그리고 상스러운 목소리와 거친 외모의 이 방문객에게 군말 없이 그녀를 떠맡기려 하고 있었다. 천박한 목재상처럼 보이는 이 방문객이 그렇게 그녀를 데려가기로 되어 있다면, 마른 나뭇가지나 실내 장식품처럼 딸려가야 할 것이다. 그녀는 마음을 닫아걸고 자신의 영혼을 보이지 않는 곳에 깊숙이 숨겨둘 것이다. 그녀가 함께 떠나기로 동의한 이 사람들과 섞이지 않고 그저 같이 지낼 것이다.

결혼식은 클라므시의 생마르탱 성당에서 치러졌다. 그렇게 앙브루아즈 모페르튀는 이 가당찮은 결혼을 떠들썩하게 세상에 공개했다. 귀에 거슬리는 어줍은 말씨와 촌스러운 태도가 밴 가난한 벌목꾼들의 후손인 그의 아들이, 몰락한 부르주아 가문의 섬세하고 창백한 처녀인 클로드 코르볼과 맺어진 것이다. 꽃다발과 피아노를 다루는 것 외에 다른 일은 할 줄 모르는 손을 가진, 고상한 몸가짐의 처녀와 말이다. 그는 코르볼가와 모페르튀가를 잇는 연결 고리를 대중 앞에서 확인시키고 싶었다. 코르볼의 자만심을 꺾어놓을 사슬이나 고삐, 가죽 회초리 같은 고리였다. 그는 코르볼이라는 이름을 숲으로 둘러싸인 부락까지 개처럼 끌고 가거기서 모페르튀라는 이름에 종속시켜 침묵하게 할 작정이었다. 그런데 그렇게 해서 그가 얻고자 한 한층 모호한 고리가 있었다. 카트린에게, 카트린의 혈통과 피에 접붙인 가지라는 고리였다. 그녀의 딸 클로드 안에는 이 혈통이 색깔과 활기를 잃은 채 잠들어 있었지만 앙브루아즈 모페르튀는 여전히 희망을 놓지 않았다. 마침내 자신의 며느리가 된 이 여자의 뱃속에서 카트린의 혈통을 물려받은 아이들, 카트린의 피에 다시 생기와 혈색을 부여할 아이들이 태어날 거라는 희망이었다. 욘 강가에 내던져진, 이교도들이 섬기는 여신의 가면 같은 카트린을 본 뒤로, 그는 그녀를 다시 보고 싶은 욕구를 항시 간직해왔다. 그녀를 보고 또 보고, 취하도록 보고 싶었다. 그녀는 기필코 다시 나타날 것이다. 다시 돌아와 그의 마음을 사로잡을 것이었다. 오 년 전부터 그는 오직 이 희망과 미친 듯한 기다림으로 살아온 게 사실이었다.

코르볼의 딸과 모페르튀의 작은아들 간에 성사된 이 황당한 혼인은 클라므시의 부르주아들에게 놀라움과 충격을 주고 험담을 자아냈지만, 그들보다 더 놀란 사람들은 숲으로 둘러싸인 이 부락의 농부들과 벌목꾼들이었다. 그들은 나무딸기와 양치류가 늘

어선 붉은 화강암 길로 모페르튀의 근사한 신혼 행렬이 올라오는 것을 보고 경악했다. 장미와 백합으로 치장한 상아색 뿔에다 밝은 옷을 차려입은 커다란 수소 바슈와 마르졸레가 무거운 발걸음으로 눈부시게 하얀 수레를 끌었으며, 그 위에 신부와 그녀의 남동생이 타고, 두 사람 곁에는 여러 개의 상자와 트렁크, 그랜드피아노 한 대가 놓여 있었다. 그리고 앙브루아즈 모페르튀가 클라므시에서 빌린 듯한 두번째 수레가 그 뒤를 따랐다. 적갈색 옷을 차려입은 채 넓고 편편한 이마에 송악 덩굴을 화관처럼 두른 수소가 이 커다란 수레를 끌었는데, 그 위에는 코르볼가의 정원에서 뽑은 목련나무가 놓여 있었다. 유배당하는 클로드가 자신의 피아노와도, 아름다운 나무와도 헤어지려 하지 않았던 것이다.

행렬은 눈부신 4월의 태양 아래 천천히 부락을 통과했다. 앙브루아즈와 마르소 모페르튀는 각자의 수레 앞에서 수소와 보조를 맞춰 걸었다. 앙브루아즈 모페르튀는 신부가 탄 수레를, 마르소는 목련나무를 실은 수레를 지휘했다. 섬세한 레이스 장식의 신부 옷차림으로 평소보다 더 창백해 보이는 클로드는 수레의 앞좌석을 차지했으며 그 곁에 남동생이 꼭 붙어앉아 있었다. 진지한 표정으로 붉은색 나무 빌보케*를 갖고 노는 그의 눈에 웬일인

---

* 손잡이에 공과 공받이가 매달린 장난감.

지 농부들의 모습이 들어왔다. 마치 종교 행렬을 구경하러 나온 사람들 같았다. 아이들은 유랑극단이 지나가는 모습을 보고 있기라도 한 듯 신이 나서 소리를 질러댔다. 페름뒤부 사람들을 제외하고 뢰오셴의 사람들 모두가 부락 어귀에서 신혼 행렬을 기다렸다. 그런데 그들 일행이 그런 기이한 모습으로 부락으로 들어서는 것을 본 사람들은 신부를 환영하기 위해 환성을 질러야 한다는 것도 잊고 입을 헤벌린 채 넋놓고 바라보기만 했다. 고급 레이스, 빌보케를 갖고 노는 아이, 니스칠을 한 목재 상자들과 가죽 트렁크들, 반짝이는 커다란 이파리들 사이로 가지에 꽃봉오리들이 막 피어나기 시작한 근사한 나무, 그리고 때때로 희미한 음이 새어나오는 거대한 검은색 피아노. 다른 이들과 마찬가지로 평생 피아노를 한 번도 본 적이 없는 도딘은 겁에 질려 두 손으로 얼굴을 감쌌다. 모페르튀의 며느리가 시집오면서 집안의 관을 가져오는 거라 여겼기 때문이다. 부자들은 종종 저런 기이한 행동을 하며, 죽어서까지 그런다고 도딘은 생각했다. 게다가 코르볼이 파산한 부자이고 보면 저 며느리에게 남은 귀중품은 저게 전부인지도 모른다고. 괴상망측한 모양의 그 커다란 관은 마치 영원한 눈물의 옻칠을 한 것처럼 검게 빛났고 희미한 신음 소리까지 냈다. 변사한 어느 조상의 영혼이 이 사후 추방을 괴로워하며 내지르는 소리인지도 몰랐다. 이것이 코르볼의 딸이

받은 유산의 전부, 지참금의 전부였다. 도딘은 행렬이 들어오는 페름뒤파의 안마당으로 들어서기 전에 두려움을 달래기 위해 세 차례 성호를 그었다.

바로 이 안마당에 클로드는 곧바로 자신의 목련나무를 다시 심게 했다. 가지들이 온몸으로 햇빛을 받을 수 있도록 정남향으로 안마당 한복판에. 깊게 판 구덩이를 두엄 섞은 흙으로 메운 다음 토탄으로 덮고 거기에 고추나물 씨앗을 뿌리게 했다. 그렇게 하면 나무가 다시 뿌리를 내리고 뢰오션의 거친 기후와 토양에 적응할 수 있을 터였다. 실제로 머지않아 목련나무는 페름뒤파의 정면에 난 창문들을 마주하고서 향긋한 아이보리색 꽃들을 화려하게 피웠다.

앙브루아즈 모페르튀는 며느리를 좋아하지 않았다. 정말이지 그녀에게는 카트린을 떠올리게 하는 구석이 하나도 없었다. 아버지를 빼닮은 그녀는 코르볼가 대저택의 방들과 거실들의 그늘에 잠겨 다듬어진 모습이었다. 그는 코르볼이라는 이름을 사라지거나 잊히게 할 수도 없었다. 이제 그녀는 모페르튀 부인이지만 그 고장 사람들은 그녀를 언급할 때면 그냥 코르볼의 딸이라 불렀다. 그녀는 너무 먼 곳, 저지대, 도시에서 온 여자였기 때문이다. 또 최근까지도 부를 누렸던 오래된 가문의 여자이기도 했다. 그녀는 너무도 낯선 존재여서 모페르튀처럼, 모페르튀가 아무리 부자가 되었다 한들, 그들에게 친숙한 이름 속으로 쉽사리 끼어들 수 없었다. 게다가 그녀는 그들이 보기에 이상한 여자였다. 외출을 해봤자 숲 언저리를 산책하는 게 전부였다. 곁에는 어김없이 남동생이 따라붙었다. 아직 유년의 흔적이 가시지 않은 발육부전의 이 왜소한 소년은 늘 빌보케를 갖고 놀았다. 아무도 두 사람의 웃음소리를 듣지 못했고, 두 사람은 누구에게도 말을 걸지 않았다. 코르볼의 딸에게는 사람들이 보이지도 않는 듯했다. 그녀는 농장에 남아 있을 때면 온종일을 거실에서 보냈다. 욘 강 기슭의 자기 집에서 가져온 장식품들로 자신의 취향에 맞게 꾸민 거실이었다. 아무 때나, 심지어 밤늦게까지, 그녀가 연주하는 아름답고 구슬픈 피아노 선율이 들려왔다. 도딘의 말에 따르면, 코르볼의 딸이 집에서 하는 일이라고는 창밖에 목련이 보이는 거실에 박혀 소리나는 그 커다란 영구대 앞에 앉는 것과, 그 위로 두 손을 춤추듯 달리게 해 가슴을 에는 음악을 끌어내는 것이었다. 그 소리를 듣고 있노라면 때로 도딘은 일할 맛을 상실했고 자칫하면 살맛까지 잃을 지경이었다. 그러니까 이 여자가 사랑하는 건 남편이 아니라 자신의 마술 피아노라고, 도딘은 단정했다. 정말이지 이 여자가 사랑하는 건 삶이 아니라 영혼의 고통과 슬픔뿐이라고. 요컨대 그녀는 마법에 걸린 여자였다. 사람들은 코르볼의 딸이 그녀의 어머니와 똑같은 족속이라고 생각했다. '그 어머니에 그 딸'이라고. 뱀의 눈과 불처럼 활활 타오르는 아름다움을 지녔던 어머니는 남자들을 사로잡았지만, 잿빛 눈의 잘난 체하는 망령 같은 딸은 가슴을 에는 소리의 선율들로 자신이 건 마법에 사로잡혀 있다고.

해가 갈수록 앙브루아즈 모페르튀는 제거할 수 없는 이름을 지닌 이 빌어먹을 코르볼의 딸에게 원한을 품게 되었다. 그녀에게서 아이가 태어나지 않았기 때문이다. 에드메의 뚱보 딸은 누추한 페름뒤부의 오두막에서 해마다 여름이면 아들을 하나씩 출산했는데 말이다. 힘과 건강이 넘치는 아들들이었다. 맏이인 페르낭마리는 다섯 살에 이미 동생들을 외바퀴 손수레에 태우고 소리를 질러대며 길을 나섰다. 사람들은 그를 '장사 페르낭'이라 불렀으며, 나중에 크면 맨손으로 참나무도 뽑을 거라 예견했다. 밀짚 빛깔의 더부룩한 머리와 또랑또랑한 푸른 눈의 아이들, 늘 고함을 지르고 소란을 피우는 에프라임의 이 아들들과 마주칠 때마다 앙브루아즈 모페르튀는 분노에 휩싸였다.

뚱보 레네트가 일곱째 아들을 막 출산했을 때 클로드 코르볼도 드디어 임신을 했다. 그녀는 아이를 잃지 않기 위해 임신 기간 내내 자리에 누워 있어야 했다. 가정부 도딘과 다른 이들은 태어날 아이가 그 우울한 어미나 난쟁이 외삼촌과 한 부류일 거

라 생각했다. 효모를 쓰지 않은 푸슬푸슬하고 허연 맛없는 반죽
같을 거라고. 하지만 그들의 예상과는 정반대인 아이가 태어났
다. 클로드 코르볼이 건강하고 생기 넘치는 계집아이를 출산한
것이다.

클로드는 아이에게 애착을 느끼지 못했으며 무엇보다 다시는
아이를 갖지 않겠다고 못박기까지 했다. 이 임신과 출산이 그녀
에게는 가혹한 시련이었기 때문이다. 그녀는 육신을 혐오했으며
성생활을 끔찍하게 여겼다. 딸이 태어나자 곧 방을 따로 쓰며 남
편에게 다시는 방문을 열어주지 않았다. 마르소 역시 아내가 틀
어박힌 방의 문을 두드릴 생각을 하지 못했다. 이 여자의 잠자리
에 쾌락은 없으며 그녀의 몸은 부드러움과 애정을 완전히 결하
고 있음을 너무도 잘 알고 있었기 때문이다. 아내의 침상이 그에
게는 검은 그랜드피아노보다 더한 영구대처럼 느껴졌다. 그들의
딸은 냉혹한 침묵 속에서 어떤 입맞춤이나 포옹도 오가지 않은
채 잉태되었다. 이런 행위를 몹시 혐오하며 숙명처럼 감내했던
클로드는 자신의 몸을 불쾌하게 눌러오는 남편의 몸 아래서 질
식당하는 느낌이었다. 남편 역시 혼란스럽고 거북하기 그지없는
마음으로 고역처럼 일을 치렀다. 사정이 그러했으므로 이처럼
냉랭한 침묵 속에서 강요된 결합으로 태어난 아이의 성격을 보
고 제일 먼저 놀란 것도 그들이었다. 쾌활하고 부산스러우며 늘

웃는 이 아이에게는 육감적인 빛을 발하는 우아함이 깃들어 있었다. 아이의 이름은 카미유였다.

카미유가 재밋거리와 놀이에 쏟는 열의를 보며 애당초 어머니가 느낀 놀라움은 곧 짜증과 혐오감으로 변했으며 이 혐오감은 날이 갈수록 심해졌다. 카미유는 커가면서 클로드 자신의 어머니를 점점 더 생각나게 했다. 유혹과 즐거움과 쾌락에 몰두한 암컷, 몸을 마음껏 방탕하게 굴리기 위해 그녀의 아버지와 남동생과 자신을 버린 여자, 그 바람난 여자를. 결국 그녀는 딸에게서 돌아섰다. 늘 고통스러운 기억으로 남아 있는 어머니를 딸아이가 너무도 생생하게 일깨워준 것이다. 그녀는 다시 피아노 앞에 앉아 온종일을 보내며 아이는 전혀 돌보지 않았다. 갓난아이를 돌보기에 너무 늙은 도딘은 모페르튀가를 떠났다. 그런데 정작 그녀가 떠난 이유는 다른 데 있었다. 뱀의 눈을 한 여자아이를 품에 안기에는 지나치게 미신을 믿었다는 게 진짜 이유였다. 정말로 아이는 할머니인 카트린 코르볼을 빼닮았다. 아몬드 모양의 금빛 도는 초록색 눈과 커다란 입도 그랬다. 뱀의 초록색 눈이라고, 도딘은 경계하는 투로 말했다. 그건 반짝이는 마귀의 눈이라고, 그런 눈을 너무 가까이서 보면 불행이 닥친다고 덧붙이면서. 그래서 그녀는 떠나기로 작정했다. 고향의 가족들과 함께 살다가 초라한 침상에서 평화롭게 죽음을 맞는 편이 나았기 때문이다. 온종일 영구대 같은 피아노 앞에 앉아 죽은 이들에게서 탄식과 흐느낌을 훔쳐내는 여자와 뱀의 눈을 한 계집아이가 있는 이 넓은 페름뒤파에 계속 사는 것보다 그 편이 나았다. 그후 핀이라 불리는 아돌핀 폴랭이 그녀 대신 들어와 아이를 맡게 되었다. 두 해 전에 과부가 된 핀은 딸 로즈가 마티외 그라벨과, 아들 투아누가 셀린 그라벨과 결혼한 터였다. 뢰오센에서는 결혼 상대가 몹시 한정되어 있어 혼기에 이른 남녀들은 페름폴랭과 페름그라벨 중 하나를 선택해야 했다. 한편 부모가 죽은 뒤 페름뒤밀리외에 혼자 사는 위게 코르드뷔글에게는 이미 결혼을 기피하는 퉁명스러운 노총각의 기벽이 배어 있었다. 초록색 눈이든 아니든 여자들은 죄다 그에게 경계 대상이었다. 아니, 위험한 대상이었다. 여자들은 하나같이 악마와 통정하며 여자들의 핏속에는 언제 튀어나올지 모를 광기가 도사리고 있다고 그는 믿었다. 결국 그는 자신만큼이나 성질이 괴팍한 타타브라는 이름의 수탉을 유일한 벗 삼아 기꺼이 독신 생활을 하며 칩거했다.

앙브루아즈 모페르튀는 며느리에게 더이상 아이가 없어도 개의치 않았다. 카미유만으로 충분했다. 카미유를 통해 카트린이 그에게 돌아온 것이다. 그에게 아이로 돌아와 원점에서 다시 출발해 나날이 그 아름다움이 무르익어갔다. 실제로 카트린의 아름다움이 아이에게서 고스란히 예감되었다. 카미유는 아낌없는 미美의 재림이었다. 그녀와 더불어 아름다움과 욕망이 지상에 다시 강림한 것이다. 죽음과 망각을 모면한 아름다움이 그의 곁에서, 숲가의 이 집에서 자라날 것이었다. 그는 아이에게 이미 격정과 자부심으로 가득한 사랑을, 질투에 눈이 먼 사랑을 쏟고 있었다.

"거보게, 뱀눈을 한 저애가 벌써부터 영감을 홀린 거야! 예쁜 아이라는 건 인정해. 그만큼 대담하고 건방진 것도 사실이지. 저 지대의 제 할머니처럼 장차 요부가 될 거야!"

사람들은 이렇게 말하며 나중에 아이가 자라면 장사 페르낭처럼 맨손으로 참나무를 뽑지는 못해도 숲의 나무들한테마저 마법을 걸 수 있을 거라 예견했다. 그 초록색 뱀눈만으로도 충분히 그럴 수 있을 거라고.

노 래
Chants

형제들

그들은 숲의 남자들이었다. 숲이 제 형상을 본떠서 그들을 만들었다. 그 힘과 고독과 강인함을 닮도록. 숲과 그들이 공유하는 흙에서 길어올린 강인함, 샘물이 졸졸 흐르고 연못이 패고 풀과 고사리와 나무딸기 사이로 땅이 울퉁불퉁 튀어나온 수억 년 된 이 연분홍빛 화강암 기반에서 길어올린 강인함이었다. 똑같은 노래가 그들 안에, 사람과 나무 안에 살고 있었다. 침묵과 바위에 늘 맞서야 했던 노래였다. 가락이 없는 노래. 거칠고 귀에 거슬리는 노래, 자연의 계절—찌는 듯이 더운 여름과 눈 밑에 얼어붙은 긴 겨울—을 닮은 노래. 고함과 환호성, 반향과 새된 소리로 이루어진 노래였다.

실제로 그들 안에서는 모든 것이 분노 아니면 사랑의 색조를 띠었다. 그들은 사람들보다 나무들 사이에서 자라났다. 유년기부터 나무들 밑에서 자라는 야생 장과와 식물의 열매를 먹었고, 숲속에 사는 짐승들의 살을 먹었다. 그들은 별들이 하늘에 그려놓은 모든 길을 알았다. 나무와 가시덤불과 잡목 들―그 그늘 속으로 여우와 들고양이와 노루가 쏜살같이 지나가는―사이로 난 온갖 오솔길을 알았고, 멧돼지들이 터놓은 좁은 길들도 알고 있었다. 풀과 가시나무 사이로 거울에 비친 은하수처럼 땅 위에 그려진 길들. 베즐레의 순례자들이 산티아고 데 콤포스텔라를 향해 가는 길과 똑같은 길들. 그들은 사람과 짐승과 별 들이 만들어놓은 오래된 샛길들을 모두 알고 있었다.

그들이 태어난 집은 얼마 안 가 그들 모두가 함께 살기에는 턱없이 비좁은 공간이 되어버렸다. 무엇보다 그들을 전부 먹여 살리기에는 너무 가난한 집이었다. 그들은 에프라임 모페르튀와 뚱보 레네트의 아들들이었다. 평생 궁핍하고 눈에 띄지 않는 삶을 산 주제 영감은 한 번도 넉넉한 자리를 차지한 적이 없었기에 농가를 떠나 마을 묘지로 내려간 뒤에도 집안에 아주 작은 자리밖에 남겨놓지 못했다.

구 년에 걸쳐 해마다 여름이면 페름뒤부의 같은 방에서 남자아이가 새로 태어났다. 그렇게 아이가 태어날 때마다 에프라임은 먼저 태어난 아이들을 위해 곳간에, 광에 방을 마련했다. 그러다 마침내 아들들이 스스로 통나무와 점토와 나뭇가지로 숲속에 오두막을 지어 그곳 짚더미 위에서 잠을 잤다. 매해 8월 15일 새벽부터 정오 사이에 태어난 아침의 아들들이었다. 건장하고 다부진 그들은 머리가 밀짚색이고 수염은 금빛이 도는 적갈색이었다. 거친 이목구비와 그을린 피부로 인해 그 황금빛 색조와 도드라진 이마 밑 움푹 들어간 두 눈의 맑디맑은 푸른색이 더욱 돋보였다. 페르낭마리는 힘으로나 체격으로나 다른 아침의 형제들을 능가했다. 성인이 되자 그는 어린 시절에 사람들이 이미 예견했던 대로 놀랄 만큼 힘이 센 남자가 되었다. 하지만 웃음소리로 말하자면 아드리앵마리가 그의 형을 능가했다. 우렁차게 울리는 놀라운 웃음소리를 지닌 그는 별것 아닌 일에도 그런 웃음을 터뜨렸다. 그렇게 웃을 때면 두 눈이 반짝이며 짙푸른 색을 띠었다. 사람들은 이처럼 반짝이는 푸른 눈을 그 굉장한 웃음소리와 연결지어 그를 '푸른 아드리앵'이라는 별명으로 불렀다. 마르탱마리에게 돌아온 별명 역시 힘센 맏형이나 잘 웃는 둘째 형처럼 지나친 무엇 때문에 얻은 것이었는데, 그의 경우에는 절제가 과했다. 그래서 사람들은 그를 '인색한 마르탱'이라 불렀다. 무언가를 축적하기에는 너무 가난한 그가 무슨 재산이나 돈을 두고 인색하게 군다는 말이 아니었다. 그가 인색하게 군 건 다름 아닌 자기 자신에 대해서였다. 그는 말과 감정과 표현에 인색했다. 심지어 꿈과 동경에도 인색하여, 두려움이나 희망이나 의심은 그에게 낯선 말이었다. 거칠한 목석처럼 뚱한 그에게 내면의 삶 같은 건 없는 듯싶었다. 일을 할 때도 불필요한 몸짓이나 노력은 조금도 들이지 않았으므로 그의 동작은 놀랄 만큼 정확하고 민첩했다. 그런가 하면 '귀머거리'라 불린 제르맹마리는 실제로 귀머거리가 된 아들이었다. 무슨 사고를 당하거나 병을 앓아 그렇게 된 것이 아니라 그저 더이상 소리가 들리지 않게 되었을 뿐이다. 그렇게 해서 소리로 인한 고통도 멈추었다. 사실 유년기부터 온갖 음향과 소리와 목소리는 그에게 고통이었다. 그는 속삭임이나 숨결처럼 아주 작은 소리도 견디지 못했다. 특히 들릴락 말락 하는 미세한 소리는 더 견디지 못했다. 병적으로 민감한 청각을 지녀 소리란 소리는 전부 그의 귀에서 날카롭고 새된 무수한 음향으로 분해되는 듯했다. 그는 이 소리들의 심부에서 탄식과 억눌린 절규와 흐느낌을 감지하는 것 같았다. 침묵 속에서마저 어렴풋한 웅성임과 울음소리를 들었다. 사방에서 끊임없이 누군가가 그를 불러댔다. 어떤 방황하는 헐벗은 목소리가 투명한 유리 벌레처럼 내달리며 애원하거나 비명을 내질렀다. 이해할 수 없는 그 끈질긴 호소는 다른 이들의 목소리와 숨결을 통해 특히 생생하게 와 닿았다. 가슴을 에는 듯 울려퍼지는 탄식이었다. 어머니인 뚱보 레네트의 방울 소리 같은 여린 웃음소리 역시 다른 이들은 별로 신경을 쓰지 않았지만 그에게는 절망적으로 다가왔다. 잘 숲의 오두막으로 세 형을 보러 갈 때도 그는 여러 소리와 음향과 숨결과 목소리에 줄곧 시달려야 했다. 그의 귀에 닿으면 모든 것이 울림이 되었다. 침묵은 희미한 웅성거림의 망을 부단히 짜나갔으며, 밤은 밀담으로 충만했고, 나무들도 살랑대거나 후들거리거나 탁탁 획획 윙윙 소리를 내며 쉬지 않고 바스락댔다. 그에게 나무란 나무는 모두 뿌리부터 꼭대기까지 공명판이었다. 하루는 그가 인색한 마르탱과 함께 너도밤나무를 베어 넘어뜨리려 하는데, 그 순간 나무가 흔들리면서 갑자기 그의 안에서 무언가가 무너져내렸다. 가지가 잘린 높다란 나무줄기가 넘어지는 것과 똑같은 속도였다. 마치 나무가 그의 내면을 가로질러 쓰러지는 것 같았다. 그는 도끼를 내던진 채 양손을 귀에 대고 비명을 내지르면서 땅바닥에 무릎을 꿇고 쓰러졌다. 그의 비명은 너도밤나무가 쓰러지는 굉음에 묻혔다. 한순간 침묵이 내려앉았다. 이런 굉음이 있고 난 뒤면 길게 누운 나무 주위로 어김없이 갑작스레 찾아드는 침묵이었다. 그러나 이 침묵은 푸른 아드리앵의 우렁찬 웃음소리로 곧 깨졌다. 제대로 완수된 벌목의 순간을 자축하기 위한 그 나름의 방식이었다. 그런데 형의 그 커다란 웃음소리가 어쩐 일인지 이번에는 제르맹의 귀에 들리지 않았다. 굉음 뒤에 감도는 강도 높고 치밀한 침묵이 그의 안에서

석화石化된 것이다. 땅 위에 길게 누운 너도밤나무 줄기가 동시에 그의 청각을 가로질러 누워 장애를 일으킨 것이다. 그리하여 그 날 이후 그는 귀머거리가 되었다.

다섯째 아들이자 정오의 아들인 시몽마리는 소치기였다. 강물에 뗏목을 띄워 장작을 나르는 계절이 오면 숲에서 벤 나무들을 앙브루아즈 모페르튀의 소들이 퀴르 강까지 수레로 날랐는데, 시몽마리가 이 소들을 돌보았다. 그는 페름뒤파의 외양간에서 지내거나 아니면 숲속에 사는 아침의 형제들을 찾아가거나 했다. 사람들은 그를 '격정의 시몽'이라 불렀다. 쉽게 열광하고 걸핏하면 화를 내는 그는 참을성이 없고 말과 행동이 무절제했으며 충동적인 집착을 보이곤 했다. 그가 화를 터뜨리면 앙브루아즈 모페르튀도 겁을 냈지만 그래도 그가 그 고장 최고의 소치기임을 알기에 그대로 일을 맡길 수밖에 없었다. 이 청년을 보면 앙브루아즈 모페르튀는 왠지 모를 불안한 동요를 느꼈다. 시몽은 그의 아들 에프라임이나 마르소보다 더 자신과 닮은데다 카미유와도 닮은 데가 있었기 때문이다. 시몽의 눈은 금빛이 도는 옅은 밤색이었지만 바라보는 시선은 카미유와 꼭 닮았다. 사물이든 짐승이든 사람이든, 그 어떤 대상에도 대담하게 무람없이 가닿는 반짝이는 시선이었다. 두 사람 다 종종 무례하다 싶을 만큼 솔직했고 난폭한 활기를 과시했다. 그런고로 모페르튀 영감은 그에 대한 불안감을 억누를 수 없었다. 무의식적인 감탄과 질투와 적의가 뒤섞인 감정이었다. 자신의 아들들에게서는 한 번도 느껴보지 못한 존중심마저 드는 것을 막을 수 없었다. 원한으로 뒤틀린 존중심이었다. 용모로나 성격으로나 앙브루아즈 모페르튀가 격정의 시몽에게서 간파한 자신과의 닮은 점들은 동시에 두 사람의 차이를 부각시켰다. 앙브루아즈 모페르튀의 교활하고 음흉하고 신경질적인 면모가 격정의 시몽에게서는 모두 솔직함과 열정으로 변해 표출되었기 때문이다. 앙브루아즈 모페르튀는 끊임없이 자신의 감정을 속였으며, 분노와 증오로 똘똘 뭉친 눈살을 찌푸리며 질긴 원한을 키워갔다. 오로지 카트린 코르볼에게 쏠려 있는 자신의 강박적인 열정을 그 누구에게도, 자기 자신에게조차 털어놓지 않았다. 해가 갈수록 자신의 손녀이자 카트린의 손녀이기도 한 카미유에게로 옮겨가는 음흉한 열정이었다. 반면 시몽은 자신의 감정에 솔직한 삶을 살았다.

시몽이 앙브루아즈 모페르튀의 고용인으로 들어가 일한 것은 열두 살 무렵이었다. 형들과 마찬가지로 그도 앙브루아즈를 할아버지로 여기지 않았다. 노인은 그들의 고용주에 불과했다. 그는 이 부락은 물론 인근 마을들을 모두 지배했으며, 근방의 장정들과 청년들이 모두 찾아와 벌목꾼으로 품을 파는 이 숲들의 주인이었다. 그는 일이 제대로 완수되는지 살피며 경계를 게을리

하지 않는, 냉혹하고 과묵한 주인이었다. 사람들은 그에게서 눈곱만큼의 인간미나 호의도 느낄 수 없었지만 그래도 그가 이룬 성공과 효율적인 사업 수완에 대해서는 경의를 표했다. 아무도 그가 획득한 부의 비밀을 간파할 수 없었기에 언제나 일말의 적개심과 불신으로 흐려진 감정이긴 했지만. 에프라임의 아들들이 그와 공유하는 것이라고는 이름뿐이었다. 그러나 그들이 태어나기도 전에 이미 그들과의 혈연을 매몰차게 끊은 그를 아무도 할아버지라 여길 수 없었다. 그가 에프라임의 얼굴을 갈긴 저녁 이후로는 일 때문에 명령을 내릴 경우를 제외하고는 맏아들에게 말을 건 적이 한 번도 없었다. 그는 손자들 역시 그가 고용한 일꾼으로 부리면서, 작업을 배당할 때만 그들에게 말을 걸었다. 에프라임에 대한 분노는 오래전에 가라앉았다. 그러나 마르소가 클로드 코르볼과 결혼한 이후로, 특히 카미유가 태어난 이후로 그 이유를 상실한 분노를 그는 여전히 거둬들이지 않았다. 에프라임에 대한 분노는 그냥 그렇게 굳어졌고, 그는 종전처럼 부자 관계를 계속 부인했다. 아들에게 화해의 손을 내밀기에는 자존심이 너무 강한데다 에프라임 쪽에서도 원치 않는 일이라고 지레짐작했기 때문이다. 그는 에프라임이 그에게 뿌리깊은 원한을 품고 있다고 생각했다. 하지만 정작 에프라임에게는 그토록 오랫동안 마음을 무겁게 하고 괴롭혀댄 원한의 감정이 더이상 남아 있지 않았다. 단절된 부자 관계는 그의 마음속에 남아 계속 뒤척이며 악취를 풍기는가 싶더니 어느새 메말라버렸다. 부당하고 야비한 아버지에게 무관심해진 탓이었다. 페름뒤부의 에드메와 뚱보 레네트 사이에서 큰 위로와 평화를 발견하고 잇달아 태어난 아들들에게서 많은 기쁨을 맛본 그는 이제 과거의 모든 짐을 벗어던진 터였다. 그는 자신의 운명을 받아들였고, 불평하지 않았다. 그 먼 시월의 아침에 자신이 한 선택을 한 번도 후회하지 않았다. 아버지는 아버지대로, 그는 그 자신의 방식대로 살면 되었다. 하지만 그의 아들들이 노인에게 분통을 터뜨릴 때가 있었다. 앙브루아즈 모페르튀가 오직 그들의 일을 감시하러 숲에 나와서는 거칠고 모욕적인 말투로 소리치며 명령만 내렸기 때문이다. 아들들은 아버지의 과거와 아버지가 그처럼 집에서 내쫓기게 된 사연에 대해 궁금해한 적이 한두 번이 아니었다. 그때마다 에프라임의 대답은 한결같았다.

"그냥 그렇게 된 거다. 그 노인은 그저 우리의 고용주에 불과해. 심술궂은 그 부자 영감은 심장이 돌멩이처럼 굳은 냉혈한이야. 그저 우리 고용주라 생각해라. 아무것도 기대해선 안 돼. 그 어떤 좋은 것도. 우리한테 일감을 주는 것으로 만족해. 너희나 나나, 우린 이제 그와 한가족이 아니야. 차라리 잘된 일이지. 아무것도 아쉬워할 필요 없다."

에프라임은 정말로 아무것도 아쉬워하지 않았다. 자기 대신 코르볼의 딸과 결혼한 동생 마르소에게도 전혀 부러움을 느끼지 않았다. 그 여자는 이 부락에서 살게 된 지 이미 사반세기의 세월이 흘렀는데도 여전히 오만함을 과시하며 철저히 이방인으로 지냈다. 그 차갑고 오만한 여자 곁에서라면 그는 절대로 평화와 망각, 행복을 누릴 수 없었을 것이다. 이 모두를 렌은 그에게 넘치도록 줄 수 있었다. 그 부드럽고 넉넉한 몸으로 고요히 그의 곁에 있어주는 것만으로, 온화한 목소리와 미소와 몸짓으로. 그뿐만 아니라 그에게는 자랑스러운 아들들이 있었는데, 특히 아침의 아들들과 정오의 아들이 그랬다. 그는 아침의 아들들이 일을 할 때 보여주는 끈기와 힘에 감탄해 마지않았고, 다섯째 아들의 아름다움과 그 눈부시게 자유로운 삶을 사랑했다. 이 다섯 아들은 자신들의 가난을 걱정하지도 피로를 돌보지도 않았고, 있는 그대로의 삶을 끌어안았다. 에프라임은 뚱보 레네트를 향한 자신의 온전한 사랑이 이 아들들을 통해 그 몸과 움직임을 부여받았다고 느꼈다. 그리고 격정의 시몽을 통해서는 그 뚜렷한 아름다움과 광채, 무구한 기쁨이 구현되었다고.

하지만 밤의 아들들을 향한 감정에는 놀라움과 불안이 더 많이 깃들어 있었다. 이 아들들에게서는 아침의 아들들이 지닌 넘치는 활기도, 다섯째 아들의 광채도 찾아볼 수 없었다. 그들이 탄생한 시간인 밤의 그림자가 그들 안으로 스며든 것 같았다. 갈색 머리에 어두운 눈을 한 그들의 마음은 열정보다는 번뇌에 시달렸다. 벌목꾼도 소치기도 아닌 그들은 기회가 닿는 대로 숲에서 장작에 망치로 표시를 하는 작업에 참여했으며, 무엇보다 목공 일을 했다. 도끼를 다루는 데는 영 재주가 없었지만 나막신이나 목기나 도구를 솜씨 있게 만들어 장에 내다팔았다. 그들에게는 이렇게 혼자서 하는 좀더 조용한 작업이 맞았다. 그들은 고독을 몹시 사랑하는 자들이었다. 특히 레옹마리가 그랬다. 그는 일을 마치면 곧 자리를 떴는데, 그건 다른 사람들과 어울리기 위해서가 아니라 홀로 숲속 깊이 들어가기 위해서였다. 자신의 고독에 맹렬히 집착하는 그를 사람들은 '외톨이 레옹'이라 불렀다. 그는 사냥에 열정을 쏟았다. 피리들을 만들어 새들의 노랫소리와 울음소리를 놀랍도록 똑같이 흉내냈을 뿐 아니라 손수 만든 활로 새를 잡았다. 그러나 매일 저녁 그가 농장으로 가져오는 이 새들의 고기를 먹지는 않고 깃털만 뽑았다. 그 일은 그에게 사냥 자체만큼이나 신성한 제의였다. 그는 이렇게 뽑은 깃털을 모두 모아 분류한 다음 헛간의 한 궤짝 속에 보관해두고 그 열쇠를 늘 몸에 지니고 다녔다.

  외톨이 레옹과 마찬가지로 엘루아마리도 사정이 허락하는 대로 부락을 떠나곤 했다. 숲속으로 들어가 새를 잡으려는 게 아니라 강가나 연못가에 앉아 있기 위해서였다. 그곳에서 그는 꼼짝 않고 조용히 낚시를 하거나 몽상에 빠졌다. 정말이지 그는 그렇게 지칠 줄 모르고 상상의 세계를 꿈꾸었고, 있을 법하지 않은 다른 곳을 꿈꾸었다. 자신의 부락을 떠나 어떤 도시나 다른 나라에 가 살고 싶어서가 아니었다. 그가 갈망하는 딴 곳이란 나라가 아니었다. 그것은 평평하고 광막한, 물속에 잠긴 벌판 같은 모호한 풍광이었다. 그에게는 바다를 보고 싶은 욕구조차 없었다. 파도나 조류나 소용돌이, 이 모두는 그를 겁먹게 할 것이었다. 그의 몽상이 줄곧 가닿는 곳은 반투명한 물이 은빛 광채를 발하며 고여 있는, 까마득히 이어지는 무한한 공간이었다. 끝없이 펼쳐진 빗물 웅덩이였다. 물이 가득한 그 공간에는 무수한 나무들이 심겨 있었다. 빽빽이 들어찬 것이 아니라 드문드문 흩어져 저마다 물속에 제 모습을 반사하고 있었다. 사시나무, 자작나무, 어린 너도밤나무 들. 비단처럼 부드럽고 윤이 나는 가늘고 날씬한 줄기에 가지가 유연한 그 나무들은 저마다 물에 비친 자신과 연결된 채 기분좋은 정적 속에서 은은한 빛을 받고 서 있었다. 멧새의 단속적인 노랫소리와 논병아리의 휘파람 같은 울음소리, 꾀꼬리의 선율이 점점 더 먼 곳에서 들려왔다. 나무들에게는 저마다 반사된 모습이 영원히 딸려 있고, 새들에게는 그들만의 메아리가 따라붙고, 물속의 물고기는 제 그림자를 벗삼아 헤엄치는 곳. 그가 즐겨 꾸는 이 꿈은 이미 오래전에 시작되었다. 그러니까 8월의 어느 아침, 마을 성당에서 그의 마음속으로 슬그머니 스며든 꿈이었다. 그가 형제들과 아버지와 함께 일요일마다 내려가 미사를 보던 성당이었다. 당나귀가 끄는 수레 위에 올라탄 어머니와 할머니 에드메가 앞장을 섰는데 길에서 그들과 마주치는 사람들은 이 주일 행렬을 보며 재미있어했다. 수레에 올라탄 두 여자 중 늙은 에드메는 검정 숄을 둘러 얼굴을 단단히 감쌌고, 공기처럼 가벼워 보이는 뚱보 레네트의 몸 주위로는 성모님의 큼직한 푸른 숄이 펄럭였다. 에프라임은 그 옆에서 당나귀의 고삐를 잡고 걸었고, 아홉 명의 아들이 그 뒤를 따랐다.

"에프라임이 가족을 이끌고 주님께 문안드리러 가는군!"

사람들은 그들이 지나가는 모습을 보며 말했다.

그날 아침 봉독된 복음서의 내용이 평소에는 몹시 산만한 엘루아마리의 주의를 끌었다. 신부는 「마태오복음」의 구절을 읽은 뒤 물위를 걷는 예수의 일화를 설명했다. 이 이야기는 엘루아마리를 놀라게 했을 뿐 아니라 황홀감에 젖게 했다. 그러니까 물위를 걷는 것이 가능하다는 말이었다. 그렇게 생각하자 그는 난데없이 미칠 듯한 기쁨에 사로잡혔다. 강가에서 놀거나 연못에서 낚시를 하는 게 무척이나 즐거웠는데, 이제 물위를 걷기까지 할 수 있다니! 그는 세통 호수를 맨발로 건너고 그 위에서 달리고 춤을 추는 자신의 모습을 벌써부터 상상할 수 있었다. 미사를 마치고 나오며 그는 큰 소리로 말했다.

"나도 물위를 걷고 싶어!"

그러자 형제들이 그를 놀려댔다.

"네가? 너 같은 겁쟁이가? 넌 젖은 나무토막처럼 가라앉고 말 거야. 성 베드로보다 훨씬 빨리!"

그러자 에드메가 그들에게 말했다.

"조용히 해라. 그런 얘기를 농담거리로 만들면 안 돼! 물위를 걷는 건 성인들에게나 가능한 일이다. 성인들 말이야! 너희나 나는 성인이 아니지. 성인이라면 영혼이 잠자리보다 더 가벼워야 해."

결국 엘루아는 이 꿈을 마음속에 자신만을 위해 간직했다. 하지만 그것은 내내 몽상처럼 마음에 남아, 그를 전보다 더 산만하게 만들었다. 멍한 표정으로 몽상에 잠겨 있는 그를 보고 사람들이 무슨 생각을 하느냐고 물으면 그는 차분한 목소리로 대답했다.

"난 딴 곳에 가 있고 싶어요."

그에게 딴 곳이란 그 마술적인 장소를 의미했다. 나무와 구름이 비치는 맑고 고요한 물. 끝없이 펼쳐진 땅과 하늘 사이에 자리한 그 물위를 그는 미끄러지듯 맨발로 걷고 춤추며 달릴 것이었다. 이 말을 들은 사람들은 이제 그를 '딴 곳의 엘루아'라고 불렀다.

마지막에 태어난 두 아들의 별명은 그들이 선천적으로 타고난 결함에 근거해 저절로 지어졌다. 어딘지 좀 모자라 보이는 루이마리를 사람들이 바보라고 부르기 시작하더니 어느새 그의 별명은 '미련퉁이 루이종'*이 되었다. 그는 아무한테나 바보처럼 다정한 눈길을 던졌으며 가느다란 목소리로 재잘거리면서 온종일 묘한 손짓을 해대며 시도 때도 없이 깔깔대고 웃다가 슬픔에 겨워 눈물을 흘리곤 했다. 그러다 사춘기를 맞게 된 그는 엉뚱한 생각에 사로잡혀 거기서 영영 벗어나지 못하게 되었다. 자신이 남자가 아니라 실은 여자라고 믿게 된 것이다. 그는 사내대장부가 되고 싶지 않았다. 길고 가느다란 사지의 말라깽이 몸과 높은 목소리, 장난기 가득한 표정, 사소한 일로 울고 웃는 성향, 경쾌하다못해 깡충대는 걸음걸이…… 그를 웃음거리로 만드는 이 모든 것이 실제로 그를 여자처럼 보이게 했다. 자신이 여자라는 그의 주장은 진지했다. 그는 자신을 삼인칭 여성형으로 지칭했으며, 평소에 낡은 치마와 숄 차림에다 머리를 길러 묶거나 땋고 다녔다.

---

* Louison-la-Cloche. cloche는 '미련퉁이', '부랑배'라는 의미 외에 '종(鐘)'이라는 뜻도 있다.

페름뒤부에서 그는 허드렛일을 도맡았다. 제대로 할 수 있는 일이 하나도 없었기 때문이다. 그래도 그가 몹시 좋아하는 일이 세 가지 있었는데 그중 하나는 비질이었다. 사람들이 말리지 않았다면 숲은 물론 개울과 하늘까지 비질을 했을 것이다. 또 어머니를 보기만 해도 기쁨으로 얼굴이 환해지는 그는 어머니를 돕는 게 좋았고, 마을 성당의 종을 치는 일도 좋아했다. 그러나 매일 마을에 내려갈 수는 없었으므로 농장 뒤편에 있는 느릅나무 가지에 크고 작은 잡다한 종들을 매달아두고 하루에 세 번씩 울려댔다. 아침과 정오와 저녁의 삼종기도 시간에 맞춰. 그렇게 종들이 불협화음을 내며 울릴 때마다 그는 행복에 겨워 큰 소리로 웃었다.

그런가 하면 얼굴이 흉하게 일그러진 언청이인 막내아들 블레즈마리에게는 '못난이 블레즈'라는 별명이 돌아갔다.

그런데 할머니 에드메가 그를 편애한 것은 바로 이 추한 얼굴 때문이었다. 9년이라는 긴 세월 동안 이어진 그 묘한 8월 15일에 종지부를 찍으며 한밤중에 태어난 아들이었다. 아홉 번이나 되풀이된 이 성모님의 날이 에드메에게는 마치 단 하루처럼 여겨졌다. 이 막내는 어머니의 태중에서 이미 축복을 받은 아이였다. 아직 양수 속에 떠다니던 아이의 입에 주님의 천사가 손가락을 갖다댄 것은 아이를 축복함과 동시에 어머니의 몸과 마음속에서 타오르는 비밀을 그가 누설하지 못하게 하기 위해서였다. 그 자신이 찾아야 할 비밀이었다. 천사들의 손가락은 몹시 부드럽고 공기처럼 가벼워서 그 손가락에 닿는 것은 굉장한 일이며, 그 손가락의 축복을 받은 사람들은 평생토록 살에 지울 수 없는 경이로운 상처처럼 어떤 흔적을 지니기 마련이었다. 렌의 그 불가사의한 뚱뚱한 몸을 두고도 에드메는 그런 식으로밖에 해석하지 않았다. 딸의 넘치도록 풍만한 살은 지극히 높으신 하느님의 대천사 가브리엘의 기적 같은 손길이 어루만지고 간 흔적이라고. 하느님은 당신 앞에 있던 이 천사를 즈가리야에게 보내 그의 아내가 노년에 아들을 잉태할 것임을 알렸으며, 그후 마리아에게 보내진 천사는 "은총을 가득히 받은 이여, 주께서 너와 함께 계신다"고 인사를 했다.* 그런 까닭에 에드메는 딸의 그 거대한 몸을 황홀한 눈으로 바라보았을 뿐 아니라 언청이인 막내 손자에 대해서도 감탄을 금치 못했다. 두 사람 다 대천사 가브리엘의 방문으로 선택받은 이들이었으며, 에드메 자신을 포함해 그 누구도 이들만큼 성모님의 사랑을 받지는 못했다고 여겼다. 성모님이 이 두 사람에게 수태고지의 천사를 보내셨으니 말이다. 그들에게 닥친 선천적인 기형을 에드메는 초자연적인 미美의 가시적

---

* 「루가복음」 1장 28절.

인 증거라고 믿었다. 에드메의 생각대로라면 은총의 미는 예쁜 것과는 전혀 별개인, 감탄할 만큼 기괴한 무엇이었다.

이처럼 할머니가 경탄해 마지않은 블레즈도 다른 사람들 눈에는 몹시 추한 모습으로 비쳤다. 이 사실을 그도 알고 있었지만 그 때문에 괴로워하지는 않았다. 이런 신체 결함에 상응하는 특별한 재능을 물려받았기 때문이다. 다름 아닌 말의 재능이었다. 그는 듣기 좋은 억양의 낮고 아름다운 목소리로 말했다. 이 목소리가 귓전을 스치면 누구라도 놀라 멈춰 서서 귀를 기울이지 않을 수 없었다. 그가 하는 말은 다채로운 이미지와 느낌과 맛과 색채가 가미된, 주변의 그 누구도 흉내낼 수 없는 그런 것이었다. 그는 글을 배운 유일한 형제였고 비상한 기억력을 지니고 있었다.

못난이 블레즈는 꿀벌을 쳤다. 그 고장 사람들은 꿀벌을 '꿀벌레', 벌통을 '꿀벌레 둥우리'라고 불렀다. 벌통들은 가시덤불과 개암나무 잔가지로 엮은 밀짚 종들을 밀짚 덮개로 덮인 통나무 위에 얹어놓은 모습이었다. 성탄절에 사람들은 그 전야에 굽기 시작한 숯을 가마에서 꺼내 벌통에 넣어두었다. 벌들에게 행운을 빌어주기 위해서였다. 그런가 하면 부활절 직전의 성지주일에는 미사에서 맨 먼저 축성한 회양목 가지를 가져다가 벌통의 밀짚 덮개마다 찔러대곤 했다. 노파들이 퍼뜨리는 온갖 미심쩍은 믿음을 한 치의 의심도 없이 오히려 더 강한 믿음으로 받아들이는 그의 할머니처럼 블레즈는 그 고장의 관습을 지켰으며, 주님과 성모님 혹은 성인들을 기리는 축일 하나하나가 그에게는 벌들과 함께 벌이는 축제의 계기가 되었다.

그는 자신의 꿀벌레 둥우리들을 농장 뒤편에 마련해두었다. 그의 형 미련퉁이 루이종이 하루에 세 번 종을 울려대는 느릅나무에서 멀지 않은 곳이었다. 형이 그렇게 어김없이 찾아와 큰 소리로 깔깔대고 웃으며 종을 치는 별난 행동을 하는 것이 그는 마음에 들었다. 꿀벌들의 노랫소리도 그처럼 경쾌하고 즐겁게 여겨졌다. 그것은 부서지는 빛처럼 춤추며 날아오르는 태양의 노래라고, 종지기 형의 음악에 벌들이 매혹당한 거라고 그는 생각했다. 그의 말에 따르면, 꿀벌들은 정말로 천사들이 터뜨리는 큰 웃음소리에 지나지 않았다. 그는 천사들이 인간들 곁에 눈에 띄지 않게 현존한다고 믿었으며, 하느님을 본 기쁨이 너무 커서 다른 모든 피조물들과 그 기쁨을 함께 나누고 싶어한다고 말했다. 불길 같은 금빛 웃음소리, 다정하면서도 제정신이 아닌 듯한 웃음소리를 온 지상에 퍼뜨려서 말이다. 자신의 뒤틀린 입에 깃든 달변 역시 이 벌들 덕택이라고 그는 말하곤 했다. 벌들은 그의 손과 어깨와 얼굴에, 심지어 입술에까지 내려앉았다. 그는 이야기했다. "벌들은 자신들이 모은 꽃가루는 물론 빛에서 훔쳐낸 타오르는 먼지도 내 입에 내려놓아요. 내 입을 설탕과 향기로, 지상에서 따 모은 온갖 맛으로 가득 채워주죠. 얼핏 생각하면 설탕은 달콤한 맛이지만 실은 입을 데게 하는 난폭하고도 끔찍한 맛이에요. 내가 하는 말들도 그와 다르지 않아요. 그것들은 지상의 모든 설탕과 향기로 주조되어 순수한 벌꿀처럼 내 입안에 감돌죠. 허공과 태양에 취한 종달새떼처럼 반짝이며 선회해요. 벌들은 내 입안에서 말하고, 내 혀 위에서 춤추고, 내 목구멍에서 노래하고, 내 심장 속에서 활활 타올라요. 그것들은 나의 기쁨이며 나의 빛, 나의 사랑이에요."

에프라임과 뚱보 레네트의 아홉 아들 중 막내인 못난이 블레즈는 자신의 이상한 표현 방식에 사람들이 놀랄 때마다 이렇게 대답했다. 이 놀라움은 점점 커져서 빈정대고 싶어하는 사람들의 욕구를 가시게 했다. 밤의 아들들을 두고 에프라임이 자부심보다 혼란을 느낀 것도 그 때문이었다. 그들의 엉뚱한 생각과 행동을 그는 전혀 이해할 수 없었다. 그들의 정신은 방황과 고독에 시달리거나 딴 곳에 쏠려 있었고, 아니면 멍청한 행동들로 그늘이 지거나 너무 깨어 있거나 했다. 그러나 뚱보 레네트는 그들 곁에서 고통스러운 허기를 잊게 해주는 위안을 찾을 수 있었다. 외톨이 레옹이 저녁에 집에 돌아와 부엌 탁자 위에 자신이 죽인 새들을 던져두고 앉아 마치 제의를 치르듯 그 깃털을 조용히 뽑을 때면, 그녀는 흰 족제비처럼 잔인한 자신의 허기가 돌연 가련한 살 속 깊숙이 웅크리고 숨는 것을, 그 엉큼한 탐심이 한순간 잠잠해지는 것을 느꼈다. 그런가 하면 딴 곳의 엘루아의 멍한 눈길 속에서는 말로 표현할 수 없는 저 다른 곳을, 그의 마음을 온통 사로잡고 있는 그곳의 모습을 어렴풋이 엿볼 수 있었다. 담수에 푹 잠긴 그 헐벗은 풍광 속에서라면 그녀 자신의 허기도 익사할 듯한 예감이 들었다. 미련퉁이 루이종으로 말하면, 그가 느릅나무 밑에서 큰 소리로 웃으며 신이 나서 크고 작은 종들을 칠 때면 그녀는 숨막히는 몸에서 마침내 해방된 자신의 웃음소리를, 순결하고 명랑한 웃음소리를 듣는 것 같았다. 그리고 막내아들인 못난이 블레즈의 경우, 이상한 말들로 가득한 이해할 수 없는 그의 이야기를 듣노라면 그녀는 어안이 벙벙해져 그 귀찮고 끈질긴 허기를 한순간 잊을 수 있었다. 이 아들의 뒤틀린 입에서 달콤한 선율처럼 솟구치는 투명한 말과 이미지를 통해 무중력이 지배하는 빛의 세계를 짐작해보았다. 그녀는 이 말들이 끝나는 곳에 자리한, 중력을 말끔히 벗어던진 눈부신 틈새 하나를 엿보았다. 그리하여 자신의 거대한 몸이 덜 짐스럽게 여겨지면서 날이 갈수록 민첩하고 편안해지는 것을 느꼈다. 그전에는 한 번도 경험해보지 못한 느낌이었다. 그녀 자신의 몸에서 태어난 그 몸들이 모두 자유로운 장정의 몸이 되어 저마다 강하고 활기찬 영혼을 구축해가며 그녀의 허기를 차츰 채워주었다.

아침의 형제들과 정오의 형제, 밤의 형제들은 서로 이렇게 달랐음에도 불구하고 그들 사이에는 깊은 공감대가 있었다. 인근 마을이나 부락의 어떤 가족도 흉내낼 수 없는 그런 공감대였다. 암묵적인 동조와 진심에 기초한 그들의 관계가 어떤 이들에게는 의혹을 자아냈다. 그처럼 굳은 결속으로 묶여 활기를 드러내며 기이한—심지어 미친 짓처럼 보이는—행동을 일삼는 비사교적인 족속에게는 무력이든 이상한 행동이든 미친 짓이든 뭐든 가능할 테니 말이다. 주일이나 축일, 혹은 가족 잔치 때 그들이 모두 모여 성당으로 내려가는 모습은 실제로 몹시 놀라운 광경이었다. 아침의 아들들은 수레 끄는 말들처럼 무거운 걸음으로 언제나 나란히 느릿느릿 걸어갔으며, 발걸음이 너무 빨라 보조를 맞추지 못하는 격정의 시몽이 앞장서서 걸었다. 그 뒤를 밤의 아들들이 따라갔는데, 맨 뒤에서 종종걸음치는 미련퉁이 루이종은 세 발짝 걷고는 팔짝 뛰거나 신이 나서 빽빽 소리를 지르며 깡충거렸다. 그들은 아버지와 함께 성당 정문 안 현관 홀 쪽에 모여 앉고 어머니와 에드메는 중앙 홀 맨 뒤편 장의자에 앉아 미사를 보았다. 그러다 성체 거양의 순간이 되면 일제히 무릎을 꿇고 앉아 이마를 바닥에 닿도록 숙였으며 잇달아 일렬종대로 엄숙하게 제단 쪽으로 걸어가 성체를 받아 모셨다. 그러고는 크고 힘찬 목소리로 노래를 불렀다. 못난이 블레즈의 감미로운 목소리는 형들이 함께 부르는 저음의 목소리 사이에서 단연 두드러졌으며 미련퉁이 루이종의 가늘고 새된 목소리가 참새처럼 경쾌하게 끼어들었다. 저녁 기도가 끝나면 모두 마을 광장에 자리한 술집으로 향했으며 그곳에서 호탕한 술잔치가 이어졌다. 인색한 마르탱과 미련퉁이 루이종은 거기에 끼지 않았다. 마르탱은 눈곱만큼도 냉정을 잃고 싶지 않았기 때문이고, 루이종은 술을 마시면 금세 취기가 돌아 정신을 잃었기 때문이다. 하지만 장사 페르낭과 푸른 아드리앵 둘이서 나머지 형제들의 몫까지 거뜬히 해치웠다. 페르낭은 술잔을 단숨에 비웠다. 그렇게 한 잔 두 잔 독주를 들이켜다 보면 호주머니의 돈이 한 푼도 남지 않고 정신도 뒤죽박죽이 되었다.

형들은 카드놀이를 했지만 우연과 운을 혐오하는 인색한 마르탱은 그저 게임을 지켜보며 시끄러운 테이블 주위를 조용히 오가는 것으로 만족했다. 그동안 다른 테이블에서는 못난이 블레즈가 청중을 매료하는 이야기들을 늘어놓았는데, 그 청중 속에는 외톨이 레옹과 딴 곳의 엘루아가 어김없이 끼어 있었다. 미련퉁이 루이종은 잠시도 자리를 지키지 못하고 의자들 사이를 깡충대며 뛰어다니거나 여종업원 곁에서 일을 돕느라 여념이 없었다.

대축일 때마다 모페르튀 형제들의 진면목이 유감없이―일부 사람들은 우려의 눈으로 보기도 했지만―발휘되었다. 즉석 오케스트라가 만들어지곤 했던 것이다. 그들의 별난 음악적 감각에서 탄생한 즉흥 연주는 매번 강도 높은 묘한 소음을 빚어냈다. 형들은 선율에 대한 감각이 전무했지만 대신 타고난 리듬 감각이 있었다. 그들의 악기라고 해봐야 지극히 초보적인 것들이었다. 장사 페르낭은 번갈아가며 손뼉을 치거나 손바닥으로 허벅지를 두드리고 나막신 신은 발로 바닥을 쿵쿵 찍어댔다. 그런가 하면 푸른 아드리앵과 인색한 마르탱, 귀머거리 제르맹은 다양한 굵기의 막대를 부딪쳐 소리를 냈다. 이 타악기 연주에서 귀머거리 제르맹은 조금도 뒤지지 않았다. 그는 형들을 바라보며 그들의 동작이 만들어내는 리듬을 온몸으로 느꼈다. 이 리듬은 그의 사지와 근육 속을 쏜살같이 달렸으며, 형들을 모방한 그의 연주는 형들의 연주와 놀라운 협화음을 이루었다.

외톨이 레옹은 자신이 직접 고안해 '구현금'이라 이름붙인 이상한 악기를 연주했다. 북 아니면 기타 혹은 실로폰 같기도 하고 그 모두를 닮기도 한 듯한 악기였다. 정교하게 다듬은 일종의 타원형 나무통에 점점 가늘어지는 아홉 개의 금속 현을 건 형태로, 가느다란 금속 활로 현을 문지르거나 두 손가락으로 튕겨 소리를 냈다. 그는 이 구현금을 어깨에서 허리에 닿도록 비스듬히 둘러메고 다녔다. 그런가 하면 딴 곳의 엘루아는 작은 아코디언을 연주했고, 미련퉁이 루이종은 높다란 개암나무 가지를 손으로 잡고서 거기 매달린 차임벨을 울려 고음의 가냘픈 소리가 퍼져나가게 했다. 못난이 블레즈는 작은 나무망치로 금속 징을 두드려댔다.

격정의 시몽의 연주에서는 반짝이는 환희를 담고서 맑고 예리한 음향으로 솟구쳐오르는 찬란한 숨결이 느껴졌다. 금관악기가 내뱉는 한껏 고양된 숨결이었다. 그는 나팔을 연주했다. 만사에 그렇듯 편안하고도 강렬한 열정을 기울여.

그들에게 성당의 모든 축일은 음악을 연주할 수 있는 기회였는데, 특히 성모승천대축일이 그랬다. 그들은 무한한 열의를 바쳐 자유분방한 연주를 하며 이루 말할 수 없는 행복을 느꼈다. 그들의 할머니는 성모님에 대한 신심으로 그들을 키웠는데, 그들은 그 성모께 찬양을 바쳤다. 그리고 성모께서 내리신 은총의 놀라운 구현인 어머니 렌을 비롯해 그들 자신의 아홉 번의 생일, 그리고 생일들과 겹치기도 하는 아홉 번의 영명축일을 찬양했다. 그 모두를 동시에, 기쁜 마음으로 혼동하며 찬양했다. 마리라는 이름이 각자의 이름을 견고히 받쳐주었고, 불행과 죄와 죽음으로부터 그들을 마법처럼 보호해주었다.

너도밤나무의 성모님

그러던 어느 날 그들의 기쁨이 극에 달해 폭발하며 엄청난 파
문을 일으킨 사건이 터졌다. 추문이라 할 만한 대단한 파문이었
다. 하지만 행복하고 영광스럽기까지 한 추문이었다. '너도밤나
무의 성모님'이라는 이름으로 봉헌되는 성모상의 축성식이 치러
지는 날이었다. 잘 숲과 솔슈 숲이 만나는 숲속 교차로에 자리한
넓은 공터에서였다. 의식은 8월 15일 정오에 거행되었다. 벌목꾼
들과 농부들과 아낙네들과 아이들 모두가 그곳에 와 있었다. 숲
근방에 흩어져 있는 여러 부락에서 온 사람들이었다. 그 가난한
사람들 무리에는 행사에 참여하기 위해 온 상인들은 물론 마을과
읍에서 올라온 유지들도 끼어 있었다. 모페르튀 일가가 주일마
다 가는 성당의 주임신부 외에도 인근 네 교구의 신부들이 와 있

었고, 그들 주변에는 풀을 빳빳이 먹인 흰 레이스 겉옷 차림의 복사들이 촛대와 향로를 들고 서 있었다. 신부들이 엄숙한 행렬의 선두에 서고, 그 뒤를 금별 은별이 총총히 박힌 이동식 쪽빛 벨벳 닫집이 따랐다. 그 안에 모신 성모상은 똑같은 쪽빛 벨벳으로 덮인 들것에 올려져 있었는데, 그것을 여섯 명의 장정이 어깨에 지고 날랐다. 그 장정들 곁에서 복사들 무리가 구름처럼 피어오르는 향에 싸여 나비처럼 파닥이며 맴돌았다. 복사들이 입은 순백의 겉옷이 흰 곤충의 앞날개처럼 빛을 발했다. 그 뒤로 신자들의 행렬이 이어졌는데, 아이들과 처녀들이 앞장서고 부인들과 늙은 여자들이 뒤를 따랐으며 맨 뒤에 남자들이 걸어갔다. 하나같이 꽃이나 이삭, 과일 바구니를 들고 있었다.

처녀들 무리에 카미유도 끼어 걸었다. 모페르튀 영감의 이례적인 허락으로 그녀도 그렇게 무리에 섞여 대중 앞에 모습을 드러낼 수 있었다. 평소에는 손녀를 철저히 군중에게서 떼어놓았던 모페르튀도 이렇게 점잖은 무리라면 한 번쯤 자신의 원칙을 철회할 수 있겠다고 생각한 것이다. 카미유는 울타리로 둘러싸인 그의 넓은 농장 안에 갇혀 지내며 어린 공녀처럼 떠받들어졌다. 노인은 카미유를 달콤하고 나른한 몽상 속에 가둬둠으로써 그녀의 호기심 많고 부산스러운 성격에 제동을 걸 수 있었다. 바깥세상을 전혀 모르는 카미유는 늘 새장 안의 새처럼 지냈다. 지루해하지 않도록 넓고 아름다운 사육장처럼 꾸민 새장이었다. 그곳에서 그녀는 노인의 보살핌과 사랑을 독차지해 넘치도록 누렸다. 그날까지 그런 식으로 아무 장애물 없는 단조롭고 안락한 삶에 만족하고 있었다.

앙브루아즈 모페르튀는 신자가 아니었다. 그가 무언가를 믿었다면 그건 하느님이라기보다 악마였다. 그래도 그는 부활절과 성탄절만은 미사에 참석해 신앙심을 완전히 결한 사람이라는 세간의 평을 면하려 했다. 그리고 아들 마르소는 물론 카미유에게도 자신의 본을 따르도록 강요했다. 어쨌거나 그는 이 의식을 자신이 관장해야 하는 영예로운 일로 여겼다. 너도밤나무의 성모님이 그의 숲 한복판으로 와 당당히 안치되는 순간이었으므로. 고개를 높이 쳐들고 마르소를 대동하고 걸으면서 그는 한순간도 카미유를 시야에서 놓치지 않았다. 감시의 의도도 있었지만 무엇보다 찬탄을 금할 수가 없었다. 수수한 흰옷 차림의 그녀는 틀어올린 머리를 흰 새와 꽃이 수놓인 흰 만틸라로 감싼 채 또래 처녀들 사이에서 걷고 있었다. 흰색과 노란색과 오렌지색의 풍성한 장미꽃 다발을 양손으로 감싸안고 일정한 보폭으로 느리게, 마치 장례 행렬을 따르듯 걸어갔다. 다른 처녀들과 함께 〈마니피카〉*를 제창하면서.

그런데 모페르튀 영감만 그녀를 주시하고 있는 게 아니었다.

남자들 모두가 그녀를 훔쳐보고 있었다. 행렬의 맨 앞에서 둥둥 떠가는 듯한 이동식 푸른 벨벳 닫집보다 그녀에게로 시선이 더 쏠려 있었다. 그녀가 아무리 눈을 내리깐 채 다른 처녀들 사이에서 노래를 부르며 평보로 걷고 있어도, 또 신앙심 깊은 처녀의 조신한 모습을 하고 있어도, 살과 피로 이루어진 화사한 아름다움을 감출 수는 없었다. 반짝이는 뱀의 눈을 눈꺼풀이 가리고 있을 따름이었다. 그녀는 흰옷이 아닌 화려한 색깔의 옷들로 치장하기 위해 태어난 여자였다. 머리도 틀어올려 만틸라로 감싸는 대신 마구 헝클어뜨리는 게 어울릴 것 같았고, 유순한 걸음걸이에서도 어쩐지 거짓의 분위기가 느껴졌다. 그녀의 몸 전체가 억제된 몸놀림으로 동요했고, 춤추고 뛰어오르려는 보이지 않는 욕구로 떨었다. 지나치게 육감적이고 허스키한 목소리 역시 웃고 소리치고 노래 부르고 싶은 쾌활한 마음을 고스란히 짐작하게 해주었다. 그녀에게서는 부드러운 비단과 레이스에 싸여 질식당하는 어린 야생마의 분위기가 느껴졌다. 순진하고 얌전한 처녀의 외관 속에서 성급한 작은 말이 앞발로 땅을 차며 걸어가는 것 같았다. 욕망이라는 이름의 눈에 띄지 않는 작은 말이었다. 그토록 아름다운 처녀를 자기 집에 데리고 있는 모페르튀 영

---

* 성모마리아의 송가. 「루가복음」 1장 46~55절.

감을 남몰래 시기하지 않는 남자는 한 명도 없었다.

"저 교활한 영감은 코르볼에게서 숲과 자식들을 가로채는 것만으로도 모자라 저렇게 예쁜 여자아이까지 훔쳐냈군. 저앤 남자들 꽁무니를 쫓아다니던 제 외할머니를 빼닮았어. 외할머닌 아마 바람이 나서 도망쳤다지."

그들은 이렇게 말하며 저렇게나 아름다운 처녀를 자기 집에 둘 수 없음을 애석해했다.

"영감이 지금은 카미유를 붙잡아두고 있지만 조만간 저애는 거기서 빠져나와 달아나고 말 거야!"

이런 식으로 스스로를 위로하는 사람들 중에는 벌써부터 대담하고 변덕스러운 기질을 드러내는 카미유의 아름다운 몸을 넘보며 행복한 상상에 빠지는 이들도 있었다.

하지만 카미유가 마르소의 딸이라는 데 생각이 미치는 사람은 아무도 없었다. 카미유는 분명 그의 딸이었지만 모페르튀 영감이 아들과 손녀 사이에 너무도 당당히 군림하며 그를 따돌리고 있어 아무도 마르소에게 관심을 갖지 않았다. 마르소도 익히 아는 사실이었다. 그 전날만 해도 그는 아버지가 내린 치욕스러운 명령에 다시 고분고분 복종해야 했다. 스스로도 용서가 안 되는 또 한 차례의 비굴한 행동이었다. 모페르튀 영감은 그를 페름뒤부에 보내며 에프라임에게 자신의 뜻을 전하게 했다. 그러니까 8월 15일

의식에 에프라임과 그의 아홉 아들이 참석하는 것을 엄중히 금한다는 내용이었다.

"아버지가 직접 가서 말하세요!"

그런 몹쓸 짓을 시키는 아버지에게 반발심을 느낀 마르소의 상처 입은 마음에서 감히 튀어나온 말이었다. 영감은 화가 나 욕설을 퍼부어댔으며, 겁에 질린 마르소는 치밀어오르는 반항심을 삼켜야 했다. 그는 빈정대는 아버지의 가시 돋친 말을 뒤로하고 집을 나와 형의 집까지 걸어갔다. 그에게 맡겨진 전언이 무거운 짐처럼 어깨와 가슴을 짓눌렀다. 그는 페름뒤부의 문지방을 넘지 않고 형을 마당으로 불러 말했다. 두 눈을 바닥에 고정한 채 목이 멘 듯한 작은 목소리로. 한순간도 형을 향해 얼굴을 들 수 없었다. 그랬다가는 목구멍에 걸린 눈물이 치솟아 두 눈을 태워버릴 것만 같았다. 잠자코 그의 말을 듣기만 하던 에프라임이 마침내 입을 열었다.

"난 가지 않을 거다. 거긴 신앙심 없는 그 노인네가 갈 곳이 아니야. 그 심술궂은 도둑 같은 노인네가 성모님의 상을 따라가다니 수치스러운 일이야! 그 꼴을 보고 싶진 않다. 그렇게 영감에게 전해. 하지만 내 아들들은 자기들 좋을 대로 할 거야. 난 그애들에게 개처럼 소리를 질러대진 않으니까. 그애들은 내 노예가 아니라 아들이고 남자야. 그러니 이 말도 전해라, 네 아버지한테!"

이렇게 말한 다음 그는 동생을 마당 한복판에 혼자 남겨둔 채 돌아섰다. 마르소는 가슴이 미어지는 것 같았다. 자신의 나약한 모습이 한없이 실망스러웠으며, 형에 대한 애정을 고백할 수 없다는 사실에 상처를 입었다. 지독하게 두들겨맞은 사람처럼 정신이 멍했다. 통증이 발을 파고들어 그 옛날 청년 시절에 입은 화상이 되살아나는 듯했다. 그는 다리를 절며 집으로 돌아갔다. 아버지보다 스스로를 더 저주하면서.

에프라임의 아들들은 아버지처럼 행렬에 참여하지 않았다. 성모께 바치는 신심이 우스꽝스러울 만큼 두터웠던 이들이기에 그들 일가가 행렬에 참여하지 않은 것을 두고 사람들은 의아해하며 그 이유를 알고 싶어했다. 반면 코르볼의 딸 클로드와 늙은 아이 같은 남동생의 불참을 두고는 아무도 놀라지 않았다. 그녀가 얼마나 오만한지 사람들은 알고 있었다. 평소에 그렇듯 그녀라면 농부나 벌목꾼 같은 하층민들하고는 어울리고 싶지 않았을 것이다. 대신 영구대 같은 자신의 피아노 앞에 꼼짝 않고 앉아 실추한 가문의 버림받은 사자死者들에게서 흐느낌과 하소연이나 끊임없이 끌어내는 편을 더 좋아했을 게 틀림없었다. 그러나 에드메와 렌은 불경한 모페르튀 영감의 명령이나 협박에 아랑곳없이 그 자리에 참석했다. 조만간 아흔에 접어드는 에드메는 딸의 부축을 받으면서도 민첩한 걸음으로 걸었다. 세월은 그녀의 피부를 그을리고 주름지게 했지만 마음만은 늙게 할 수 없었다. 자비로운 성모님께 홀딱 반한 신앙심 깊은 어린아이의 흡족한 마음이 그녀 안에 고스란히 남아 있었다. 그녀의 시선은 왼편에도 오른편에도 머무르지 않았으며 누군가를 곁눈질로 훔쳐보는 일도 없었다. 그저 입가에 행복한 미소를 머금은 채 쪽빛 이동식 닫집을 뚫어져라 바라보며 앞으로 나아갈 뿐이었다. 뚱보 레네트도 똑같은 황홀감에 젖어 가벼워진 몸을 천천히 흔들며 곁에서 걸었다. 두 여자 모두 알고 있었다. 모페르튀 영감의 금지령에도 아랑곳없이 아들들이 그곳에 와 너도밤나무의 성모님께 찬미를 바칠 것임을.

크루아오에트르*라 불리는 숲속 교차로에 이르자 사람들 무리는 그 한복판에 설치된 석궤를 에워싸고 남자들과 여자들로 나뉘어 반원으로 갈라졌다. 성모상을 모실 석궤였다. 하늘은 눈이 부시도록 짙푸르고, 햇볕이 넓고 뜨거운 공터 위에 수직으로 내리꽂혔다. 사람들 발밑에서는 마른 풀들이 바스락댔다. 벌레 울음소리도 들려왔다. 열기로 파르르 떨리는 대기는 후추와 꿀을 버무린 듯한 내음으로 가득했다. 감미롭고도 쌉쌀한 맛, 새콤달콤한 맛이었다. 향과 꽃과 과일의 향기, 땀흘리는 사람들의 체

---

* '너도밤나무의 십자가'라는 뜻.

취. 어린 소녀들의 손에는 들꽃 다발이 들리고, 처녀들의 품에는 장미꽃 다발이, 아낙네들의 가슴에는 그네들 집 정원에서 꺾은 화려한 색깔의 꽃들이 한아름씩 안겨 있었다. 노파들의 손에 들린 버들광주리 안에는 그들 과수원에서 딴 탐스러운 과실들이 담겨 있었다. 사내아이들은 산울타리에서 꺾은 산짜리와 찔레나무와 산사나무 가지들을 긴 다발로 묶어 송악 덩굴로 장식해 들고 있었고, 장정들의 손에는 밀과 호밀과 보리 이삭 다발이 들려 있었다. 너 나 할 것 없이 자신들이 손수 땅에 뿌리고 길러서 거둔 가장 좋은 것을 가져다 바쳤으며, 아이들은 들판에서 뛰놀다가 혹은 오솔길을 뒤져 찾아낸 것들을 가져왔다.

향을 뿌려 축성한 성모상이 석궤 깊숙이 안치되자, 성모의 죽음이라는 감미로운 신비와 성모 승천에 관한 수석사제의 강론이 바로 이어졌다. 열기와 냄새를 비롯해 붕붕대는 파리들과 말벌들의 소리에 취한 공터의 군중은 반수 상태의 명상에 잠겨 귀를 기울였다. 선 채로 서서히 잠의 나락으로 빠져드는 이들도 많았다. 머리가 꾸벅이고 눈꺼풀이 점점 무거워졌다. 사제들과 복사들의 뒤를 이어 신자들이 나른한 모습으로 걷기 시작했다. 몽유병자들 무리처럼 느릿하게 웅얼대면서.

아베 레기나 첼로룸,

아베 도미나 안겔로룸,

살베 라딕스, 살베 포르타,

엑스 콰 문도 룩스 에스트 오르타……*

　바로 그 순간 그들이 불쑥 나타났다. 그들은 군중이 물러나는 길의 반대편 길로 공터에 이르렀다. 일곱 명이 나란히 서서 걸어오고 있었다. 손에는 저마다 악기가 들려 있고, 축제 때 입는 정장바지에 수수한 흰 셔츠 차림이었다. 넥타이 대신 셔츠 깃에 양귀비나 미나리아재비 같은 꽃이 꽂혀 있었다. 여장을 하고 긴 변발을 머리 꼭대기까지 올려 빗은 미련퉁이 루이종이 앞장을 섰다. 그가 작은 종들이 달린 깃대를 흔들어대자 가늘고 날카로운 소리가 흘러나왔다. 새의 깃털로 덮인 헐렁한 망토가 그의 몸을 감싸고 있었다. 군중은 발길을 멈춘 채 꼼짝 않고 그들을 바라보았다. 그들이 부르던 노랫소리가 점점 희미해지며 어렴풋한 웅성임으로 잦아들었다.

　……가우데 비르고 글로리오사,

　수페르 옴네스 스페키오사,

---

* "하늘의 여왕이여 기뻐하소서. / 천사들의 왕후여 기뻐하소서. / 복되어라 뿌리여, 복되어라 문이여. / 그로부터 세상에 빛이 떠올랐나이다……"

발레, 오 발데 데코라,

에트 프로 노비스 크리스툼 엑소라.*

  새롭게 출현한 이들에게 정신이 팔려 아이들은 한 발짝도 움직이지 않았다. 부모들이 손을 잡아끌어도 휘둥그레진 눈을 두리번거리면서 꼼짝도 하지 않았다. 아이들을 잡아당기던 부모들의 몸짓도 시들해지더니, 어른 아이 할 것 없이 호기심으로 달아올랐다. 사람들은 이제까지의 마비 상태에서 깨어났다. 또하나의 의식이 시작되려는 참이었다.

  에프라임의 아들들은 거기 모인 무리는 안중에 두지 않고 씩씩한 걸음으로 공터 한복판으로 걸어갔다. 미련퉁이 루이종이 울려대는 종소리가 점점 더 활기를 띠는 동안 아침의 형제들이 느린 속도로 박자를 맞추었고, 딴 곳의 엘루아가 약음으로 연주하는 아코디언 소리도 가세했다. 못난이 블레즈가 한 차례 징을 울리자 아홉 형제가 일제히 환성을 내질렀다. 이어서 무리에서 떨어져나온 못난이 블레즈가 선두에 서서 걸으면서 큰 소리로 다음과 같이 낭송했다.

  "하늘에 있는 하느님의 성전이 열리고, 성전 안에 있는 계약의

---

* "……기뻐하소서 영화로운 동정녀여, / 모든 이들 위에 빛나는 이여, / 안녕히, 오 몹시 아름다운 이여, / 저희를 위하여 그리스도께 빌어주소서."

궤가 모습을 드러냈습니다.

하늘에는 장엄한 표징이 나타났습니다. 한 여인이 태양을 입고 달을 밟고 별이 열두 개 달린 월계관을 머리에 쓰고 있었습니다. 그 여인은 뱃속에 아이를 가졌으며 해산의 진통과 괴로움으로 울고 있었습니다. 또다른 표징이 하늘에 나타났습니다. 이번에는 커다란 붉은 용이 보였는데, 일곱 개의 머리와 열 개의 뿔이 달리고 머리마다 왕관을 쓴 용이었습니다. 용은 자신의 꼬리로 하늘의 별 삼분의 일을 휩쓸어 땅으로 내던졌습니다. 그런 다음 곧 해산하려는 여인이 아기를 낳기만 하면 그 아기를 삼켜버리려고 여인 앞에서 지키고 서 있었습니다. 마침내 여인은 아들을 낳았습니다. 아기는 장차 쇠지팡이로 만국을 다스릴 분이었습니다. 아기는 갑자기 하느님과 그분의 옥좌가 있는 곳으로 들려 올라갔고 여인은 광야로 도망을 쳤습니다. 그곳은 하느님께서 여인을 위해 마련해두신 곳이었습니다."*

이 대목에서 블레즈는 잠시 입을 다물었지만 아침의 형제들이 박자를 맞추는 소리는 점점 고조되었다. 외톨이 레옹도 뒤질세라 자신의 구현금에서 비브라토를 끌어냈고, 미련퉁이 루이종도 더 기세 좋게 종을 울려댔다. 공터 반대편에 자리한 군중은 그들

* 「요한묵시록」 11장 19절~12장 6절.

의 연주를 들으며 놀라 입을 다물지 못했다. 못난이 블레즈가 다시 낭송을 이어갔다.

"그때 나는 하늘에서 큰 음성이 이렇게 말하는 것을 들었습니다. '이제 우리 하느님의 구원과 권능과 나라가 나타났고 하느님께서 세우신 그리스도의 권세가 나타났느니라.'"*

못난이 블레즈가 또 한 차례 징을 울리자 다른 형제들이 이번에는 약음으로 연주를 시작했다. 리듬에 맞춰 나무를 두드려대는 소리, 아코디언과 구현금 연주, 점점 더 활기를 띠며 뗑그렁대는 종소리. 그렇게 연주를 하며 형제들은 너도밤나무의 성모상 앞으로 다가가 그 주변에 빙 둘러섰다. 루이종이 깡충깡충 뛰며 작은 종들이 달린 막대를 온 힘을 다해 흔드는 동안 다른 형제들은 더 큰 소리로 박자를 맞추었다. 그 순간 난데없이 나팔소리가 들려왔다. 격정의 시몽의 몸에서 솟구치는 금빛 음향이 땅을 차고 해를 향해 곧장 날아오르더니 기쁨에 넘치는 이 찬란한 하루에 반짝이는 밑줄을 그었다. 그러자 다른 형제들도 자신들의 힘과 활기를 마음껏 터뜨렸다. 장사 페르낭이 시몽 곁으로 뛰어와 점점 빠른 속도로 박자를 맞췄다. 손뼉을 치거나 더 세차게 발을 구르거나 바닥을 차면서 소리를 질러댔다. 얏 얏 야! 그

---

* 「요한묵시록」 12장 10절.

러자 형제들이 이 소리를 받아 파문처럼 퍼뜨렸다. 격정의 시몽은 이 모든 외침과 소리와 반향을 끌어모아, 자신의 나팔 연주가 허공에 파놓은 반짝이는 고랑 속으로 흡수되게 했다. 그는 뱃속과 목구멍에서 끌어낸 숨결을 하늘 한복판에 뱉어내 밝은 햇빛 아래 요란스레 울리게 했다. 시몽은 좌우로 몸을 흔들며 연주했고 허리를 한껏 젖히거나 구부리기도 했다. 그러는 동안 형제들은 그의 주변을 분주히 오가거나 맴돌거나 팔짝거리거나 아니면 큰 소리로 웃으며 뛰놀았다. 그 모두가 그들이 바치는 봉헌물이었다. 그들은 지상의 꽃과 과실뿐 아니라 자신들의 활기와 젊음, 열정적인 마음과 놀라울 만큼 풍부한 숨결과 웃음소리를 바치고 있었다. 늘 그들 곁에 존재해온 나무들, 성모님이 오셔서 당신의 형상으로 존엄성을 부여하고 당신의 이름으로 지켜주신 나무들. 그들은 이 나무들이 보낸 특사였다. 너도밤나무의 성모님. 이 성모님은 그들의 성모님이었다. 몸과 마음이 오롯이 나무들과 하나인 그들은 나무들의 종족과 그 왕국에 속해 있었다. 나무 왕국의 왕자들인 그들은 쾌활하고 야성적인 춤꾼이자 음악가였다. 그들은 자신들의 여왕을 공손히 맞고 있었다.

무리 중 일부가 수군대기 시작했다. 에프라임의 아들들이 기독교도의 풍속을 무시하고 있다고. 야만인들처럼 소란을 피우며 선량한 사람들을 비웃는다고! 사제들이 전례에 따라 막 축성

을 마친 성모상 주위에서 그처럼 소리지르고 발을 굴러대는 것
은 신성모독이 아니냐고. 앙브루아즈 모페르튀는 미칠 듯한 분
노에 사로잡혔다. 그가 버린 아들과 페름뒤부의 뚱보 사이에서
태어난 저 소인배들이 감히 그의 명령을 거역한 것이다! 그의 소
유인 이 숲 한복판에 들어와 그곳을 자기들 집인 양 착각하고 있
는지도 몰랐다. 그는 카미유 쪽으로 고개를 돌렸다. 그 순간 복
받쳐오르는 화를 억제할 수 없었다. 겉보기에 미동도 하지 않는
카미유는 당장이라도 공터 한복판으로 뛰어나갈 태세였다. 춤을
추고 싶은 욕구로 두 어깨가 떨리고 있었다. 형제들이 있는 쪽으
로 활시위처럼 당겨진 그녀의 옆모습이 영감의 눈에 들어왔다.
초록색 두 눈은 강렬한 빛을 발했고, 반쯤 열린 붉은 입술은 촉
촉이 젖어 있었다. 그녀에게서 단속적인 심장박동 소리와 팽팽
히 긴장된 근육, 다소 거친 숨결이 느껴졌다. 그때 난데없이 그
녀가 검은 만틸라를 벗어던졌다. 그리고 머리를 마구 흔들어댔
는데 그 바람에 틀어올린 머리카락이 헝클어졌다. 그의 얼굴 한
복판에 따귀를 갈기듯 순식간에 튀어나온 거친 동작이었다. 카
미유가 그의 품을 벗어나고 있었다. 욕구가 그녀의 가슴속으로
밀려들어 몸을 장악하고 그녀를 그에게서 돌려세운 참이었다.
그 순간 카미유는 그 어느 때보다 카트린과 닮아 있었다. 카트린
과 똑같이 음탕하고 성급하며 열정적이고 오만했으며 세상에 둘

도 없는 아름다움을 과시했다. 타인들의 눈에 띄지 않도록 그가 공들여 숨겨온 것, 카미유 자신조차 의식하지 못하도록 비밀에 부쳐온 것이 그렇게 불쑥, 대중 앞에 공공연히 모습을 드러내고 만 것이다. 이 모두가 누추하고 불결한 페름뒤부에서 줄줄이 태어난 망나니들 때문이었다. 베르슬레 집안 뚱보 계집의 새끼 잘 낳는 뱃속에서 나온 것들 때문이었다! 그는 터져오르는 분통을 참을 길이 없었다. 그는 곁에 선 사람들을 밀치고 카미유가 있는 곳까지 곧장 걸어가 억센 손으로 그녀의 팔을 잡고 무뚝뚝한 목소리로 말했다.

"됐다! 돌아가자."

하지만 카미유는 그를 돌아보지도 않고 오히려 반항하면서 거칠게 어깨를 흔들어 그의 손을 뿌리치려 했다. 그는 손아귀에 더욱 힘을 주어 그녀를 잡아끌었다. 결국 그녀도 그의 말을 따를 수밖에 없었지만 오만한 분노가 서린 시선으로 그를 노려보았다.

"만틸라를 다시 써라!"

그녀를 끌고 가며 그가 작은 소리로 말했다. 그러자 그녀는 지체 없이 만틸라를 풀 위에 떨어뜨린 뒤 발꿈치로 짓이겼다.

"나쁜 년! 집에 가서 보자!"

그가 이 사이로 이렇게 중얼대자 카미유가 짜증 섞인 목소리로 대들었다.

"보려면 여기서 봐요!"

카미유는 이제 그의 품을 벗어나고 있을 뿐 아니라 반기를 들기까지 했다. 조금도 겁내지 않고 그에게 대들었다. 여차하면 그에게 등을 돌릴 태세였다. 그는 그처럼 군중이 모여 선 한복판에서 낮은 소리로 그녀와 다투는 것은 무의미하고 위험한 일임을 깨닫고, 저만치 물러서 있는 다섯 명의 사제에게로 분노의 화살을 돌렸다. 대체 저들은 무얼 기대하며 저렇게 말뚝처럼 서 있기만 한다지? 이 법석을 중단시키고 저 야만인들을 쫓아내야 할 것 아닌가. 그는 카미유의 팔을 그렇게 계속 잡아끌며 사제들 앞에 와 섰다.

"빌어먹을! 그렇게 서 있기만 할 거요? 이 성스러운 장소 한복판에서 망나니들이 발을 구르고 고함을 쳐대는데 아무 말도 안 하기요? 저 돼지 멱따는 소리로 떠드는 놈들 좀 보시오. 저걸 그냥 놔둬요? 제기랄! 저 소란을 그냥 보고만 있진 않겠지!"

그가 이렇게 소리를 쳐대자 그를 향해 돌아선 사제들의 얼굴에 냉정한 기미가 감돌았으며, 복사들은 점점 커가는 놀라움을 감추지 못하고 휘둥그레진 눈으로 그를 바라보았다. 화가 난 앙브루아즈 모페르튀는 이 신성한 장소에 어울리지 않는 욕설을 자신도 모르게 두 차례나 내뱉은 참이었다. 그러자 사제들 중에서 방금 전에 강론을 한 모냉 신부가 마침내 입을 열었다.

"잘못이 있다면 영감님께 있지 저 젊은이들한테 있지 않습니다. 하느님의 종들 앞에서 그런 험한 욕설로 하느님의 이름을 더럽히다니요. 세련된 노래는 아니더라도 저렇게 와서 자신들의 신앙을 노래하는 저 사람들한테는 아무 잘못이 없습니다. 지나치다 싶긴 해도 저렇게 열광하는 데 무슨 악의가 있겠습니까. 저 사람들은 기쁨에 겨워 저러는 것인데, 흔치 않은 일이지요. 성서의 본문을 저렇게 안다는 건 더더욱 드문 일이고요. 영감님은 「요한묵시록」의 한 구절을 저 젊은이처럼 암송해 전할 수 있겠습니까?"

모페르튀 형제들의 지나치게 거친 감정 표현에 눈살을 찌푸리던 다른 사제들은 그 젊은이들에게 그리 호의적일 수 없었지만 그들 앞에서 욕설을 퍼붓고 위협적인 눈으로 쏘아보고 얼굴을 찡그리며 노여워하는 모페르튀 영감을 보자 동료 사제의 편을 들어야겠다는 생각이 들었다. 그 순간 격정의 시몽이 연주하는 우렁찬 음악과 그 형제들이 미친듯이 박자를 맞춰대는 소리가 점점 작아지기 시작했다. 나팔의 울림이 부드러워지고, 박자를 맞추는 소리도 희미해졌다. 그러자 군중의 주의력은 더욱 예리해졌다. 형제들은 숨을 가다듬었다. 성모께 바치는 신도송을 읊기 시작한 못난이 블레즈의 감미로운 목소리에 맞춰 그들은 밝고 가벼운 새 공간을 열어가는 중이었다. 군중의 얼굴에서는 방금 전의 얼빠진 표정이 사라지고 이제 감탄의 빛이 감돌았다. 우아하게 미끄러지는 블레즈의 목소리가 마치 뜨거운 대기를 맴돌며 햇빛 속을 헤엄치고 온 공간을 가로질러 물결치는 것 같았다.

"……빛의 어머니여, 생명의 어머니여, 사랑의 어머니여, 자비의 어머니여, 희망의 어머니여……"

블레즈가 천천히 몸을 흔들며 노래를 부르는 동안 형제들은 약음으로 연주하며 그의 목소리를 받쳐주었다.

"……은총이 가득하신 성모여, 거룩하신 성모여, 겸손하신 성모여, 온유하신 성모여, 순결하신 성모여, 말씀에 순종하신 성모여……"

애원의 억양이 담긴 목소리였다. 말씀에 대한 순종. 블레즈는 자신의 비참한 조건을 통해 이 말이 뜻하는 바를 뼈저리게 느끼고 있었다. 장애를 갖고 태어난 그의 뒤틀린 입에는 그 자신조차 진정한 의미를 파악할 수 없는 수많은 말들이 다녀가곤 했다.

"기도하시는 성모여, 고통받는 성모여, 기뻐하시는 성모여, 새로운 이브, 시온의 딸이여……"

신비의 천사가 그의 입술에 갖다댄 불길 같은 손가락이 그 끔찍한 육신의 흉터 뒤에 이글대는 반투명의 빛을 남겨두었던 것이다. 그의 가슴과 입 안에서 춤을 추는 빛이었다.

"……승천하신 여왕이여, 천사들의 여왕이여, 믿음의 조상들의 여왕이여, 예언자들의 여왕이여……"

감탄스러울 만큼 안정된 고음인 그의 가느다란 목소리 속에서 여린 눈물이 떨고 있었다. 형제들이 들릴락 말락 하게 일정한 속도를 유지하며 박자를 맞추었다. 에드메와 렌은 터질 듯이 황홀한 행복감을 억누르고 있었다. 군중은 숨을 죽였으며, 모페르튀 영감은 분노를 삼켰다.

앙브루아즈 모페르튀가 카미유를 억지로 데려가고 마르소가 그 뒤를 따라간 지 한참 뒤에야 너도밤나무의 성모님이 모셔진 공터에서 사람들이 발길을 돌렸다. 떠들썩하게 공터에 모습을 드러낸 아홉 형제에게 애초에 적개심을 품었던 사람들도 이제는 태도가 달라져 있었다. 못난이 블레즈의 감미롭고 아름다운 노래가 일체의 반감과 분노의 벽을 허물어뜨린 뒤였다. 이제까지 벌목꾼들을 반야만인 취급하며 늘 의심스러운 눈길을 보냈던 교구신부를 포함해 그 자리에 참석한 신부들 모두가 모페르튀 형제들에게 다가와 자신들이 받은 감동을 표시한 터라 더더욱 그랬다. 신부들까지 그런 태도를 보이는 것을 보면서 애초에 이들을 곱지 않은 눈으로 바라보던 사람들의 마음도 기쁨과 자부심으로 변해 있었다.

그러나 주인 영감의 진노에 개의치 않았던 형제들은 인정받는 것에도 관심이 없었다. 그들은 다만 해야 할 일을 했을 뿐이었다. 전례에 따라 성모님께 찬미를 바쳤으며 성모상을 향한 자신들의 밝고 경쾌한 신심과 하느님에 대한 무람없는 신앙, 눈에 띄지 않는 천사들의 현존에 대한 즐거운 믿음을 선포했을 뿐이었다. 이런 신앙과 예배에는 땅에 대한 그들의 사랑과 숲에 대한 열정이 뒤섞여 있었다. 그들은 더한층 확대된 열정으로 자신들의 기쁨을 선포한다. 거기 모인 모든 남녀의 마음을 사로잡은 열정이기도 했다. 모냉 신부가 못난이 블레즈에게 성서에 대한 그의 지식과 보기 드문 청아한 목소리를 두고 감탄을 토로하자 블레즈는 단지 이렇게 대답했다.

"저는 그런 칭찬을 받을 자격이 없습니다. 제가 아니라 벌들이 말하고 노래하는 거니까요. 제 입은 그들의 거처랍니다. 벌들은 제 심장 속에서 잠들며 자신들의 꿈으로 이 심장을 환히 밝혀줍니다. 천사들의 웃음에서 꿀을 모으듯 가져온 근사한 황금빛 꿈이죠. 먼지처럼 가볍고 부드러운 벌들의 몸은 천사들의 큰 웃음소리에서 태어났어요. 사람들에게 혐오감과 야유만 불러일으키는 저의 뒤틀린 입, 부자연스러운 미소를 머금은 이 입을 벌들은 무서워하지 않습니다. 제 추한 모습을 피해 달아나기는커녕 오히려 그 추함을 덜어주지요. 제 마음을 위로해 기쁨에 들뜨게 하고요. 제겐 부러움도 미움도 원한도 질투도 복수심도 없습니다. 고통이나 좌절이라는 말조차 모릅니다. 전 행복합니다. 그렇습니다. 맨 마지막으로 태어난 저는 한없이 추한 모습이지만 행복합니다. 그 누구보다 행복합니다. 어느 모로 보나 제가 감당할 수 없는 기쁨이 저에게 명하니까요. 세상의 아름다움과 나날의 행복, 땅의 영광과 무한히 상냥하신 하느님을 증거하라고."

그러자 신부가 지적했다.

"자네의 말을 들으니 당황스럽군. 자네의 겸양에는 지독한 교만이 들어 있어!"

이처럼 단순한 사람에게서 예기치 못한 말을 듣게 된 신부는 놀라움을 금치 못했으며, 상대의 확신에 찬 말투에 두려움마저 느꼈다. 그러나 블레즈는 조용히 웃으며 말을 이었다.

"제 말이 담고 있는 건 오직 기쁨과 경외심이 불러일으킨 것들뿐입니다. 순전한 은총의 선물이지요. 하느님에 대한 사랑, 땅과 제 가족에 대한 사랑 외에, 제게 달리 교만한 마음은 없습니다. 교만이라면 오직 사랑의 교만뿐이죠. 저 혼자의 힘으로 사랑할 수 있는 것보다 훨씬 더 많이 사랑한다는 거지요. 성모마리아를 방문한 천사가 제게 꿈꾸는 능력을 주었습니다. 그건 교만이 아니라 감사하는 마음입니다."

"자네가 하는 말의 의미를 아나?"

신부가 물었다.

"제가 하는 말의 의미를 제가 정말로 안다면 더이상 아무 말도 할 수 없겠죠. 이렇게 알고 있는 것을 전달할 단 한마디 말도 찾아낼 수 없을 겁니다. 오직 인간들만이 말을 합니다. 인간들 안의 무언가가 떨며 살 속에서 움직이고 마음속에서 맴돌기 때문이죠. 느껴지지만 이해할 수는 없는 무엇 말입니다. 그래서 그들은 말을 하고 또 말하고 쉴새없이 말합니다. 그들 안에서 미끄러지며 빙글빙글 돌지만 절대로 손에 잡히지 않는 그 이상한 무언가를 한 자 한 자 따라잡기 위해서죠. 실제로 천사들은 말을 하지 않아요. 사람들에게 말을 걸 때면 짧고 간결하게 말합니다. 천사들 스스로에겐 말이 전혀 필요 없습니다. 그들 안에는 빛이 머무르죠. 그들은 빛으로 이루어진 투명한 존재들이에요. 그들에겐 이름도 없지요. 그들에게 이름을 물으면 이름 아닌 무엇을 말할 겁니다. 그들의 이름은 다름 아닌 경이驚異니까요. 하지만 저는 찾아야만 해요. 한 발 한 발 언어 속을 걸어가야 합니다. 만약 제 자신이 제가 하는 말의 의미를 완전히 이해한다면 더이상 살 수 없을 겁니다. 너무도 눈부신 빛과 은총으로 죽고 말 거예요. 저는 마치 저 혼자 사랑할 수 있는 것 이상으로 사랑하는 것 같아요. 제가 생각한다고 믿는 것 이상으로 생각하고, 저의 말을 훨씬 능가하는 무언가가 제 안에서 노래합니다. 저를 매개로 해서 말이죠."

"그럼 자네 형제들은 어떤가?"

"저희는 저마다 자기 몫의 빛을 선물받았습니다. 미광微光이지요. 미광에 지나지 않아요. 하지만 살아 있는 빛이죠."

"자기 몫의 분노도 받았겠지!"

아침의 형제들이 지닌 그 폭발할 듯한 면면을 떠올리며 교구 신부가 받아쳤다.

"그렇습니다."

못난이 블레즈가 침착한 어투로 신부의 말에 동의를 표했다.

"그러나 노여움과는 전혀 상관없는 분노입니다. 악惡과도 무관하지요. 이 분노는 분통을 터뜨리는 것과는 완전히 다릅니다. 아름다움에는 늘 광기가 서려 있지 않던가요. 기쁨에는 반드시 폭발할 듯한 무언가가 있고, 사랑에는 격정이 따르죠. 애정 또한 솟구치는 열정이요 활기요 타오르는, 끝없이 타오르는 불길입니다! 빛은 난폭합니다. 바람은 걷고 달리는, 끝없이 달리는 강력한 힘입니다! 8월 15일의 햇볕이 얼마나 뜨겁게 대지를 내리치는지 보십시오! 열정 아닌 것이 없습니다. 새로 태어난 아기의 울음소리는 어떻고요? 만사가 가슴을 에는 절규에서 시작됩니다. 세상의 창조는 그렇게 시작되었고, 세상은 또 그렇게 끔찍한 아우성과 파열 속에서 막을 내릴 겁니다. 저와 제 형제들은 이 최초의 절규와 인접해 삽니다. 마지막 절규와 인접해 있기도 하죠. 저희는 단단하고 척박한 땅과 나무들 사이에서 삽니다. 머리 위의 하늘이 저희의 얼굴에 그 비와 폭풍우와 눈과 햇빛과 바람과 우박과 번개를 내리칩니다. 저희의 몸은 그 모든 흔적을 지닙니다. 그 모두가 저희의 피부 조직을 이루고, 저희의 가슴을 가득 채웁니다. 저희의 영혼은 그 모두로 인해 기쁘고 설렙니다. 저희는 그렇게 지어졌고, 그런 모습으로 살아가며, 앞으로도 그럴 겁니다. 하느님의 양손 안에서 태어난 세상과 늘 인접해 살아갈 겁니다. 저희의 살 속에 생생히 깃들어 있는 대지와 나무들에 대한 사랑을 품고, 이 끝없는 기쁨을 맛보며, 마음속 깊이 박힌 이 믿음을 지니고서 말입니다. 그렇습니다. 저마다 제 몫의 빛을 선사받았습니다. 먼저 태어난 형제들에게는 힘과 분노가, 나중에 태어난 형제들에게는 꿈과 노래가 주어졌지요."

"그렇다면 앙브루아즈 모페르튀 양반은 어떤가? 그분은 자네 할아버지가 아닌가!"

"저희의 고용주죠. 그분은 당신의 아들을 버렸고, 잇달아 저희 모두를 버렸습니다. 가족인 저희에게 완전히 등을 돌렸지요."

"하느님께도 등을 돌렸나?"

"그건 제가 판단할 일이 아닙니다."

천사들의 원무

앙브루아즈 모페르튀가 자기 아들과 손자들에게 완전히 등을 돌린 것은 카트린과의 관계를, 카트린의 영상과의 관계를 더욱 공고히 하기 위해서였다. 그가 그토록 조심스럽게 카미유를 다른 이들로부터 떼어놓으며 악착스럽게 카미유와 맺어온 모든 유대 역시 둘도 없는 이 관계에 초점이 맞춰져 있었다. 원래의 관계에. 카트린을 만나기 이전의 세월은 의미가 없었다. 그가 정말로 세상에 태어나 진정한 삶을 살게 된 건 욘 강가에서 그 여자를 만난 순간부터였다. 바닥에 내팽개쳐진 그 아름다움이 야기한 충격 때문이었다. 그후 카미유를 통해 그는 카트린의 영상을 추적해왔으며, 궁지에 몰린 짐승처럼 배회하면서 과거에 목격한 그 눈부신 한순간의 불길을 끝없이 돋워왔다. 그런데 난데없이 그 영상이 그의 시야에서 자취를 감춘 것이다. 그것도 더없이 찬란한 광채를 발하며 타오르던 바로 그 순간에.

카미유는 그를 피했다. 더이상 웃지도 노래하지도 않았다. 그가 자신의 숲들을 둘러보고 오거나 베르망통이나 클라므시나 샤토시농에 갔다가 돌아와도 예전처럼 그에게 달려와 품에 안기지 않았다. 지금까지 늘 그래 온 것처럼 그와 이야기하기 위해 곁에 와 앉거나 함께 걷지도 않았다. 너도밤나무의 성모님이 모셔진 공터에서 벌어지다 중단된 그 축제 이후로 그녀는 그를 멀리했다. 그렇다고 다른 누구—가정부 핀이든 주변의 여자친구든—와 함께 있고 싶어하는 것도 아니었다. 그녀가 유일하게 함께하고 싶은 이들은 그녀에게 금지되어 있었다. 그들은 다름 아닌 아홉 형제였다. 카미유는 그들을 다시 만나 사귀고 싶어 애가 달았다. 자신이 그들을 닮았음을 알고 있었다. 그들의 친구, 그들의 누이가 되고 싶었다.

카미유는 깊이 생각하지 않았다. 그저 느낄 따름이었다. 존재의 모든 활력을 동원해 열정적으로. 그녀의 감각 하나하나가 새로운 활기를 띠었다. 너도밤나무의 성모상이 공터 한복판에 안치되기 무섭게 기적을 행한 것이다. 아주 단순한 기적, 몹시 인간적인, 너무도 인간적인 기적이었다. 자신의 삶과 타인들을 바라보는 카미유의 시선이 놀랍도록 갑작스럽게 세상을 향해 돌려졌다. 난데없이 그녀의 몸이 그 자체로부터 떨어져나와 외부로 곧장 달려나갔다. 욕구가 살 속으로 밀려들어 심장을 움켜쥐었다.

이제까지 질서정연했던 그녀의 삶에 뜻밖의 사건이 닥쳐 엄청난 욕구에 불을 질렀다. 그녀 안에 항시 잠복해 있었으나 할아버지가 빈틈없는 보살핌으로 잠재워둔 욕구였다. 그런데 예기치 못한 갑작스러운 돌풍이 휘몰아친 것이다. 기뻐서 고함을 지르지 않을 수 없는 근사한 바람, 태양의 돌풍이었다. 그것은 금관악기로 고양된 시몽의 숨결이었다. 시몽, 할아버지의 소를 돌보는 미천한 일꾼. 늘 헝클어진 머리에 더러운 모습인 야만인. 별것 아닌 일에 벼락처럼 화를 내고, 또 마찬가지로 별것 아닌 일에 열광하는 인간. 그러나 그녀가 지금까지 페름뒤부의 다른 형제들을 바라보던 무심하고 다소 도도한 시선은 이제 달라졌다. 갑자기 그녀는 세심한 관심이 깃든 시선으로 그들 모두를 바라보았다.

못난이 블레즈가 공터 한복판으로 나와 낭독한 이상한 이야기가 계속 그녀의 마음속에 울려퍼졌다. 그는 "하늘에 계신 하느님의 성전이 열렸다"고 했는데 그녀 앞에 열린 것은 땅이었다. 땅의 신전, 즉 숲들이었다. 장엄한 표징 하나가 숲들을 사로잡았다. 아홉 명의 젊은이가 성모상에 살과 움직임을 부여하고, 성모상이 그 석궤에서 걸어나와 햇볕에 놓은 다갈색 풀 위에서 맨발로 춤을 추게 했다. "태양을 입고 달을 밟고 별이 열두 개 달린 월계관을 쓴 여인."

카미유는 그 여인을 보고 있었다. 크루아오에트르 공터가 활짝 트이며 햇빛이 가득 넘치는 풀밭이 금빛으로 물들었다. 살과 수액과 피를 부여받은 성모상이 몸을 추스르고는 춤추는 듯한 걸음걸이로 나무들 쪽으로 나아갔다. 춤을 추며 팔짝대는 그 모습이, 발꿈치로 땅바닥을 치는 생기발랄한 빛 같았다. 그렇게 매번 땅바닥을 디딜 때마다 장미꽃들이 풀밭을 뚫고 나왔다. 중심부가 활활 타오르는 화강암 장미들이었다. 여인은 한없이 심원하고 광활한 기쁨에 싸여 소리를 질렀다. 그 소리는 나무들 꼭대기로 날아올라 가지들에 내려앉았다. 타오르는 붉은 밀운密雲 같은 새떼가 되어. 가지들이 그 무게와 눈부신 절규를 견디지 못해 휘어지면서 놀랍도록 유연하며 관능적인 자태로 흔들렸다.

나무들이 땅에서 뽑혀 움직이기 시작했다. 새와 절규와 과실과 불길을 실은 가지들이 욕망에 사로잡힌 인간들의 팔처럼 뒤틀렸다. 나무들이 빛을 발하며 작열했다. 진흙과 빛의 몸인 여인이 나무들 사이를 빙빙 돌았고, 땅 여기저기 구멍을 뚫어놓은 화강암 장미들이 새들에게 쪼이고 바람에 쓸리며 굴러다녔다. 나무들이 쉰 소리로 노래를 불렀다. 순수한 기쁨의 노래였다.

못난이 블레즈가 읊는 성모께 바치는 신도송의 단어 하나하나가 새로운 어조를 띠었다. "빛의 어머니여, 생명의 어머니여, 사랑의 어머니여……" 대지의 어머니, 땅의 행복을 지어내시는 어머니, 행복에 겨운 어린아이처럼 품안에 대지의 아름다움을 품은 여인. 카미유는 자신을 이 여인과 혼동했다. 그녀는 이 여인의 딸이요 누이였다. 빛의 누이, 생명의 누이였다. 그녀는 욕구를 한아름 꽃처럼, 붉게 타오르는 작약과 장미처럼 품안에 안고 있었다. 하지만 이 꽃들을 나누어 가질 수 없어 괴로웠다. 그녀의 심장과 내장을 움켜쥔 이 미칠 듯한 기쁨을 외쳐낼 수 없어 고통스러웠다. 넘치는 환희를 춤으로 발산하고 욕구를 소리쳐 알릴 수 없어 고통스러웠다. 그들과, 저 형제들과 함께 그러고 싶었음에도.

장엄한 표징 하나가 이 땅 위에 출현해 있었다. 모페르튀 형제들이 변함없이 살아온 이 숲들이 마법에 걸린 참이었다. 성모상이 성대히 안치되면서 이 장소는 눈부신 빛을 발했고 경이로운 일들로 넘쳐나게 되었다. 그들 형제가 이 성모상을 보러 달려와 자신들의 여왕으로 맞아들인 장소였다. 하느님의 축복받은 종이며 딸이며 어머니이기도 한 성모님의 형상 안에 그들의 모든 사랑과 하느님에 대한 믿음이 집결되었다. 에드메를 향한 애정과 그들의 어머니를 향한 사랑이, 한 치의 망설임도 없이 모든 것을 희생하며 자신의 욕구를 끝까지 밀고 나간 아버지에 대한 자부심이, 숲에 대한 그들의 열정이 이 형상 안에 집결되었다. 형제들의 삶은 그 어느 때보다 이 형상 주위를 맴돌았으며, 거기서 자신들의 힘과 행복을 길어올렸다. 하지만 그들은 성모상을 환호로 맞아들이는 것만으로는 만족할 수 없었으며, 숲 한복판에 현존하는 성모님을 기리고 싶었다. 그러던 중 한 가지 생각이 떠올랐다.

어느 날 아침 동이 트기 무섭게 아홉 형제 모두가 너도밤나무의 성모님을 모신 공터로 향했다. 거기서 그들은 공터를 빙 둘러 반원을 그리며 성모상과 마주하고 선 열세 그루의 나무를 택했다. 그러고는 작업을 개시했다. 그 나무줄기 하나하나에 천사를 조각해 넣는 일이었다. 성모상을 정면으로 마주한 너도밤나무에는 과일을 한아름 품에 안은 천사를 조각해 넣어 그들 어머니께 영광을 돌렸다. 그 왼쪽에 있는 나무에는 활짝 편 양 손바닥에 자신의 심장을 들고 있는 천사를 조각했는데, 그것은 뚱보 레네트에 대한 변치 않는 사랑을 간직해온 아버지에게 아들들이 바치는 존경의 표시였다. 과일을 안은 천사의 오른편에는 기쁨 가득한 미소를 띤 얼굴로 두 손을 모으고 기도하는 천사를 조각했다. 그것은 에드메를 기리는, 경배하는 천사였다. 그 옆에는 주제를 기억하기 위해 두 눈이 감긴 잠자는 천사를 조각했다. 그리고 이 네 그루의 나무들 양옆으로는 자신들을 상징하는 천사를 조각했다. 그리하여 심장을 든 천사 왼편에 자리한 다섯 그루의 너도밤나무 줄기에는 아침의 형제들과 정오의 형제를 상징하는 형상들이 모습을 드러냈다. 낫을 든 천사, 웃는 천사, 엄격한 천사, 귀가 염소 뿔처럼 말려들어간 천사, 나팔을 든 천사였다. 그런가 하면 잠자는 천사 오른편 나무들 줄기에는 밤의 형제들을 상징하는 형상이 새겨졌다. 새들의 천사, 물고기들의 천사, 작은 종들의 천사, 꿀벌들의 천사가. 그런 식으로 나무줄기에 조각되어 바람이 일면 나무에 뚫린 구멍과 주름과 균열 안으로 들이쳤다. 공터를 가로지르는 바람은 천사들의 입속으로 미끄러져 들어갔고, 그들의 입술을 스치거나 손가락이나 날개 사이에서, 옷의 주름 속에서 휘파람 소리를 냈다. 공터는 노래를 불렀고, 바람은 때로는 강렬하게 때로는 느린 곡조로 흥얼댔으며, 빛은 조각된 나무줄기들을 따라 일렁였다. 그렇게 천사들의 흔적을 지니게 된 나무들도 함께 전율했다.

이렇게 에프라임의 아들들이 또다른 작업에 몰두하고 있음을 알게 되었을 때 모페르튀 영감은 8월 15일의 축제 이후 자신을 괴롭혀온 분노를 터뜨리고야 말았다. 그 누구도 자신의 소유인 그 나무들을 마음대로 다룰 권리가 없었다. 어느 날 아침 공터에

다다른 그는 때마침 아홉 형제가 그곳에 모여 저마다 조각에 열중하고 있는 모습과 맞닥뜨렸다. 그는 형제들을 협박하고 욕설을 퍼부었는데, 그것이 아침의 아들들의 화만 돋운 격이 되었다. 장사 페르낭이 푸른 아드리앵과 인색한 마르탱을 대동하고 곧장 다가오자 오히려 영감이 겁을 먹어 흠칫 뒤로 물러섰다. 하지만 그는 그렇게 물러서면서도 고함을 쳐댔다.

"이 나무들을 베어내고 말 테다! 난동은 그만 피워! 지긋지긋한 놈들 같으니. 이건 내 숲이야. 네놈들이 이렇게 망가뜨리도록 내버려두지 않을 테다!"

그러자 장사 페르낭이 늘 갖고 다니는 도끼를 휘두르며 맞섰다.

"당신도 가만 안 둘 테야. 천둥 벼락이 쳐도 난 안 무서워. 당신은 번갯불만큼도 안 무섭다고!"

그가 벼락을 조금도 무서워하지 않는다는 말은 사실이었다. 숲속에 폭풍우가 몰아치고 천둥이 하늘을 뒤흔들어도 장사 페르낭은 번개를 가르기 위해 도끼를 쳐들고 허공에 대고 휘둘러댔으니 말이다.

"이 나무들은 내 거니까 내 마음대로 할 테다! 불한당, 날강도 같으니라고. 내 숲에서 네놈들을 몰아낼 테다!"

영감이 다시 고함을 질러댔다. 그러자 격정의 시몽이 불쑥 뛰어나와 그의 앞을 막아서며 면전에 대고 소리쳤다.

150

"여기 도둑이 있다면 그건 바로 당신이야! 당신이 이 숲들을 가로챘다는 걸 모르는 사람은 아무도 없어! 당신이 태어날 때부터 이 숲들이 당신 거였나? 어떻게 했는지는 알고 싶지도 않아. 추악한 수작이 개입됐을 테니까! 아무렴, 당신은 더러운 인간이야, 더럽고 사악한 인간! 당신이 우리 아버지를 당신 집에서 몰아냈지. 그후 우리에게도 죽도록 일만 시켰고. 그래도 우린 아무 말 안 했지. 우리가 그 누구보다도 일을 잘한다는 건 당신도 알잖아! 하지만 오늘은 우리도 할말을 해야겠어! 이 나무들은 그 누구의 소유물도 아니야. 당신도 우리도 주인이 아니지. 이것들은 성모님의 것이야!"

그러자 이번에는 못난이 블레즈가 그의 앞으로 나와 말을 받았다.

"형 말이 옳아요. 이 나무들은 어느 누구의 것도 아니에요. 보세요, 여기 천사들의 모습이 새겨져 있잖아요. 이것들은 너도밤나무의 성모님 주변에서 보초를 서고 있는 거예요. 성모님께서 영감님의 숲 한복판에 머물러 오셨는데 이처럼 소박한 존경심을 표하는 것도 안 된다는 말인가요? 우릴 꾸짖어선 안 돼요. 우린 영감님을 늘 정직하게 섬겼으니까요. 하지만 우리한테는 영감님보다 더 높은 주인들이 있어요. 우린 주님의 종이셨던 여인의 종들입니다. 하느님이 두렵지 않나요? 그분께 이 몇 그루 나무를 드리는 걸 막으시려는 건가요?"

그러자 영감은 화가 나 침을 뱉은 뒤 등을 돌리고 두 손을 불끈 쥔 채 투덜대며 떠나갔다. 형제들은 하던 일로 되돌아갔다.

이번에도 앙브루아즈 모페르튀는 양보하고 물러나지 않을 수 없었다. 그는 베르슬레가의 뚱보가 낳은 천한 인간들을 자신의 숲 밖으로 죄다 몰아내고 싶어 죽을 지경이었다. 실제로 그는 그렇게 할 수도 있었지만 아직은 실행에 옮기겠다는 결심을 할 수 없었다. 그 빌어먹을 8월 15일 이후로 그 고장 사람들이 그들에게 호의적인 태도를 취하게 되었기 때문이다. 사제라는 작자들조차 그들의 염치없는 소동을 인정했을 뿐 아니라 얼굴이 쥐새끼같이 못생긴 녀석의 장광설에 감탄하며 그들 편을 들지 않았던가. 대중 앞에서 모페르튀 영감 자신이 잘못했다고 나무라면서! 그 고장 사람들 모두와 척지고 싶지는 않았다. 그러니 복수할 날을 기다려야 했다. 언젠가 단단히 대갚음할 날이 있을 것이다. 내 차례가 올 때까지 기다리겠다. 포식동물처럼 무섭도록 냉정한 인내심을 발휘해 먹잇감에게 달려들 기회를 노리며 기다릴 것이다.

그러나 한 달 뒤, 복수심에 찬 이 기다림은 잠시 일탈을 겪게 되었다. 그를 더 먼 과거의 적에게로 돌려세우는 사건이 닥쳐 그의 원초적인 증오심을 되살려놓은 것이다. 그가 어둠 속 깊이 몰아녔었던 뱅상 코르볼이 갑자기 존재를 드러냈다. 벌써 삼십 년도 더 넘게 저지대 저 아래, 욘 강가의 자기 집 깊숙이 틀어박혀 고독과 공포 속에서 죄의 대가를 치러온 코르볼 영감이 그를 호출한 것이다.

앙브루아즈 모페르튀는 마르소와 클로드, 레제의 호위를 받으며 클라므시까지 당당히—가슴은 원한과 역정으로 조여들었지만—행차했다. 카미유는 함께 가기 위한 허락을 받지 못했다. 그녀가 코르볼가 사람들과 관계를 맺는 일이 있어서는 절대 안 되었기 때문이다. 이제야말로 망각의 나락으로 떨어질 운명인 그 남자를 카미유가 털끝만큼도 알아서는 안 되었다. 페름뒤파의 가정부 핀에게는 그녀를 철저히 감시하라는 명령이 떨어졌다.

〈디에스 이레〉*

디에스 이레, 디에스 일라,
솔베트 세클룸 인 파빌라,
테스테 다비드 쿰 시빌라.

콴투스 트레모르 에스트 푸투루스,
콴도 유덱스 에스트 벤투루스,
쿵타 스트릭테 디스쿠수루스!**

---

* '분노의 날'이라는 뜻.
** "분노의 날, 그날, / 세상이 재가 되리라, / 다윗과 시빌라가 증언한 대로. // 얼마나 큰 두려움이 올 것인가, / 심판자가 오실 때, / 모두를 엄하게 심판하시리니!"

성가대가 〈디에스 이레〉를 노래하기 시작했다. 생마르탱 성당은 사람들로 꽉 차 있었다. 그러나 색유리창을 통해 들어오는 9월 아침의 호박색 빛을 받으며 서 있는 검은 옷차림의 사람들은 그날 열린 장례식의 주인공인 망자에 대한 우정이나 애정보다는 호기심 때문에 그곳에 와 있었다. 하지만 볼거리는 아무것도 없었다. 성당 중앙홀 맨 안쪽, 제단을 마주하고 사각대 위에 올려둔 검정 벨벳으로 싼 관이 전부였다. 은실로 수놓은 망자의 이름 첫 글자가 검은 벨벳 바탕 위에서 뿌연 광채를 발했다. 사람들을 매료하는 희미한 광채였다.

> 투바 미룸 스파르겐스 소눔
> 페르 세풀크라 레기오눔,
> 코게트 옴네스 안테 트로눔.
> 모르스 스투페비트 에트 나투라,
> 쿰 레수르게트 크레아투라,
> 유디칸티 레스폰수라.*

---

* "나팔이 사방의 무덤을 향해 / 기묘한 소리를 보내며, / 만민을 왕의 자리 앞에 모으리라. / 심판하시는 이에게 응답하기 위해, / 피조물들이 다시 살아날 때, / 죽음과 자연이 놀라리라."

볼거리는 아무것도 없었다. 하지만 거기 모인 사람들 모두는 보고 싶어 안달이 나 있었다. 그들은 고인이 죽기 직전 무슨 소원을 말했다는 사실을 소문으로 들어 알고 있었다. 말도 안 되는 흉측한 소원. 소문에 따르면 고인은 임종을 맞이하기 직전 머리맡에 공증인을 불러 자신의 마지막 유언을 받아적게 한 다음 그 요구가 철저히 실행되도록 감시하겠다는 약속을 받아냈다. 침상 머리맡 벽에 걸린 십자고상에 대고 맹세를 시키면서. 공증인은 약속을 지켰다. 그러나 그 이상한 유언의 내용을 자세히 아는 이가 아무도 없었으므로 제멋대로 꾸며낸 이야기만 무성해져갔다. 사람들은 그저 고인의 유해가 고인의 뜻에 따라 절단되었다는 사실만 알고 있었으며, 그 수수께끼 같은 절단의 세세한 내막은 각자의 상상에 맡겨졌다. 볼거리는 아무것도 없었던 반면 상상을 부추기는 것들은 무궁무진했다. 검정 벨벳으로 싼 관 위로 사람들의 눈길이 일제히 쏠리게 된 것도 그 때문이었다. 저마다 불투명한 천과 나무를 꿰뚫고 사지가 절단당한 시신을 환히 보고 싶어하는 것 같았다.

리베르 스크리프투스 프로페레투르,
인 쿠오 토툼 콘티네투르,
운데 문두스 유디케투르.

유덱스 에르고 쿰 세데비트,
퀴드퀴드 라테트 아파레비트,
닐 이눌툼 레마네비트.

디에스 이레! 디에스 이레!

디에스 이레, 디에스 일라,
솔베트 세클룸 인 파빌라,
테스테 다비드 쿰 시빌라.*

그러나 무리 속의 한 남자는 알고 있었다. 모든 것을 알고 있
었다. 가족석인 맨 앞좌석에 자리한 남자였다. 자식들의 결혼으
로 고인과 맺어진 앙브루아즈 모페르튀였다. 그 역시 관을 응시
하고 있었지만 다른 이들처럼 시신이 어떤 식으로 절단되었는지
추측해보기 위해서가 아니었다. 그것은 이미 알고 있었기 때문

---

* "기록된 책이 내어져 오리니. / 거기에 모든 것이 담겨 있으며, / 그것으로 세상
이 심판받으리라. // 그러니 심판관이 좌정하실 때, / 숨겨진 모든 것이 드러나
고, / 처벌받지 않는 것 아무것도 없으리라. // 분노의 날! 분노의 날! // 분노의
날, 그날, / 세상이 재가 되리라. / 다윗과 시빌라가 증언한 대로."

이다. 그가 응시하는 것은 벨벳에 수놓은 가느다란 은빛 글자였다. 고인의 이름 머리글자인 C.

뱅상 코르볼은 암살자인 자신의 이름 첫 자를 내보이며 마지막으로 그에게 존재를 드러냈다. 웅성대는 통나무에 움푹 새겨진 모습이 아니라 벨벳 바탕에 은실로 장식된 모습으로. 이제는 꼼짝 않고 고요히 침묵하는, 칙칙한 광택을 발하는 C. 예전처럼 물길을 따라 흐르는 시끄러운 장작들 사이에서 그 수가 점점 불어나는 야만적인 글자가 아니었다. 그러나 〈디에스 이레〉를 노래하는 성가대의 희미한 아우성은 앙브루아즈 모페르튀에게 또다른 아우성을 상기시켰다. 강물 위로 줄지어 떠내려오는 떡갈나무와 너도밤나무 장작들의 시끄러운 아우성, 사지가 절단된 나무들의 우울한 노랫소리였다. 두 강둑 사이에서 으르렁대던 노랫소리. 섬광 같은 침묵이 갑작스레 그 소리를 뚫고 지나갔더랬다. 범죄가 저질러졌던 날 아침이었다. 벌써 삼십 년도 더 지난 옛일이었다. 그러나 그 아침 이후로 앙브루아즈 모페르튀에게 현실의 시간은 더이상 의미가 없었다. 머나먼 그 봄날 새벽이 이 9월의 아침과 뒤섞였다. 세월과 무관하게 모든 아침이 한 지점으로 집결되었다. 맑고 차가운 물이 그 물살에 영원히 똑같은 몸들을 실어갔다. 증오의 몸, 빛의 몸, 욕망에 미쳐버린 몸. 코르볼, 카트린 그리고 그 자신. 극단으로 치우친 세 개의 몸, 분노와 앙갚음의 몸.

    퀴드 숨 미세르 퉁 딕투루스?
    퀨 파트로눔 로가투루스,
    쿰 빅스 유스투스 시트 세쿠루스?

    렉스 트레멘데 마예스타티스,
    퀴 살반도스 살바스 그라티스,
    살바 메, 폰스 피에타티스.*

  앙브루아즈 모페르튀의 눈길이 흐려졌다. 관이 물결치는 대로 떠내려갈 것처럼 서서히 흔들리는 모습이 보이는 것 같았다. 물 위를 떠내려가는 장작들처럼 저 관 역시 떡갈나무가 아닌가? 똑같은 머리글자를 지니고 있지 않은가? 코르볼의 C.

  카트린의 C. 저 떡갈나무 관 안에는 실제로 무엇이 들어 있는 걸까? 늙은 코르볼의 몸일까, 아니면 카트린의 몸일까? 영원히 젊은 카트린, 세월이 흘러도 그 놀라운 아름다움과 초록색 눈이

---

* "비참한 제가 그때 무엇을 말하리오? / 어느 변호인에게 호소하리오, / 의인이
라도 안심하기 어려운 때에? // 두렵도록 엄위하신 왕이여, / 구원받아야 하는
이를 대가 없이 구원하시는 분, / 저를 구해주소서, 자비의 샘이여."

여전한 카트린. 자신의 몸이 매장당한 땅속에서 되살아난 카트린이 강둑의 흙을 파헤치고 강에 이르러 물속으로 미끄러져 들어가서는 물결을 거슬러 모르방 고지대 숲에 가닿았을지도 모르는 일이었다. 이제는 모페르튀의 소유가 된 코르볼의 저 숲까지.

숲속을, 그의 숲속을 달리는 카트린. 그녀는 자신을 추격하는 남편을 피해 달리고 있다. 나뭇가지와 가시덤불에 옷이 찢겨나간다. 알몸의 카트린이 떡갈나무에 기댄 채 주먹으로 나무줄기를 쳐대자 줄기가 쩍 벌어지며 그녀를 집어삼킨다. 그렇게 카트린의 몸을 품게 된 떡갈나무가 땅에서 뽑혀나와 걷기 시작해 세상을 두루 돌아다니다 마침내 저곳에, 검은 벨벳 천 밑에 눕게 된 것이다. 앙브루아즈 모페르튀의 생각이 뒤얽힌다. 그는 자신의 몸과 솔슈 숲의 한 그루 떡갈나무의 몸을 혼동한다. 그는 카트린의 아름다움에 사로잡힌, 살과 피로 된 나무다.

레코르다레, 예수 피에,
쿠오드 숨 카우사 투에 비에,
네 메 페르다스 일라 디에.

퀘렌스 메, 세디스티 라수스,
레데미스티 크루켐 파수스,

탄투스 라보르 논 시트 카수스.*

카트린의 아름다움에 사로잡힌 살과 피로 된 나무. 그렇게 모페르튀 영감은 아우성 같은 노래 속에 남아 있었다. 폭풍의 아우성, 그의 뱃속에서 올라오는 아우성이었다. 코르볼을 향한 증오심이 최초의 그날처럼 그를 다시 휩쓸어갔다. 카트린에게 취한 기억, 미쳐버린 기억 때문에, 세월이 흐르며 점점 확대되어 끝없이 나래를 펴게 된 증오심이었다. 엄숙한 장소와 장엄한 노래로 인해 한껏 고양된 증오심이었다. 카미유에게서 되찾은 카트린의 아름다움에 눈이 멀어버린 증오심.

스테인드글라스에서 떨어져내려 초의 뾰족한 불길에서 생생하게 타오르는 그 빛은 황금빛 카미유와 황금빛 카트린의 혼합물이었다. 온 세상을 내달리는 여자의 같은 한 몸이 발하는 광채였다. 화강암과 하늘, 나무들과 물 사이에서 오로지 더 젊고 대담하게 다시 태어나기 위해 죽음을 가로지른 여자의 몸이었다. 그의 곁으로, 그에게로 오기 위해. 카트린-카미유는 누가 뭐래도 그의 여자였다. 카트린-카미유, 질투에 눈이 먼 그의 사랑,

---

* "기억하소서, 자비로우신 예수여, / 제가 당신이 (걸었던) 길의 이유이니, / 그날에 저를 멸망시키지 마소서. // 저를 찾느라, 당신은 지치셨고, / 십자가 수난으로 구원하셨으니, / 그 큰 수고가 헛되지 않게 하소서."

그의 유일한 사랑이었다. 야만인처럼 발을 구르고 고함을 질러 대 카미유를 그에게서 돌려세운 에프라임의 아들들이 이제 그의 눈에는 늙은 코르볼의 앞잡이들로 비쳤다. 그들을 질투하는 그의 마음은 그들을 향한 똑같은 증오와 복수심에 불탔다. 환각에 사로잡힌 그의 마음에 C는 카트린-카미유를 의미했다. 앙브루아즈 모페르튀는 관을 뚫어져라 응시하며 생각했다.

'저 떡갈나무 관 속엔 코르볼이 누워 있지 않아. 벌써 오래전에 놈은 가지처럼 잘려 내버려졌으니까. 말라빠진 잔가지처럼. 그래도 그 더러운 살인자의 몸이 혹시라도 저 안에서 썩고 있다면…… 하지만 조심해, 코르볼! 저 참나무들은 오래전부터 이미 내 거야. 내 나무들은 네놈이 저지른 죄를 알지. 네놈을 향한 내 증오심도. 저 관이 땅속에서 오그라들어 그 안에 갇힌 널 호두껍데기처럼 꽉 조여 터뜨리고 말 거야. 땅속에서조차 넌 번뇌에 시달릴 거야. 카트린이 이미 오래전에 땅 밑 짐승들과 뿌리들에게 말해두었으니까. 온 땅과 땅 밑 세계가 복수를 요구하고 있어. 네놈에게 복수할 거야. 거기 그대로 있어, 코르볼. 내 분노 속에 누워 있으라고. 넌 내 분노 속에서 썩어갈 테니!'

인게미스코, 탄쾀 레우스,
쿨파 루베트 불투스 메우스,

수플리칸티 파르케, 데우스.

퀴 마리암 아브솔비스티,
에트 라트로넴 엑사우디스티,
미히 쿠오퀘 스펨 데디스티.*

앙브루아즈 모페르튀 곁에 선 클로드 모페르튀 역시 검은 천에 싸인 관을 조용히 응시했다. 아버지의 관이었다. C라는 글자가 은은한 빛을 발했다. 눈물이 나도록 부드러운 빛이었다. 달의 색깔, 서리의 색깔, 재와 눈물의 색깔이었다.

클로드는 서서히 자신의 이름을 되찾고 있었다. 자신의 처녀적 이름이 코르볼임을 상기했다. 그 모든 것이 시작된 건 바로이 성당에서였다. 불행이 닥친 것도, 자신의 이름을 잃고 모페르튀라는 천한 이름을 갖게 된 것도 이 성당에서였다. 신분에 어울리지 않는 결혼. 그 결혼식이 클라므시의 이 생마르탱 성당에서 치러졌다. 아버지가 내 팔을 잡고 제단까지 데려다주셨지. 기억이 났다. 붉은 벨벳 의자 두 개가 있었고, 나는 그 옛날 어머니가

---

* "죄인으로서 탄식하오며. / 저의 죄가 제 얼굴을 붉히나이다. / 애원하는 저를 용서해주소서, 하느님. // 마리아를 용서하신 이. / 그리고 강도의 청을 들어주신 이. / 제게도 또한 희망을 주셨나이다."

결혼식 때 입은 드레스를 입고 있었지. 달아난 어머니의 그 상앗빛 레이스 속에 자신을 감추고 있었다. 배신자인 어머니의 외피에 싸여 굴욕을 견디고 있었다. 카미유도 언젠가 그 드레스를 입게 될까? 한 처녀를 아버지의 이름에서 모르는 남자의 낯선 이름으로 바꾸어놓는 허물과도 같은 외피. 거짓의 외피. 결혼식을 치른 날 밤 처녀는 단추를 끌러 그 드레스를 벗고 순결한 자신의 몸을 거칠고 무례한 남자에게 먹이로 내어준다. 실추당한 몸을 한없이 비천한 고독 속으로 떨어뜨리는 외피. 알지 못하고 사랑하지 않으며 무엇보다 원하지 않는 낯선 남자의 무거운 몸 밑에서 질식당하게 하는 절망의 외피다.

마르탱 성인은 자신의 외투를 갈라 가난한 이에게 입혔지만, 그녀는 자신의 드레스를 찢어 조각난 천들을 고개 돌린 어머니와 딸의 얼굴에 던졌다. 어머니와 딸. 똑같은 뱀의 눈을 한 쌍두머리의 히드라. 추악한 욕망으로 축축이 젖은, 똑같이 커다란 그들의 입은 무사태평한 웃음을 흘렸다. 오만불손하게 부풀어오른 뾰로통한 입이었다. 그녀는 웨딩드레스를 찢고 남편에게서 받은 이름을 버렸다. 그리고 영예로운 처녀적 이름을 되찾기 위해 스스로 아내임을 포기했다. 어울리지 않는 그 혼인이 있기 전의 이름, 예전의 이름을 되찾기 위해서. 코르볼. 가볍고 경쾌한 이름. 태어나면서 받은 이름. 학교에서 불린 이름. 손바닥 안에 잠든

한 마리 새처럼 가볍고 고요한 이름. 이 이름은 모페르튀처럼 무겁지 않았다. 그녀의 이름은 남편의 몸처럼 무거운 이름이 아니었다. 그녀의 몸 위에서 헐떡이며 땀을 흘려댔던 무거운 몸. 그녀의 몸안에 또하나의 몸이, 그녀의 딸이 잉태되게 함으로써 그녀 자신마저 무거워지게 한 몸.

콘푸타티스 말레딕티스,
플람미스 아크리부스 아딕티스,
보카 메 쿰 베네딕티스.

오로 수플렉스 에트 아클리니스,
코르 콘트리툼 콰시 키니스,
게레 쿠람 메이 피니스.*

클로드는 되찾은 자신의 이름을 집요하게 붙들고 있었다. 아버지의 관을 마주한 그 자리에서. 그녀 이름의 첫 글자가 은빛 광채를 발하는 커다란 검은 벨벳 천을 마주하고서. 클로드 코르

---

* "악담하던 이들은 반박당하고, / 단죄된 이들은 거센 불길에 휩싸이리니. / 축복받은 이들과 함께 저를 불러주소서. // 엎드려 청하옵니다. / 마음이 재와 같이 부서졌나이다. / 저의 종말을 보살펴주소서."

볼의 C. 그 순간 기억이, 어린 시절의 기억이 되살아났다. 욘 강가의 아름다운 집에서 흘러간 평화로운 유년기. 밀짚 냄새가 밴 서늘한 방들. 화병에서 시들어가는 장미의 달콤한 향기. 사기그릇에 피라미드 모양으로 담긴, 정원에서 따온 붉거나 황금빛 도는 과일들의 냄새. 사과, 버찌, 배, 자두. 노랗고 달짝지근한 서양자두. 그녀의 이름은 과일에서, 왕실의 과일에서 따온 이름이었다.* 루아르 강가에서 살았던 여왕의 이름이다. 그런데 그녀는 왜 자신의 왕국으로부터 멀리 추방되었던 걸까? 대리석 콘솔 위에서 괘종시계와 추시계가 평화로운 시간의 흐름을 째깍째깍 단조롭게 들려주던 그 고요한 방들에서 왜 쫓겨나게 되었을까? 그 넓은 정원과 분홍빛 자갈이 깔린 오솔길을 왜 떠나야만 했을까? 참으아리나 엉클어진 메꽃 같은 초목들의 긴 궁륭으로 그늘진 곳, 새들이 와서 지저귀는 그 길을. 넓은 정원 한쪽에는 그네를 매달기 위한 기다란 횡목이 있었지. 과수원과 장미원이 꾸며진 구석이 있었고, 연장을 넣어두는 오두막에다 라일락나무와 목련나무도 있었다. 봄과 여름 저녁이면 라일락나무들 가까이 놓인 안락의자에서 아버지가 휴식을 취하곤 했다.

최근 몇 년 동안 그녀는 아버지 생각을 거의 하지 않았다. 너

---

* '렌-클로드(reine-claude)'는 서양자두의 일종. 여기서 reine은 '여왕'이라는 뜻이다.

무 고통받고 싶지 않아서였는지 모른다. 과거로 뒷걸음치고 싶은 유혹에 휩쓸리지 않기 위해서였는지도. 그러나 이제 그녀는 아버지의 이목구비와 눈길, 목소리를 되찾으려고 애썼다. 갑자기 아버지가 사무치게 그리웠다. 아버지를 품에 꼭 껴안고 그토록 오래 혼자 내버려둔 것에 대해 용서를 빌고 싶었다. 그렇게 아버지를 잊고 있었던 것을……

    라크리모사 디에스 일라,
    콰 레수르게트 엑스 파빌라
    유디칸두스 호모 레우스.
    후이크 에르고 파르케, 데우스.

    피에 예수 도미네,
    도나 에이스 레퀴엠.*

  그녀도 아버지를 버렸으니 말이다. 어머니처럼 아버지를 버리고 다른 남자의 품으로 가버렸으니. 그녀가 한순간도 사랑하지 않은 남자, 임야에서 자란 천하고 하찮은 인간에게. 그렇다고

---

* "눈물바다가 될 그날, / 재로부터 되살아날 그날 / 죄인이 심판받으리니. / 그때 용서해주소서, 하느님. // 자비로우신 주 예수여, / 그들에게 안식을 주소서."

그녀가 다른 사랑을 꿈꾸거나 한 것도 아니었다. 그녀는 사랑을 믿지 않았다. 배신자이며 도망자인 어머니가 사랑의 의미와 맛을 그녀에게서 몽땅 앗아가버린 것이다. 그리고 왜, 어떻게 그리되었는지도 모르는 채 아버지와 헤어져야 했다. 그것도 아주 어린 나이에. 어느 날 아버지의 손에 이끌려 이 제단까지 왔고, 그후 아버지는 그녀의 시야에서 사라져 종적을 감췄다. 그리고 낯선 두 남자가 그녀를 소들이 끄는 수레에 태우고 숲속에 자리한 한 부락으로 데려갔다. 그녀는 무슨 물건처럼, 마네킹처럼 자신의 피아노와 트렁크들 사이에 실려야 했다. 어머니에게 이미 물건처럼 유기된 경험이 있는 그녀였다. 더이상 사용 가치가 없는 낡은 물건처럼 그녀는 아버지와 남동생과 함께 가구들과 자잘한 실내 장식품들 사이에 버려졌다. 그리하여 그녀 역시 그 장식품들이나 가구들과 대등한 존재가 되어버렸다. 비존재로 넘어가기 직전의 무감각한 육신, 단순한 사물이 되어버렸다.

남편은 그녀에게 낯선 존재로 남았다. 그 남자에게서 얻은 아이도 마찬가지였다. 자신의 어머니와 꼭 닮은 카미유는 견딜 수 없는 존재였다. 어머니를 닮은 딸을 보며 그녀는 끊임없이 조롱당하는 느낌이었다.

'봐, 다시 보지 않기 위해 난 너를 버렸어. 이제 내 분신을 네게 보내 다시 너를 갖고 놀 거야. 조만간 네 곁을 떠나 또 한번 너

를 배신할 거야!'

달아난 어머니가 카미유를 통해 그녀에게 이렇게 말하며 재미있어하는 것 같았다. 그녀는 딸에게 조금도 애착을 느낄 수 없었다. 그래서 시아버지가 교활한 술책으로 카미유의 애정을 혼자 독차지하는 걸 막아보겠다는 생각도 하지 않았다. 시아버지, 남편, 딸. 그녀는 새장 안의 새처럼 이 농장에 갇혀 살면서 그들 모두의 삶에서 물러나 있었다. 그녀는 시간을 정지시켰다. 그 자신의 삶과 몸, 기억, 마음까지. 그리고 아버지마저도. 망각과 무관심과 우울 속에 그 모두를 정지시켰다. 그녀의 피아노가 마술을 부린다고 비난하고 저주한 늙은 도딘의 말이 옳았는지도 몰랐다. 그 피아노가 그녀를 망각 속에서 무감각해지게 했고, 세상에 존재하지 않아도 되게 해주었다. 그녀는 무덤 속에 갇히듯 피아노와 함께 틀어박혔다. 음표로 짜인 그 감미로운 무덤 속에서 그녀의 생명은 점점 흐려져 부재 속에 용해되며 무無의 맛을 지니게 되었다. 아름다운 선율에 가려진 무의 지독히 무미건조한 맛이었다.

상투스, 상투스, 상투스,
도미누스, 데우스 사바오트.
플레니 순트 켈리 에트 테라 글로리아 투아.

호산나 인 엑켈시스.

베네딕투스 퀴 베니트 인 노미네 도미니.
호산나 인 엑켈시스.*

클로드는 크나큰 고통을 맛보며 자신의 이름을 되찾았다. 그렇다, 그녀는 자신이 코르볼가의 사람임을 떠올렸다. 동시에 모페르튀라는 이름에 대한 혐오감이 마음속에서 폭발했다. 자신의 딸을 포함해 모페르튀가 사람 모두에 대한 혐오감이었다. 촛불들의 불빛을 받아 반짝이는 은빛 글자는 자신의 이름이었다. 그녀는 모페르튀라는 이름과 더이상 아무 관계가 없었다. 그 이름을 쓰레기통에 처넣고 처녓적 이름을 되찾을 것이다. 아버지의 이름을.

이곳에서 모든 게 시작되었다. 이제는 관이 안락의자들을 대신하고 붉은 벨벳이 검은색으로 바뀌어 있었지만. 관 안에 아버지가 누워 있었다. 오랫동안 얼음 밑에 잠들어 있다가 갑자기 녹은 상처에서 흐르는 피와 고통처럼, 그녀 안에서 감정이 북받쳐

* "거룩하시도다, 거룩하시도다, 거룩하시도다, / 주님, 만군의 하느님. / 하늘과 땅은 당신의 영광으로 가득차 있나이다. / 높은 데서 호산나. // 찬미받으소서 주님의 이름으로 오시는 분. / 높은 데서 호산나."

올랐다. 수치심과 애정, 후회와 연민과 회한이 뒤섞여 끓는 물처럼 감정이 솟았다. 그녀는 마지막으로 한번 더 아버지를 보고 싶었다. 아버지가 입관되기 전 사지를 절단해달라고 요구했다는 소문이 나돌았다. 그러나 다른 사람들처럼 어떤 식의 절단을 의미하는지 궁금한 게 아니었다. 그녀는 이제 알고 있었다. 이해하고 있었다. 아버지가 이미 두 차례나 절단된 경험이 있다는 것을. 아내에게서, 두 자식에게서.

이곳에서 모든 게 시작되었다. 그리고 다시 이곳에서 모든 게 시작될 것이다. 그녀는 시아버지, 남편, 딸 할 것 없이 모페르튀가의 사람들을 떠날 것이다. 야만인들이 사는 부락, 소와 돼지를 치는 그 농장으로 돌아가 자신의 소지품과 트렁크와 피아노를 갖고 나와 다시는 그곳으로 돌아가지 않을 것이다. 그녀는 아버지의 집에 다시 정착할 것이다. 이제는 자신의 집인 그곳에 레제와 함께 칩거할 것이다. 쭈글쭈글한 늙은 아이의 얼굴을 한 남동생, 자신에게 몸을 바싹 기대오는 이 허약한 남동생과 함께. 아버지의 집에, 아버지에 대한 기억에, 아버지가 부재하는 제 커다란 몸체 속에 틀어박힐 것이다. 거기서 아버지의 고독과 침묵을 아버지 대신 이어갈 것이다. 자신의 이름을 되찾을 것이다. 아버지의 몸에서 떨어진 이름, 잊힌 이름, 코르볼이라는 이름을.

아뉴스 데이, 퀴 톨리스 페카타 문디,

도나 에이스 레퀴엠.

아뉴스 데이, 퀴 톨리스 페카타 문디,

도나 에이스 레퀴엠.

아뉴스 데이, 퀴 톨리스 페카타 문디,

도나 에이스 레퀴엠 셈피테르남.*

클로드 코르볼은 자신의 이름을 온전히 되찾았다, 열정을 다
바쳐. 이 이름을 잃은 바로 그 장소에서. 그녀는 아버지에게로
돌아왔다. 아버지의 죽음과 결혼했다. 그렇다, 도딘의 말이 옳았
다. 피아노는 그녀를 사로잡은 마법의 무덤이었다. 그 무덤 옆에
서 그녀는 죽은 이들의 목소리에 그 어느 때보다 바싹 귀기울일
것이다. 그리하여 죽은 이들에게, 아버지에게, 신성한 노래를 바
칠 것이다. 용서와 화해와 기억과 평화의 노래를. 레제가, 절대
로 어른이 되고 싶지 않은 어린 소년의 소심한 꿈을 그녀 곁에서
이어갈 것이다. 빈약한 육신과 영혼의 소유자. 빌보케와 공과 굴
렁쇠밖에는 갖고 놀 줄 모르는 아이. 손이 이미 반점들로 얼룩진

---

* "하느님의 어린양, 세상의 죄를 없애시는 분. / 그들에게 안식을 주소서. / 하
느님의 어린양, 세상의 죄를 없애시는 분. / 그들에게 안식을 주소서. / 하느님의
어린양, 세상의 죄를 없애시는 분. / 그들에게 영원한 안식을 주소서."

남동생이었다.

코르볼의 C. 감미로운 회색 눈물처럼 검은 벨벳 위에서 떨리는 은빛 글자. 죽은 이가 작별의 표시로 쏟은 눈물. 기억을 정화하고 과거를 씻어내기 위해 쏟은 눈물. 한밤중에 빛나는 섬세한 별처럼 죽음으로부터 배어나오는 아버지의 눈물. 저 눈물이 그녀에게 이제 어떤 길을 택하고 어느 곳에 머물러야 할지를 가리키고 있었다. 그곳, 욘 강가였다.

뱅상 코르볼의 딸 클로드 코르볼의 C. 아버지의 몸을 감춘 저 검은 벨벳으로 그녀는 새 웨딩드레스를 지어 입을 것이다. 죽은 이들에 대한 기억을 남편으로 맞을 것이다.

룩스 에테르나 루케아트 에이스, 도미네,
쿰 상티스 투이스 인 에테르눔, 퀴아 피우스 에스.

레퀴엠 에테르남 도나 에이스, 도미네,
에트 룩스 페르페투아 루케아트 에이스.*

---

* "주님, 영원한 빛을 그들에게 비추소서. / 당신은 자애로우시니, 당신의 성인들과 함께 영원히 (그들을 비추소서). // 주여, 그들에게 영원한 안식을 주소서. / 그리고 끝없는 빛을 그들에게 비추소서."

누가 저기 누워 있는 걸까? 마르소는 자신에게 묻고 있었다. 〈레퀴엠〉을 부르는 남자들의 장중한 목소리, 흔들리는 촛불 빛, 밀랍과 향의 냄새, 부자연스러운 검은 옷차림의 군중을 환히 감싸는 스테인드글라스의 호박색 빛, 그 모든 것이 그의 머리를 빙빙 돌게 했다. 몸이 편치 않았고 속이 메슥거리고 어지러웠다. 누가 저기 누워 있는 걸까? 이 물음이 쉴새없이 그의 정신을 두드려댔다. 그가 장인을 본 것은 평생 단 세 번뿐이었다. 청혼하던 날과 약혼식 날, 그리고 결혼식 날. 거의 순식간에 잇달아 닥친 사흘. 아버지가 전속력으로 일을 진행시킨 사흘. 저주받은 사흘. 아주 오래전 일이었다. 그의 장인이었던 그 남자에 대해서는 희미한 기억밖에 없었다. 움츠러든 어깨와 광채 잃은 눈빛을 한 마른 남자. 그 남자의 시선에는 쫓기는 짐승과도 같은 무언가가 있었다. 이것이 그가 기억하는 전부였다. 하지만 이제 수많은 질문이 그를 엄습했다. 왜 그 남자는 그의 아버지에게 모든 것을 내주었을까? 그와 클로드의 결혼을 허락한 이유는 뭘까? 두 자식과의 이별을 받아들인 이유는 무엇이며, 그뒤로 그들을 다시는 찾지 않은 이유는 뭘까? 또 뱅상 코르볼이 사후 자신의 시신을 절단해줄 것을 요구했다는 그 소문은 무얼 의미하는가? 무엇보다 어떤 비밀이 그 남자를 그의 아버지와 연결되게 한 걸까?

아버지, 아버지! 저 사람 대신 아버지가 죽었더라면, 아버지가 저기 있었더라면! 심술궂고 교활한 마음을 지닌 아버지. 끊임없이 그의 삶에 끼어들어 그에게서 모든 것을, 의지와 욕망과 감정을 몽땅 앗아간 아버지. 누가 그를 형에게서 떼어놓았으며, 아버지만큼이나 그를 사랑하지 않는 낯선 여자와 맺어지게 했던가? 잿빛 눈처럼 마음도 잿빛인 여자, 차가운 피부에 죽은 나무토막처럼 무감각한 몸을 지닌 여자, 그렇게 계속 낯선 모습으로 남은 여자였다. 오만하고 적대적인 이방인으로.

아버지, 아버지! 그에게서 딸의 애정을 돌려놓아 혼자 독차지한 폭군. 아들인 그를 제쳐두고 카미유가 재산을 상속하도록 해둔 아버지. 그를 속이고 어둠 속으로 밀어넣고 모욕하고 벌거벗기는 일을 멈추지 않았던 노인. 하지만 마르소는 자신이 이런 실총에 동조했음을 잘 알고 있었으며 이 사실이 무엇보다 마음 아팠다. 그는 이런 숨막히는 상황을 받아들였고 종이나 짐승 취급을 받으면서도 반항하겠다는 생각을 한 번도 해본 적이 없었다. 비겁했기 때문이다. 그의 온순한 태도는 이런 비겁함을 용인한 그 나름의 방식에 불과했다. 스스로를 모두로부터의 무관심과 경멸과 망각 속으로 밀어넣은 것은 사실 그가 자신에게 무관심해졌기 때문이다. 형과 헤어진 이후로 그는 더이상 아무것도 아니었다. 감히 아버지에게 대든 형, 에프라임. 그렇게 함으로써 자신의 자존심과 의지와 삶을 고스란히 지키는 쪽을 택한 형이었다. 장자의 상속권을 지키기 위해 그 모두를 오물 속에 던져 넣는 대신.

리베라 메, 도미네, 데 모르테 에테르나,
인 디에 일라 트레멘다,
콴도 첼리 모벤디 순트 에트 테라,
둠 베네리스 유디카레
세쿨룸 페르 이넴.*

누가 저기 누워 있는 걸까? 비겁한 마르소, 잊힌 마르소, 아무도 사랑하지 않는 마르소가 고통스러운 얼굴로 큼직한 검은 천을 뚫어지게 바라보았다. 그는 이해하고 싶었다. 수세기 동안 카레레통브의 작은 성당 주변에서 보초를 서온, 공허의 아가리를 벌리고 있는 그 모든 석관들만큼이나 저 관은 신비로워 보였다. 어떤 몸들이 그 석관들 안에 들어 있으며, 왜 그리도 많았던 걸까? 오늘 저 검은 천 속에는 어떤 몸이 누워 있는 걸까? 정말 저 속에 몸이 들어 있기는 한 걸까? 그는 혼자임을 느꼈다. 울부짖고 싶을 만큼, 눈물이 날 만큼 혼자였다. 저 커다란 검은 천은 그

---

* "주여, 영원한 죽음으로부터 저를 자유롭게 하소서. / 두려운 그날, / 하늘과 땅이 진동할 때, / (당신이) 세상을 불로 / 심판하러 오실 때."

자신의 삶과 황량한 마음에 던져진 덮개 같았다. 기쁨이나 쾌락, 다정함을 한 번도 경험하지 못한 종의 육신에 던져진 덮개였다. 그는 자신이 아직 어린아이였을 때 죽은 어머니를 떠올렸다. 그를 사랑해줄 수 있었을 유일한 사람을. 그리고 에프라임이 생각났다. 그가 늘 감탄해 마지않은 형이었다. 부락의 저편 끝으로, 세상의 저편 끝으로 추방된 형이었다. 둘 사이에는 대화가 불가능해졌으며 애정도 파괴된 상태였다. 장자의 권리를 잃고 재산을 박탈당해 궁핍을 면할 수 없게 된 형. 하지만 일체의 어둠과 불안으로부터 해방된 사랑이라는 더 큰 재산을 얻은 형이었다. 마르소 자신의 내면은 황폐해져 고독이 갉아먹고 있었는데.

그를 둘러싼 세상이 빙빙 돌며 모든 것이 혼란의 도가니에 빠졌다. 의지할 사람이 아무도 없었다. 그는 이제 넘어져 바닥에 쓰러져 있지만 아무도 그를 일으켜 세워주지 않을 것이었다. 아무도 그를 걱정해주지 않았다. 때가 되어 그가 이 세상에서 사라진다 하더라도 누구 하나 알아채지 못할 것이다. 아무도 슬퍼하거나 아쉬워하지 않을 것이다. 마치 성당 안의 빛이 산패해가는 모습을 보는 것 같았다. 관이 누런 진흙탕 물에 실려가는 죽은 나무 토막처럼 요동치는 듯했다. 목이 말랐다. 소리쳐 울고 싶도록 목이 말랐다. 식탁에 형과 나란히 앉아 술을 마시고 싶었다.

트레멘스 팍투스 숨 에고, 에트 티메오,

둠 디스쿠시오 베네리트

아트퀘 벤투라 이라.*

저기 누가 누워 있는 걸까? 아우성처럼 들리는 성가대의 노랫소리. 초와 향과 군중에게서 발산되는 역겨운 냄새에 취해 갑자기 그의 마음속에서 외침이 일었다.

'저기 누운 사람이 나일 수도 있지 않을까?'

바로 그 순간, 자신의 삶을 끝내버리자는 생각이 눈앞이 캄캄해지는 아찔한 현기증과 함께 머리를 스쳤다. 이 생각이 그를 자기 자신과 화해할 수 있게 해주었다. 그는 평생 걸어다니는 시체였으며 육신을 잃은, 형을 잃은 그림자에 불과했다. 그 순간 에프라임이라는 이름이 큼직한 검정 벨벳처럼 그를 휘감았다. 그렇다, 머지않아 그는 진짜 시신이 될 것이다. 모든 절망과 회한과 치욕의 짐을 벗어던진 시신이 될 것이다. 마침내 두 다리를 펴고 누울 수 있게 되어 너무도 마음이 가벼워진 그는 바람 부는 대로, 물 흐르는 대로 떠다닐 것이다. 카레레통브의 석관들도 그렇게 열려 그 시신들이 숲을 가로질러 퀴르 강과 트랭클랭 강을

---

* "저는 두려웠고, 또 두렵습니다. / 심판이 가까워지고 / 분노가 다가오리니."

따라 달아나도록 내버려두었는지도 몰랐다. 눈에 띄지 않는 수많은 물고기나 새처럼. 피에르키비르의 거대한 무덤 평석이 때로 흔들리는 것도 아마 눈에 띄지 않는 그 모든 시신들 때문인지 몰랐다. 어쩌면 그 죽은 자들이 춤을 추는 것인지도.

누가 저기 누워 있는 걸까? 머지않아 그가 누워 있을 것이다. 죽은 자들의 혼이 마르소를 사로잡았다. 점점 더 크게 흔들리는 촛불 빛 속에서 그는 카레레통브의 모든 석관들이 그를 위해 열리는 것을 보았다. 그가 몸을 누였으면 하고 열망하는 부드럽고 푹신한 침대들처럼. 그는 맑은 급류를 타고 누워 가만히 미끄러져 내려가는 꿈을 꾸었다. 숲을 가로질러 날아다니고, 바윗돌 위에 놓인 무거운 돌 위에서 균형을 잡고 춤을 추었다. 돌과 물과 숲과 바람 속에 누워 잠들어 있었다. 에프라임이라는 아름다운 이름 위에 누워 춤을 추고 있었다. 죽은 자들의 영혼이 다가와 그의 마음을 얼싸안으며 위로와 희망을 약속했다. 해방이었다.

디에스 일라, 디에스 이레,
칼라미타티스 에트 미세리에,
디에스 마냐 에트 아마라 발데.
둠 베네리스 유디카레
세쿨룸 페르 이넴.*

이날은 분노의 날이었다. 그의 삶은 하루하루가 분노의 날이었다. 영원한 분노의 날이었다. 모페르튀 영감은 심장이 분노로 요란하게 뛰는 것을, 모든 것을 깨부술 정도로 요동치는 것을 느꼈다. 저 관을 깨부술 정도로, 그 안에 누워 있는 남자의 뼈를 부러뜨릴 정도로. 저 남자가 감히 그에게 강요한 약속을 그는 이미 저버렸다. 사실인즉 뱅상 코르볼은 죽기 직전 그에게 편지를 써두었으며, 봉인된 그 편지를 전날 밤 공증인이 작은 상자 두 개와 함께 그에게 넘겨준 참이었다. 관을 향해 시선이 쏠린 군중이 탐욕스러운 호기심을 발동시켜 어떻게든 알아내려 한 그것이 들어 있는 상자였다.

---

* "그날, 분노의 날. / 재난과 환난의 날. / 엄청나고도 가혹한 날. / (당신이) 세상을 불로 / 심판하러 오실 때."

유언

모페르튀 씨,

　카트린을 죽인 남자가 이제 죽을 차례가 되었소. 당신 덕분에 이 남자는 더없이 잔인한 벌을 감수해야만 했소. 설령 인간 세상의 정의가 이 범죄를 알았던들 그렇게까지 잔인한 벌을 내리지는 않았을 거요. 이 범죄가 저질러진 순간 당신은 심판자가 아닌 고발자로, 내 양심의 학대자로 나섰소. 당신은 내재산을 빼앗았고, 내 자식들을 데려가 내게 등을 돌리게 했소. 당신은 나를 한없이 우울한 고독과 쓰디쓴 가난 속에 던져 넣었소. 마음의 고독과 가난 속에. 아내가 나를 떠나려던 순간 내가 남자로서의 자존심을 잃은 건 사실이오. 아내가 나를 배신하고 달아났다는 걸 알았을 때 난 그녀를 멈춰 세워 내 곁에 다시 데려다놓기 위해 한 마리 수캐처럼 그녀에게 달려갔소. 고통과 질투와 분노로 미쳐버린 개처럼 말이오. 하지만 카트린을 죽인 순간 그처럼 미쳐 날뛰던 내 심장도 내게서 떨어져나갔소. 정신 나간 심장, 공포와 절망으로 사나워진 심장이 그녀를 죽였고, 같은 순간 그 심장도 죽었소. 그녀가 죽은 뒤에도 살아남아 있을 순 없었으니까. 내가 자리를 뜬 뒤 당신이 카트린을 땅에 묻었을 때 당신은 내 심장도 함께 묻은 거요. 인간의 심장과 개의 심장을. 이 이중의 심장은 이미 오래전 땅밑에서 썩고 말았지만 그후 다른 어떤 심장도 내게 주어지지 않았소. 당신은 날 혼자가 되게 했소. 가혹하리만큼 혼자가 되게 했소. 심장이 있던 자리에 이 메마른 구멍만 남겨둔 채.

사후에 내 시신에서 심장을 적출하라고 난 요구한 참이오. 내 육신이 땅속으로 내려갈 때 그 끔찍한 빈곤의 표적表迹을 명백히 지녔으면 해서요. 또 사후에 내 오른손을 잘라달라는 요구도 남겼소. 내 육신이 조상들의 지하 묘소에 안치될 때 살인자의 손을 달고 있지 않았으면 해서요. 카트린의 몸에서 분리되어 그녀 없이 영원히 지내야 하는 몸이라면 그렇게 일부가 절단된 상태로 매장되길 바라오. 그녀를 죽임으로써 난 그녀로부터 잘려나왔으니 말이오. 최후 심판의 날, 하느님의 부르심이 온 세상에 울려퍼지며 죽은 이들에게 하느님 앞에 출두하라는 명령이 내려질 때 나는 범죄로 인한 한없는 좌절의 낙인이 두 차례나 찍힌 이 절단된 육신으로 일어나 심판자이신 하느님을 향해 걸어갈 것이오. 하느님이 심판하실 거요. 카트린이 저세상에서 내게 베풀 용서만이—지금으로선 불가능한 일이지만—내가 온전한 몸을 갖게 할 수 있을 거요.

하지만 알아두시오. 당신도 하느님 앞에 출두해야 한다는 걸. 나처럼 당신도 책임을 추궁당할 것임을 진지하게 생각해야 할 거요. 내가 당신한테 완수해달라고 청하는 이 소원을 읽으면서 말이오.

난 내 심장과 손을 당신한테 전달해달라고 요청했소. 빈껍데기인 이 심장을 그 옛날 당신이 내 아내 카트린을 매장한 곳에 두도록 말이오. 이 심장은 오로지 그녀의 것이기 때문이오. 또한 그것은 내가 죄를 범한 이후로 줄곧 견뎌온 고통과 회한의 것이며, 생전의 그녀에게 품었던 사랑의 것이기도 하다오. 그러니 파손되고 손상된 심장, 이 텅 빈 심장을 그녀 곁에 묻어주시오. 무언의 호소처럼 묻어주시오. 난 죽은 뒤에도, 땅밑에서까지, 카트린에게 용서를 빌 거요. 삼십 년 넘게 쉴새없이 차갑고 쓴 피눈물을 흘리며 용서를 빌었지만 말이오.

이제 이 손에 대해 말하겠소. 당신이 사전에 막지 못한 범죄를 저지른 손, 오늘 당신에게 이 글을 쓰고 있는 손에 대해서. 당신한테 맡기는 이 손을 둘 적절한 장소를 이 세상 어딘가에서 찾기를 바라오. 어디가 좋을지는 모르지만, 어디든 상관없소. 이제 나 자신도 합류하게 될 내 조상들의 휴식을 이 손이 와서 깨뜨리지만 않으면 되오. 내가 저지른 범죄에 합당한 벌을 기가 막히도록 잘 찾아낸 당신이 아니오? 그러니 이번에도 내가 거부하는 이 손을 어떻게 하면 좋을지 당신은 생각해낼 수 있을 거요.

내가 저지른 범죄에는 당신도 연루되어 있소. 당신은 내가 걸려든 법망을 돌려놓아 오로지 자신을 위해 이용해먹었소. 다른 인간들의 어떤 법보다 더 잔인하게 내 재산을 몰수하고 내게 굴욕과 고통을 주었지. 결국 당신도 나름대로 이 범죄에 한몫을 한 거요. 내 치욕과 고통, 사무치는 회한의 주인 행세를 하면서 말이오. 이제 이 범죄의 비밀을 쥐고 있는 사람은 당신뿐이오. 내 범죄에 따르는 벌을 당신이 자발적으로 떠맡기로 했던 만큼, 이제 이 범죄의 기억을 맡아줄 것을 간청하는 바이오. 이 기억이 흐려지게 해달라는 게 아니라 해방시켜달라는 거요. 내 소원을 들어주시오. 참회하고 애원하는 내 심장, 너무 큰 대가를 치른 이 심장을, 내가 영원히 사랑하는 여자 곁에 머무르게 해주시오.

잊지 마시오. 우리의 영원한 심판자이신 그분 앞에 당신도 출두할 날이 멀지 않았다는 것을. 앞으로 당신이 취할 행동에 대한 해명을 요구받을 거요. 상상도 못할 만큼 준엄한 요구일 테지.

내 소원을 그대로 지체 없이 이행해주기 바라오. 이건 명령이 아니오. 난 명령할 자격이 없는 사람이니까. 난 범죄로 인해 오래전에 일체의 권한을 상실했소. 이건 명령이라기보다 훨씬 더 끔찍한 무엇이오. 이건 청원이오. 우리의 영혼을 담보로 하는……

내가 하는 말을 듣고 이해해주기 바라오. 이제 당신한테 부과된 일을 완수하시오.

주여, 우리를, 살아 있는 자들과 죽은 자들을 불쌍히 여기소서.

뱅상 코르볼

이것이 뱅상 코르볼이 앙브루아즈 모페르튀에게 쓴 편지였다. 임종 전날 쓴 것이었다. 편지는 작성한 당일에 유언장과 함께 공증인에게 전달되었다. 유언장에는 집을 포함한 몇몇 유품을 딸 클로드에게 물려준다는 내용이 들어 있었으며, 자신의 심장과 손을 절단해 앙브루아즈 모페르튀에게 전달해달라는 내용도 포함되어 있었다. 사돈이자 그 옛날 그가 아무 이의도 제기하지 않고 자신의 숲을 내어준 그 사람에게. 병으로 인해 이성이 혼미해진 것은 아니어서, 그는 이 편지와 유언장을 맑은 정신으로 써내려갔다. 마지막 순간까지 그는 온전한 정신을 잃지 않았는데, 죽어가는 사람 자신이 발하는 유언장의 내용을 듣는 순간 경악하지 않을 수 없었던 공증인 역시 이 사실을 인정해야만 했다. 뱅상 코르볼은 이처럼 망연자실해 있는 공증인에게 대뜸 침묵을 명했다. 이 공증인이 엄격하고도 성실한 신앙과 곧은 성품의 소유자임을 뱅상도 잘 알고 있던 터였다. 그는 공증인에게 침대 머리 위에 걸린 십자고상에 대고 맹세할 것을 요구했다. 이 유언의 내용을 아무에게도 발설하지 않는다는 것, 그리고 그의 마지막 소원이 비밀리에 정확히 완수되도록 감독한다는 것이었다.

"이런 요청을 하는 이유가 뭔지 알아내려 하지 말게. 자네에겐 몹시 놀랍고 충격적인 요구일 테지만, 실은 나 자신도 완전히 이해할 수 없는 동기들을 밝혀내려고도 하지 말게. 그래, 이건 나 자신도 이해할 수 없지만 꼭 필요하다고 느끼는 일이야. 내가 미치지 않았다는 사실만 알아주게. 난 정신착란으로 고통받는 게 아니라 오히려 지나치게 맑은 정신 때문에 힘들다네. 이건 더 큰 고문이지. 그러니 내 요청을 세세히 이행해주게. 이건 자네의 상상을 초월하는 범죄를 저지른 한 인간의 요청일세. 이루 말할 수

186

없는 슬픔과 회한 속에 곧 죽음을 맞게 될 인간의 요청이지. 자네를 믿네, 그리고 고맙네. 이제 날 혼자 있게 내버려두게. 주님의 법정에 출두해야 할 시각이 다가오고 있어…… 모든 것이 완수되어야 해. 모든 것이 완수되고 심판받을 걸세."

이것이 뱅상 코르볼의 유언이었다. 공증인은 그를 혼자 남겨둔채 자리를 떴다. 그렇게 그는 마지막에 혼자 남았다. 그리고 다음날 아침 숨을 거두었다. 황혼이 지고 어둠이 짙게 깔리는 것을, 동이 트고 하늘이 장밋빛으로 물들며 새들의 노랫소리와 함께 하루가 다시 시작되는 것을 그는 지켜보았다. 호흡이 점점 거칠고 얕아지면서 기억의 문이 활짝 열리더니 갑자기 눈앞에 놀라운 공간이 펼쳐졌다. 더없이 예리해진 의식이 그 경이로운 공간 위를 비행하며 아주 높이 나는 새처럼 광대한 들판과 도시와 숲을 내려다보았다. 자신의 유년기와 청년기가 떠올랐다. 그의 삶의 지평을 형성하고 역동성을 부여하고 온갖 사건들로 가득하게 해주었던 사람들과 장소들, 존재들이 떠올랐다. 카트린의 모습도 보였다. 아몬드 모양의 가늘고 긴 초록색 눈을 한 금발의 처녀. 해처럼 반짝이는 동그란 젖가슴. 그의 양손 안에서 해처럼 대지처럼 따뜻하게 느껴지던 젖가슴. 해처럼 찬란하고 흑장미처럼 붉은 입술. 해처럼 깊고 따스한 몸. 카트린은 그런 젊은 여자였다. 대지, 장미, 대지, 해. 장미, 대지의 불, 풋풋한 해. 장미, 땅과 해의 결합에서 태어난 아름다움. 장미, 충만하고 생기 넘치며 비단처럼 부드러운 해. 햇빛, 햇빛! 카트린이라는, 카트린의 몸과 카트린의 시선이라는 햇빛 말고는 그는 다른 햇빛을 알지 못했다. 햇빛은 오직 카트린에 의해, 카트린 안에서만 존재했다. 그녀는 땅의 햇빛, 땅의 아름다움이었다. 그녀는 해의 몸이었다. 해의 피부이며 해의 빛이었다. 햇빛, 햇빛, 카트린!

까슬까슬한 침대 시트 속에서 꼼짝 않고 거친 숨을 몰아쉬는 그의 눈앞에 카트린이 다시 나타났다. 그의 삶의 매 순간 그녀의 모습이 보였다. 그러자 고통과 광기가 밀려왔다. 욕망이 그를 사로잡아 황홀경에 빠뜨리거나 분노가 그를 휩쓸어갔다. 물론 그도 알고 있었다. 그녀가 바람을 피운다는 사실을 그도 알고 있었다. 하지만 그가 아무 말도 할 수 없었던 것은 그녀를 잃을까봐 늘 전전긍긍했기 때문이다. 그녀가 다른 남자들에게 쾌락의 대상이 되고 있음을 알면서도 아무 말도 못한 채 그녀에 대한 증오만 쌓여갔다. 하지만 매번 사랑이 그의 증오심을 삼켜버렸으며 이 증오심이 열정과 뒤섞였다. 급류의 물이 강으로 흘러들어 강물이 불어나고 물살이 거세지듯이. 그녀를 사랑했으므로 그는 모든 것을—그녀가 거짓말을 하든, 바람을 피우든, 그를 조롱하고 악담을 퍼붓든—달게 받았다. 그를 떠나지만 않는다면 말이다.

그녀가 살랑살랑 허리를 흔들며 걸을 때면 주변 공간 전체가 흔들리고 길 위의 모든 것이 비켜서는 것 같았다. 그녀가 허스키한 목소리로 말할 때면 주변의 모든 소음이 묘한 침묵과 열띤 웅성임을 향해 멀어져갔다. 현악기와 목관악기의 떠들썩한 소음 속에 느닷없이 금관악기가 끼어들 때, 그 직전에 감도는 웅성임. 그녀가 눈살을 찡긋하며 매혹적인 입술을 살짝 벌리고 웃을 때면 보는 사람은 헉, 숨이 막혔다.

그렇게 그녀는 이 방에서, 투명한 벽 속에서 웃고 있는 것일까? 임종에 든 뱅상 코르볼은 점점 가빠오는 숨을 몰아쉬며 생각했다. 카트린의 영상이 점점 확대되면서 더 다채로워지고 생기와 활력도 더해갔다. 동이 트기 시작하자 이 영상은 한층 치밀하고 현실적인 모양새를 띠었다. 그녀가 길 위를 달리는 모습이 보였다. 이동중인 장작들이 노호하는 강 양안 사이에서 안개가 피어올랐다. 나무들의 희미한 함성이 들려왔다. 그리고 발소리가, 길 위를 걷는 가볍고 빠른 그녀의 발소리가 들렸다. 싱그러운 새벽 공기를 가르며 팔짝팔짝 뛰는 듯한 너무도 귀엽고 명랑한 발걸음. 그녀를 그의 몸에서 떼어내 그의 품 밖으로, 그의 시야 밖으로 멀리 데려가는 잔인한 발걸음. 도망치는 여인의 경쾌하고 잰 발걸음.

그녀는 소리 없이 방밖으로, 집밖으로 빠져나가 손에 쥔 것 없이 달아났다. 빈손으로 떠난 것이다. 그를 너무도 혐오해, 욘 강가의 그들 집에서 짐이 될 만한 무슨 물건이나 속옷이나 보석을 갖고 나오는 것조차 원치 않았다. 그들이 함께한 삶을 떠올리게 하는 그 무엇도 몸에 지니고 싶지 않았다. 떠나기 전 마지막으로 아이들을 안아볼 생각도 못할 만큼 그를, 아이들의 아버지인 그를 혐오했던 것일까? 그녀가 소리를 낸 것도 아닌데 그는 잠에서 깨어났다. 꿈속에서 어떤 길을 따라 달리는 카트린의 모습을 본 참이었다. 그녀는 자신을 부르는 그의 목소리에 아랑곳하지 않고 뒤도 돌아보지 않은 채 숨이 가쁘도록 뛰었다. 그동안 그는 끈적끈적한 물고기들과 벌레들이 우글대는 늪 속으로 빠져들고 있었다.

"카트린!"

악몽 속에서 그는 목청을 다해 부르짖다가 자신이 낸 소리에 소스라치듯 놀라 잠에서 깨어났다. 그리고 여전히 불안한 마음에 사로잡힌 채 침대 옆자리로 눈길을 돌렸다. 하지만 그녀는 이미 거기 없었다. 그 순간 꿈은 사라지지 않고 현실이 되어 나타났다. 그는 서둘러 옷을 꿰어입고 머리맡 탁자 위에 놓인 단도를 집어들었다. 페이퍼나이프로 쓰이는, 상아 손잡이가 달린 가느다란 단도였다. 그렇게 아무 생각 없이 집어든 나이프를 호주머니에 넣었다. 카트린을 집안에서 찾아보지도 않았다. 여전히 꿈속을 헤매는 그의 머릿속에 길 위를 달리는 카트린의 모습이 보였기 때문이다. 그는 카트린의 뒤를 쫓아 달려갔다.

멀리 그녀의 모습이 보였다. 그녀는 맨머리로 달리고 있었다. 두 다리가 묘한 광채를 발했다. 간통한 여인의 다리, 방탕한 어머니의 다리. 도망치는 여인, 사랑에 빠진 냉혹한 여인의 아름다운 다리. 그 두 다리가 새벽빛 속에서 반짝였다! 그 두 다리의 살결과 곡선과 부드러움을 그는 알고 있었다. 그것들이 구부러지며 그의 몸에 휘감길 때의 놀라운 느낌. 오르가슴의 순간 그의 허리 움푹한 곳을 누르던 두 발꿈치. 그녀가 찾아가는 어떤 연인에 의해 더럽혀질 두 다리. 그 순간, 황급히 그녀를 따라잡으러 가는 그의 마음속에서 증오심이 그의 사랑을 집어삼켜 덮어버리고 질식시켰다.

침상에서 가쁜 숨을 몰아쉬며 그는 창문 너머로 첫 여명이 밝아오는 모습을 지켜보았다. 가늘고 창백한 한줄기 햇빛이 방안으로 스며들었다. 카트린이 창문을 넘어 마침내 그에게 돌아온 것일까? 얼마나 길고 가는 다리이며, 얼마나 유연한 몸놀림인가! 카트린의 두 다리가 벽을 배경으로 춤추는 모습이 보였다. 그는 카트린을 부르며 애원했다. 그의 침대로 와서 다시 한번 그의 허리와 가슴과 두 어깨를 그녀의 다리로 감싸안아달라고. 그러나 걸쭉해진 그의 입안에서는 벌써부터 소리들이 끈적끈적하게 들러붙었다.

그러는 동안에도 카트린은 계속 달리며 도망쳤다. 하지만 치밀어오르는 분노에 떠밀려 결국 그는 그녀를 따라잡았다. 그녀의 어깨를 부여잡고 그와 함께 집으로 돌아가자고 빌었다. 그녀는 아무 대답 없이 돌아서서 가던 길을 계속 갔다. 다시 그는 그녀를 따라잡아 돌아가자고 말했다. 아이들이 잠에서 깨면 그녀를 찾을 거라고. 그러자 그녀는 노여움과 고통이 가득 담긴 시선으로 그를 쏘아보며 좀전의 단호한 걸음걸이로 그에게서 멀어져 갔다. 세번째로 그가 설득하려 하자 그녀는 짜증을 내며 그의 얼굴에 침을 뱉은 뒤 식식거리며 말했다.

"날 가만 내버려둬. 난 갈 거야. 갈 거야, 갈 거라고! 아무것도, 그 누구도 날 붙잡지 못해! 특히 당신은. 난 당신한테서 달아나는 거니까! 당신을 사랑하지 않아, 알겠어? 날 내버려둬, 다신 돌아오지 않을 거야."

결국 그는 카트린의 팔을 잡아 길 밖으로 끌어냈다. 그들은 강둑 쪽으로 비탈을 굴러내려가 그곳에서 다투었다. 아무 말 없이.

"당신을 사랑하지 않아!"

이렇게 가혹한 말을 내뱉은 이상 그녀가 무슨 말을 더 할 수 있었겠는가? 또 그가 그녀에게 무어라 말할 수 있었겠는가? 그녀는 이제 그의 말을 듣지도, 들으려 하지도 않았다.

"난 당신한테서 달아나는 거니까."

그녀는 이렇게 고백하지 않았던가.

두 사람은 다투었다. 그녀는 그의 손에서 벗어나 달아나려 했고, 그는 그녀를 붙잡으려 했다. 둘의 몸짓이 더이상 조화를 이루지 못하고 역방향으로 내달리는 바람에 그렇게 다툴 수밖에 없었다. 그들은 서로 충돌했다. 둘 사이에 숨결이 점점 거칠어지며 말없는 싸움이 이어지는 동안 그의 안에서 사랑이 다시 증오를 누르고 타올랐다. 그녀를 향한 사랑이 느닷없이 오열처럼 그의 멱살을 움켜잡았고, 그녀를 향한 욕망에 그는 이성을 잃고 말았다. 그녀를 향한 이 눈부신 사랑을, 비정상적인 사랑을, 마술과도 같은 욕구를 표현할 말을 찾지 못한 채, 그녀에게 자신을 이해시킬 목소리를 찾지 못한 채, 그는 호주머니에 든 단도를 찾아냈다. 그녀를 죽이고 싶지는 않았다. 오로지 그녀에게 가닿고, 그녀에게 이해받고 싶었다. 그가 하는 말에 완전히 귀를 틀어막고 있는 그녀에게. 그녀를 죽일 생각은 없었다. 오로지 그녀의 귀를 틔워주고 싶었다.

그 순간 난데없이 고함소리가 들려왔다. 강 건너편에서 누군가가 그의 이름을 불렀다. 따뜻하고 메스꺼운 피가 그의 손에 흠뻑 튀었다. 이 피는, 어디서 뿜어져나오는 걸까? 강 건너편에서 들리는 고함소리는 뭐지? 강물을 타고 내려오는 나무들에서 들리는 소리일까? 카트린의 몸이 그의 품안에서 이렇게 쓰러져내리는 건 왜일까? 마침내 그녀가 순종하게 된 걸까? 아니었다. 해가 진흙 속에 벌렁 나자빠진 참이었다. 그리고 현실이 느닷없이 가면을 벗었다. 그건 꿈이 아니라 실제로 닥친 일이었다. 돌이킬 수 없이. 이제 카트린은 존재하지 않았다. 그녀는 집에 돌아오지 않을 것이었다. 현실이 얼굴을 드러냈다. 사악하고 야비하며 위험한 낯짝, 험상궂고 천박한 얼굴을. 모페르튀.

방안 가득한 이 빛은 무언가? 현실이 그 끔찍한 얼굴을 드러냈던 순간 이후로 그 밖의 모든 영상이 실체를 부여받지 못한 모호한 모습이었고, 그 무엇도 그의 주의를 끌지 못했다. 벽에 가득한 이 빛은 무언가? 더이상 아무것도 보지 않게 된 지 이미 오래인데 말이다. 뱅상 코르볼은 사방에 넘쳐나는 이 빛에 놀라고 있었다. 이 기만적인 빛에. 그는 알고 있었기 때문이다. 카트린의 죽음과 함께 햇빛도 영영 사라져버렸음을. 심장박동이 계속 느려지고, 숨결이 길게 끌리며 슈우 하는 소리가 단속적으로 이어졌다. 끝내 그는 눈을 감았다. 가짜 햇빛에 불과한 이 일출에 무관심해진 채로. 그는 마지막 숨을 힘겹게 몰아쉬며 눈을 감았다. 그 순간 마지막 영상이 섬광처럼 머릿속을 스쳐지나갔다. 카트린이 두 다리를 그의 목에 감고 장난을 쳤다. 두 무릎으로 그의 목을 조였다.

그는 그런 느낌에 휩싸인 채 세상을 떴다. 이 마지막 순간에는 심판자이신 하느님에 대한 생각을 완전히 잊고 있었다. 그분의 이름으로 모페르튀에게 편지를 썼고, 죄를 범한 이후로 그분에 대한 두려움 때문에 삶을 포기해야 했음에도.

분노와 고독

Colère et solitudes

멀고 푸른 나라들

심판자이신 하느님, 누가 그분을 진정으로 염려할까? 유덱스 에트 렉스 트레멘데 마예스타티스.* 사람들은 뱅상 코르볼의 관을 둘러싸고서 이 심판자 하느님의 성스럽고 정의로운 분노를 노래했다. 하지만 누가 아직 그분을 두려워할까? 〈레퀴엠〉이 끝나자 심판자이신 하느님에 대한 생각과 최후 심판에 대한 두려움이 촛불과 향에서 피어나는 호박색과 회색 안개 속으로 흩어졌다. 오직 분노의 맛만이 사람들의 가슴과 입과 침 속에서 계속 타올랐다. 씁쓸하면서도 강렬한, 너무도 생생한 맛이었다. 인간적인 분노의 맛.

---

* '두렵도록 엄위하신 심판자이자 왕이시여.'

뱅상 코르볼은 땅에 묻혔다. 그의 시신은 참회하고 구걸하는 심장과 암살자의 손이 제거된 상태로 조상들의 묘에 안치되었다. 앙브루아즈 모페르튀는 페름뒤파로 돌아온 바로 그날 밤 쓸모없는 그 두 신체 부위를 돼지 여물통에 내다버렸다. 코르볼이 편지에서 줄곧 언급한 심판자이신 하느님에 대한 두려움 따위는 눈곱만큼도 없었다. 그 편지에 쓰인 엄숙한 어휘는 그의 이해를 넘어서는 것이었다. 그는 한마디 한마디를 가까스로 읽어나가며 어렵사리 편지의 의미를 해독했다. 빼곡히 들어찬 비스듬한 필체의 가느다란 글자들을 손가락으로 서투르게 짚어가면서. 그가 글을 배운 건 숲들의 소유주가 된 뒤 회계장부를 기록하고 나무 판매 고지서를 이해하기 위해서였지, 과장된 어투로 떠벌리는 이 따위 편지로 골머리를 앓기 위해서가 아니었다. 코르볼이 뻔뻔하게도 카트린에 대해 언급하고 있음을 안 것만으로도 충분했다. 그는 감히 카트린을 사랑한다고 고백하며, 대담하게도 그녀가 묻힌 곳에 자신의 심장을 묻어달라는 요청까지 했다. 모페르튀가 보기에 그것은 정신 나간 요구였다. 그는 이 모욕적인 편지를 이해하기 위해 더 큰 노력을 들이지도 않았다. 분노에 휩싸여 숨가쁘게 편지를 한 차례 읽는 것으로 충분했다. 그러고 나서 그는 편지를 찢어버렸다. 코르볼에게 어떤 의무감도 느끼지 않았을 뿐 아니라 오히려 자신에게는 그를 향한 무한한 보복과 저주의 권리가 있다고 생각했기 때문이다.

클로드는 장례식이 있던 날 아침 단단히 마음먹었던 바를 실행에 옮기는 것을 미루어야 했다. 가급적 빨리 뢰오셴을 떠나 아버지의 집으로 돌아가 살겠다고 결심했지만 소지품을 챙겨 가방을 쌀 시간도 없이 또다른 상을 치르게 된 것이다. 슬픔보다 불쾌감을 안겨준 사건이었다. 마르소는 생마르탱 성당에서 사자死者들의 영으로부터 들은 부름에 지체 없이 응했다. 집에 돌아온 그는 자신의 방 창가에 선 채로 밤을 꼬박 새웠다. 맑은 밤이었다. 창밖 마당 한복판에 목련나무가 가지를 활짝 펼치고 있었다. 기다란 가지들이 따뜻한 바람에 조용히 흔들렸다. 가지에 달린 반들거리는 커다란 녹색과 갈색 이파리들이 차갑고 환한 별밤에 빛을 발하고, 나무 주변에 떨어진 시든 꽃들이 가지의 유백색 그림자인 양 반짝였다. 달이 뜨지 않은 하늘에 별들만 보였다. 달은 달콤한 향내가 나는 희끄무레한 광채가 되어 땅 위에, 마당에 꼼짝 않고 누워 있었다. 낙하의 계절이었다. 꽃과 과일, 잇달아 이파리들이 나무에서 조용히 떨어져내렸다. 하나 둘, 소리 없이 떨어져 바람에 실려 흩어지고 잊혔다. 꽃과 과일은 물론 이파리들도 식물성 시간이 흐르듯 떨어져내렸다. 그리고 눈물에 바랜 구겨진 손수건 같은 달이 땅바닥에 드러누워 있었다. 눈도 입도 없이 윤곽이 온통 흐릿해진, 몸에서 떼여 나온 얼굴 같았다. 꿈과 감각, 욕구와 희망이 모두 제거된 얼굴이었다. 삶의 맛은 시들해져, 부패가 시작된 꽃들의 달큰한 향내만 내뿜고 있었다.

초저녁 무렵, 마르소의 눈에 아버지의 모습이 얼핏 들어왔더랬다. 그 형체는 농장 건물 정면을 따라 걷다가 돼지우리 쪽으로 사라지더니 금세 모습을 다시 드러낸 다음 집으로 들어갔다. 그가 본 아버지의 마지막 모습이었다. 소리나지 않게 조용히 걷는 희미한 형체, 그것이 전부였다. 소리 없이 그의 마음속으로 파고드는 검은 형체. 정적이 짙어지고 농장 안의 모든 것이 잠들어 있었다. 졸음이 마르소를 덮쳤다. 그는 열린 창을 마주하고 선 채로 잠이 들었다.

마지막으로 꾼 꿈. 그는 페름뒤파를 향해 걸어가고 있다. 그러나 더이상 빙 둘러친 담벼락도 마당도 딸린 건물도 없으며, 주변이 온통 자갈투성이 땅과 황무지뿐이다. 페름뒤파와 페름뒤부, 양쪽을 다 닮은 농장이다. 마치 땅이 융기한 듯 농장 건물이 약간 비스듬히 지어져 있다. 낮도 밤도 황혼녘도 아닌, 이상한 햇빛이다. 백악처럼 희고 푸르스름한 빛이다. 만물이 푸른색 일색이다. 집의 벽과 덧문, 문, 지붕이 보라색, 녹색, 터키옥색, 쪽빛 하늘색 등 다양한 색조의 푸른색으로 칠해져 있다. 형 에프라임이 집 앞에 놓인 낡은 나무 벤치에 앉아 그가 다가오는 모습을 지켜본다. 에프라임은 나뭇조각을 다듬다 말고 눈을 들어 마르소를 바라본다. 어쩐지 좀 슬퍼 보이는, 진지한 눈매다. 그는 너도밤나무 나막신 한 켤레를 만드는 중이다.

문틀 안에 아버지가 서 있다. 뼈마디가 굵은 작고 다부진 체격의 푸른 실루엣, 짙푸르다못해 검게 느껴지는 실루엣이다. 마르소는 그의 얼굴 생김새는 물론 시선조차 가늠할 수 없다. 사악하고 완고하며 의심 가득한 모습을 그저 짐작해볼 따름이다. 저위 지붕에는 레제가 굴뚝 위에 걸터앉아 하늘을 처다본다. 그는 빌보케를 갖고 논다. 그런데 장난감 손잡이의 가느다란 양모 끈에 매달린 건 나무공이 아니라 태양이다. 빛이 나지 않는 커다란 군청색 태양이 하늘에 무겁게 걸려 있다가 때때로 뾰족한 막대기 끝에 털썩 꽂혔다가 곧 다시 튀어오른다. 난데없이 녹슨 굴렁쇠가 새된 소리를 내며 농장 앞 경사지를 굴러내려오지만 아무도 관심을 두지 않는 듯하다. 에프라임은 계속 나막신을 깎아 다듬고, 레제는 푸른 태양으로 빌보케 놀이를 하고, 노인은 어슴푸레한 미광 속에서 바깥을 살핀다. 그리고 마르소는 그 모두를 계속 지켜보면서 지그재그로 흔들리며 달리는 굴렁쇠를 눈으로 좇는다.

한 손으로 문틀을 짚은 채 어두컴컴한 문지방에 여전히 꼼짝않고 서 있는 아버지의 가슴에서 선명한 금빛 줄 같은 가느다란 도마뱀이 튀어나와 쏜살같이 달아난다. 녀석은 담벼락의 보랏빛 돌들 사이로 사라진다.

유리 뱀. 그 발 없는 도마뱀을 사람들은 그렇게 부른다. 손가락 사이에 잡힌 녀석의 꼬리는 여느 도마뱀 꼬리처럼 쉽게 끊어진다. 달아나다 꼬리가 잘리면 녀석이 막 사라진 자리에 잘린 꼬리만 그대로 걸려 있다. 작은 금빛 눈물방울이 담벼락 위에서 이미 퇴색해간다. 그사이 그의 뺨이 뜨겁게 타오른다.

그는 이렇게 두 뺨이 달아오른 채 잠에서 깨어났다. 관자놀이에서 피가 뛰고 몸에서 열이 났다. 서늘해진 바람이 세차게 불기 시작하자 목련나무 가지들이 마구 흔들리며 진줏빛 꽃들이 솜뭉치처럼 마당에 길게 떨어져 흩어졌다. 하늘에도 땅에도 이제 달은 없었다. 하늘과 땅에 똑같이 새하얀 흔적들만 남아 있었다. 은하수에서, 부드럽게 빛나는 팔 한복판에서, 참혹한 고통을 겪으며 별들이 태어났다. 꽃들이 떨어져 흩어지면서 그 화사함이 빛을 잃고 향기가 사그라졌다. 마르소는 울고 싶었다. 가차없는 비애가 그를 송두리째 사로잡았다. 주변의 애정이 사라져가는 것을 보며 자신이 버림받았다고 믿는, 어린아이가 느끼는 비애였다. 그는 자신이 버림받았음을 알고 있었다. 모두로부터. 그리고 이제 그는 자기 자신에게서 버림받고 있었다. 피로와 고독이 그를 짓눌러왔다. 울고 싶었다. 그가 이제 떠나려 하는, 죽음의 손에 넘겨주려 하는 이 남자를 잠시나마 측은한 마음으로 바라보고 싶었다. 관심을 갖는 이도, 눈물을 흘려주는 이도 없는 남자. 하지만 우는 것조차 할 수 없었다. 자신을 위해 흘릴 몇 방울의 눈물도 찾아낼 수 없었다. 메마른 절망에 사로잡힌 그는 마음속이 텅 빈 느낌이었다. 그는 석고처럼 하얗게 시든 꽃들이 바람에 날려 땅바닥에 떨어지는 모습을 바라보고 있었다.

그렇다, 꽃이 진 저 큰 나무의 가지들에 목을 매지는 않을 것이다. 결혼식을 마치고 돌아오던 길에, 지체 높은 가문의 죄수를 유배지로 정중하게 호위하듯 그 자신이 직접 호송한 목련. 그 나무에는 그의 절망을 지탱해줄 가지가 하나도 없었다. 그의 아내, 냉담하고 오만한 코르볼 가문의 그 여자처럼, 너무도 도도한 나무였다. 그 순간 불쑥 의문이 떠올랐다. 그 덩치 큰 모르방 종種 붉은 수소의 이름이 뭐였지? 그 먼 4월 아침, 귀양길에 오른 나무가 실린 수레를 끈 그 수소 말이다. 눈매가 더없이 온순했던 수소.

그는 자신의 비애와 고통을 숲속으로 가져갈 것이다. 호사스러운 진줏빛 꽃들이나 달콤한 향내도 없는, 화려하지 않은 나무들 사이로 그것들을 가져갈 것이다. 저지대의 한 부유한 정원을 향한 씁쓸하고 교만한 향수鄕愁도 없는 나무들 사이로. 떡갈나무, 너도밤나무, 소사나무 들 사이로. 형과 그가 성년이 될 때까지 곁에서 함께하며 일한 그 익숙한 나무들 사이로.

어느 날 레제가 그에게 물었다. 왜 숲은 멀리서 보면 항상 푸른데 가까이 다가가는 순간 색깔이 변하는지. 레제는 몇 시간이고 먼 곳을 바라보며 소일하곤 했는데, 늘 푸른색을 띠는 건 하늘과 지평선같이 도달할 수 없는 것들뿐이었다. 손으로 만질 수도 접근할 수도 없는 그 푸른색에 레제는 매료되었다. 먼 나라들의 기만적인 푸른색에 완전히 넋을 잃은, 정신이 좀 나간 것 같은 이 늙은 아이를 마르소는 무척 좋아했다.

하지만 레제의 생각과 달리, 숲은 푸르렀다. 가까이 다가가도 여전히 푸른색이었다. 마르소가 숲속으로 들어갈수록 나무들은 더욱 푸른색을 띠었다. 이런 기적은 동틀 무렵이 가까워진 이렇게 밤늦은 시각에나 가능한 일인지도 몰랐다. 그는 숲속의 푸르무레한 여명 속에서 곧장 앞으로 걷고 또 걸었다. 나무 냄새, 고사리 냄새를 들이마셨다. 그렇게 걸을수록 비애가 수그러져 마음이 가벼워졌다. 울고 싶은 생각도 없어졌다. 그렇게 계속 걸어갔다. 그사이 엉뚱한 질문이 마음속에서 고개를 들더니 끈질기게 맴돌았다. 그 근사한 목련나무를 실어나른 붉은 수소의 이름이 뭐였지? 그 순간 밭고랑을 따라가며 수레 끄는 소들의 이름을 외던 농부들의 단조롭고 느린 선율이 기억 속에서 떠올랐다. 프라뇨, 코르뱅, 바르무에, 플뢰리, 블롱도, 쿠르탱, 샹브룅, 퇴

숑, 샤보, 샤르망탱…… 기도하는 사람의 억양과도 흡사한, 들에서 일하는 농부들의 길게 끄는 단조롭고 낭랑한 목소리가 들려왔다.

그저 기억 속에서 들려오는 소리일까? 숲 한복판에서 솟구치는 저 희미한 노랫소리는 대체 뭘까? 탄식일까, 자장가일까, 흐느낌일까, 아니면 부름일까? 동시에 그 모두인지도 몰랐다. 그는 노랫소리가 들려오는 쪽을 향해 걸어갔다. 그지없이 푸른 곳, 노랫소리가 부드럽게 윙윙대는 곳으로. 이제 소리가 아주 가까이서 들렸다. 그가 다다른 곳은 공터였다. 노트르담데에트르라 불리는, 여러 개의 숲길이 만나는 지점이었다. 축축한 바람을 맞으며 원무를 추는 천사들의 무리가 노래를 불렀다. 같은 질문이 방울 소리처럼 계속 울려댔다. 눈매가 온순했던 그 붉은 수소의 이름이 뭐였지? 천사의 몸을 한 너도밤나무들이 단조로운 콧노래를 부르고 있었다. 저마다 고유한 억양을 지닌 나무들의 목소리가 희미한 노래 속에 부드럽게 뒤섞였다. 그도 나무들과 함께 콧노래를 부르기 시작했다. 나무들 사이의 한 그루 나무, 형제들의 품으로 돌아간 한 형제가 되어. 그는 나무들 하나하나에 다가가 그 까끌거리는 천사들의 얼굴을 어루만졌다. 그러다 심장을 든 천사 앞에 멈춰 섰다. 천사는 자신의 심장을 누구에게 바치고 있는 걸까? 밖으로 드러난 이 심장은 뭐지? 이슬에 젖은 우울한 회색 나무심장. 그는 심장을 든 천사가 새겨진 나무줄기를 절반쯤 기어올라갔다. 그러자 조금 전의 질문이 그를 따라 기어올라왔다. 결혼식을 마치고 돌아올 때 느릿느릿 함께 걸었던 그 붉은 수소의 이름이 뭐였더라? 그는 농장을 나서기 전 호주머니에 쑤셔넣은 밧줄을 꺼내들고 천천히 풀어 나뭇가지에 묶었다. 나무들 위로 아직 어두운 하늘에 파란 틈새 하나가 드러나 보였다. 비길 데 없이 짙고 부드러운 푸른색이었다. 그렇게 너도밤나무에 올라앉아 있으려니, 하늘의 그 푸른 자락에 닿아 손끝으로 만져볼 수 있을 것 같았다. 그는 밧줄에 매듭을 지어 목에 걸었다. 계속 콧노래를 흥얼대면서. 젖은 이파리들이 바스락대는 소리에 새들이 잠에서 깨어 목청을 가다듬기 시작했다. 그는 허공으로 몸을 던졌다. 그 순간 그 붉은 수소의 이름이 떠올랐다. 졸리!*

그가 신고 있던 나막신이 풀밭 위에 떨어졌다. 천사의 양손에 들린 심장 부위에 두 발꿈치가 닿았다. 몸이 밧줄 끝에서 흔들리며 천사가 든 심장에 두 발꿈치가 불규칙적으로 톡톡 부딪혔다.

---

* '귀엽다' '예쁘다'라는 뜻.

선물

그의 장례식에는 노래도 기도도, 아무것도 없었다. 미사도 없었다. 그는 이교도처럼 땅에 묻혔다. 그의 아버지와 클로드와 카미유가 장례 행렬의 선두에 서서 걸었으며, 핀과 몇몇 남자가 그 뒤를 따랐다. 그러나 스스로 목숨을 끊은 남자의 관을 수행하겠다고 선뜻 나서는 사람은 드물었다. 그나마 에프라임과 그의 아들들이 행렬을 지켰지만 모페르튀 영감과는 한마디 대화도 나누지 않았다. 카미유는 장례식에 참석한 사람들을 향해 단 한순간도 눈길을 들지 않았다. 아무렇지 않은 듯 태연하게 바라볼 수 없는 한 얼굴이 그들 가운데 끼어 있었기 때문이다. 그의 눈을 똑바로 들여다보면 "날 데려가요!"라고 외치지 않을 수 없을 것 같은, 그런 얼굴이었다. 그녀는 욕망을 잠재우고 격정을 누르고 사랑의 고백을 마음속 깊이 꼭꼭 숨겨두어야 했다.

　레제는 마르소의 장례식에 참석하지 않았다. 아버지의 장례식에서 받은 충격이 채 가시기도 전에 그가 또다른 장례식에 참석하는 것을 클로드가 원치 않았기 때문이다. 이해할 겨를도 없었던 그 아버지의 죽음으로 레제가 충격을 받았다는 뜻이 아니었다. 장례 의식과 검은 옷차림의 군중, 장송곡, 지하 가족 묘소까지 이어진 행렬, 그런 것들이 그의 불안정한 정신에 끔찍한 혼란을 야기했던 것이다. 클로드는 마르소가 죽었다는 사실조차 그에게 숨기며 다른 사람들에게도 침묵할 것을 명했다. 노인이 마르소를 일 때문에 베르망통에 보냈다고, 그래서 마르소가 며칠 집에 없을 거라고만 설명했다. 그런 다음 그에게 클라므시의 집으로 돌아가 살기로 한 자신의 결심을 근사한 소식인 양 털어놓았다.

　"그럼 마르소는?"

　레제가 걱정스러운 표정으로 물었다.

　"마르소도 곧 우리한테 와서 함께 살 거야."

　세월이 흐르면서 레제가 마르소에게 애착을 갖게 되었다는 사실을 클로드는 잘 알고 있었다. 그녀는 그날그날의 상황에 따라 혐오감이나 적개심이 서린 냉담한 무관심 속에 계속 머물러 있었지만 말이다. 늙은 아이 같은 남동생이 명목뿐인 매형인 그 남자를 끝내 친아버지처럼 여기게 되었음을 클로드도 짐작했다. 증오나 원한, 멸시 따위는 단순하기 그지없는 레제의 영혼에는 낯선 감정이었다. 클로드가 그에게 거짓말을 한 것도 그 때문이었다.

"카미유도 올 거야?"

"그래."

그러자 좀더 불안한 목소리로 그가 다시 물었다.

"그럼 우리 어머니는?"

"계속 기다려야겠지."

클로드가 간신히 대답했다. 이렇게 세번째 거짓말을 하며 그녀는 마음에 깊은 상처를 입었다. 그러나 삼십 년 넘게 헛된 기대 속에 갇혀 살아온 레제를 이런 거짓의 우울한 마력에서 깨어나게 한다는 건 불가능했다. 너무 늦어버린 일이었다. 그를 미혹 속에 방치하는 것 외에는 선택의 여지가 없었다.

클로드는 서둘러 떠날 채비를 했다. 앙브루아즈 모페르튀는 거기에 반대하고 나서기는커녕 흔쾌히 동의해주었다. 코르볼의 딸이 그 덜떨어진 남동생을 데리고 가버리든 말든 그는 상관하지 않았다. 카미유면 족했다. 카트린-카미유. 그가 "내 말괄량이"라고 즐겨 부르는 그녀만 있으면 되었다. 카미유와 단둘이 남게 되면 이제야말로 그녀를 독차지할 것이다. 그 빌어먹을 8월

15일의 축제 이후로 카미유가 그에게 등을 돌린 것 같았지만 카미유의 애정과 신뢰를 잽싸게 다시 쟁취할 수 있을 것이다. 심지어 그는 미망인이 된 며느리를 저지대의 외딴 저택까지 데려다주겠다고 했다. 또 한번 그는 수레에 수소 두 마리를 묶고 그 위에 클로드의 피아노와 짐가방들을 싣게 했다. 클로드도 레제와 함께 수레 안에 자리를 잡았다.

그렇게 클로드는 사반세기 전 그곳에 왔을 때처럼 뢰오셴을 떠났다. 그러나 이번에는 새로 칠을 하지 않은데다 진흙으로 더럽혀진 수레에서 쇠똥 냄새와 곰팡내가 났다. 칙칙한 가을비 아래 소들이 뿔을 내밀고 있었다. 그 옛날 촌사람들을 깜짝 놀라게 했던 그랜드피아노와 짐가방들은 방수포로 덮여 있었다. 클로드 역시 이제는 긴 레이스 베일 아래 눈이 부시도록 하얀 모습이 아니었다. 벌써 허리가 살짝 굽은데다 전보다 더 야윈 그녀는 커다란 검정 벨벳 망토를 두르고 있었다. 아버지의 관을 덮었던 천이었다. 그녀는 죽은 남편의 농장을 떠나는 마르소 모페르튀의 미망인이 아니라, 고아가 되어 조상들의 집으로 돌아가는 죽은 뱅상 코르볼의 딸이었다. 그들을 따라오는 수레는 없었다. 목련나무는 페름뒤파 마당에 남아 있었다. 그곳에 뿌리를 너무 깊이 내린데다 가지가 퍼져 다시 옮겨 심는 것이 불가능했다. 나무를 실어날랐던 수소 졸리와 그 길잡이였던 마르소는 이 세상에서 완

212

전히 뿌리를 잃고 난 뒤였다. 두터운 갈색 모피 외투에 목을 파묻은 레제의 양 무릎 사이에는 큼직하고 푸른 나무팽이가 단단히 끼어 있었다. 마르소가 그에게 만들어준 팽이였다. 조금도 변하지 않은 인물은 앙브루아즈 모페르튀뿐이었다. 건장한 풍채, 둔중한 발걸음, 희미한 광채가 어린 시선, 그 모두가 그대로였다. 고집스럽고 냉혹한 표정도 똑같았다.

카미유는 어머니와 레제를 실은 불길한 짐수레를 마을 어귀까지 따라갔다. 며칠 전 아버지의 시신을 뒤따른 장례 행렬만큼이나 말이 없고 음산한 행렬이었다. 아버지 다음에는 이제 어머니였다. 양쪽 모두 외딸인 그녀에게 소임을 다하지 못했을 뿐 아니라 한없이 무심한 태도로 일관한 사람들이었다. 그녀의 유년기적 삶과 놀이, 기쁨과 고통, 걱정거리, 욕구, 소망, 감정에 완전히 무심했던 이들이었다. 그랬기에 그렇게 떠나간다 해도 그녀에게 어떤 뚜렷한 흔적을 남기거나 고통을 야기할 수 없었다. 그들이 지나간 자리에 어떤 결핍도 들어설 수 없었다. 그들은 언제나 부재했기 때문이다. 그들 뒤에는 쓰라린 고통만이 가느다란 자국으로 남았다. 고독이 그녀를 조여왔다. 그와 동시에 무슨 일이든 닥칠 수 있는 헐벗은 공간이 나팔 모양으로 벌어지며 모습을 갖춰갔다.

실제로 그녀에게는 그 모든 일이 이미 닥친 참이었다. 모든 일이, 미칠 것 같은 행복의 그 생생하고도 강렬한 맛이. 그렇다, 부드러운 데라고는 눈곱만큼도 없는 저 까칠한 여자는 가버려도 좋았다. 그녀를 세상에 태어나게 한 수고밖에는 하지 않은 여자였다. 그녀를 안아주지도, 단 한 번 뒤돌아보지도 않은 채, 한마디 말도 없이 그렇게 가버리라지. 그리고 영영 돌아오지 말라지. 결국 달라지는 건 아무것도 없을 것이다. 가정부 핀이 남아 늘 그렇듯 어머니의 역할을 대신할 테고, 그거면 족했다. 그래도 레제는 보고 싶을 것 같았다. 그를 작은삼촌이라 부르긴 했어도 실은 외삼촌이라기보다 어린 남동생처럼 여기고 있던 터였다. 그녀가 아이였을 때 함께 놀아본 적이 거의 없는 아주 어린 남동생. 처음부터 어머니는 두 사람을 떼어놓으려 애쓰며 레제를 새장 안의 새처럼 늘 자기 곁에 두곤 했다. 덧문이 반쯤 닫힌 응접실에서 자신이 연주하는 피아노의 나른하고 아름다운 선율에 보이지 않게 감금된 한 마리 벌새처럼. 카미유가 절대로 다가갈 수 없는 비밀스러운 기억, 전설이 되어버린 그 기억 속에 칩거하는 우울하고 가냘픈 한 마리 새였다. 그래도 잠시 레제와 둘이서 함께 시간을 보낸 날들도 있긴 했다. 클로드와 모페르튀 영감은 이 두 사람이 한집에 살면서도 서먹하게 지내도록 애썼지만, 그들의 감시를 벗어난 시간은 언제나 평화롭고 행복했다. 함께 놀지는 못했어도 꿈을 함께 나누었다. 레제는 이 세상에서 꿈꾸는 것

외에는 다른 할 일이나 소명이 없어 보였다. 밤에 꾼 꿈들이 하루종일 몽상으로 이어졌다. 삶이 지속적인 몽상 속에서 흘러갔다. 고통스러운 한편 위로가 되어주기도 하는 몽상 속에서. 그의 꿈들은 일상에서 마주치는 단순한 이미지들로 이루어져 있었다. 티 없이 푸른 하늘과 범접할 수 없는 짙푸른 지평선을 비롯해 나무, 시냇물, 풀잎, 꽃, 소, 새 들과 검은 그랜드피아노 등으로. 그런 단순한 대상들이 그에게 마력을 행사했고 변신을 거듭하며 놀라움을 불러일으켰다. 때로는 그를 불안에 빠뜨리고 때로는 매혹하는 대상들이었다.

그녀 자신이 꾸는 꿈들 또한 불가해하고 경이롭다고, 적어도 카미유는 그렇게 생각했다. 초여름에 레제는 그녀에게 전날 밤에 꾼 꿈 이야기를 들려주었다. 두 사람은 농장 뒤편의 과수원과 정원을 가르는 반쯤 허물어진 낡은 담벼락 위에 나란히 앉아 있었다. 샛노란 꽃이 달린 범의귀가 여기저기 돌 사이에 뭉텅이로 돋아나 있었다.

"간밤에 꿈을 꾸었는데, 이상한 꿈이었어……"

그는 늘 이런 식으로 이야기를 시작했다.

"풀밭 위에서 침대 시트들이 말라가고 있었는데 바람이 불어와 날려보냈어. 그 수가 어찌나 많은지 하늘도 해도 더이상 보이지 않았어. 시트들이 바람에 펄럭였지. 그렇게 펄럭이는 둔탁한

소리가 계속 들렸어. 끝없는 메아리가 되어서. 한데 그 시트들이
바로 햇빛인 거야. 그것들이 하늘이고 햇빛이며 새이고 구름이
었지. 그 시트들에서 떨어지는 빛은 희고 부드러웠어. 하얀 천처
럼 밝고 맑게 갠 아침이었고, 땅에선 가루비누 냄새가 났어. 사
람들이 그 시트들을 따라 물고기처럼 매끄럽게 나아갔지. 허공
에서 느린 동작으로 헤엄을 치고 하늘 한복판에서 잠을 자는 거
야. 시트 속에서 조용히 헤엄치고 잠을 잤는데, 행복한 표정들이
었어. 여자들의 머리카락이 둥둥 떠다니고, 잠든 여자들의 얼굴
에는 미소가 감돌았어. 남자들이 여자들을 품에 안고 춤을 추기
시작하더니 모두가 하늘에서 빙글빙글 돌았어. 남자도 여자도
내내 같은 사람이고, 단 한 쌍인데도 무수히 많은 거야. 얼굴은
보이지 않았지만 그들이 미소짓고 있다는 걸 알 수 있었지. 그런
데 갑자기 시트들이 수많은 천조각들로 잘게 찢겨 흰나비떼처럼
햇빛 속에서 팔락이며 날아다녔어. 그 천조각 나비들은 꽃들이
되었어. 무수히 많은 흰 꽃들이. 향기가 어찌나 좋던지! 과수원
의 나무들에는 온통 꽃들이 만발해 있었지. 장관이었어. 벚나무,
살구나무, 사과나무, 배나무, 마가목. 농장의 과수원보다 훨씬
큰 과수원이었어. 다른 나무들도 있었어. 마로니에나 라일락 같
은 나무들 말이야. 모두 꽃이 활짝 피어 있었지. 그 꽃들이 모두
허공에서 천천히 맴돌며 하늘과 땅을 가득 메웠어. 사람들이 그

꽃들 사이로 헤엄을 쳤어. 꿈속에서도 그 향기를 맡을 수 있었어. 동시에 입안에는 나중에 익을 과일들의 맛이 감돌았지. 그러자 입안에 달콤한 침이 고였고, 꽃들은 거품이 되고 급류가 되었어. 물이 점점 더 빨리 흐르더라고. 그 속도가 느껴지면서 덜컥 겁이 나는 거야. 그리고…… 뭐랄까…… 고열이 난다고 할까. 한기와 열기가 동시에 느껴졌어. 침상 위에 꼼짝 않고 있는데도 전속력으로 미끄러져 허공 속에서 파닥대는 느낌이었어…… 정말 이상했어. 어쨌거나 몹시 겁이 났던 게 사실이야. 얼어붙은, 꽁꽁 얼어붙은 물이었어. 한데 난 작은 돌멩이처럼 물속 깊숙이 있었어. 투명한 물속에서 새파란 하늘이 보이더라고. 햇빛이 차임벨처럼 요란하게 울려대는 소리가 들리는 것 같았어."

여기까지 말하더니 그는 입을 다물었다.

"그래서 어떻게 됐어?"

카미유가 물었다.

"어떻게 됐냐고? 아무것도 없어. 그게 다야. 생각이 안 나. 아니. 잠에서 깨어났어."

"뭐, 대단한 꿈은 아니네. 그래도 참 예쁜 꿈이야. 마음에 들어."

"원하면 너한테 줄게."

무엇이든 늘 기꺼이 주고 싶어하는 레제가 말했다. 풀잎이나 달팽이 껍데기, 작은 자개단추, 주현절 케이크 속에 든 잠두

콩, 말린 꽃 같은 것들이 그때그때 희귀하고 진귀한 무언가가 되었다.

카미유가 웃으며 맞받았다.

"하지만 꿈을 남에게 줄 순 없어!"

"왜 못 줘?"

"그건 존재하는 게 아니니까. 그건 우리가 잠든 동안 머릿속을 지나가는 이미지들에 불과해. 그러다 사라져버리는 거야. 구름처럼 말이야. 구름을 남한테 줄 순 없잖아."

레제가 잠시 생각한 뒤 대답했다. 늘 그렇듯 늙은 아이의 걱정스럽고 진지한 표정으로.

"그렇지 않아, 꿈은 진짜 이미지들이야. 내가 학교에 다닐 때 간혹 선생님한테 받은 그림 카드처럼 말이야. 첫영성체 때 받은 것들은 내 미사 경본 갈피에 끼워두었지. 난 그것들을 모두 기억해. 아직 갖고 있는 것도 많아. 들판이나 숲이나 연기, 다람쥐나 새를 볼 때면 난 어떤 이미지를 보게 돼. 그리고 그게 마음에 들면 보관해두지. 난 눈에 보이는 건 모두 간직해. 우리에겐 수천수만 개의 눈이 있는 것 같아. 밤이면 이 눈들이 모두 다시 열리는 거야. 꿈은 바로 밤에 열리는 우리의 눈인 거야."

"좋아, 내가 삼촌의 꿈을 가졌다고 쳐, 그걸로 무얼 할 수 있지?"

"글쎄, 그걸로 다른 꿈들을 만들어낼 수 있을 거야."

"삼촌이 학교에서 받거나 영성체 때 받은 그림 카드들처럼 책갈피에도 끼워 넣고?"

레제는 다시 생각에 잠겼다. 어떤 엉뚱한 질문이나 우스꽝스러운 지적도 레제는 언제나 진지한 자세로 들었다. 순진하기 이를 데 없는 그에게서는 눈곱만큼의 장난기도 찾아보기 어려웠다. 카미유의 마지막 질문에 대한 대답을 그가 미처 찾기도 전에 그를 부르는 클로드의 목소리가 정원에 울려퍼졌다. 그는 지체없이 담벼락 밑으로 훌쩍 뛰어내려 클로드에게로 달려갔다. 카미유는 잠시 혼자 남아 있었다. 정오가 가까워지고 있었다. 해가 중천에서 반짝이고, 작은 회색 도마뱀들이 돌 위를 쏜살같이 달려가고, 말벌들이 범의귀 주변을 맴돌았다. 그녀는 노란 꽃 뭉치들을 꼼꼼히 살피며 생각했다.

'레제는 만물을 이렇게 바라보는 거야. 풀잎이나 작은 돌멩이들까지도. 이런 식으로 수많은 이미지들을 간직하는 거야.'

그녀는 농장으로 돌아왔다. 그러나 정원을 가로지르는 동안 레제가 방금 전에 그녀에게 선사한 꿈을 잊어버렸다.

여름 끝자락에 이르러서야 그녀는 호주머니 속에 넣어두고 잊어버린 한 장의 그림 카드처럼 그 꿈을 되찾았다. 모페르튀 영감이 마르소와 클로드, 레제를 대동하고 뱅상 코르볼의 장례식에 참석하러 클라므시에 내려가 있는 동안 카미유는 핀과 단둘이 농장에 남아 있었다. 페름뒤파에서 그렇게 자유롭게 혼자 있어보기는 처음이었다. 그녀는 재미 삼아 집안을 구석구석 뒤지며 방마다 들어가보았다. 특히 평소에 들어가지 못하도록 금지되어 있던 방들에. 어머니 방과 아버지 방, 할아버지 방에도 들어갔다. 하나같이 간소하고 적막한 방들이었다. 응접실에도 들어가 피아노 앞에 앉았지만 감히 건드릴 생각은 할 수 없었다. 다만 차고 부드러운 건반들을 손끝으로 스치기만 했다. 그녀가 듣고 싶었던 건 피아노 소리가 아니었다. 오로지 죽은 자들을 강생케 하는 나른한 선율의 피아노 음악이 아니었다. 그녀가 듣고 싶었던 건 크루아오에트르에서 발견한 아홉 형제의 음악이었다. 리듬과 격정이었다.

빨래하는 날들

그 며칠의 휴가 기간 동안 연례행사인 대대적인 빨래가 행해졌다. 카미유는 핀을 돕고 나섰다. 우선 집안의 빨랫감을 모두 모아 맑은 물에 한참 동안 담가두었다. 그런 다음 뒷마당의 부엌 문지방 가까이 삼각대 위에 마련된 커다란 빨래통에 빨랫감을 옮겨 담았다. 그러고는 침대 시트와 행주, 내의, 식탁보가 차곡차곡 쌓인 빨랫감들 사이사이 얇은 비누 조각과 줄줄이 이어진 향긋한 나무뿌리를 끼워 넣었다. 그러고 나서 빨래통 바닥에 깔린 낡은 시트 끝자락을 접어 올려 빨랫감을 모두 한데 싼 다음 떡갈나무 재가 두꺼운 층을 이룬 큼직한 삼베 위에 그것들을 펼쳐놓았다. 이것이 빨래 첫날, 천과 재灰의 날이었다.

다음날은 아궁이에서 데운 물을 빨래통에 천천히 부어 빨랫감

사이로 물을 계속 흘려넣는 날이었다. 떡갈나무 재가 빨랫감에 밴 때와 땀과 얼룩을 씻어냈다. 푸르스름한 수증기에 젖은 천들에서 붓꽃 뿌리 냄새가 퍼져나왔다. 온갖 외피가 서로 뒤섞여 파고들었다. 죽은 나무들의 외피, 사람들의 외피, 식물들의 외피, 물의 외피. 부락의 앞마당마다 그 외피들은 연금술의 증류 과정을 거쳐 가볍고 향기로운 안개가 되어 모여들었다. 여자들은 하나같이 얼굴과 팔이 땀과 푸른 김으로 뒤덮인 채 빨래통 주위를 분주히 오갔다. 그녀들 모두 물기를 머금은 따스하고 푸른 기운으로 반짝였다. 이것이 빨래 둘째 날, 김과 외피와 향내의 날이었다.

그 이튿날에는 여자들이 빨래통을 마당에 비워낸 다음 수레에 빨랫감을 쌓고 시트로 덮은 뒤 공동 세탁장으로 향했다. 여자들은 아직 김이 나는 빨랫감이 가득 실린 수레를 끌고 모두 그곳에 모여, 밀짚이나 낡은 헝겊이 깔린 작은 나무 잠함 속에 무릎을 꿇고 앉았다. 그렇게 저수조 위로 몸을 숙인 채 물속에 시트나 식탁보를 던졌다. 세탁장에 시끄럽게 웅성대는 소리가 가득 울려퍼졌다. 빨랫감을 솔로 문지르거나 빨랫방망이로 치는 소리 사이사이로 저수조 여기저기서 여자들이 고함을 치거나 웃으며 서로를 불러대는 소리가 들려왔다. 에드메와 뚱보 레네트도 그곳에 와 있었으며, 함께 온 미련퉁이 루이종도 빨래 헹구는 일

을 거들고 있었다. 여자들은 그를 몹시 좋아했다. 그는 익살스럽
고 웃음을 선사했을 뿐 아니라 언제든 재빨리 달려와 도와주곤
했기 때문이다. 들보가 있는 곳까지 물이 튀고, 물방울들이 햇
빛 속에 반짝이는 벌떼처럼 날아다니고, 갈색 거품이 시트를 타
고 흘러내렸다. 한 해의 찌든 때가 소용돌이치는 차가운 물에 줄
줄 단조로운 소리를 내며 씻겨내려갔다. 마침내 헹굼물이 다시
말개지자 여자들은 속옷들에 푸른 물을 들였다. 커다란 하늘색
자국들이 저수조 안에 기다랗게 펼쳐졌다. 무지갯빛 비눗방울들
이 빨래하는 여자들의 손 주변에서 나풀나풀 춤을 추었다. 물속
으로 미끄러져내린 솔이나 빨랫방망이를 잡기 위해 벌건 팔을
저수조 바닥까지 집어넣는 여자들도 있었다. 여자들은 젖은 잠
함 속에 여전히 무릎을 꿇은 채 빨랫감을 비틀어 짰는데, 그러는
그녀들의 팔도 함께 뒤틀리는 것 같았다. 빨래 셋째 날이 그렇게
지나갔다. 시끄러운 소음과 사방으로 튀는 물의 날, 푸르디푸른
날이었다.

　빨래를 수레에 다시 싣고 세탁장을 나오던 여자들은 위게 코
르드뷔글이 창문 뒤에서 심술궂은 두 눈을 굴리며 자기들을 훔
쳐보는 것을 알아채고 웃음을 터뜨렸다. 그는 자신의 농장 주변
세탁장으로 부락의 여자들이 모두 모여들어 빨래를 하는 이날들
을 견딜 수 없었다. 여자들이 고함을 지르거나 깔깔대며 웃는 소

리를 들으면 눈이 뒤집히고 온종일 노여움을 가라앉힐 수가 없었다. 이 기간 동안에는 집밖으로 한 발짝도 나가지 않을 것이었다. 때와 먼지가 낀 커튼 뒤에 서서 탐욕스럽게 망을 보던 그는 저 수다스러운 아낙네들이 일제히 떠들어대는 것을 보며 분을 삭이지 못했다. 그러는 동안 바롱과 프랑부아지의 뒤를 이어 타타브의 세번째 후계자가 된 알퐁스가 그의 무릎에 올라앉아 진홍색 볏을 거만하게 흔들어댔다. 세 전임자를 모두 합한 것보다 더 심술궂고 공격적인 이 수탉은 기세가 등등해 보였다. 머지않아 열세 살이 되는 녀석은 전과 다름없이 목청을 다해 울었지만 점점 더 쉬어가는 목소리로 엉뚱한 시각에 새벽 기도 시간을 알리곤 했다. 더러운 창유리 뒤에 숨어 배짱 좋게 망을 보기 위해 위게는 연거푸 잔에 술을 따라 꿀꺽꿀꺽 들이켰는데, 그러면 느닷없이 분노가 치밀어오르며 정신이 몽롱해졌다. 공동 세탁장에서 여자들이 빨래를 하는 날이면 저녁마다 그는 그렇게 술에 곯아떨어져 의자 위에서 잠이 들었으며, 늙은 알퐁스가 그의 무릎 위에서 함께 나른한 잠에 빠지곤 했다. 그러나 한밤중이면 그는 어김없이 잠에서 깨어나 지체 없이 부락민들의 집 마당을 향해 갔다. 얼빠진 모습의 알퐁스를 의자 위에 남겨둔 채.

여자들이 집으로 돌아가기 위해 빨래를 수레에 다시 실으면서 큰 소리로 그를 비웃고 깔깔대며 주먹을 들어 위협하는 모습을 볼 때면 그의 분노는 어느새 큰 기쁨으로 변했다. 여자들은 익히 알고 있었다. 그들이 지나가면 아무 이유 없이 침을 뱉어대는 이 늙은 불평꾼이 밤이면 그들의 집 마당으로 몰래 스며들어 빨랫줄에 널린 속옷을 훔쳐간다는 것을. 그는 잠옷과 팬티, 속치마 따위를 슬쩍해 갔다. 뢰오셴에서만 그러는 게 아니라 그가 나다니는 마을과 부락의 마당 어디서나 속옷을 훔쳤다. 사람들은 그가 그 속옷들을 가지고 무얼 하는지 알 수 없었지만 아마도 그것들을 더럽힐 거라 추측했다. 그의 부모가 죽은 뒤 그의 집에 들어가본 사람은 없었다. 아무한테도 문을 열어주지 않았으니 말이다. 그렇긴 해도 그가 사는 그 너저분한 소굴은 아마도 돼지우리 같을 거라고 사람들은 짐작했다.

이런 추측은 적중했지만 자세한 내막까지는 알 수 없었다. 어쨌거나 그가 몹시 불결한 곳에서 살고 있는 것만은 틀림없었다. 그는 자신이 사는 공간을 단일화해 부엌이자 방이면서 거실인 동시에 광이며 창고로 썼다. 거기에 각종 연장과 나뭇단과 장작은 물론 저장 식품도 쌓아두었다. 방안을 가로질러 쳐둔 줄에는 말린 버섯과 약초를 비롯해 고깃덩이가 대롱대롱 매달려 있고 그의 옷가지 몇 벌이 벽에 박힌 못에 걸려 있었다. 한 번도 갈지 않은 침대 매트리스 짚과 먼지, 곰팡이, 기름 냄새에 아궁이의 연기 냄새가 뒤섞인 역한 냄새가 사방에 가득 배어 있었다.

그런데 집 맨 안쪽에 늘 자물쇠로 채워져 있는 자그마한 방이 하나 더 있었다. 나무랄 데 없이 깨끗한 방이었다. 덧창이 항시 닫혀 있는 창문에는 그가 잠옷에서 오려낸 레이스로 가장자리를 두른 흰 면 커튼이 드리워 있었다. 그가 이곳저곳에서 슬쩍해 온 속옷들은 모두 잘리고 기워져 작은 식탁보나 시트, 베갯잇이 되어 있었다. 그는 사람들의 추측과 달리 이 훔친 속옷들을 더럽히기는커녕 몹시 조심스럽게 다루었다. 어머니에게 물려받은 바느질 도구로 그것들을 정성껏 자르고 기우며 저녁 시간을 보내곤 했다. 사방에 흰 벽지가 발린 이 비밀의 방은 해가 갈수록 향기로운 풀 냄새로 가득한 젊은 처녀의 규방을 꼭 닮아갔다.

한 달 내내 그는 몸을 씻지도 옷을 갈아입지도 않았다. 수탉 알퐁스가 곁에 놓인 의자 등받이에 올라앉아 있는 동안 그는 때 묻은 낡은 시트가 덮이고 곰팡이가 슨 초라한 지푸라기 침대에서 잠을 잤다. 하지만 새 달이 뜨면 그는 옷을 갈아입었다. 한 달 내내 입은 옷을 벗고 몸을 꼼꼼히 씻은 다음 괴상하고 화려한 셔츠 차림으로 그 작은 방으로 갔다. 그리고 숯불을 채운 난상기煖床器로 미리 시트를 덥혀둔 깨끗한 침대로 가 누웠다. 그렇게 섬세하고 부드러운 흰 시트 속에서 밤사이 긴긴 단잠을 잤다. 천과 레이스로 된 커다란 외피인 동시에 여자들의 몸에서 떨어진, 그가 온기와 생명을 다시 불어넣은 부드러운 허물인 시트. 하지만 이튿날이면 그는 곧 낡은 옷으로 다시 갈아입고 다음달까지 몸을 전혀 씻지 않은 채 지냈다.

가정부 핀과 카미유는 페름뒤파에 돌아와 있었다. 그들은 마당에 빨래를 널고 풀밭 위에 시트를 펼쳐둔 참이었다. 공동 세탁장에서 빨래를 헹구느라 지친데다 커다란 흰 시트에서 발산되는 광채에 눈이 부셨던 카미유는 풀밭 위의 축축한 시트들 사이에 몸을 누인 채 얕은 잠에 들었다. 그렇게 저녁까지 잠을 잤다. 그러다 핀이 저녁식사를 하라고 불렀을 때에야 잠에서 깨어났다. 꽃과 풀 냄새, 시트에서 풍기는 향내와 땅의 열기에 싸여 빠져든 긴 낮잠으로 몸이 느른해져서 자리에서 일어났다. 누군가의 어깻죽지에 기대듯 따뜻하고 둥근 하루 속에서 자고 난 참이었다. 농장 건물들을 따라 걷다가 그녀는 외양간에서 나오는 격정의 시몽과 마주쳤다. 카미유는 석양빛 속에 장밋빛과 황금빛으로 물든 몽유병자처럼 휘청거렸고, 그는 외양간 문간의 서늘한 그늘 속에 서 있었다. 그녀는 졸음이 채 가시지 않은 윤기 흐르는 눈으로 머뭇거리며 멈춰 서서는 놀란 얼굴로 그를 바라보다 그에게 미소를 지었다. 그가 한 발짝 다가서며 그녀의 허리를 잡아 품에 안았다. 농장에 돌아온 그녀를 핀이 맞아주었다. 시몽과는 단 한마디도 나누지 않았다. 두 사람이 포옹을 한 것은 황혼녘이었다. 그림자와 빛 사이, 서늘한 기운과 열기 사이, 잠과 명료한 의식 사이에서였다. 하지만 저녁식사를 마치고 자기 방으로 올라가자마자 카미유는 몰래 방에서 다시 나와 풀밭까지 달려갔다. 시몽이 그곳에 있었다. 그들은 잠시 꼼짝 않고 마주보며 서 있었다. 잠자코 서로 바라보기만 했다. 그러다 불쑥 무슨 신호라도 받은 듯 각자 옷을 벗었다. 여전히 서로 마주선 채로 조용히, 정확하고도 민첩한 동작으로. 몹시 서두르며 서로의 몸을 붙안는 동작이 당혹스럽다못해 거칠고 무례해 보였다. 두 사람은 바닥에 쓰러졌다. 몸이 욕망의 무게로 휘고 경이로움에 취해 흐느적거렸다. 벌거벗은 두 몸은 굶주림이며 찬란한 광채였다. 그들은 서로를 부둥켜안은 채 이슬 젖은 풀밭 위의 시트들 사이로 굴러갔다. 땅 위를 기고 살과 살을 맞댄 채 서로의 몸 위에서, 풀밭과 시트 속에서 헤엄을 쳤다. 서로의 몸에 감기며 상대의 가장 깊숙한 곳으로, 축축하고 따스한 살 속으로 파고들었다. 끈적끈적한 단맛이 나는, 작열하는 온기였다. 그들은 그렇게 서로의 피부를 맛보았다. 피부가 뿜어내는 온갖 체액과 냄새를 맛보았다. 굶주린 사람들처럼 정신을 잃을 정도로 서로를 포옹했다. 입안이 침과 갈증으로 타올랐다. 그들은 서로의 몸을 핥고 깨물고 껴안았다. 형언할 수 없이 격렬한 애무의 고통에 휩싸여. 이처럼 거친 애무에 기진맥진한 그들은 한몸이 되어 무거운 잠 속으로 빠져들었다. 주변에 가득 펼쳐진 시트들이 어둠 속에서 순결하고 고요한 나신처럼 새하얀 빛을 발했다. 이날 밤 대지는 광기에 사로잡힌 나신이 되어 살갗을 찬양하고 욕망을 찬미했다. 두 사람은 동이 틀 때까지 그렇게 잠을 잤다. 잠에서 깨어난 두 사람은 서둘러 옷을 입었지만 몸놀림이 서툴러 매무새가 칠칠치 못했다. 옷이 무슨 구속물처럼 여겨져 아직 자신들의 육신을 온전히 제어하지 못하는 것 같았다. 그 순간 그들은 스스로를 통제하지도 소유하지도 못했으며, 두 사람의 몸 중 어느 몸이 자신의 몸인지조차 알 수 없었다. 이제 상대의 몸만이 진짜 자기 몸임을 서로가 알 따름이었다.

그들은 아무도 모르게 살며시 집으로 돌아갔다. 그녀는 페름뒤파의 자기 방으로. 그는 페름뒤부로. 하지만 그렇게 신중을 기했어도 헛일이었다. 누군가 이미 그들을 본 것이다. 밤중에 빨랫줄에 걸린 속옷을 훔치러 모페르튀가의 마당으로 스며들어와 있던 위게 코르드뷔글이었다. 그는 카미유의 속치마를 바랑에 쑤셔넣다가 저쪽 과수원 맞은편 바둑판 모양의 풀밭 위에서 낯선 형체가 묘하게 움직이는 것을 알아보았다. 그는 발소리를 죽이며 마당 맨 안쪽 담장 쪽으로 다가가 조심스레 지켜보았다. 캄캄한 밤이었지만 어둠을 꿰뚫고 활짝 펼쳐진 시트들에서 은은한 광택이 번져나고 있었다. 그 희미한 빛에 의지해 그는 한 쌍의 남녀가 풀밭에 엉겨 있는 광경을 목격했다. 카미유와 시몽. 서로

원수지간인, 농장에 사는 모페르튀가의 두 사람이었다. 카미유.
전설 속의 뱀, 코르볼가의 딸, 달아난 저지대 여자의 손녀. 카미
유. 바로 그날 아침 공동 세탁장의 여자들과 함께 그를 비웃으며
화를 돋웠던 건방진 년. 모페르튀가의 여자, 아! 장차 대단한 미
를 과시하게 될 계집! 그런데 그 계집이 저지대에 사는 미치광이
외할아버지의 장례를 치르러 떠난 부모와 할아버지가 없는 틈을
타 암캐처럼 농장의 소치기와 뒹굴고 있었다! 예쁜 잡년! 어쨌거
나 그는 그 계집의 몸을 보고 만 터였다. 기가 막히도록 아름답
고 유연한 몸이었다. 그 몸이 어떻게 자신을 내던지며 엉덩이를
좌우로 흔들어대는지, 허리를 활처럼 휘며 활짝 여는지 그는 목
격한 참이었다. 그 몸이 어떻게 상대의 몸을 조였다가 갑작스레
도로 닫히는지, 얼마나 부드럽고 탐욕스럽게 먹이를 자신의 사
지 안에 붙잡아둘 수 있는지를. 그는 시몽의 몸 또한 보았다. 몸
의 움직임 하나하나를. 그가 어떻게 상대를 움켜쥐고 붙잡아두
는지, 점점 더 빨라지는 허리 놀림으로 상대의 몸에 가 부딪치는
지. 그는 고통스러울 만큼 매료되어 그 한 쌍의 남녀를 홀린 듯
바라보았다. 그러고 나서 조용히 자리를 떴다. 바랑 속에 든 면
속옷과 광기 속에 가둬둔 육신의 비밀을 꽉 쥐고서.

다음날 해질 무렵 앙브루아즈 모페르튀는 아들과 며느리, 레
제를 데리고 집으로 돌아왔다. 카미유는 자신이 느끼는 기쁨과

욕구를 잠재워야 했으며, 마음과 육신 속에서 절규나 웃음처럼 샘솟고 폭발하는 이 새로운 행복감을 억눌러야 했다. 그래도 레제를 보자 눈이 부시도록 환한 미소를 지어 보이지 않을 수 없었다. 그러나 우울한 장례식에 갔다가 막 돌아온 늙은 아이는 큰 충격에서 헤어나지 못하고 있어 그녀가 짓는 미소의 의미를 이해할 수 없었다. 카미유에게 자신이 꾼 꿈을 선사한 이후 그에게는 또다른 꿈들이 찾아왔다. 먼젓번 꿈은 이제 카미유만의 것이었으며, 그녀는 이 꿈을 이미 다른 누군가와 공유하고 있었다. 그렇게 꿈은 몸을 부여받아 현실이 되어 있었다. 두 사람으로 이루어진 몸, 미친 몸이었다.

그날 밤, 마르소는 농장을 떠나 노트르담데에트르 공터에서, 심장을 든 천사가 새겨진 나무의 한 가지에서, 망각과 자유와 평화를 구했다. 그리고 며칠 뒤에는 어머니와 레제가 집을 떠났다. 그렇게 농장은 텅 비고 말았다. 카미유가 새롭게 받은 몸이 다른 이들을 모두 밀어내는 것 같았다. 시몽이 아닌 모든 이들을. 마치 그녀의 마음속으로 밀려드는 행복이 거센 바람처럼 집안에서 소용돌이치면서 지나친 상심에 빠져 있는 이들을 쫓아내는 듯했다. 생생한 기쁨과 아우성치는 욕구를 견딜 수 없어하는 모든 이들을. 그 긴 세월 내내 제자리에 고여 무심하고 단조롭게 방울방울 떨어져내리는 듯 보이던 시간이 갑자기 파열해 뒤틀리며 발을 굴렸다. 시간이 전속력으로 힘껏 달려나갔다. 강으로 장작을 운반하는 시기에 사람들이 못과 호수의 수문을 열어 흐름을 가속화한 물처럼.

추위에 떠는 몸, 슬픔에 잠긴 몸, 겁먹은 몸으로 그들은 모두 떠나갔다. 세찬 물살을 타고 떠내려가는 죽은 나무처럼 그렇게 떠나갔다. 땅속으로 꺼지기 위해, 저지대 깊숙이 숨어 살기 위해 그들은 떠나갔다. 고독에 찢기고 권태에 짓눌린 가련한 몸으로, 그렇게 떠나갔다. 나무 관 같은 침대가 놓인 페름뒤파의 간소한 방들, 수십 년 동안 밤마다 잠이 들었던 그 방들보다 더 춥고 휑뎅그렁한 방들로 달아났다. 그들은 달아나버렸다. 그렇게 달아나버리라지! 어머니가 떠난 그날 밤 카미유는 다시 시몽을 만났다. 몸들의 새로운 잔치를 벌이기 위하여. 벌거벗은 살을 새롭게 찬양하기 위하여.

"하늘에 있는 하느님의 성전이 열렸습니다." 땅과 시간과 세상이 열린 참이었다. 아름다움이 살갗에서, 육신 깊숙한 곳에서, 심지어 대지에서까지 모습을 드러냈다. "하늘에는 장엄한 표징이 나타났습니다." 장엄한 표징이 땅을 덮치고 육신들에 흔적을 남겼다. 물처럼 바람처럼 생생한 표징, 굶주림처럼 강렬하고 여름날 정오의 햇빛처럼 난폭한 표징. 거칠고 부드러우며, 갈증이

자 취기이며, 춤인 동시에 잠인 표정. 그것은 욕망이었다. "한 여인이 태양을 입고 달을 밟고 별이 열두 개 달린 월계관을 머리에 쓰고 있었습니다."* 카미유가 그 여인이었다. 벌거벗은 그 여인의 몸을 누르는 남자의 묵직한 몸은 욕망이었고, 그녀의 피부 위로 퍼지는 남자의 살 냄새는 행복이었으며, 남자의 몸에서 발산되는 축축한 쾌락은 왕국이었다. 사랑에 흠뻑 빠진 여자는 옷을 입고 있어도 나신이었다. 욕망에 사로잡힌 여자는 나신이었다, 광적으로. 마음은 헐벗고, 시선은 미쳐 있었다. 광기로 빛이 났다.

카미유는 너도밤나무의 성모님께 바치는 의식이 끝난 뒤 꿈속에서 보았던 여인이 되었다. 그녀는 현실을 가로질러갔다. 꿈과 몽상이 육신과 생명과 활력을 온전히 부여받았다. 그녀는 못난이 블레즈의 이야기와, 레제의 꿈과, 자신에게 닥친 사랑의 날들을 혼동했다. 그녀의 몸을 시몽의 몸과 혼동했다. 말과 이미지와 육신을 혼동했다. 일체가 감각이어서, 그녀는 말들을 보고, 만졌다. 이미지들을 느끼고, 몽상들을 움켜쥐고, 시원한 풀밭을 맨발로 걷듯 이야기들 속을 걸어갔다. 그 안에서 달리고 춤을 추었다. 그녀에게는 일체가 관능이며 무한한 애정, 힘이었다. 햇빛,

---

*「요한묵시록」 12장 1절.

밤, 정적과 소음, 음식의 맛, 흙냄새, 스쳐지나가는 사소한 것들 하나하나가 모두 그녀에게는 시몽이었다.

시몽은 카미유를 형제들에게 데려갔다. 어느 날 저녁 그들은 잘 숲 속, 아침의 형제들이 지내는 오두막 근처에 전부 모였다. 그들은 먹고 마셨으며, 웃고 노래를 불렀다. 못난이 블레즈는 이야기를 들려주었다. 맑은 밤하늘에 별들이 빛났다. 말하기를 좋아하지 않는 인색한 마르탱이 하늘을 향해 팔을 뻗어 달이 뜨지 않은 밤에 하얗게 빛나는 은하수를 가리켜 보였다. 그러자 형제들이 입을 다물었는데, 느리고 정확한 몸짓으로 마르탱이 아름다움이 발현한 자리를 조용히 가리키고 있었기 때문이다. 몸짓이 말을 대신했다. 모두가 고개를 쳐들었다. 그러나 푸른 아드리앵이 큰 소리로 웃어대는 바람에 침묵은 곧 깨져버렸다.

"저 위에 반짝이는 별들은 모두 시끄러운 웃음소리야. 웃는 하느님이야. 천지창조의 마지막 날, 하느님은 너무도 아름다운 세상을 보고 웃으셨어. 어쩌면 땅 위에서 숲들이 일어서는 모습을 보신 건 아닐까?"

그러자 장사 페르낭이 말했다.

"저기를 좀 봐. 어마어마한 들보가 하늘을 떠받치고 있는 것 같잖아. 하늘을 가로질러 베어 넘어뜨린 거대한 떡갈나무야. 거기에 열린 수천 수만 개의 도토리들이 빛을 발하고 있어. 하느님이 도끼를 가지고 계시지."

"별들도 소리를 낼까? 저 위에도 음악이 존재할까?"

귀머거리 제르맹이 물었다.

그러자 못난이 블레즈가 대답했다.

"물론이야. 하지만 아무도 그 소리를 듣지 못해. 너무 격렬해서 들을 수 없게 된 음악, 너무 난폭해서 눈에 보이게 된 음악, 보기에 아름다운 음악이야. 흰 벌떼를 닮은 음악이지. 그 벌들이 땅 위를 날며 길을 내는 거야. 저승으로 돌아가는 영혼들의 길. 우린 그 길을 볼 수 있기를 바라지."

이 말을 외톨이 레옹이 받았다.

"그건 멀리 나는 흰 새들의 비상과도 흡사해. 죽은 새들의 길이지. 저 위는 고독의 나라야. 그곳에서 우린 이름도 몸도 집도 아무것도 없는 존재지. 저 위에서 우린 가볍고 투명한 존재여서 허공과 침묵 속을 날아다녀. 우린 영원의 새들이 되는 거야."

"내 눈엔 물고기들이 보여. 저기, 호수 속에서, 투명한 호수 속에서 헤엄치는 물고기들 같은…… 저 호수 위를 걷는 이들의 발자취야…… 언젠가, 언젠가, 우리도 저 위를 걷게 될 거야……"

딴 곳의 엘루아가 이렇게 덧붙였다.

그러자 미련퉁이 루이종이 곧 말을 이었다.

"걷게 된다고? 정말 그래, 저건 발자국이야! 하늘에 난 발자국. 성모님의 발자국이야! 성모님이 저기, 우리 머리 위를 달리고 계셔."

격정의 시몽이 이 말을 받았다.

"저건 큰 강이야. 저 위에도 아마 소들이 있을 거야. 밤이면 저 강으로 물을 마시러 가지. 낮 시간 동안 하늘을 가로질러 태양을 끌고 가는 소들, 빛의 소들이야. 밤이면 소들도 휴식을 취해. 저 강물에 가 몸을 담그지."

그러자 카미유가 꿈꾸는 듯한 목소리로 말했다.

"저건 급류야. 레제가 꿈에서 본 그런 급류야. 그 찬물이 허공 속을 흐르는 거야. 난 저 물 밑에서 지켜보고 있어. 돌멩이처럼. 그리고 급류의 물속을 굴러다녀. 하늘이 보이고, 땅이 보이고, 시몽이 보여. 내 시선은 급류의 물속을 헤매지. 세상이 빛을 발하고 있어. 그건 시몽의 몸이야."

카미유는 그렇게 형제들과 함께 있었다. 시몽의 몸에 기대앉아 하늘에서 반짝이는 은하수를 바라보았다. 자신의 꿈과 몽상이 사방에서 형태와 빛과 움직임을 갖춰가는 모습을 지켜보았다. 마치 양손에 영원을 쥐고 있는 듯했다. 아직 나무에 달려 있는, 햇볕을 받아 따뜻해진 그 탐스러운 과실을 막 따려는 참인 것 같았다. 그녀의 기쁨에는 익은 과일의 맛과 향, 부드러움과 충만함이 깃들어 있었다. 그녀의 기쁨은 땅처럼 둥글었다. 움직이는 태양으로 둘러싸인 하루처럼 둥글었다. 사랑의 애무를 받는 몸처럼 둥글었다. 그녀의 기쁨은 영원을 원했다. 시몽이 욕구를 채워줄수록 그와 함께 보내는 매 순간 이 욕구는 더욱 강렬해졌다.

안개 냄새

카미유의 기쁨은 영원을 원했다. 이 영원은 시몽의 몸과 미소와 이름 속에서 빛을 발했다. 그런데 시간 역시 하나의 이름을 지니고 있었다. 앙브루아즈 모페르튀라는 이름이었다.

미망인이 된 며느리가 저지대에 다시 자리를 잡게 된 즉시 모페르튀 영감은 뢰오셴으로 돌아왔다. 그는 서둘러 귀가했다. 이제야말로 카미유, 그의 '말괄량이'가 그의 것이, 오로지 그 자신만의 소유가 될 것이었다. 마르소나 클로드, 레제는 카미유에게 있으나 마나 한 몹시 서먹서먹한 존재에 불과했지만 질투에 눈이 먼 그의 마음은 그들이 사라지고 나자 터질 듯한 기쁨과 안도를 느꼈다. 죽는 날까지 그는 페름뒤파에서 카미유와 살 것이다. 그것만이 그가 상상할 수 있는 전부였다. 날이면 날마다, 계절이 바뀌고 해가 바뀌어도 그는 카미유와 둘이서 살 것이다. 그는 자신의 나이나 카미유의 나이를 생각하지도 않았다. 그는 이미 노인이었지만 그에게서 노쇠의 흔적은 전혀 찾아볼 수 없었다. 젊었을 때와 다름없이 건장하고 원기 왕성했다. 어느 봄날 아침 욘 강가에서 나이가 멈춰버린 그에게 시간이 무슨 힘을 행사할 수 있었겠는가? 아직 수십 년은 거뜬히 살아낼 것 같은 느낌이었다. 카미유는 이제 여인이 되었으며, 그 아름다움이 남자들의 시선을 끌고 욕망을 부추겼다. 하지만 어떤 사내가 감히 그 아름다움을 차지할 권리가 있다고 자처하겠는가? 그가 보기에 그런 남자는 없었다. 그런 남자가 있다고 인정할 수도 없었다. 자신만이 카미유와 함께하며 그 아름다움을 누릴 것이다. 그것 말고는 아무것도 바라지 않았다. 카미유를 곁에 두고, 카미유가 살아가는 모습을 지켜보는 것. 그에게 그럴 권리가 없는 걸까? 카미유를 만든 것은 바로 자신이지 않은가. 그 자신이야말로 카트린의 아름다움을 죽음에서 구해 생명과 빛을 부여한 장본인이지 않은가. 뱅상 코르볼이 저지른 죄를 지워 없앤 것도 그였다. 코르볼은 영원히 죽은 자, 용서받지 못한 채 영원한 죽음을 맞은 자였다. 그의 심장과 손이 돼지들의 먹이가 되었듯이 영혼도 복수를 노리는 음흉한 악마들의 발톱에 찢기는 것이 옳았다. 카트린의 몸을 땅에 묻고 의지와 끈기로 그 몸을 다시 일으켜세운 건 모페르튀 자신이었다. 우울한 클로드 코르볼의 메마른 태에서 그토록 갈망했던 몸을 끌어낸 것도 그였다. 카트린-카미유, '말괄량이', 그 영광의 몸을.

집에 돌아온 기쁨에 취해 모페르튀 영감은 몇 주 전부터 그를 대하는 카미유의 기분과 행동이 얼마나 달라졌는지 알아채지 못했다. 얼마나 쌀쌀맞게 감정을 감추는지를. 페름뒤파의 마당으로 들어설 때도 그는 카미유가 부모를 잊었듯이 모페르튀 또한 잊었다는 사실을 모르고 있었다. 그가 그녀를 그 마법과도 같은 망각으로부터 돌연 깨어나게 한다면 언제라도 그를 부인할 태세가 되어 있다는 사실을 몰랐다.

그가 돌아왔을 때 카미유는 핀과 둘이서 침구와 내의를 장롱 속에 정리하고 있었다. 그는 문간에서부터 쾌활한 목소리로 인사를 건네며 들어섰지만 카미유는 뒤돌아보지 않고 흠칫 놀라기만 했다. 흥에 겨워 이야기할 때조차 거만한 어투를 잃지 않는 그 크고 걸걸한 목소리가 두 어깨 사이로 날아드는 돌멩이처럼 그녀를 후려쳤다.

"카미유, 이리 와서 내게 입맞춰주지 않겠니?"

그녀가 여전히 꼼짝도 하지 않자 노인이 다가와 그녀의 양어깨를 잡고 자기 쪽으로 돌려세우며 의기양양한 목소리로 덧붙였다.

"이제 우리 둘만 남게 되었구나. 우리 둘이 친구가 되어야 해. 전처럼, 아니, 전보다 더 가까운 친구가."

두 눈을 내리깐 카미유의 표정이 굳어 있었다. 노인은 카미유의 이런 냉랭한 태도가 아버지를 여읜 슬픔 때문이라고 단정했다. 게다가 카미유는 어머니한테서마저 버림받지 않았는가.

"애야, 그렇게 뾰로통해 있지 말거라! 네 어미는 우리 고장과 농장을 좋아한 적이 없었어. 그래서 떠난 거다. 그래서 이제 원래 살던 저지대로 내려간 거지. 그게 네 어미가 원하는 거라면 그렇게 해야지! 네 아비도 그곳에 고이 잠들어 있어. 네 어미가 행복한 적이 없다 해도, 삶을 사랑하지 않았다 해도, 그건 네 잘못도 내 잘못도 아니다. 하지만 넌 네 집에 있는 거야. 농장과 숲들과 목초지, 농지, 이 모두가 내 것인 동시에 네 것이지. 넌 이곳에서 여왕이야. 나의 여왕이지! 그러니 그렇게 슬퍼하지 마라. 우리 앞엔 근사한 날들이 무수히 남아 있으니까!"

그녀는 노인이 지껄이도록 내버려두었다. 이런 오해에 안도감을 느끼는 동시에, 마땅히 느껴야 하지만 느낄 수 없는 슬픔을 가장해야 하는 것이 부끄럽기도 했다. 그는 카미유가 예전에 늘 그랬듯 자신에게 입을 맞추도록 그녀 쪽으로 이마를 내밀었다. 그러나 이마에 그녀가 입을 맞추는 순간 그는 울부짖고 싶었다. 그녀는 더이상 그를 숭배하는 아이가 아니었다. 전처럼 그에게 깊은 애정을 보이는 손녀딸도 아니었다. 그는 여전히 그렇게 믿고 싶었지만 말이다. 그녀는 다른 사람이 되어 있었다. 사랑에 빠진 여자, 그 사랑에 집착하며 그 때문에 두려워하는 여자, 그 사랑을 지키기 위해서라면 어떤 폭력도 마다하지 않을 여자였다. 결국 그녀는 그 사랑을 위하여, 자신이 두려워하는 이의 이마에 입을 맞추고 있는 것이었다.

앙브루아즈가 집으로 돌아온 후 처음 며칠 동안 카미유는 신중한 태도를 취했다. 시몽을 만나러 갈 때면 몹시 조심스럽게 방을 빠져나가곤 했다. 한밤중이 되기를 기다렸다가 핀과 노인이 깊이 잠든 것을 확인한 다음 농장 밖으로 몰래 빠져나갔다. 그녀는 풀밭 깊숙한 곳이나 숲 가장자리에서 시몽을 만났다. 그러나 가을이 점점 깊어지면서 비가 내리고 추위가 닥치자 더이상 밖에 있을 수 없게 되었다. 그들은 헛간이나 외양간으로 피신했다. 두 사람의 알몸은 풀잎이나 나뭇잎은 물론 밀짚이나 건초와도 잘 어울렸다. 그들은 침묵 속에서 사랑을 나누었다. 쾌락으로 인해 새어나오는 작은 신음 소리 하나가 건물들 저편 끝에 잠들어 있는 노인을 깨울지도 모른다는 듯. 입술이 침묵을 지키자 더 크고 강렬한 흥분과 기쁨이 그들을 감쌌다. 이 침묵은 그들의 쾌락을 감싸주는 외피와도 같았다. 두 사람의 몸이 뒤섞일 때마다, 보이지 않고 만져지지도 않는 제2의 외피가 탄생했다. 부드러우면서도 난폭한 유대로 두 사람을 하나가 되게 하는 이 외피는 그들에게 놀라움이자 경이로움이었다. 달밤이면 천창으로 희미한 빛이 새어들어와 그들의 몸은 푸르스름한 우윳빛을 띠었다. 몸이 섬광이요 움직이는 그림자가 되었으며, 손과 입이 미친듯이 그 섬광을 좇고 그림자를 잡으려 했다. 거기에 그들의 진짜 몸이 있었다. 그러다 그곳을 떠나 헤어져야 할 시각이 닥치면 그들은 서둘러 옷을 입으면서 비로소 자신들이 알몸임을 깨달았다. 순간 추위가 살 속으로 스며들며, 찌르는 듯한 고통으로 몸이 떨려왔다.

카미유는 노인의 감시를 교묘히 피하는 법을 알고 있었다. 밤중에 그림자처럼 몰래 나가고 들어올 때 노인에게 들킨 적은 한번도 없었다. 그렇게 자신의 사랑과 욕구를 철저히 숨길 수 있었다. 그녀는 노인이 낌새를 전혀 알아차리지 못하도록 무심한 눈빛과 천진난만하고 냉랭한 표정을 유지하려고 애썼다. 그녀가 전과 다름없이 행동하자 노인도 속아넘어갔다. 그러던 어느 날 저녁, 노인은 샤토시농에서 열린 목재 시장에 며칠 나가 있다가 돌아온 참이었다. 카미유는 열이 난다는 핑계로 농장에 남아 있었다. 그런데 그녀에게 입을 맞추려고 몸을 기울인 노인은 그녀의 몸에서 차가운 안개 냄새에 뒤섞인 또다른 냄새를 맡았다.

그는 몸을 바로 세우며 물었다.

"어디 있었던 거냐? 아프다면서 어쩌자고 나갔다 온 거지?"

"집에 있었어요. 핀에게 물어봐요!"

카미유가 곧바로 응수했다. 노인 앞에서 핀이 감히 그녀의 말을 반박하지는 못할 것임을 알고 있었기 때문이다.

"그렇다면 왜 밖에서 들어온 것처럼 안개 냄새가 나지?"

노인이 되물었다.

"정원에 잠깐 나갔다 왔을 뿐이에요. 온종일 집안에 갇혀 있긴 싫으니까요. 벌써 몸이 나아진 것 같아요. 이제 열도 내렸어요."

카미유가 차분한 목소리로 대답했다. 하지만 노인은 물러서지 않았다.

"정원에 나갔었다고? 그래, 정원엔 안개에 사내 냄새가 묻어 있더냐? 계집년의 몸으로 어딜 나다닌 거지? 그 살을 어디다 비벼댄 거야?"

이 물음에 카미유는 아무 대답도 하지 않았다. 그러나 그녀의 얼굴이 갑자기 창백해지면서 몹시 겁을 먹고 경계하는 표정이 되자 모페르튀의 마음속에 싹텄던 어렴풋한 의심이 돌연 확신으로 굳어졌다. 더이상 말이 필요 없었다. 두 사람은 말을 넘어선 영역으로 넘어온 참이었다. 더 생각해보고 말고 할 것도 없이 그는 카미유의 따귀를 갈겼다. 그녀는 지난여름 노트르담데에트르 공터에서 그랬듯이 그에게 대들었다. 시선을 떨구지도 않았다.

열정에 갑작스러운 제동이 걸린 연인, 반격을 위한 만반의 준비가 되어 있는 연인의 눈길이었다. 그것을 보자 앙브루아즈 모페르튀는 심장이 얼어붙었다. 욘 강을 따라 기차역으로 이어지는 길 위에서 카트린 코르볼이 남편에게 던진 눈길을 본 것이다. 살아 있는 여자의 시선, 사랑에 빠진 여자의 시선, 고통과 분노로 이글거리는 시선이었다. 그가 보았을 때는 이미 죽음으로 굳어져 있던 시선이었다. 그는 마치 자신이 그날 아침 카트린이 찾아 떠난 연인이기라도 한 듯 그 시선에 사로잡혔더랬다. 순간 공포가 그의 마음을 엄습했다.

"그런데, 그런데…… 대체 무슨 일이지? 무슨 짓을 한 거지? …… 나다. 날 못 알아보겠니? 나…… 나란 말이다……"

그는 카미유를 보며 이렇게 더듬거리더니 바닥에 털썩 무릎을 꿇었다.

"……네가 찾아 떠난 그 남잔 바로 나야. 긴긴 세월 네가 쉴새 없이 좇고 있는 그 남자. 영원토록 쫓아다니는 그 남자라고. 네가 집과 가족과 부와 이름까지 버리고 좇고 있는 남자라고. 네가 사랑하는 그 남잔 바로 나야. 넌 날 좇고 있는 거야. 그런데도 날 못 알아보겠어? 내 말괄량이, 내 사랑, 누가 널 때렸지? 누가 널 붙잡고 내게서 돌려세우려는 거지? 누가 이상한 냄새로 네 몸을 더럽혔지? 나다. 나야. 네가 사랑하고 찾는 사람, 날 향해 달려오면서도 날 못 알아보겠어?……"

이제 공포와 연민에 찬 눈으로 그를 바라보는 카미유의 발치에 주저앉아 그는 흐느껴 울기 시작했다. 그녀의 발목을 부여잡고, 그녀의 발에 머리를 올려둔 채. 난생처음 흘리는 눈물이었다. 그의 눈물이 카미유의 두 발을 적셨다.

"일어나요, 그만 일어나요!"

카미유가 몸을 숙이고 억지로 그를 일으켜세우면서 되뇌었다. 분노는 말끔히 사라지고 없었으나 묘한 공포로 목이 메어왔다. 더이상 이해할 수 없었다. 아무것도 이해할 수 없었다. 그녀는 할아버지를 돕고 싶었다. 그의 마음을 진정시키고 위로해주고 싶었다. 그러나 동시에 그에게서 달아나고도 싶었다. 그녀의 발목을 부여잡은 양손이 마치 목을 조르기라도 하는 듯 질식당하는 느낌이었다. 그녀의 발을 적시는 눈물에 그녀는 얼굴이 달아올랐다. 연민과 공포와 혐오가 마음속에서 빙글빙글 맴돌아 현기증이 날 지경이었다. 바닥에 주저앉은 노인은 몸을 더 바싹 웅크리며 미친 듯한 절망으로 얼굴을 그녀의 양다리 사이에 파묻었다. 그렇게 신음 소리를 내면서 울고 또 울었다.

이윽고 그는 양손의 힘을 풀고 머리를 수그리고 허리를 구부린 채 일어섰다. 그리고 아무 말 없이 흐느껴 울기만 하면서 자리를 떠 자기 방으로 올라가 잠자리에 들었다. 바로 그날 밤, 열병이 그를 덮쳤다. 평생 병이란 걸 앓아본 적이 없는 그가 열흘이 넘도록 몸져누워 있어야 했으며 밤낮없이 내내 고열에 시달렸다. 투아누 폴랭을 마을로 보내 데려온 의사도 이 원인 불명의 열을 가라앉힐 수 없었다. 카미유는 할아버지 머리맡에서 밤새워 그를 간호하고 돌보았다. 노인을 향한 연민과 후회와 자책으로 불안에 휩싸여 이제 그의 곁을 지켰다. 얼마 전까지도 그에게 쏠려 있던 애정이 다시 그녀의 마음을 점거하며 기억이 되살아났다. 유년기와 소녀 시절의 기억. 가깝다면 몹시 가까운 과거의 기억이지만 그녀의 삶에 시몽이 출현하면서 갑자기 한없이 먼 과거가 되어버린 기억이기도 했다. 할아버지와 함께한 추억이 그림책의 책장을 이리저리 넘기듯 무질서하게 머릿속을 스쳐지나갔다. 그는 변함없이 그곳에, 그녀 곁에 있었다. 땅도 그였고, 계절도 그였고, 숲도 그였다. 땅과 시간과 짐승과 숲, 그 모든 것을 그녀에게 가르쳐준 것도 그였다. 그녀를 위해 그는 부富를 넓혀갔으며, 오직 그녀를 위해 뼈가 빠지도록 일했다. 오로지 그녀만을 사랑했다. 이제 그 모두를 이해할 수 있었다. 그녀의 삶에서 이 남자의 존재가 차지한 의미를 헤아리게 되었다. 그랬던지라 이제 그가 병이 나 죽을지도 모른다는 생각에 그녀는 불안에 떨었다.

그런데 그것은 순수하지 않은 만큼 더 끔찍한 불안이기도 했다. 그렇게나 고통스러워하는 그의 모습을 지켜보는 괴로움, 그를 엄청난 절망감에 빠뜨렸고 급기야 이런 열병을 앓게 했다는 자책, 그가 죽을지도 모른다는 생각에 겁을 집어먹은 아이의 불안. 이 모두가 깊고 진지한 감정이었지만, 거기에 또하나의 전혀 다른 감정이 깃들어 있는 것도 사실이었다. 무어라 설명할 수 없고 스스로 인정할 수도 없는 묘한 감정, 희망과 꼭 닮은 감정이었다. 집요하고도 대담한, 수치스러운 희망이었다. 그가 죽었으면 하는 바람. 전능한 주인 행세를 하는 할아버지가 가해오는, 집착 강한 사랑의 위협과 짐으로부터 해방되고 싶다는 바람이었다.

카미유는 마치 자신 안에 두 사람이 살고 있는 듯한 느낌이었다. 병자의 머리맡에 앉아 밤새워 헌신적으로 간호하는, 애정과 관심과 감사의 마음이 넘치는 어린아이가 존재하는 반면, 또다른 누군가가 살고 있었다. 그건 사랑에 빠져 궁지에 몰린 여자였다. 여자는 이 방에서 뛰쳐나가, 열에 들떠 헛소리를 하며 누워 있는 노인에게서 멀리 달아나, 시몽을 다시 만나고 싶어했다. 온순하게 정성을 쏟고 있는 이 아이는 매 순간 아무도 모르게 필사적인 싸움을 벌여야 했다. 사랑에 빠진 고집스러운 여자가 침묵하며 고요히 남아 있게 하기 위하여. 그러나 가정부 핀이 그녀 대신 앙브루아즈 모페르튀를 간호할 차례가 오면 사랑에 빠진

248

여자가 불쑥 몸을 일으켜 근심에 찬 아이를 밀어내면서 아이의 입을 틀어막았다. 그렇게 손녀딸의 마음을 내던지고 연인의 마음을 되찾았다.

　시몽을 만날 때 카미유는 할아버지 이야기를 꺼내지 않았다. 병자의 머리맡에서 흘러간 시간은 기억과 고통과 불안의 시간이었던 반면, 시몽과 함께하는 시간은 망각과 행복과 평화의 시간이었다. 두 사람은 과거나 미래에 대해 말하지 않았고, 현재에 대해서는 더 말이 없었다. 그들에게 시간은 밝고 환한 무수한 순간들―영원의 파편들―로 얼룩진 무형의 어둡고 끈적끈적한 그림자가 되어 있었다. 과거를 떠올리는 건 너무 가혹한 시련임이 틀림없었다. 두 사람의 과거 저편에 한 남자가 서 있었다. 과묵하고 화를 잘 내는 두 사람의 할아버지였다. 맏아들의 존재를 부정하고, 그 맏이의 가족 전부를 멸시해 비참한 처지에 이르게 한 할아버지. 작은아들과 며느리를 따돌리고 그들의 외딸을 독차지해 질식할 것 같은 사랑을 쏟은 할아버지. 미래 역시 상상하거나 이야기할 수 없는 것이었다. 미래 저편에도 그 남자의 그림자가 깃들어 있었으니 말이다. 그때가 되면 사라지고 없을 것 같은 할아버지였다. 그런가 하면 현재는. 침상 깊숙이 묻혀 열병에 시달리고 있는 그 남자의 무게에 온통 짓눌려 있었다. 이미 오래전부터 그를 감싸고 있던 수수께끼가 더욱 짙어지면서 그가 지니는 무게도 가중되어갔다. 열에 들떠 헛소리를 하면서 앙브루아즈 모페르튀는 같은 말을 횡설수설 반복했다. 같은 말, 같은 이름이 두서없이 툭툭 튀어나왔다. 카미유는 그 지리멸렬한 말들의 의미를 정확히 어떻게 해석해야 할지 알 수 없었다. 열정과 고통이 서려 있는 주문처럼 하나의 이름이 줄곧 튀어나왔다. 카미유가 한 번도 들어본 적이 없는 여자의 이름, 카트린이었다. 카미유 자신의 이름도 그만큼 자주 등장했는데, 할아버지가 왜 이 두 이름을 그렇게 섞어놓는지 카미유는 이해할 수 없었다. 할아버지가 그토록 애타게 불러대는 카트린이 누군지 핀에게 물어보았지만 핀도 그녀만큼이나 아는 바가 없었다.

"할머님 성함은 쥘리에트였어요. 아가씨의 아버님이 아직 어린아이였을 때 돌아가셨죠. 전 아가씨의 할머님을 몰라요. 이 고장 분이 아니거든요. 클라므시 태생이셨어요. 어쨌거나 할머님 성함이 카트린이 아닌 건 확실해요. 이 부락과 근방에 카트린이라는 이름의 여자가 있었는지는 모르겠네요. 주인어른의 모친 성함은 잔이었고요. 아가씨의 할아버님께서 여자 문제로 말썽을 피운 적은 한 번도 없었는데⋯⋯ 그런 일은 한 번도 들어본 적이 없어요."

카미유는 더 알려고 하지 않았다. 자신이 처해 있는 문제들만으로도 머리가 아파서 할아버지의 비밀까지 파헤치겠다는 생각을 할 수 없었다.

시몽과 함께 있으면 그녀는 모든 것을 잊었다. 모든 것을 잊고 충만한 기쁨의 맛을 되찾았다. 시몽도 이런 망각의 욕구에 동참했다. 모페르튀 영감이 빽빽이 채워놓은 시간의 변두리에서 순간의 기쁨에 탐닉했다. 해가 지면 두 사람은 헛간 깊숙이 마련된 그 침묵의 외피 속으로 미끄러져 들어갔다. 둘의 나신으로 고양된 그 찬란한 외피 속에서 서로의 몸을 감싸안았다.

앙브루아즈 모페르튀는 열흘간 병석에 누워 있었다. 그러나 고열로 정신을 잃고 쓰러졌을 때와 똑같이 갑작스럽게 병상에서 일어났다. 어느 날 아침 마치 아무 일도 없었다는 듯 눈을 뜬 것이다. 머리맡에서 가정부 핀이 의자에 앉아 반쯤 졸며 수를 놓고 있었다. 그는 깜짝 놀라 핀을 곧 방에서 쫓아낸 다음 자리에서 일어났다. 핀은 카미유의 방으로 급히 달려가 할아버지의 갑작스러운 쾌유를 알리려 했지만 카미유를 깨울 수가 없었다. 헛간에서 시몽을 만나고 방금 전에 돌아온 카미유가 깊은 잠에 빠져든 참이었기 때문이다. 앙브루아즈 모페르튀는 부엌으로 내려와 식사를 하겠다고 했다. 그는 심한 허기를 느꼈다. 전보다 더 큰 에너지와 힘을 부여받은 것 같았다. 열과 식은땀으로 그를 온통 뒤흔들어놓았던 병으로 인해 오히려 몸의 원기가 되살아나고 혈기가 솟구치는 듯했다. 식탁에 앉아 어찌나 허겁지겁 음식을 먹어치우는지 가정부 핀은 당황하지 않을 수 없었다. 그는 자신의 병에 대해서도 카미유에 대해서도, 핀에게 아무것도 묻지 않았다. 이 침묵은 눈앞에서 벌어지는 끔찍한 폭식의 광경보다 핀을 더 큰 불안에 빠뜨렸다. 핀이 가까스로 입을 열었다.

"아가씨는 아직 자고 있어요. 밤을 새워 주인님을 간호했거든요. 방금 전에 제가 아가씨와 교대했는데 주인님이 이렇게 갑자기 깨어나셨네요······ 아가씨가 어찌나 걱정하던지요! 정말이지 저희 둘 다 얼마나 걱정했는지 몰라요. 주인님께서 크게 앓으셨거든요. 아가씨가 의사까지 부르게 했어요. 제 아들 녀석이 마을로 내려가 의사를 불러왔죠. 한데 의사 선생님도 병의 원인을 몰라 손을 쓰지 못한 채 그냥 떠나야 했어요. 그래서 저희가······"

그러나 앙브루아즈 모페르튀는 핀의 장황한 설명을 자르고 불쑥 퉁명스럽게 물었다.

"오늘이 며칠이지?"

핀은 물음에 대답한 다음 그의 기분을 가라앉힐 속셈으로 좀 전의 지루한 설명을 다시 이어가려 했다. 그녀가 말을 하는 동안 그에게서 이루 말할 수 없는 악의가 느껴졌기 때문이다. 하지만 그는 언짢은 표정으로 다시 그녀의 말을 가로막았다.

"그만 좀 지껄여대!"

그는 게걸스럽게 식사를 마치자마자 농장을 나와 숲으로 올라갔다.

11월도 이미 깊어가고 있었다. 혹한이 이어졌다. 나막신을 신은 발 밑의 땅이 쩍쩍 갈라지고 얼어붙은 대기가 떨리는 듯했으며 새들도 침묵했다. 그는 페름뒤밀리외 앞을 지나가다가 창문 너머로 어렴풋이 비치는 알퐁스의 모습을 알아보았다. 늙은 수탉은 한쪽 눈 위로 축 늘어진 볏을 좌우로 흔들어대며 하릴없이 목청만 가다듬고 있었다. 위게 코르드뷔글은 부락의 다른 벌목꾼들처럼 이미 숲에 나가 있었다. 앙브루아즈 모페르튀는 일정한 보폭으로 걸어갔다. 아침의 찬 공기가 오히려 원기를 북돋워 주었다. 그는 마음이 차분해지는 것을 느꼈다. 11월의 이 하얀 아침만큼이나 차갑게 가라앉은 마음이었다. 그는 아이들이 빽빽 소리를 질러대는 페름폴랭을 지나고 잇달아 페름뒤부를 지나갔다. 페름뒤부에서는 큼직한 모직 옷을 두툼히 꿰어입은 미련퉁이 루이종이 노래를 흥얼대며 문 앞에서 비질을 하고 있었다. 노인은 잘 숲 속으로 들어갔다.

그의 숲, 그의 부락이었다. 그 모두가 그의 것이었다. 나무도, 땅도, 그가 부리는 저 사람들도 전부 그의 소유였다. 그는 그곳의 주인이었다. 나뭇가지들이 우지끈거리는 소리와 발소리가 울려퍼지는 이 차고 아름다운 아침의 주인이 된 기분이었다. 모든 것, 모든 사람의 주인. 카미유의 발치에서 쏟은 눈물, 난생처음이자 마지막으로 흘린 눈물과, 열흘간 고열에 시달리며 흘린 식은땀이 그의 기억과 마음을 깨끗이 씻어낸 터였다. 그의 기억은 그 어느 때보다 맑고 투명했으며, 카트린-카미유의 눈처럼 감탄할 만한 초록빛을 띠었다. 기억이 종소리처럼 울려퍼졌다. 반짝이는 회색의 둥근 장작들이 무리 지어 잇달아 지나가는 동안 태양의 심부에서 종 하나가 시끄럽게 울려댔다. 카트린의 C, 카미유의 C. 아침의 심부에서 C라는 글자가 종소리처럼 울려퍼졌다. 태양과 그의 심장이 일체가 되었다. 그 둘은 카트린의 C와 카미유의 C를 갈아대는 회전 숫돌처럼 돌고 돌았다. 그 둘은 하나였다. 말괄량이, 전설 속의 뱀, 나무와 빛과 바람의 찬란한 몸짓처럼 부드러움과 난폭함 사이에 우뚝 선 그의 생생한 열정. 말괄량이, 전설 속의 뱀. 초록색 눈을 가진 그의 미친 처녀. 안개와 사내의 살 냄새를 풍기는 매춘부.

그 사내가 누군지 그가 밝혀낼 것이다. 이곳 사람, 그가 부리는 사람들 가운데 한 명이 분명했다. 뢰오셴이나 인근 부락의 사내일 것이었다. 개 같은 인간, 아름다움을 훔친 도둑, 감히 그의 말괄량이를 빼앗으려고 천박한 손을 갖다댄 사기꾼. 그 악당이 누군지 밝혀내어 그의 말괄량이를 침해한 그 끔찍한 권리를 지체 없이 박탈하고 말 것이었다. 그 사내의 마음과 영혼을 짓밟을 것이다. 이곳에서, 모페르튀가 주인인 이 고장에서, 그를 멀리 쫓아낼 것이다. 영원히.

앙브루아즈 모페르튀는 숲속을 걸어갔다. 서리로 반짝이는 나무들 사이로 깊숙이 들어갔다. 그의 마음이 냉정함과 인내로 번득였다. 모질고 가혹한 인내였다.

다락방

앙브루아즈 모페르튀가 마음을 냉혹한 인내로 무장하고 잘 숲 속으로 들어가는 동안, 카미유는 페름뒤파의 자기 방에서 자고 있었다. 꿈도 꾸지 않는 행복한 잠이었다. 그녀는 잠을 자는 동안 더이상 꿈을 꾸지 않게 되었다. 그녀의 잠 속에는 이제 꿈을 위한 자리가 없었다. 꿈은 살아 있었으며, 진짜 몸과 이름과 냄새를 지녔다. 시몽 외에는 다른 꿈이 없었고, 시몽 외에는 다른 현실이 없었다. 시몽 안에서 꿈과 현실이 일치했으며, 시몽 안에서 생명이 살아 숨쉬며 꿈꾸어졌다. 바깥 세계에는 권태와 역겨움뿐, 더이상 아무것도 남아 있지 않았다. 그가 없는 생명은 더이상 살아 숨을 쉬지도 움직이지도 않았고, 간신히 기어다닐 뿐이었다. 헛간에서 돌아올 때면 입안에 시몽의 입술과 몸의 맛이 감돌았다. 피부에는 시몽의 체취와 포옹의 흔적이 새겨지고, 마음속에는 거친 숨결의 메아리와 쾌락의 축축한 자국이 남았다. 그 모두를 품고 그녀는 서둘러 자기 방으로 올라가 침대 속으로 미끄러져 들어가서는 시트 아래 몸을 둥글게 웅크린 채 곧 깊은 잠에 빠졌다. 폭발할 것처럼 타오르는 욕구, 파도처럼 일렁이는 기쁨, 찌를 듯 예민해진 감각. 상대의 몸이 가해오는 공격에 탐욕스러운 애정의 거대한 올가미처럼 한도 끝도 없는 키스와 포옹과 몸짓을 보내는, 한껏 고양된 흥분 상태. 그 모두가 잠결을 따라 서서히 사그라지며 나른히 잦아들었고, 그렇게 몸안에서 시나브로 퍼져나가며 마음과 육신의 맨 밑바닥으로 빠져들어갔다. 잠은 카미유와 시몽의 분리된 몸속에서 눈에 띄지 않는 연금술을 말없이 완성해갔다. 그 도가니 속에서 그들의 감각과 숨결과 시선의 변모가 일어났다. 서로가 상대의 분신이 되고, 상대가 지닌 몸의 감각을, 관능의 쾌락을 고스란히 흡수했다. 그러다 잠에서 깨어나면 욕구가 그들의 존재를 통증처럼 엄습했고, 그때마다 더욱 격렬하고 행복한 포옹이 이어졌다.

할아버지를 다시 본 순간, 카미유는 그의 침착한 모습에 놀랐다. 그는 둘 사이에 있었던 발작과도 같은 사건을 환기하려 하지 않았을 뿐 아니라 열흘간 그를 침상에 못박아두었던 그 갑작스러운 열병과 관련된 일체의 언급을 피했다. 카미유에게도 전과 다름없는 태도로 대했다. 그 모든 일에 눈을 감기로 한 것처럼, 또 카미유가 뒷구멍에서 일시적인 사랑놀이에 빠진 것을 무시하고 내버려두기로 한 것처럼, 다소 방심한 모습으로 비쳤다. 애초의 놀라움이 가시자 카미유는 서둘러 두려움을 떨쳐내고 할아버지가 벌이는 게임에 즐겁고 무심한 마음으로 동참했다. 하지만 이중성을 지닌 게임이었다. 차분해 보이는 할아버지의 모습에 안심한 카미유는 더이상 그와 거리를 두지 않고 예전과 똑같은 애정을 바쳤으며, 모페르튀 영감도 어느 정도 신뢰감을 되찾게 되었다. 결국 아무 일도 일어나지 않았는지도 모르며 아직 모든 것이 회복될 가망이 있다고, 영감도 이따금 생각하게 되었다. 그렇긴 해도 마음 깊숙한 곳에 웅크리고 있는 냉정한 경계심을 늦추지는 않았다. 사소한 일 하나에도 질투심에 불이 붙곤 했다.

얼마 안 가 그 질투심이 노골적으로 모습을 드러내면서 암암리의 경계심이 공격적인 태도로 돌변했다. 12월 초 잣 숲에서 벌목이 한창 이루어지던 시기에 일어난 일이었다. 휴식 시간에 벌목꾼들은 모닥불가에 모여앉아 불 위에 국을 데우며 조용히 식사를 하고 있었다. 모페르튀 영감이 동석한 터라 모두들 입을 다물고 있었다. 그러다 로즈 그라벨과 그녀의 두 딸 루이즈와 마리 폴랭이 미련퉁이 루이종과 함께 그곳에 나타났는데, 그 바람에 우울한 침묵이 깨졌다. 그들은 그날 아침 돼지기름에 구운 전병을 벌목꾼들에게 가져온 참이었다. 여자들이 리넨 천에 싼 전병을 바구니에서 꺼냈다. 여자들과 미련퉁이 루이종, 아직 따끈따끈한 전병 냄새 덕분에 남자들은 기분이 좋아지고 흥이 났다. 벌목꾼들은 여자들과 농담을 주고받았고, 푸른 아드리앵이 호탕하게 웃음을 터뜨리면 따라 웃어댔다. 딱 두 남자만 이런 명랑한 분위기에 동참하지 않았다. 미심쩍은 표정으로 얼굴을 찡그리고 있는 앙브루아즈 모페르튀와 위게 코르드뷔글이었다. 코르드뷔글은 여자들이 오자마자 심술궂은 낯짝이 되어 멀찌감치 물러앉아 있었다. 매번 그렇듯이 다른 사내들이 그를 놀려대기 시작했다.

"어이, 위게, 자네 마누라는 어디 있나? 거기서 알퐁스가 자네 몫의 전병을 가져오길 기다리는 건가? 하지만 자네한테 마누라가 없는 것처럼 알퐁스도 암탉이 없잖은가. 그렇다면 자네 집 화덕은 누가 불을 지피지?"

그러자 여자들이 옆에서 거들었다.

"그래서 당신네 둘 다 그렇게 부루퉁하고 지저분한 꼴을 하고 있는 거로군요!"

"여보게, 위게, 그러지 말고 이리 와 앉아! 알퐁스에게 일러바치지 않을 테니까. 자네가 자기를 놔두고, 그것도 여자들하고 함께 전병을 먹었다는 걸 말이야."

"그러고 보니 숫총각들은 돼지기름에 구운 전병을 좋아하지 않는지도 모르지. 세상에서 좋은 건 모조리 싫어하니까!"

"위게는 여자를 안 좋아해. 입은 여자든 벗은 여자든, 가까이 있는 여자든 멀리 있는 여자든 모조리. 여자들 속치마와 빈 팬티를 더 좋아하거든. 안 그런가, 위게?"

"그걸로 알퐁스의 팬티를 만드는 건가? 여자들의 그 헌옷가지들로 말이야, 응?"

"아니면 혹시 자네 성 안에 여잘 숨겨둔 건 아닌가? 여잘 어디다 숨겨둔 거지? 빵 상자 속에? 아니면 벽난로 재 속이나 먼지 밑에, 혹은 거미줄에?"

"그 거미 여잔 아주 야하게 치장한 여자일 거야, 여왕처럼. 자네가 가가호호 다니며 마당에서 모아다준 그 속옷들을 모두 걸치고 있다면 말이야!"

"자네 거미 여왕님이 겨울에는 엉덩이가 너무 시리다고 하진 않나? 팬티를 모아들이기엔 비수기 아닌가!……"

위게 코르드뷔글의 신경질적이고 수상쩍은 수줍음을 대면하면 다른 사내들은 신이 나서 음탕한 말로 그를 긁어먹곤 했는데, 이날도 그렇게 즐거운 시간을 만끽하고 있었다. 그들의 조롱을 말없이 듣고만 있던 앙브루아즈 모페르튀도 마침내 무뚝뚝한 목소리로 끼어들었다.

"코르드뷔글, 자네한테 경고해두네만, 혹시라도 밤에 내 집 마당을 뒤져 속옷을 훔쳐가는 날에는 내 쇠스랑으로 자넬 맞이하겠어. 자네 꽁무니에 개도 풀어놓고 말이야!"

위게 코르드뷔글의 도둑질을 두고 하는 그런 농담들이 앙브루아즈 모페르튀는 전혀 재미나지 않았을 뿐 아니라 오히려 신경을 건드렸다. 저 늙고 더러운 인간이 카미유의 속옷을 슬쩍해 간다는 것은 상상만 해도 끔찍했기 때문이다.

위게 코르드뷔글은 동료들로부터 쏟아지는 조롱은 잠자코 듣기만 했지만 모페르튀가 이런 협박을 해오자 난데없이 분노를 터뜨렸다.

"그러고 보니, 주인님, 주인님의 쇠스랑과 개는 다른 녀석의 꽁무니에 붙여야 할 것 같은뎁쇼. 녀석이 홀랑 벗은 꽁무니로 그것들한테 콧방귀를 뀌고 있거든요. 그것도 주인님 땅에서요. 맹세컨대 그 꽁무니를 달에게 보이려는 속셈은 아니죠! 그 짓을 혼자 하는 것도 아니고요! 주인님이 등을 돌리기 무섭게 더러운 수작을 하는 것들이 주인님 집에 있거든요!"

위게는 양 무릎 사이에 국그릇을 끼고 구석자리에 웅크리고 앉아 단숨에 장광설을 늘어놓았다. 웃고 야유를 퍼부어대던 소리가 딱 멈췄다. 그러자 위게는 자신의 발언이 야기한 효과에 흡족해하면서 히죽거리며 요란스럽게 국그릇을 비웠다. 앙브루아즈 모페르튀는 안색이 파리해져 자리에서 일어섰다.

"무슨 소리지? 아가리 닥치지 못해! 이 더러운 거짓말쟁이, 닳아빠진 비열한 인간!"

이 말에 상대가 발끈해서 대들었다.

"거짓말이라뇨! 난 진실만 말해요. 내 눈으로 봤으니까요! 주인님 손녀와 그 몹쓸 녀석을 봤다고요. 둘이 홀랑 벗고 풀밭 위에서 뒹구는 것까지!"

장사 페르낭이 흥분해서 소리쳤다.

"입 안 닥치면 가만 안 둬요!"

그러자 앙브루아즈 모페르튀는 본능적으로 페르낭에게 달려들었고, 페르낭은 그를 거칠게 떼밀었다. 위게가 무표정한 얼굴로 자기 자리에서 중얼거렸다.

"저자 말고요, 그건 시……"

미처 말이 끝나기도 전에 인색한 마르탱이 들고 있던 사발을 위게의 얼굴 한복판에 날렸다. 위게는 노발대발해서 일어나 고함을 질러댔다.

"저것 보게! 저것 봐. 이런 일이 또 한 계집 때문에 일어나는군! 잡것들이야, 모두 천한 잡것들이야! 카미유라는 계집도 한통속이지! 아! 저지대의 제 할머니 피를 그대로 받은 거야. 그 할머니에 그 손녀지!"

이렇게 말한 뒤 그는 침을 뱉고 국그릇과 바랑을 챙긴 다음 욕설을 씨부렁거리며 일을 하러 돌아갔다. 다른 일꾼들도 모두 조용히 자신들의 물건을 챙겼으며, 여자들도 황급히 빈 바구니들을 주워들고 부락으로 돌아갔다. 앙브루아즈 모페르튀는 제자리에 못박힌 사람처럼 불가에 꼼짝 않고 서 있었다. 위게 코르드뷔글이 방금 전에 털어놓은 충격적인 사실과 사람들 앞에서 카트린과 카미유에 대해 늘어놓은 모욕적인 언사로 인해 말문이 막힌 터였다. 최근 들어 그가 아무도 모르게 카미유의 비밀을 캐내려고 쏟았던 그 가혹한 인내와 질투 가득한 경계심이 허를 찔려 웃음거리가 된 참이었다. 의심하면서도 믿지는 않으려 했던 비밀, 그의 집착 어린 열정의 캄캄한 무대 뒤에서 끝장내기 위해 혼자서 간파하려 했던 비밀을 자신만 모르고 있었던 셈이었다. 다른 이들 모두가 이미 알고 있고, 다른 이들 모두가 가담한 비밀이었다. 갑자기 그는 모든 사람들로부터, 모두 앞에서, 속고 배신당하고 조롱당해왔음을 알게 되었다. 순간 자신이 사람들에게 얼마나 큰 원망을 사고 있는지, 어떤 모욕을 당한 참인지 깨달았다. 사람들이 그와 그의 분신에게 욕을 보인 것이다. 그의 사랑이요 빛이요 자랑거리이며 세상에 단 하나밖에 없는 기쁨인 그의 분신에게.

시몽. 코르드뷔글이 말을 끝맺지 못했어도 상관없었다. 그는 알아차렸다. 진작 알아차리지 못한 게 놀라울 뿐이었다. 카미유의 아름다움을 훔친 자가 바로 그라는 걸, 한지붕 밑에 살다시피 하는 그 녀석이라는 걸 눈치채지 못한 것이다. 카미유를 가장 많이 닮은 녀석이었다. 에프라임의 다섯째 아들, 소치기, 격정의 시몽. 노트르담데에트르 공터에서 대담하게 날뛰던 녀석. 오래전 어느 8월의 정오에 타올랐던 태양과 청동의 광채. 숲속 깊숙한 곳에서 마법의 영靈이 길 잃은 자들에게 마법을 걸듯 카미유를 유혹한 불손한 청동의 광채. 그것은 도적질이며, 유괴였다. 그가 카미유에게 건 음흉한 마술이 그녀의 정신을 홀려 자신에게서 돌아서게 한 것이었다. 카미유를 둘러싼 사랑의 배타적인 권리는 영원히 자신에게 있다고 생각해왔는데 말이다. 자신이야말로 카미유의 운명이라 여겨온 그였다. 시몽이 저지른 일은 범죄였다. 마술을 걸어 유혹한 범죄, 운명에 대항하는 범죄. 앙브루아즈 모페르튀 자신에게 대항하는 범죄였다.

그는 불 앞에 꼼짝 않고 남아 있었다. 이미 사그라지기 시작한 불길에 텅 빈 시선을 고정한 채. 그가 줄곧 혼동해온 카트린과 카미유, 그 이중의 영상이 선명하기 그지없는 단일한 영상으로 좁혀졌다. 남자들이 국을 데웠던 불이 가무러져가는 동안, 환각에 사로잡힌 듯한 그의 시선 안에 하나로 모인 영상이 선명하게 모습을 드러냈다. 기억이든 사고든 열정이든, 그의 내면에 존재하는 모든 것이 소진된 참이었다. 잉걸불과 재와 회색 열기 속에서 더럽고 얼룩진 과거의 흐릿한 영상이 정화되었다. 잉걸불과 재와 작열하는 빛 속에서 새로운 영상이 형성되었다. 그는 방금 전 사람들 앞에서 당한 모욕을 이미 잊고 있었다. 그리고 병상에서 일어난 날 아침에 숲속을 거닐며 느꼈던 감정, 이곳의 주인으로서 가진 힘과 자부심을 되찾고 있었다. 자신이 겪은 모욕도, 그의 주변 사람들 모두가 동참한 거짓도 잊고 있었다. 아침의 형제들이 당장이라도 시몽을 옹호할 태세로 가해온 협박도 잊고 있었다. 그 누구도 두렵지 않았다. 카미유의 배신조차 벌써 잊은 뒤였다. 무엇 하나 용서하지 않았지만, 그 모든 걸 잊고 있었다. 모호하다못해 어두워지고 뒤틀리고 더럽혀진 과거의 영상은 이미 잊히고 없었다. 다만 음험한 마법의 손아귀에서 한시바삐 자신의 말괄량이를 구해내야 한다는 생각뿐이었다. 더이상 카미유도 안중에 없었다. 말괄량이가 그의 전부였다. 그녀 안에 살며 그녀를 관통하는, 그녀의 고양된 이미지만이 중요했다. 그 이미지가 발하는 찬란한 빛은 오직 그 자신만이 볼 수 있는 그의 것이었으므로 그 이미지를 구해내야 했다. 그 이미지가 계속 이어지며 솟구쳐오를 수 있도록, 눈에 보이는 순수한 변형물로 완성될 수 있도록 족쇄를 풀어주어야 했다. 타락한 카미유로부터 말

괄량이를 구해내야 했다. 카미유와 시몽이 몰고 온 어둠에서 말
괄량이를 구해내야 했다. 그러려면 두 사람의 엉긴 몸을 떼어놓
아야 했다. 무슨 수를 써서라도 말괄량이의 이미지와 영혼을 보
전해야 했다. 카미유와 맞서서라도. 아니, 그 누구보다 카미유에
맞서서.

　그는 부락 쪽으로 다시 내려왔다. 페름뒤파의 안마당으로 들
어서자 카미유가 목련나무 아래 서서 그를 기다리고 있었다. 여
자들이 숲에서 돌아오자마자 그녀에게 달려와 미리 조심하라고
당부해둔 터였다. 여자들은 카미유에게 사건의 전모를 들려주며
노인을 경계하게 했다. 하지만 카미유는 결연한 투로 맞받았다.

　"잘됐어요, 이제 할아버지도 다 알게 됐으니 차라리 잘된 일인
지 몰라. 기다렸다가 할아버지한테 직접 말할래요."

　그에게 무슨 말을 하려는 건지 카미유 자신도 알 수 없었지만,
그에게 말을 해야 한다는 것만은 알고 있었다. 그렇게 공포와 의
심, 거짓을 끝장내야 했다.

　할아버지의 모습이 보이기 무섭게 카미유는 그에게로 다가갔
다. 가슴에 양팔을 접어 모으고 머리와 어깨를 감싼 커다란 모직
숄을 꽉 쥔 채로.

　"할아버지한테 할말이 있어요!"

　그녀가 거침없는 목소리로 말했다. 그러자 노인이 무심하다

싶게 조용히 물었다.

"무슨 일이지? 무슨 할말이 있다는 거냐? 다 알고 있으니, 됐다. 안으로 들어가거라. 가축들도 내다놓을 수 없는 추위로구나. 그러니 이렇게 밖에 나와 있지 마라, 병나겠다."

두 사람은 집안으로 들어갔다.

"내 방에 가서 탁자 위에 있는 파이프와 담배 쌈지를 갖고 오너라. 추워서 내 몸이 얼어붙었구나."

노인이 부탁했다.

카미유는 점점 더 놀라지 않을 수 없었다. 그가 화가 잔뜩 난 모습으로 돌아오기는커녕 평소에 잘 피우지도 않는 파이프를 자기 방에 올라가 가져오라고 하니 말이다.

"할아버지 방에요? 누가 할아버지 방에 들어가는 거 싫어하시잖아요. 나도 그렇고, 핀도 그렇고."

"뭐라고? 내가 아팠을 때 너희 둘 다 내 방에 들어오지 않았더냐? 숨길 게 뭐 있다고. 담배가 피우고 싶은데 몸이 얼어붙었으니, 네가 나보다 빠를 거야. 그러니 어서 올라가 가져오너라."

이 말에 카미유가 할아버지 방으로 올라갔다.

그녀가 방에서 눈에 띄지 않는 물건을 찾는 동안, 앙브루아즈 모페르튀는 조용히 계단을 올라가 자신의 방문 앞에 이르렀다. 양말 바람으로 발꿈치를 들고 숨죽인 채 그렇게 방에 다가서기 무섭게 달려들어 문을 쾅 하고 닫은 뒤 열쇠로 잠갔다. 카미유가 미처 손을 쓸 겨를도 없었다. 그녀는 비틀거리는 불안정한 걸음으로 문 쪽으로 걸어갔지만 눈앞에서 벌어지고 있는 광경을 이해할 수 없었다. 그러나 단단히 잠긴 문을 열려고 하는 순간 퍼뜩 깨달음이 왔다.

"문 열어요!"

그녀는 주먹으로 나무 문을 치며 소리질렀다.

"애야, 너무 조급해하는구나! 문은 열어줄 거다. 하지만 당장은 안 돼. 조금 기다려라. 할 일이 있으니까. 내가 등을 돌리기 무섭게 네가 더러운 망나니짓을 해대니, 널 잠시 가둬둘 수밖에 없구나."

앙브루아즈 모페르튀는 이렇게 대답한 뒤 카미유가 아무리 소리를 질러도 아랑곳하지 않고 계단을 내려갔다.

계단 밑에서 그는 가정부 핀과 부딪쳤다. 그녀는 이층에서 벌어진 소동에 놀라 달려온 참이었다. 노인이 그녀를 거칠게 밀쳐내며 말했다.

"끝났어, 핀. 자네의 거짓말과 엉큼한 짓거리도 다 끝이야. 알아듣겠나? 이곳에서 자네가 할 일은 끝났다고. 이젠 자네가 필요 없네. 쓸모없는 여편네 같으니라고. 카미유를 감시하라는 내 당부를 무시하고 암캐처럼 싸다니도록 내버려두다니. 내가 그애에

268

게 사는 법을 가르쳐줄 거야. 명령에 복종하게 만들 거야! 당장 짐을 싸서 딸한테든 아들한테든 원하는 데로 가게. 난 관심 없으니까. 더이상 자네를 보고 싶지 않아. 자네든 다른 누구든."

핀이 아무리 울고 빌며 해명을 해도 앙브루아즈 모페르튀는 꿈쩍도 하지 않았다. 그는 핀이 서둘러 짐을 싸도록 다그치며 부엌 한구석에 마련된 그녀의 자리를 비우게 했다. 그리고 그 즉시 큰길까지 그녀를 거칠게 몰아내고는 소리쳤다.

"다신 돌아오지 마! 두 번 다시는, 알았나? 아무도 장난삼아 내 집에 발을 들여놓는 일이 없게 할 거야. 이 근방에는 얼씬도 못하게 하겠어!"

그러고 나서 그는 농장에 돌아와 다락방으로 올라가서는 한쪽 구석을 치운 뒤 거기에 짚을 넣은 매트를 깔고 속옷과 대야, 물병과 양동이를 가져다두었다. 그리고 다락방 문을 보강하고, 밖에서 내부를 들여다볼 수 있도록 문구멍을 만들고, 낡은 발 보온기를 갖다놓고, 초롱에 불을 밝혀두었다. 이렇게 그는 카미유가 지낼 새 방을 꾸민 다음 다락방에서 내려왔다.

카미유는 소리를 지르지도 문을 두드리지도 않았다. 그렇다고 해서 그녀가 포기한 것은 아니며 오히려 그 반대임을 그는 잘 알고 있었다. 그는 카미유를 감금해둔 방의 문을 열기 무섭게 그 입구를 가로막고 섰다. 카미유는 막다른 길에 내몰린 짐승처럼 그에게 달려들었다. 입을 앙다문 채 분노로 인해 열 배는 강해진 힘으로 말없이 그를 후려쳤다. 하지만 헛된 주먹질에 불과해 노인은 아무것도 느끼지 못했다. 그는 아주 오래전부터 단련된 견고하고 질긴 힘을 과시하며 문 앞을 가로막고 서서 꿈쩍도 하지 않았다. 그가 카미유의 머리채를 움켜쥐고 뒤로 젖혔다. 그녀는 고통과 무력감에 휩싸여 울부짖었고, 그렇게 머리채를 잡힌 채 다락방까지 끌려갔다. 노인은 그녀를 다락방 안으로 밀어넣은 다음 다시 문을 잠갔다. 이제야말로 그녀를 안전한 장소에 두게된 셈이었다. 문에 빗장을 지르자마자 그는 문구멍으로 방안을 들여다보았다. 짚 매트 곁에 팔을 축 늘어뜨린 채 꼼짝 않고 서 있는 카미유가 보였다. 벌써 날이 저물기 시작했다. 먼지가 끼어 거무스레해진 천창으로 차갑고 희미한 빛이 새어들어왔다. 매트 머리맡에 놓인 초롱불이 가늘게 떨리며 불그스름한 광채를 던졌으며, 발 보온기가 오렌지빛 광택을 발하며 일렁였다. 마룻바닥에 번지는 은은한 두 가지 빛만이 이 칙칙한 장소에 존재하는 채색 얼룩이었다. 칙칙한 먼지, 칙칙한 추위와 권태, 칙칙한 침묵, 칙칙한 고독과 망각. 붉은색과 오렌지색의 이 두 틈새는 때가 낀 마룻바닥에서 피어난 두 송이 병든 꽃, 녹빛을 띤 핏빛 작약과 장미처럼 보였다. 죄수를 가둬둔 지붕 밑 독방의 알록달록한 두 암종. 꼼짝 않는 카미유의 발치에서 아가리를 벌린 아름다운 두 상처. 그녀는 안색이 창백했고, 추위로 입술이 파랬다. 마음속에서 올라오는 추위였다. 그녀는 얼이 빠진 듯한 두 눈으로 텅 빈 공간을 응시했다. 자신이 갇혀 있는 텅 빈 잿빛 감옥을. 두 어깨가 떨리고 있었다. 노인은 문구멍에 눈을 갖다대고 그녀를 지켜보았다. 자신의 심장이 뛰는 소리가 문 두드리는 소리처럼 들렸다. 당황해 어쩔 줄 모르는 너무도 가녀린 저 형체를 그는 황홀감에 젖어 바라보았다. 시몽의 몸에서 떨어져나와 마침내 구원받고 돌아온 말괄량이 카미유. 오직 그 자신만이 바라볼 수 있게 된 그의 말괄량이.

무기력한 절망감으로부터 퍼뜩 정신을 차린 카미유가 방 한가운데로 걸어와 그에게 말했다.

"문 안 열어주면 죽을 거예요."

그는 아무 대답도 하지 않았다.

"죽을……"

그녀는 감정이 배제된 목소리로 되뇌었다. 말을 한다기보다 혼자 중얼댄다고 하는 편이 옳았다.

"죽을……"

카미유의 입에서 나온다기보다 붉은색과 오렌지색의 병든 꽃들에서 솟구치는 듯한 달콤하기 그지없는 속삭임이었다. 먼 곳에서, 아주 먼 곳에서 올라오는 속삭임. 그러자 그가 문 뒤에서,

증오심 가득한 애원의 목소리로 미친듯이 소리를 질러댔다.

"죽는다고! 죽을 거라고! 넌 이미 죽은 여자야. 죽은 지 삼십 년이라고! 그러니 또 죽을 순 없지. 살아나야 할 때야. 이제야말로 사는 거야. 살아야 해. 다시 살아야 해! 이렇게 돌아왔잖아! 아, 그동안 널 얼마나 기다렸는데! 이제야 널 붙잡았구나. 붙잡았어! 죽은 내 여자가 돌아온 거야. 먼젓번에 죽었을 때보다 더 아름다운 모습으로! 정 죽고 싶거든 죽어! 그래, 죽고 또 죽어. 마음 내키는 대로. 넌 죽을 때 모습이 얼마나 아름다운지!"

그는 문구멍 덮개를 탈칵 소리가 나게 덮은 뒤 계단을 내려오면서 계속 혼자 이야기했다. 저 위에서는 침묵이 카미유를 덮쳤다. 새롭고 소름 끼치는 침묵, 이성이라는 침묵이었다. 그녀는 할아버지가 분노와 복수심보다 광기에 사로잡혀 날뛰고 있음을 깨닫게 된 참이었다. 그는 미쳐 있었다. 나이도 한계도 모르는 광기였다. 그녀가 한 번도 눈치채지 못한 광기였지만, 돌연 그 심각성과 해악, 집요함을 헤아릴 수 있었다. 전율이 일었다. 이 전율로 한순간 숨이 막히고 몸이 얼어붙었다. 노인의 광기가 그녀의 의식 속으로 들어와 그 명증함으로 의식을 눈멀게 하며 난폭하게 파고들었다. 노인의 광기가 그녀의 이성을 공략했다. 그녀는 주변을 둘러보았다. 그녀는 어떤 장소에 갇혀 있는 게 아니었다. 오히려 이제 막 그녀에게 모습을 드러낸 그 광기 한복판에 못박혀 있었다. 먼지 쌓인 이 칙칙한 다락방, 거무스레한 들보, 때가 잔뜩 낀 천창, 사방에 널린 낡은 폐기물들, 지붕을 스치며 윙윙대는 바람, 차갑고 축축한 벽, 삐걱대는 마룻바닥, 그리고 삼중으로 잠긴 문에 뚫린 구멍. 이 모두가 노인의 영혼을 구성하는 골조이며 배경 장식이었다. 그녀는 노인의 머릿속에 갇혀 있는 듯한 느낌이었다. 부상자의 머릿속에 박힌 총알 파편처럼, 화석화한 종양처럼.

루제라는 이름

앙브루아즈 모페르튀의 광기는 그지없이 명료한 의식과 효율성을 겸비한 것이었다. 숲에서 돌아온 이후로 그는 카미유를 안전한 장소에 가두고, 핀을 쫓아내고, 자신의 농장을 금단의 성역으로 선포할 수 있었다. 이제 격정의 시몽만 쫓아내면 되었다. 잠시 후면 시몽도 농장에 올 것이다. 벌써 소들을 보살피고 먹이를 줄 시간이었다.

그는 마당의 외양간 문 앞에서 시몽을 기다렸다. 손에는 작은 괭이가 들려 있었다. 농기구 보관 창고에서 고른, 가장 날이 서고 손잡이가 긴 괭이였다. 그는 괭이를 가슴팍에 비스듬히 거머쥐었다. 시몽이 도착했다. 시몽은 농장에 다다르기 전에 미련퉁이 루이종에게서 점심시간에 숲속에서 벌어진 일에 대해 귀띔을 받은 참이었다. 시몽은 단호한 걸음으로 노인을 향해 다가갔다. 그가 노인에게서 몇 발짝 떨어진 곳에 이른 순간, 노인이 손에 든 무기를 휘두르며 소리쳤다.

"네놈은 못 들어온다! 내 농장에 다신 못 들어와! 이 고장에 소치는 사람은 얼마든지 있어. 내일 당장 새 사람을 쓸 거다. 넌 이곳을 떠나거라. 내 농장뿐 아니라 뢰오셴에서도. 이 고장에서 꺼져버려. 다른 데서 일거리를 찾아. 데리고 놀 여자들이라면 다른 데서 찾으라고! 오늘밤에 당장 떠나지 않으면 경찰을 부를 테다. 카미유는 미성년자이니, 넌 그앨 어떻게 할 권리가 없어. 네놈이 그앨 강간했다고 내가 말할 거다. 널 감옥에 처넣을 테다. 알겠냐?"

"말도 안 되는 소립니다. 카미유가 진실을 밝힐 겁니다. 난 절대 강간하지 않았어요. 내가 떠난다면 카미유와 함께 떠납니다."

시몽이 말했다.

"아! 내게 맞서겠다는 거냐? 대체 무얼 믿고 그러는 거지? 넌 아무것도 아니라는 걸, 시골뜨기에 불과하다는 걸 잊은 게로구나, 가련한 놈. 내가 마음만 먹으면 경찰이 널 잡아가게 할 수도 있어. 강한 사람은 나야, 네가 아니라고! 오늘밤 당장 이 고장을 떠나지 않으면 더러운 네 아비와 불한당 같은 네 형제놈들도 해고해버릴 테다. 그렇게 하고 말 거야, 기필코, 그것도 당장! 네놈들을 한꺼번에 밖으로 쫓아낼 거야. 그렇게 되면 모두 어디로 갈 거지? 어디서 일을 찾고, 무얼 먹고 살 거지? 지금 살고 있는 집을 모두 떠나야 할 거야. 그러니 여기서 꺼져, 영원히. 안 그러면 지금 말한 대로 할 거야. 경고해두지만, 그렇게 할 거야, 반드시!"

시몽은 침착성을 잃어버렸다. 경찰 따윈 무섭지 않았다. 그러나 이미 가난할 대로 가난해 입에 겨우 풀칠이나 하며 사는 가족의 불행 앞에서 눈을 감을 수는 없었다. 가족이 모두 그들의 농장 밖으로, 부락에서 멀리 쫓겨나 다른 곳에서 일감을 구하러 다녀야 한다는 생각은 견딜 수 없었다. 그는 덫에 걸렸음을, 싸움을 시작하기도 전에 패배했음을 감지했다. 노인은 한순간의 망설임도 없이 마음먹은 바를 실행에 옮길 사람이었다. 분노에 휩싸이면 아무런 양심의 가책도 받지 않고 가차없이 악행을 저지르는 사람이었다.

"카미유는 어디 있죠?"

시몽이 아까와는 다른 목소리로 물었다.

"마땅히 있어야 할 곳에 있다! 내 농장에. 이젠 얌전해졌지. 그 애도 이해한 거다. 아무도 날 비웃지 못해! 내게 대들지도 못하지! 내 말을 듣는 아이이니, 집밖에 나가지 않을 거다. 네놈이 아무리 악을 써대도 그앤 오지 않아. 내 명령을 따르게 해두었으니까. 날 속였다고 믿은 멍청한 애지만 말이야. 그렇게 실컷 거짓말을 하고 못된 짓을 했지만, 이젠 끝났어, 다 끝났다! 그러니 썩 꺼져버려. 다신 돌아오지 마라. 안 그러면 네 형제놈들하고 아비하고 뚱보 베르슬레와 할망구까지 전부 쫓아내 다른 곳에서 일감과 머무를 데를 구하게 할 테니까. 그러니 네놈이 멀리 떠나야 해. 내 숲에서 아주 멀리 떨어진 곳으로. 알겠나?"

평소에는 별것 아닌 일에도 흥분하는 시몽이었지만 이제 그는 노인에게서 몇 걸음 떨어진 곳에 머리를 숙이고 팔을 축 늘어뜨린 채 서 있었다. 분노가 아닌 절망으로 두 손이 떨렸다. 심장과 온몸의 힘이 격앙되어 있었다. 노인이 자신의 가족을 상대로 위협을 가해오자 그는 속수무책으로 복종하면서 자신의 나약함에 망연자실할 수밖에 없었다.

시몽이 들릴락 말락 하는 떨리는 목소리로 말했다.

"루제…… 마지막으로…… 녀석에게 작별을 고하고 싶어요…… 적어도 녀석에게는…… 잠시 외양간에 들어가 루제를 보게 해주십시오."

루제는 그가 보살피는 소들 가운데 특별히 애착을 느끼는 소였다. 그 순간 그는 자신이 완전히 헐벗고 길 잃은 사람처럼 여겨졌으며 처절할 만큼 혼자였다. 패배당하고 굴욕을 겪은 자였다. 무엇이 됐든 의지할 데를 찾아야 했다. 그는 루제에게 곧장 달려가 루제의 목을 감싸안고 그 머리에 얼굴을 기대고 싶었다. 그 수소의 그토록 푸근하고 달콤한 냄새에 자신의 고통을 묻고 싶었다. 이미 뜨겁게 뺨을 적신 눈물이 소의 가슴팍을 타고 흘러 내리게 하고 싶었다. 그러나 노인은 여전히 괭이를 손에 거머쥔 채 그를 비웃었다.

"아! 이젠 눈물을 짜는 건가? 그런다고 내가 생각을 바꾸진 않아! 내 등뒤에서 네놈이 카미유와 놀아날 때 나나 루제는 안중에도 없었잖아, 안 그런가? 그만하면 됐어, 꺼져버려. 카미유도 루제도 다신 볼 수 없어. 둘 다 나 혼자서 돌볼 수 있다고. 네 손은 필요 없어. 눈물은 그만 흘려라. 추위에 낯짝이 쓰릴 테니까. 내겐 웃음거리에 불과해!"

눈물 때문에 쓰린 것은 얼굴만이 아니었다. 눈물은 그의 온몸을 찢어발기고 살을 물어뜯었다, 심장까지도. 노인은 사악한 표정으로 웃었다. 그렇게 웃을수록 숨결이 하얀 김으로 응축되어 얼굴을 가렸다. 갑자기 앙브루아즈 모페르튀가 시몽에게는 끔찍 이도 가까운 동시에 먼 사람처럼 여겨졌다. 인간이라기보다 마술에 걸린 불길한 존재였다. 그지없이 음흉한 숲의 정령들이 그의 영혼을 사로잡은 것인지도 몰랐다. 사악한 웃음이 뱉어낸 입김에 덮여 그의 얼굴이 뿌옇게 흐려져 사라져버리는 것 같았다. 그의 몸도 함께. 그가 얼어붙은 저녁 공기 속으로 녹아 없어져

밤의 냉기가 되는 게 아닌가 싶었다. 숲속의 작은 초목들이 자라는 땅 위를 배회하는 축축한 냉기. 나무, 돌, 길 들을 따라 배어나는 냉기. 수면조차 휴식이 되어주지 못하는 불행한 남자들의 꿈속에서 배어나와 통증과 굶주림과 걱정처럼 지속되는 냉기인지도 몰랐다. 가난한 이들의 근심 속에서, 실추된 이들의 가슴속에서 배어나는 냉기인지도.

시몽은 그렇게 실추된 이였다. 사랑과 자부심, 기쁨을 상실한 자, 분노까지 상실한 자였다. 이날까지 가난을 고통으로 여긴 적은 한 번도 없었다. 실은 자신이 가난하다고 생각해본 적조차 없었다. 그는 일을 했으며, 이제까지 죽 살아온 부락과 숲을 사랑했고, 형제들을 사랑했다. 형제들 중 한가운데를 차지하는 그는 8월의 뜨거운 태양이 일직선으로 내리쪼일 때 복되게 태어난 정오의 형제였다. 형들의 힘, 아우들의 꿈과 부드러움이 그를 둘러싸고 있었다. 활기 넘치는 여름 한낮에 찬란한 생명력과 아름다움을 지니고 태어난 복된 자였다. 아버지에게는 자랑거리요 어머니에게는 경탄의 대상이었던 아름다움이었다. 또한 그는 카미유의 사랑을 받고 있었다. 그녀에게서 여성인 자신의 분신을, 욕구에 대한 응답과 기쁨의 진정한 거처를 발견한 참이었다. 그런데 이제 모페르튀 영감이 그 모두를 단번에 뒤집어엎고 짓밟으며 그를 불행의 한복판으로 밀어넣고 있었다. 그는 모페르튀에게 고용된 일꾼이며 노인이 마음대로 할 수 있는 궁핍한 인간에 불과했음을 그에게 가르쳐준 것이다. 이제 그는 한낱 비렁뱅이에 불과하다는 사실을.

더이상 시몽은 외부를 향해, 다른 누군가를 향해 감정이 북받치지 않았다. 기쁨이든 분노든 욕구든 열광이든, 그 무엇에 의해서도. 그 자신의 내면이, 그 자신의 가장 깊고 어두우며 텅 빈 그곳이 격정에 싸여 있었다. 모든 것과 모든 이로부터 고립된 마음의 고독을 향해, 내면을 향해 감정이 북받쳐올랐다. 그는 출구 없는 내면으로 급속히 빠져들었다. 그 어디에도 없는 곳으로, 침묵과 무無로 쫓겨났다.

저기, 세 발짝 떨어진 곳이지만 한없이 먼 곳, 세상의 저편, 시간의 저편에, 불길한 웃음으로 얼굴이 흐려진 앙브루아즈 모페르튀가 서 있었다. 그가 너무 많이 알아서 더는 알 수 없게 된 남자, 그 힘과 집착에 부딪혀 알 수 없게 되어버린 남자였다. 커다란 괭이를 휘두르는, 마법에 걸린 남자가 당당히 버티고 서 있었다. 남자의 손에 들린 괭잇날이 저녁 안개 속에서 번득이며 증오의 광채를 발했다. 극에 치달은 증오의 날카로운 광채가 점점 더 강렬한 빛을 발했다.

그는, 앙브루아즈 모페르튀는 웃고 있었다. 한 번도 웃어보지 못한 그런 웃음, 발작적인 너털웃음이었다. 카미유를 복종시키고, 핀을 쫓아내고, 시몽을 패배시킨 것을 자축하는 웃음이었다. 주인이 된 것을, 모든 장소와 운명의 주인이 된 것을 자축하는 웃음이었다. 카미유와 시몽이 감히 이루려 했던 이중의 몸, 흉측하고 음란한 그 몸을 둘로 동강낸 것을 자축하며 그는 웃었다. 카미유가 자신의 마술적인 사랑, 집착으로 똘똘 뭉친 사랑의 포로가 되어 다락방에 갇혀 있음을 알고 웃었다. 저 위에서 카미유는 자신의 진정한 몸, 신성한 몸을 되찾을 것이다. 카트린의 몸을. 그는 힘과 기쁨에 취해, 실현된 보복과 극에 달한 분노에 취해 웃었다. 카트린-카미유와의 재회를 자축하며, 말괄량이를 구해낸 것을 자축하며 웃었다.

그는, 모페르튀 영감은 웃고 있었다. 그의 웃음이 시몽을 쫓아냈다. 살을 에는 차가운 겨울바람의 맹목적이고 난폭한 힘으로. 그는 마치 웃음의 쾡잇날을 벼린 것 같았다. 시몽은 뒷걸음쳐 비틀거리며 떠났다. 밤이 자신의 등뒤에서, 자신이 휩쓸려 들어갈 것만 같은 심연처럼 활짝 열리는 것을 느꼈다.

시몽은 쓰러질 것 같았다. 발밑의 땅이 꺼지고, 그의 뒤에서 어둠의 심연이 현기증이 날 만큼 확대되었다. 그는 뒤돌아서서 저 어둠과 맞설 용기를 낼 수 없었다. 아가리를 벌린 저 어둠 밑바닥에 노인의 웃음에 의해 추방당한 자신이 있었다. 그는 쓰러질 것 같았다. 벌써 두 손이 허공에서 버둥댔다. 의지할 누군가가, 무언가가 있어야 했다. 그 순간 그는 루제라는 이름에 기댔다. 루제라는 이름을 소리쳐 부르기 시작했다. 각각의 음절을 길게 끌며 외쳤다. 루제라는 이름이 늘어나고 휘어지다 움푹 꺼졌다. 루제라는 이름이 안쪽으로 휘어져 어둠 속으로 빠져들면서 밤을, 밤의 공포를 몰아냈다. 위험과 고통, 상(喪)을 알리는 종소리처럼, 루제라는 이름이 낮고 아름답게, 천천히 무겁게 울려퍼졌다. 구슬픈 애원의 목소리로 소리쳐 불러대는 루제라는 이름에는 그 짐승의 몸피와 무게가 실려 있었다. 루제라는 이름이 공간을 가득 채웠다. 오열처럼, 따뜻하고 부드럽게 넘실대는 피처럼, 밤 속을 떠돌아다녔다.

저 위, 건물들 반대편 끝의 다락방에 있던 카미유도 그 긴 절규와 호소를 들었다. 그 소리가 그녀를 마비 상태로부터 끌어냈다. 이번에는 그녀가 외쳤다. 시몽을 불렀다. 하지만 아무한테도 들리지 않는 소리였다. 그녀의 목소리는 벽과 들보와 문에 가 부딪혔다. 자신이 들어온 틈새를 찾지 못해 당황하고 놀란 새처럼. 루제라는 이름이 그녀의 절규를 덮고, 그녀의 목소리를 눌렀다. 카미유는 문을 두드렸고, 자물쇠를 긁느라 손톱이 부러졌다.

외양간에 묶어둔 수소 루제가 모가지를 길게 뺐다. 발굽으로 바닥을 차고, 몸에 매인 줄을 잡아당겼다. 루제는 힘을 끌어모았다. 제 이름이 들려왔다. 누군가 짐승처럼 혼란에 빠져 제 이름을 소리쳐 부르고 있었다. 그 부름에 화답해 루제도 힘껏 울어댔다. 얼마 안 가 외양간의 짐승 모두가 합세해 구슬프게 울어대기 시작했다. 앙브루아즈 모페르튀는 더이상 웃지 않았다. 시몽의 절규에 화답해 외양간에서 올라오는 그 희미하면서도 난폭한 함성이 그의 웃음소리를 뒤덮었다. 그는 이제 괭이를 휘두르며 시몽을 위협했다. 상대는 계속 비틀비틀 뒷걸음치면서 소들과 하나가 되어 울었다.

외양간 문이 산산조각났다. 앙브루아즈 모페르튀는 껑충 뛰어 간신히 몸을 피하다가 손에 쥐고 있던 괭이를 떨어뜨렸다. 루제가 줄을 끊고 마당으로 뛰쳐나왔다. 시몽이 짐승에게 달려들어 그 등에 엎드린 다음 팔로 짐승의 목을 얼싸안았다. 루제는 머리를 수그린 채 계속 달려나갔다. 제 등에 바싹 엎드린 시몽을 내던질 생각은 없는 듯 마당을 빠져나갔다. 소와 그 위에 길마처럼 무겁게 얹힌 사람이 밤 속으로 사라져갔다. 굴욕을 맛본 패자의 절망과 비애라는 길마였다. 앙브루아즈 모페르튀는 둘을 잡으려 하지 않았다. 소 한 마리를 잃더라도 시몽이 사라지는 편이 나았다. 말괄량이를 독차지하기 위해서라면 숲마저도 몽땅 내어줄 수 있었다. 그는 괭이를 주워들고 창고에 갖다놓은 뒤 외양간으로 돌아와 소들을 진정시키고 먹이를 주었다. 그런 다음 집으로 돌아가 저녁식사를 했으며, 덧문을 모두 닫고 문을 단단히 걸어잠갔다. 농장 안과 그 주변에, 마당과 외양간과 부락 전체에 정적이 내려앉았다. 소들도 울음을 그쳤다. 밤이 시몽을 집어삼킨 참이었다. 그는 등불을 들고 소리 없이 다락방으로 올라갔다. 문 뒤에서 잠시 귀기울이며 서 있었다. 아무 소리도 들리지 않았다. 문구멍으로 안을 들여다보았다. 다락방 안쪽 깊숙이 침묵 속에 카미유가 들어박혀 있는 모습이 보였다. 그녀는 문 쪽으로 눈길을 들지 않고 바닥만 뚫어지게 응시했다. 발치에 놓인 초롱의 불그레한 빛은 이미 희미해져 있었다. 다락방 안을 가득 채운 어둠이 짙어지며 카미유의 잠자리 쪽으로 기어올라가 그녀를 둘러싸고 더욱 조밀해졌다. 카미유는 천천히 어둠 속으로 사라져갔다. 시몽을 집어삼킨 것과 동일한 어둠 속으로 빠져들었다. 앙브루아즈 모페르튀는 다락방 내부를 들여다보던 문구멍 덮개를 탈칵 하고 닫았다. 카미유의 마음속에도 탈칵 하는 소리가 울려퍼졌다. 순간 전율이 몸을 뚫고 지나가면서 그녀는 자신을 사로잡은 어둠의 그 무한한 깊이와 냉기를 퍼뜩 헤아렸다. 자신의 사랑이 자리한 그 엄청난 공포가 가늠되었다. 그녀의 두 눈이 충격으로 한순간 휘둥그레졌다.

시몽은 어둠에 삼켜져 떠나갔다. 그렇다면 누가 그녀를 해방시킬 것인가? 그녀를 진정으로 해방시킬 수 있을까? 포로들이라면 해방될 수 있겠지만 그녀는 그런 포로들에도 못 미쳤다. 그녀는 존재하지 않았으므로. 한 번도 존재한 적이 없으므로. 그녀는 태어나기도 훨씬 전에 죽은 여자였다. 노인이 그렇게 말했다. 그녀는 이미지, 하나의 이미지에 불과했다. 노인의 광기에 붙박인 이미지. 죽음으로부터 건져낸 이 이미지를 이제 노인이 와서 문구멍으로 밤낮없이 엿볼 것이다. 정말이지 그녀는 이미지에 불과했다. 그녀의 몸, 그녀의 진정한 몸이 도난당한 참이었다. 칠흑 같은 한밤에 수소의 등에 업혀 달아나버린 것이다. 그 순간 레제가 한 말이 생각났다. 레제가 정원 담장 위 그녀 곁에 앉아 자신이 꾼 꿈에 대해 털어놓으며 그 꿈을 그녀에게 선사했더랬다. 레제는 이미지들의 힘과 생동감, 현실성에 대해 이야기했다.

레제가 그녀에게 말했다.

"우리에겐 수천 수만 개의 눈이 있는 것 같아. 밤이면 이 눈들이 모두 다시 열리는 거야. 꿈은 바로 밤에 열리는 우리의 눈인 거야."

그의 말 한마디 한마디가 생생히 떠올랐다. 그와 함께 담벼락 돌들 사이로 소복이 돋아난 샛노란 범의귀도 생각났다. 노인이 그녀를 죽음으로 봉인된 단조로운 이미지로 만들어버린 것이다. 그녀가 기댈 데라고는 이제 하나밖에 없었다. 그 이미지를 파헤쳐 열어 보이는 것, 산산조각이 난 이미지에 강렬한 색채를 입히는 것이었다. 돌들을 쪼개놓는 범의귀 같은 샛노란색. 형제들이 노래를 불렀던 8월 15일의 그 찬란한 정오의 태양 같은 노란색. 시몽이 연주하는 나팔 같은 구릿빛 노랑. 금관악기 소리나 시몽의 숨결 같은 사프란빛 노랑. 아침의 형제들의 머리털 같은 밀짚빛 노랑. 미련퉁이 루이종의 차임벨처럼 땡그랑대는 노랑. 못난이 블레즈의 꿀벌들을 닮은 금빛 노랑. 시몽의 눈 같은 호박색 노랑. 노랑, 끝없이 이어지는 노랑. 노인의 광기에 맞서, 각각의 이미지에 맞서, 결사적으로 싸워야 했다. 노인의 광기에 점령당한 그녀의 이성을 강렬한 색채들로 두텁게 칠해 보호해야 했다. 그녀의 심장도 마찬가지였다. 전능한 눈이 문구멍처럼 탈칵 닫히는 할아버지의 어두운 잿빛 두개頭蓋와 다락방의 먼지 속에 못박힌 심장이었다.

그렇게 짚 매트 위에 몸을 웅크린 채 꺼져가는 초롱불 곁에서 그녀는 잠이 들었다. "죽어버릴 거예요"라고 그녀는 노인에게 말했더랬다. 그러나 그렇게 죽지는 않을 것이다. 노인의 광기 속에서 죽고 싶지는 않았다. 잠과 꿈, 이미지와 색채 속으로 자신이 미끄러져 들어가도록 내버려둘 것이다. 이 밤이 지속되는 한, 이 공포가 지속되는 한, 잠들어 있을 것이다.

한결같은 사랑 속에서

Sous les mêmes amours

시편

못난이 블레즈의 감미로운 목소리가 푸른 아침을 떠다니며 길을 따라 높게 자란 풀들 사이로 미끄러져 들어갔다. 과수원마다 꽃들이 만발하고, 대기는 향기로웠으며, 나무들과 산울타리들 속에서는 새들이 떨리는 고음으로 사랑의 노래를 지저귀었다.

내 딸아, 들어라, 잘 보고 귀기울여라,
네 겨레와 아비의 집은 잊어버려라.
임금이 네 아름다움을 사랑하리라.*

---

* 이하 「시편」 인용은 45장 10~17절.

못난이 블레즈가 노래를 불렀다. 눈물이 날 만큼 감미로운 목소리였다. 늙은 에드메는 그와 팔짱을 끼고 잰걸음으로 걸었다. 그렇게 걸어가며 머리와 어깨를 보일락 말락 하게 흔들어대면서 블레즈가 부르는 노래 가사를 가느다랗게 웅얼거렸다.

"내 딸아, 들어라, 잘 보고 귀기울여라……"

두 사람이 맨 앞에서 걷고, 다른 사람들은 조용히 그 뒤를 따라갔다. 모두가 꿈을 꾸는 듯 장밋빛 눈의 몽유병 환자들처럼 맑은 목소리의 인도를 받아 얌전히 걸어갔다.

그분은 너의 주님이시니, 그 앞에 꿇어 절해라!
그리하면 부호들이 보화를 들고
너의 총애를 얻으려 몰려들리라……

너의 아름다움, 너의 미소. 늙은 에드메가 나지막이 되뇌었다. 그 아름다움과 그 미소를 환기하며 이제 그녀 자신이 미소를 지었다. 밤샘과 눈물로 온통 닳아버린 너무도 부드럽고 고뇌에 찬 미소였다. 그녀는 노래를 흥얼거리며 고개를 끄덕여댔다. 한마디 한마디에 더 큰 동의를 표하기 위해서인 듯. 「시편」이 칭송하는 그 눈부신 아름다움을 경이에 찬 소박한 가락으로 맞으려는 듯. 그녀에게 렌을 선사하며 축복해준 성모께 또 한번 감사를 바치려는 듯. 기적의 미소를 지닌 딸 렌이었다! 그녀는 그런 미소의 기적을 베푼 하늘에 끝없는 감사를 바쳤다. 이제는 보이지 않게 된 세계에서 그 미소를 끝없이 찾아 헤맬 것이었다.

　　화사한 옷 걸쳐 입은
　　영예로운 공주여,
　　화려하게 치장하고 왕 앞으로 오라……

　그지없이 순결하고 정숙한 하늘의 여왕. 구세주의 거룩한 어머니. 고통받는 이들을 위로하는, 인간들의 자비로운 어머니. 렌은 이 어머니의 딸이었다. 천사들의 여왕, 동정녀들의 여왕, 여왕들 중의 여왕. 이런 여왕의 딸이었다. 렌 베르슬레. 모페르튀 부인인 그녀는 이 세상을 다스리는 임금에게로 인도되고 있었다. 이 봄날 아침, 화려한 푸른색 치장을 하고서. 가족의 눈물과 사랑의 옷을 입고, 과수원과 산울타리 향기를 풍기면서.

　　들러리 처녀들 거느리고 왕 앞으로 오라,
　　모두들 기뻐하고 즐거워하며 왕궁으로 오라.
　　자손을 많이 낳아 조상의 뒤를 이으리니,
　　그들이 온 세상을 다스리게 되리라……

아들들이 그곳에 있었다. 거룩한 동정녀, 하느님의 은총을 입은 성모님, 그 성모께서 주신 선물처럼 뚱보 레네트에게 온 아들들이었다. 모두 그곳에 와 있었다. 한 아들만 제외하고. 선두에 막내아들이 섰다. 입에 천사의 불타는 손가락 자국이 새겨진 아들이었다. 그의 마음은 세상이 광기임을 알고 있었다. 사람들은 좀처럼 이성적일 수 없으며 선함도 인내심도 결했음을 알고 있었다. 그들의 삶은 폭력이 관통하는 터무니없는 이야기임을 — 매 순간 자비와 애정과 용서의 감미로운 기적이 실현될 수도 있는—그는 알고 있었다. 그는 추한 외모를 은총의 짐처럼 가뿐히 짊어진 자였다. 그의 뒤틀린 입은 말들의 무게와 음들의 선율을 이해했다. 흉하게 일그러진 입술에는 그지없이 명료하며 놀랍도록 부드러운 억양이 담겨 있었다.

나는 당신 이름을 대대손손 찬양하리다,
뭇 백성이 당신 은덕 길이길이 찬미하리다.

그들이, 아들들이, 그들 어머니의 이름을 영속시킬 것이다. 그들 기억 속에 살아남게 할 것이다. 그 이름이 그들의 삶을 관통하고 그들의 자식들 마음속에도 자리잡게 할 것이다.

막내아들이 자신이 부르는 노래의 선율을 타고 푸른 아침 속에서 제2의 빛에 이르는 길을 열어가고 있었다. 작달막한 노파인 에드메도 이 제2의 빛을 향해 시력이 꺼져가는 두 눈을 쉴새없이 치떴다. 거기서 딸의 미소를, 렌의 미소를 찾으려 했다. 그녀가 깊디깊은 애정을 바친, 그녀의 외딸이었다. 렌이 그들의 뒤를 따랐다. 그녀는 아침의 아들들의 어깨 위에서 쉬고 있었다. 에프라임이 그들 사이에서 걸으며 무거운 관을 함께 들었다. 아침의 아들들이 노트르담데에트르 공터에서 베어낸 나무로 에프라임이 손수 만든 관이었다. 그들이 어머니를 기리며 조각한 나무, 과일을 든 천사가 새겨진 나무였다. 그 너도밤나무로 에프라임은 렌의 마지막 침상을 만들었다. 이제 남편인 자신을 위한 자리는 없는 침상이었다. 렌과 옆구리를 맞댄 채 더는 잠들 수 없을 것이다. 그녀의 따스한 머리털 속에 자신의 얼굴과 팔을 묻을 수도 없고, 깊고 축축한 그녀의 몸속에서 평화와 행복과 망각의 기적을 찾을 수도 없을 것이었다. 뚱보 레네트의 몸, 그 놀랍고 굉장한 몸은 이제 비좁은 너도밤나무 침상에서 영원히 홀로 잠들게 된 것이다. 연인의 마음을 잃지 않았던 남편인 그가 자신의 아내였던 여인을 세상을 다스리는 임금에게로, 이 여인을 되부른 임금에게로 인도하고 있었다. 고통이 극심해 그에 상응하는 눈물도 탄식도 찾아낼 수 없었다. 그의 내면에서 고통이 무한한 공간처럼 열리면서 내면의 사막 한복판에서 그는 대번 길을 잃어버렸다. 그의 몸과 이성과 사고의 한계를 넘어서는, 한없이 넓고 황량한 사막이었다. 홀아비가 된 에프라임은 아내가 누운 너도밤나무 침상의 무게에 짓눌린 채 아들들과 함께 걸어갔다. 광막한 사막에서 의지할 데 없이 방황하는 이들의 조용하고 멍한 시선이었다. 집으로 돌아가지 않을 것임을 아는 이들, 고독과 굶주림 속에 영원히 길을 잃었음을 아는 이들, 그러면서도 머리를 곧추세우고 계속 걸어가는 이들, 그런 이들의 시선. 백치들의 투명한 시선.

홀아비 에프라임은 백치처럼 멍한 시선을 하고 있었다. 굴복이 아닌 체념의 시선이었다. 임종을 맞은 자들만이 그렇듯 영원에 비할 만큼 아주 느리게 뚱보 레네트가 눈을 감았을 때도 그는 반항심을 느끼지 않았다. 이 세상의 임금이며 그의 주님이신 성부께서 군림하는 영원이었다. 평생 그가 반항하며 맞선 사람은 아버지뿐이었다. 살과 분노로 이루어진 지상의 아버지에게만 반항했다. 그러나 하늘에 계신 성부께 반항한 적은 한 번도 없었다. 너무도 단순하고 가식이 없는 그의 신앙에는 의심의 고뇌가 깃들 여지가 없었다. 절망이나 반항, 부인의 유혹도 느낄 수 없었다. 하느님이 주시고, 하느님이 거둬가실 뿐이었다. 한 분이신 하느님, 용서와 자비를 베푸시는 같은 하느님이 하시는 일이었다. 그가, 위로받을 길 없는 종인 그가, 그처럼 유순하게 여종인 뚱보 레네트를 그들의 창조주이자 구세주이신 주님께 인도해 가는 것도 그 때문이었다. 그의 차례가 되어 자신도 불려갈 날을 기다리면서. 그는 고통을 감수하며 고독을 받아들였다. 렌과의 이별로 황폐해진 마음속으로 그는 봉헌과 체념의 노래를 웅얼거렸다. 못난이 블레즈가 「시편」의 가락을 읊는 동안 에프라임은 자신의 빈약한 말들로 이 노래를 되받았다.

보시오, 렌, 보고 기뻐하시오,
땅과 그대의 고통은 잊어버리시오,
임금께서 그대의 선함과 부드러움에 매혹되리니.

그분은 그대의 주님이시니, 그분 앞에 엎드리시오!
그분은 우리의 주님이시니, 내가 그대를 그분께 데려가오.
고통의 짐을 진 가난한 백성들이 그대의 미소를 구할 것이며,
마르소처럼 횡사한 이들이 그대의 도움을 구걸할 것이오.

기도와 소망으로 탄생한 딸,
소박한 나사 옷을 차려입은 그대가

거기, 너도밤나무 관 속에 누워 있구려.

우리는 사랑으로 그대를 치장해 주님께 데려가오.

슬픔과 희망, 고통과 감사 속에

젊은이들이, 그대의 아들들이, 그대를 수행하오.

그대의 아들들과 나를 대신해, 천사들이 그대에게 다가가
리라.

온 땅을 가로질러, 그대가 그대의 아들들을 지키리라……

그리고 나를 부를 테지.

그래, 나를 부를 테지?……

그의 아들들의 믿음 역시 똑같이 단순하고 엄격하며 끈질긴
것이었다. 성모님을 향한 에드메의 열정이 페름뒤부 사람들 모
두의 영혼에 접목해둔 믿음이었다. 어머니, 남편, 아들들. 페름
뒤부 사람들 모두가 그곳에 와 있었다. 막내아들이 앞장서서 걷
고 아침의 아들들이 너도밤나무 침상을 나르고, 밤의 아들들이
뒤를 따랐다. 모두가 그곳에 와 있었다. 한 명을 제외하고.

바로 그 한 명, 정오의 아들의 부재로 인해 뚱보 레네트는 죽
음을 맞았다. 그 겨울날 해질 무렵 세차게 불어닥치는 음산한 바
람에 쫓기듯 시몽이 앙브루아즈 모페르튀의 사악한 웃음에 쫓

겨 사라져버린 것이다. 그가 터뜨린 오열에 놀란 루제의 등에 실려. 그날 숲 한복판에서 탄식이 일어났다. 탄식은 노트르담데에트르 공터에도 일었다. 그곳에서도 바람이 불었다. 바람은 헐벗은 가지와 매끄럽고 긴 줄기의 나무들 주위를 맴돌았다. 바람은 천사들의 날개 속으로 밀려들고, 과일 혹은 심장이나 나팔, 도끼나 작은 종들을 든 그 손가락들 사이로 들이쳤다. 바람은 천사들의 주름진 회색 나무껍질 옷 속에서 윙윙대고, 새나 꿀벌이나 물고기로 장식된 천사들의 어깨 위에서 으르렁댔다. 바람은 천사들의 눈꺼풀에 닿아, 혹은 준엄하거나 미소 짓는 그들의 입술을 스치며 비명을 질러댔다. 그곳에서도 바람이 불었다. 앙브루아즈 모페르튀의 웃음처럼 음산한 바람이 아니라 희끄무레한 회색 바람이었다. 난폭한 바람이 아니라 슬픈 바람이었다. 가을에 심장을 든 천사의 너도밤나무 가지에 목을 맨 마르소의 영혼이 겁을 먹고 신음 소리를 내는 것 같기도 했다. 너도밤나무의 성모상 주위를 배회하던 그 우울한 탄식이 뢰오셴 부락까지 내려와 페름뒤부의 문 밑으로 미끄러져 들어와서는 뚱보 레네트의 심장 속으로 스며들었다. 그날 밤, 그해 들어 그토록 늑장을 부리던 첫눈이 내렸다. 밤새도록 눈이 내렸다. 아침에는 들과 길과 숲이 모두 눈에 파묻혔다. 격정의 시몽, 사라져버린 시몽의 흔적들을 말끔히 지우려는 듯. 그날 밤, 등에 한 남자를 기다랗게 태운 커

다랗고 흰 수소의 형체를 얼핏 보았다는 사람들이 있었다. 그들
은 수소가 저지대로 이어지는 내리막길을 따라 안개 속을 달려
가더라고 했다. 그러나 이미 날이 몹시 어두워진데다 안개가 짙
어 유령 같은 그 수소가 어디로 가는지 도통 알 수 없었고, 수소
의 등에 실린 것이 무엇인지도 실은 제대로 분간할 수 없었다고.
설상가상으로 수소가 지나간 뒤 곧 눈이 내리기 시작했다. 어린
아이의 꿈처럼 가벼운 눈, 희고 부드러운 눈이었다.

　눈이 내렸다. 숲 위로, 노트르담데에트르 공터로, 천사들의 이
마와 날개 위로. 바람이 몇고 탄식도 몇었다. 그러나 뚱보 레네
트의 마음속에서는 여전히 나지막한 탄식이 들려왔다. 그녀의
아들에게 무슨 일이 닥친 걸까? 어떤 비애가 그를 자신의 땅과
가족 모두에게서 멀리 달아나게 한 걸까? 노인이 또 어떤 저주
의 말을 내뱉은 걸까? 자신의 몸이 유일한 왕국이었던 뚱보 레네
트는 마치 왕궁에 살듯 활짝 피어난 그 몸안에 언제나 거주했다.
그녀는 인근 마을까지 내려가는 일 말고는 자신이 사는 부락을
벗어난 적이 없었으며 다른 곳에서 산다는 것은 상상할 수도 없
었다. 뢰오셴이 있고, 그곳 숲가에 부모의 농장—그녀 자신의 농
장이 된—이 자리했다. 그 농장에 그녀가 있고, 그녀의 몸이라는
공간이 있었다. 그녀에게 닥친 굶주림의 긴 이야기가 전개된 곳
이었다. 그곳에서 그녀는 굶주림이라는 흰 족제비의 공격을 받

아야 했으며, 영문을 알 수 없는 그 엄청난 굶주림으로 인해 좌절과 고뇌를 경험해야 했다. 또한 그곳에서 그 게걸스러운 작은 짐승을 수풀에서 내몰아 마침내 길들일 수 있었다. 어머니의 은혜와, 에프라임의 사랑과, 아들들의 존재에 힘입어. 서로 일치하는 이 몇몇 지표를 제외하고는 세상은 그녀에게 미지의 대상이었다. 위험과 적의로 가득한 야만적인 장소임이 분명했다. 굶주림이, 불길한 굶주림이 세상을 떠돌다가 사람들의 영혼을 공격하는 곳이었다.

그녀는 이 굶주림이 얼마나 간교한지 간파하고 있었다. 그것에 한번 붙들리면 어떤 절망에 빠져들게 되는지 그 누구보다 잘 알았다. 이 굶주림이 실은 뜨거운 애정임을 이해하는 데 얼마나 많은 세월과 사랑이 필요했는지 모른다. 어머니가 성모께 끊임없이 바친 무수한 기도가 그녀 안에 이 애정의 심연을 만들어놓았던 것이다. 그녀의 몸과 마음속 깊은 곳에서 아가리를 활짝 벌리고 있는 애정의 광기. 그녀는 이 상처를 지니고 태어났던 것이다. 그녀는 태어나면서부터 세상과 타인들을 향한 무한한 애정으로 고통받아야 했다. 타인들의 몸과 피부, 얼굴과 목소리를 향한 애정. 타인들의 시선과 몸짓, 잠을 향한 애정이었다. 그러나 오랫동안 그 모두가 그녀 안에 모호한 꿈으로 남아 있었다. 오랫동안 그녀는 이 굶주림을 무어라 지칭할지 알지 못한 채 많은 음식물로 달래고 가라앉히려 했다. 그러나 굶주림은 더한층 혹독해졌다. 그후 에프라임이 왔고, 아홉 명의 아들이 태어났다. 그 몸들이 그녀를 에워싸기 시작했다. 그 몸들은 그녀에게서 자신들의 양식을 구하며 평화와 부드러운 망각과 기쁨을 찾았고, 성장하여 남자가 될 수 있는 힘을 발견했다. 그 몸들이 그녀가 이 굶주림의 정체를 파악할 수 있도록 도왔다. 그녀의 몸이 그처럼 엄청난 부피와 너비를 갖게 된 것은 오로지 더 많이 주기 위해서였다. 부드러움과 미소와 애무를 넘치도록 전하며, 육肉의 아름다움을 더 큰 소리로 찬양하기 위해서였다.

육신이 얼마나 상처받기 쉬우며 영혼이 얼마나 쉽사리 망가지는지 그녀는 알고 있었다. 통증과 공포가 느껴질 만큼 잘 알았다. 하찮은 것 하나가 인간에게 엄청난 상처와 고통을 주고 파멸로 몰아가거나 지옥 불에 떨어뜨릴 수 있다는 사실을 알았다. 덤불의 가시 하나, 혹은 뱀에게 물린 상처나 금작화의 작은 알뿌리나 유리 파편 하나가 인간의 피를 썩고 마르게 할 수 있으며 심지어 생명을 앗아갈 수도 있음을 그녀는 알고 있었다. 잔인한 말한마디나 냉혹한 시선, 비웃음, 배신이나 거짓말이 인간의 마음을 부패시키고, 우울한 사고를 낳게 하고, 영혼을 훼손할 수 있음을 알았다. 그녀는 이 모두를 본능적으로 감지했다. 동물이 굴과 둥지와 은신처 같은 제 거처를 알고, 달리고 헤엄치고 기고 나는 제 동작을 알고, 먹이가 무엇이고 적이 누군지 아는 것처럼. 인간이, 그 육신과 영혼이 얼마나 상처받기 쉬운지 그녀는 본능적으로 이해했다. 그리고 이 본능에 상응하는 애정의 감각을 그녀는 지니고 있었다. 이 애정으로 아들들을 먹였으며, 그들의 마음이 올곧고 명료해지도록 보살폈다. 분노에 쉽사리 휩싸이는 아침의 아들들과 정오의 아들마저 이런 애정을 마음속에 고스란히 간직했고, 때로 우울감에 젖는 밤의 아들들조차 이런 명료함을 그대로 보존했다.

그런데 이제 시몽이 차디찬 어둠 속으로 사라져버리고 만 것이다. 한없이 음산한 바람, 증오와 절망의 바람에 쫓겨. 그녀의 아들 하나가 이 애정으로부터 떨어져나간 것이다. 그는 어디로 간 걸까? 어디서 잠자리와 먹을 것을 구하고, 누가 그를 돌볼 것인가? 절망이 휩쓸고 간 마음속에 악이 머리를 쳐들게 되지는 않을까? 이런 물음을 곱씹는 동안 그녀 안에 서서히 의혹이 싹텄다. 예전에 성가시게 달라붙던 굶주림이 그랬듯이 시몽에 대한 걱정이 그녀를 갉아먹기 시작했다. 아무도 모르게 은밀히. 그녀의 애정 일체가 이제 불안한 형색을 띠었다. 아들이 지금 어디에 있으며 무얼 하는지 몰라도 계속 그를 보살펴야 했다. 그녀의 생각은 밤낮없이 시몽에게로 향했다. 잎이 우거진 잔가지들 같은 보이지 않는 기도로 생각이 짜여갔다. 사라진 아들에게 가닿기 위하여, 멀리서나마 그를 지켜주기 위하여.

뚱보 레네트는 겨울 내내 이런 근심 속에서 밤을 지새우며 시몽이 돌아오기만을 기다렸다. 그러나 돌아온 이는 없었고, 새로운 소식도 들리지 않았다. 겨울이 지나고 눈이 녹으면서 시냇물이 다시 흐르고 새들이 돌아왔다. 숲속에서는 벌목이 끝나고 망치질 소리가 들려왔다. 그리고 목재를 강까지 운반하는 시기가 시작되었다. 뚱보 레네트는 성긴 살들로 둘러친 무거운 짐수레들이 길 위로 지나가는 모습을 바라보았다. 두 마리 소가 짝을 지어 끄는, 장작이 가득 실린 짐수레들이었다. 그러나 그 소들 사이에 루제는 없었으며, 시몽도 짐수레들 곁에서 걷고 있지 않았다. 그녀는 소들과 남자들의 발소리에 귀기울였다. 장작을 실은 수레의 바퀴가 삐걱대는 소리가 들려왔다. 소몰이꾼들이 쉰 목소리로 긴 운율을 넣어 소들의 이름을 부르면서 소들이 계속 수레를 끌도록 부추기는 소리도 들려왔다. 그녀는 쉴새없이 루제라는 이름을, 아무도 부르지 않는 이름을 읊조렸다. 그러나 루제는 오지 않았고, 그 소를 돌보는 청년도 오지 않았다. 결국 그녀는 자리에 눕게 되었다. 예전에 그녀를 온종일 졸음에 빠뜨렸던 그 나른한 무력감에 다시 사로잡혀서가 아니었다. 기다림과 고뇌가 그녀를 몸져눕게 했다. 더이상 아무것도 먹지 않았다. 젊은 시절에 그녀를 집요하게 따라다녔던 굶주림, 그 끔찍한 굶주림이 이제 속이 텅 빈 모습으로 되돌아와 있었다. 침상에 누운 뚱보 레네트의 인형처럼 푸른 시선이 눈물로 흐려진 채 허공을 배회했다. 이 시선은 과도한 빛과 어둠에 놀란 여린 곤충처럼 투명한 날개를 파닥이며 날아다니는 듯했다. 뜨겁게 달궈진 전구 속에서 길을 잃은 채 달아날 출구를 찾는 하루살이랄까. 뚱보 레네트의 시선은 그녀의 몸에서 떨어져나와 달아나려는 것 같았다. 그렇게 한껏 고양된 속도로 날아올라 시몽을 찾아 나서려는 것 같았다. 휘몰아치는 겨울바람에 실려간 아들을. 에드메가 미련퉁이 루이종이나 못난이 블레즈와 교대로 밤낮없이 그녀를 돌봤다. 몸을 숙이고 딸을 바라보는 에드메는 애가 탔다. 엄청난 양의 요리를 해 먹이며 키운 딸이었건만 이제 그녀는 딸의 다문 입술 사이로 한 숟가락의 물이라도 밀어넣어야 하는 처지가 된 것이다.

어머니와 눈길이 마주친 못난이 블레즈가 놀라 어머니에게 물었다.

"그 눈길로 무얼 찾고 계시죠? 어딜 가고 싶으신 거예요?"

쉴새없이 사방으로 옮겨다니는 시선에 그는 마음이 불안해졌다. 죽음을 목전에 둔 꿀벌들의 미친 듯한 비행이 떠올랐다.

"무얼 보고 그리 놀라시는 거죠?"

하지만 그녀의 눈이 그렇게 동요하는 것은 아무것도 보지 못했기 때문이다. 소몰이꾼들 사이에서 시몽을 보지 못했기 때문에, 시몽의 얼굴을 다시 보지 못했기 때문이다. 위로해주고 싶은 이에게 그녀의 애정이 가닿을 수 없다는 고뇌로 인한 것이었다. 에프라임은 사내의 힘으로 그녀를 붙잡을 수 있다는 듯 밤이면 그녀를 더욱 세게 끌어안았다. 그녀의 눈에 자신의 손을 얹고 그 시선을 진정시키려 했다.

"자요, 그만 자도록 해요, 레네트. 내가 곁에 있으니까."

그러나 아내의 눈꺼풀이 깜박이는 것이 그의 손바닥에 느껴졌다. 그녀의 속눈썹이 젖어 있었다. 그는 아내의 두 눈에 손을 펼쳐 올려둔 채 잠이 들었다. 그러던 어느 날 아침, 잠에서 깨어난 그는 축축한 눈꺼풀이 그의 손바닥에 닿아 깜박이는 것을 느낄 수 없었다. 그는 아주 천천히 손을 떼었다. 렌의 눈이 고요함을 되찾고 있었다. 그녀는 눈을 반쯤 뜬 채 편안히 쉬고 있었다. 그 얼굴 위로 그가 몸을 기울이자 그녀는 미소를 지어 보였다. 하지만 이미 아주 먼 곳에서 오는 미소였다. 잇달아 아주 서서히 눈꺼풀이 감겼다. 에프라임은 손바닥에 가벼운 애무가 와 닿는 것을 느꼈다. 자신의 손을 바라보았다. 손바닥 안에서 푸른 섬광이 흔들렸다. 렌의 눈에 깃들어 있던 푸른빛이 마지막으로 그의 살갗을 타고 흘렀다. 찬란한 눈물이었다.

루제의 몸

그가, 오래전에 사라진 아들이 다시 나타났다. 수소의 등에 실려 뢰오셴을 멀리 떠났던 아들이었다. 이 마을 저 마을을 떠돌아다니며 수소와 그를 필요로 하는 농장에서 품을 팔아오면서 그는 밤이면 가슴속에 우울한 희망을 품고 잠자리에 들곤 했다. 아침에 일어나면 마법과도 같은 기막힌 소식을, 모페르튀 영감이 죽었다는 소식을 듣게 될 거란 희망이었다. 그러나 그런 소식 대신 다른 소식이 전해져왔다. 아니, 소식이라기보다 표징이었다. 어느 날 아침, 한줄기 숨결이 그의 손과 얼굴을 훑고 지나가는 것이 느껴졌다. 바람도 미풍도 아닌 가볍디가벼운 숨결이었다. 과일맛 나는 입김처럼 여리디여린 숨결이었다. 어머니의 숨결. 갑자기 그는 잃어버린 유년기의 감각을 모두 되찾았다. 머리를 어머니의 가슴에 기댄 채 어머니의 달콤한 살 냄새를 맡으며 그 품에 안겨 잠이 드는가 싶었다. 어머니의 목소리와 방울 소리 같은 온화한 웃음, 맑고 푸른 눈이 그의 마음을 기쁨에 들뜨게 했다. 잠에서 깨어난 순간 갑자기 어머니의 조그만 손이 자신을 어루만지는 것이 느껴졌다. 늘 꿈을 꾸는 듯싶은 그 차분한 시선과 미소를 보는 것 같았다. 어머니가 자신을 바라보는 것이, 영혼 깊숙이까지 들여다보는 것이 느껴졌다. 자신의 귀에 입을 바싹 갖다대고 속삭이는 것이 느껴지는 듯했다.

'내가 여기 있단다, 내 아가, 마침내 널 찾았구나, 널 만나게 되었구나……'

그의 내면에서 어머니의 목소리가 속삭였다. 어머니가 그를 가슴에 꼭 안고 흔들어 달랬다.

어머니의 눈길과 목소리에 너무도 생생하게 사로잡혀, 어머니를 보고 싶은 욕구가 너무도 간절해, 그는 집으로 돌아갈 결심을 하게 되었다. 형제들과 그의 집, 고지대의 숲들과 카미유를 다시 보고 싶었다. 한걸음씩 떼어놓을 때마다 어머니와 가족을 만나겠다는 욕구도 커져만 갔다. 한걸음씩 떼어놓을 때마다 희망으로 가슴이 들뛰었다. 카미유를 다시 보게 되리라는 희망. 집으로 돌아간다는 흥분된 마음과 그리운 이들을 다시 만나고 싶은 갈망에 겨워 그는 노인을 잊고 있었다. 며칠을 꼬박 걸어 마침내 자신이 살던 부락에 도착했다. 가족에게서 멀리 떠나 지낸 몇 달보다 더 길게 느껴지는, 너무도 느리게 흘러간 며칠이었다. 그는 루제를 데리고 집으로 돌아왔다.

뢰오셴을 통과하는 동안 마주친 사람이 아무도 없었다. 페름 뒤부에 들어섰지만, 그곳 역시 비어 있었다. 어머니를 부르고, 에드메와 미련둥이 루이종, 못난이 블레즈를 차례로 불렀지만 그의 부름에 답하는 이는 아무도 없었다. 평소에 늘 집에 있고 아주 가까운 곳 외에는 외출을 하지 않는 이들이었건만. 그 순간 또다른 침묵이 그의 주의를 끌었다. 부재하는 이들로 말미암은 침묵보다 한층 비정한 침묵이었다. 다른 모든 침묵의 축소판이자 응축물이며 그 침묵들에 폭력의 양상을 부여하는 침묵이었다. 큰 괘종시계도 침묵했으며, 그 추도 움직이지 않았다. 그가 떠난 이후로 시간이 멈춰버린 것일까? 또다른 표징들을 보게 될까 두려워, 그는 주변을 더 둘러볼 용기를 낼 수 없었다. 죽음이 스며들어온 집에서만 사람들이 괘종시계를 멎게 한다는 것을 잘 알고 있었기 때문이다. 괘종시계의 침묵에 그는 목이 메고 숨이 막혀왔다. 부모의 방이 있는 쪽으로 간신히 발길을 옮겼다. 그러고는 아주 천천히 방문을 열었다. 문이 반쯤 열린 순간 문득 알아차렸다. 괘종시계의 침묵이 그의 마음속으로 밀려들어 핏속으로 퍼져나가며 감각과 이성을 마비시켰다. 부모의 침대는 비어 있었다. 매트를 빼내어 보이지 않는 것이, 그 짚을 불사르기 위한 것임이 틀림없었다. 고인이 생전에 사용하던 매트는 불사르는 것이 관례였으므로. 장롱의 거울도 시트로 가려져 있었다. 육신의 보호를 더는 받을 수 없게 된 고인의 영혼이 머뭇거리며 거기서 그 육신의 반사물을 찾지 않도록 하기 위해서, 육신을 잃은 영혼이 이제 비가시적인 세계로 넘어간 것에 당황하지 않도록 하기 위해서였다.

방은 텅 비어 있었다. 그 휑한 모습에 그는 무릎을 꿇고 주저앉았다. 그렇게 문지방에 쓰러졌다. 그는 깨달았다. 방이 그 정도로 황량한 모습이라면 그것은 오직 어머니의 부재 때문이었다. 아가리를 벌린 침대와 시트로 가려진 장롱 앞에서, 그는 아버지를 이제 막 집어삼킨 고통과 고독을 맛보았다. 어머니의 사라진 몸에 상응하는 고독이었다. 믿기 어려울 만큼 냉혹한 이 고독은 포근하지도 달콤하지도 않았다. 우리를 감싸안는 그런 고독이 아니라 허리와 무릎을 꺾어놓는 고독이었다. 어머니가 끊임없이 베푼 행복에 상응하는 고통이었다. 모든 것이 뒤집혀 텅 빈 속을 드러냈다. 방안 가득한 새하얀 빛이 시몽에게는 추하게만 여겨졌다. 대기가 시큼해져 역한 냄새를 풍겼으며, 그 침묵 또한 가증스러웠다. 입안에 고인 침에서조차 시큼한 맛이 났다. 어머니, 그의 어머니를 위해 돌아왔건만, 자비와 위로의 선물이었던 어머니의 경이로운 몸을 다시는 보지 못할 것이었다.

그 순간 노인이 떠올랐다. 그를 가족으로부터 멀리 쫓아낸 사람이 그 노인이었다. 그의 몸이 그 모든 몸들로부터 떨어져나와 활력과 생기와 기쁨을 잃어야 했던 것도 저 앙브루아즈 모페르튀 때문이었다. 괘종시계를 멈춘 것도, 침대 매트를 불사른 것도 모페르튀 영감이었다. 그가 페름뒤부에 죽음을 들인 장본인이었다.

시몽 역시 아버지가 겪었을 고통을 느끼고 있었지만 그 양상은 전혀 달랐다. 시몽에게서는 체념이나 굴복의 그림자는 찾아볼 수 없고, 오로지 미쳐 폭발할 듯한 분노만이 존재했다. 그는 자리에서 일어나 집안을 돌아다니다가 도끼 하나를 손에 들었다. 마당에 나서자 햇빛에 눈이 부셨다. 5월 말의 아침 햇빛 속에 서 있는 루제가 보였다. 수소는 마당 한복판에서 조용히 기다리고 있었다. 그러나 시몽은 자신이 추방당해 있던 시기를 함께한 루제를 알아보지 못했다. 무섭도록 흰, 커다란 짐승 한 마리가 보였다. 유령 같은 모습의 큰 짐승 하나가 환한 대낮에 그의 앞에 그렇게 서 있었다. 소름이 끼치는 거대한 죽음의 짐승이었다.

저 큰 짐승 위에 올라탔던 죽음은 어디에 있단 말인가? 어쩌면 죽음은 어머니의 몸을 저 짐승의 흰 배 속에 숨겨둔 것이 아닐까? 아니면 죽음은 저 짐승의 심장 속에 숨어 있는지도 몰랐다.

시몽은 짐승을 향해 곧장 달려들었다. 루제의 머리를 도끼로 내리쳤다. 루제는 그 자리에서 쓰러졌다. 몸을 움찔하거나 울음소리를 내뱉을 겨를도 없었다. 시몽이 그 쓰러진 몸 위로 달려들어 머리와 사지를 절단하고 배를 갈랐다. 그는 죽음의 짐승을 후려쳤다. 모페르튀 영감의 짐바리 수소를 후려쳤다. 소의 몸을 절단하고 살을 찢고 피와 내장을 비워냈다. 그는 루제의 영상을 뿌리뽑고 유령처럼 생긴 짐승의 가죽을 벗겼다. 수레를 끄는 이 거대한 짐바리 짐승의 몸을 해체해 더이상 노인의 몹쓸 웃음을 실어나를 수 없게 만들었다. 죽음과 고통을 가져오지 못하게 했다. 시몽은 노인이 품은 증오의 가죽을 벗겼고, 그의 사악한 웃음을 잘게 해체했다.

황량한 부락을 다시 가로질러 페름뒤파의 마당으로 스며든 시몽은 알몸이었다. 양어깨에는 가죽을 벗긴 루제의 윗몸통이 둘러메여 있고, 살갗은 짐승의 피로 칠갑이 되어 있었다. 마침내 그는 노인의 이름을 큰 소리로 불렀다. 앙브루아즈 모페르튀가 마당으로 나오도록 다그쳤다. 페름뒤부에 죽음을 몰고 온 수소의 사체, 이 거대한 짐승의 썩은 고기를 노인이 찾아가도록 다그쳤다. 그리고 노인이 그에게 와서 그의 어머니의 죽음을 해명할 것을 명했다. 그러나 목련나무 줄기에 사슬로 묶인 개 두 마리만 사납게 짖으며 그의 절규에 화답했다. 모페르튀 영감은 그곳에 없었다. 동틀녘에, 페름뒤부의 떼거리가 뚱보 베르슬레의 관을 들고 집을 나와 마을 공동묘지로 향하기 훨씬 전에 집을 나가고 없었다. 그는 이들과 마주치고 싶지 않았다. 그가 연을 끊은 아들뿐 아니라 늘 야만인으로 간주해온 손자들도 마찬가지였다. 특히 손자들이 단합해 자신에게 맞서고 있음을 알고 있었다. 그는 자신의 개들에게 지키도록 항상 맡겨두는 성채와도 같은 이 농장의 문과 덧문을 모두 닫은 뒤 파이 숲을 향해 떠났다. 저녁이나, 아니면 밤이 이슥해서야 집으로 돌아올 것이었다. 부락의 남자들과 여자들은 모두―위게 코르드뷔글을 제외하고―뚱보 레네트의 장례 행렬을 따라가고 없었다. 위게 코르드뷔글은 지난겨울 숲속에서 소동을 벌인 이후로 스스로 경계해온 것 이상으로 사람들 모두로부터 기피의 대상이 되었다. 그리하여 늙고 쭈그러든 수탉 알퐁스를 양 무릎에 올려둔 채 더러운 유리창 뒤에 숨어 있던 그가 이번에도 유일하게 시몽을 알아본 사람이었다. 그는 시몽이 루제와 나란히 길을 올라오는 모습을 보았으며, 그 짐승의 머리를 내리치는 도끼 소리와 몸체가 쓰러져내리는 희미한 소리를 들었다. 잇달아 수소를 잘게 토막내는 도끼날 소리도. 자신의 집 깊숙이 틀어박혀 정확히 무슨 일이 벌어지고 있는지 모르는 채 그는 그 모든 소리를 듣고 있었다. 대기를 쓱 쓱 베는 듯한 저 도끼날 소리는 무엇이며, 점점 더 빨라지는 저 둔탁한 소리들은 다 뭔가? 또 격렬한 작업에 필사적으로 달려드는 인간의 저 거친 숨소리는 무언가? 그 모든 소리에는 그가 납득할 수 없는 광기와 분노가 배어 있었다. 황량한 부락에서 들리는 그 불가사의한 소리들은 그를 공포로 몰아넣었다. 그는 최대한 작게 보이려는 듯, 머리가 건들거리는 늙은 수탉 곁에 그대로 웅크리고 앉았다. 그렇게 하면 저곳에서 무언가를 후려치고 있는 사내의 진노를 피할 수 있다는 듯. 사내는 알 수 없는 무언가를 숨이 차오르도록 힘껏 후려치고 있었다. 저 도끼날이 곧 그를 공격할 것만 같았다. 문을 부수고 들어와 그곳 의자에 앉아 있는 그와 알퐁스를 갈가리 찢어놓을 것 같았다. 그의 입에서 겁에 질린 신음 소리가 새어나왔다. 그러나 침묵이 또다시 내려앉았고, 시몽이 지나가는 모습이 다시 보였다.

시몽일까, 아니면 시몽의 유령일까? 벌거벗은 시몽이 길을 내려가는 것이 보였다. 9월의 그날 밤 페름뒤파의 풀밭 깊숙한 곳에서 그랬듯이 그는 알몸이었다. 풀밭 위에 펼쳐진 하얀 시트들로 환히 빛나던 밤이었다. 그러나 지금은 알몸을 비추는 하얀 시트 따위는 없었다. 시몽의 살갗은 피로 번득이고 온몸에서 땀과 피가 흘렀다. 시몽의 몸에서 흐른 땀과 수소 루제의 몸에서 흐른 피였다. 가죽이 벗겨진 루제의 윗몸통을 양어깨에 짊어진 시몽은 그 무게에 눌려 허리를 구부린 채 걸었다. 분노와 고통, 잃어버린 사랑들, 그리고 생살이 드러난 욕구에 짓눌려 구부정하게 걸어갔다. 시몽은 페름뒤파로 가고 있었다.

시몽이 사라진 뒤에도 한참 동안 위게 코르드뷔글은 때가 잔뜩 낀 창유리에 시선을 고정한 채 창문 뒤에 앉아 있었다. 텅 빈 길을 걷는 시몽의 벌거벗은 몸이 계속 보이는 것 같았다. 눈부신 시몽의 몸이 피로 붉게 빛났다. 그의 피는 아니지만 그의 땀과 뒤섞여 그의 것이 되어버린 피였다. 짐승의 피로 인해 마법에 걸린 눈부신 시몽. 찬란한 빛을 발하는 그의 새로운 나신. 살갗만 벌거벗은 것이 아니라, 살이 벌거벗고 있었다. 루제의 피로 흠뻑 젖은 시몽 자신의 가죽이 벗겨진 것처럼 보였다. 벌거벗은 살과 마음, 벌거벗은 분노와 욕구. 시몽의 몸은 벌거벗었다기보다 생살이 드러나 있었다. 루제의 피가 그의 몸에서 불길처럼 찬란히 빛났다. 위게 코르드뷔글은 황량한 길 위에 남아 있는 시몽의 환각 같은 이미지를 응시했다. 가죽이 벗겨진 시몽, 인간-짐승이 된 시몽, 살과 피의 신이자 걸어다니는 횃불이 되어버린 시몽이었다. 땀과 피로 반짝이는 그 몸을 위게 코르드뷔글은 감탄과 놀라움이 뒤섞인 미친 듯한 시선으로 하염없이 바라보았다. 길 위에서 아침 햇살을 받아 반짝이는 몸이었다. 격정의 시몽, 가죽이 벗겨진 시몽이 활활 타오르는 몸으로 사라져갔다. 그 놀라운 이미지, 벌거벗은 살과 마음, 벌거벗은 피와 불, 그것들을 위게 코르드뷔글은 누설하지 않을 것이었다. 그만이 본 그 이미지를 마음속에 꼭꼭 숨겨둘 것이다. 하얀 방에서, 여자들의 속옷을 잘라 만든 시트로 장식한 침대 속에서 그 이미지를 꿈꿀 것이다.

  노인은 그곳에 없었다. 일을 보러 나간 터였다. 그는 전보다 더 악착스럽게 일을 했다. 암캐가 새끼들을 돌보듯 자신의 재산을 관리했으며, 자신의 숲에서 얻은 목재를 거래하는 데 한 푼의 에누리도 없었다. 그가 고용한 벌목꾼이든, 뗏목으로 목재를 운반하는 일꾼이든, 소치기든, 목재상이든, 그 누구도 그의 목재를 훔쳐가지 못하도록 경계하고 감시했다. 그는 부자이고 싶었으며, 더 많은 부를, 엄청난 부를 축적하고 싶었다. 그는 카트린과 카미유라는 이중의 몸을 위해, 잃어버린 몸과 칩거하는 몸을 위해, 눈에 보이지 않는 거대한 능陵을 쌓듯 그렇게 부를 축적해갔다. 카트린과 카미유. 하나가 된 몸, 쉴새없이 자라나는 몸이었다. 말괄량이의 몸, 그가 찬양해 마지않는 여인의 몸. 그는 지치지도 않고 자신의 커다란 장부들을 읽고 또 읽으며 숫자들에 도취했다. 액수가 불어날수록 그의 상상 속 능도 더한층 아름다운 모습을 갖춰갔다. 그는 크고 견고한 행복을 맛보았다. 피땀 흘려 얻은 행복이었다. 교활하고 끈질긴 적들의 무리에게서 탈취해낸 행복이었다. 자신이 모든 적들보다 더 집요하고 강인했기에 그들을 모두 굴복시킨 것이었다. 코르불은 흙 속에서 썩어갔고, 그의 며느리와 며느리의 난쟁이 남동생은 저지대의 그들 집에 틀어박혀 있었다. 마르소는 자신의 바랜 그림자를 침묵 속에 영원히 눕혀두었고, 시몽은 사라지고 없었다. 그리고 카미유는 그의 손안에 있었다. 그는 주인의 손으로 단단히 그녀를 거머쥐고 있었다. 절대로, 절대로, 그녀를 놓아주지 않을 것이다. 그녀는 그의 재산이었고, 그 자신의 오롯한 피조물이었다. 오직 그를 위해 세상에 온 그녀는 그에게 의존해서만 살아갔다. 그는 그녀에게 음식과 물, 속옷, 발 보온기에 넣을 숯과 초롱불을 가져다주었다. 그리고 새장 속의 새처럼 그녀를 돌보았다. 하늘로 날려보내기에는 너무 아름답고 희귀한 새였다. 그의 시선이라는 공간 안에서만 비행할 권리가 있는 비밀의 새. 그는 문구멍으로 그녀를 들여다보느라 시간 가는 줄 몰랐으며, 나무문에 입을 바싹 갖다 대고 그녀에게 쉴새없이 이야기를 늘어놓았다.

하얀 방

카미유는 자신이 죽도록 내버려두지 않았다. 그저 잠과 꿈을 스치며 부유하도록 내버려두었을 따름이다. 그녀는 다양한 색채 속을 헤엄쳐다니며 여러 이미지 속에서 표류했다. 눈을 커다랗게 뜬 채로. 그리고 귀를 기울였다. 모든 소리에 귀기울였다. 다락방에서 바스락대는 소리를 하나도 놓치지 않았다. 들보와 마룻바닥이 비걱거리는 소리는 물론, 노인이 그녀에게 찬 물병과 먹을 것을 넣어주기 위해 살며시 열곤 하는 삐드득대는 문소리도 알고 있었다. 기류의 온갖 변화를 비롯해 빗물이 떨어지는 소리와 리듬을 알았다. 처마밑에 둥지를 튼 새 한 마리 한 마리, 생쥐들의 종종걸음, 벌레들이 기어가는 미세한 소리까지 감지했다. 나무와 바람과 비 소리. 이파리, 벌레, 생쥐, 새 들의 소리. 그런 소리들 외에는 이제 세상의 다른 소리를 알지 못했다. 그런가 하면 그 무엇과도 견줄 수 없을 만큼 혐오스러운 소리도 있었다. 노인의 발밑에서 계단이 천천히 삐걱대는 소리, 탈칵 하며 문구멍이 여닫히는 소리, 그리고 무엇보다 나무문 너머로 속살대듯 들려오는 웅얼거림. 그 웅얼대는 소리가 탁한 물이나 기름진 수증기처럼 문을 길게 훑으며 스며들었다. 노인이 속삭이는 소리, 노인이 죽은 이에게 바치는 사랑의 신도송이었다. 노인이 그 광기 서린 눈동자를 문구멍에 갖다댈 때마다, 시체처럼 끈적끈적한 입을 나무문에 바싹 갖다댈 때마다, 그녀는 담요 밑에 몸을 숨기며 양손으로 귀를 틀어막았다. 그리고 노인이 올라와 문 뒤에서 그녀를 괴롭히지 않을 때 다시 주변에서 들리는 소리에 귀를 기울였다. 다락방의 사방 벽과 지붕 너머에서 들리는 소리를 알아내려고 애썼다. 날이면 날마다, 밤이면 밤마다, 그녀는 더 먼 곳에서 들리는 더 작은 소리를 듣기 위해 청각을 길들였다. 그녀는 두근대는 가슴으로, 길을 따라 올라오는 사람들과 짐승들의 발소리에 귀기울였다. 그러나 그 가운데 시몽과 루제의 발소리는 없었다. 그래도 그녀는 기다렸다. 그녀의 삶은 이 기다림에 집중되어 있었다. 그녀의 삶은 주변에서 들리는 소리에 긴장하며 귀기울이는 행위에 불과했다. 잠을 잘 때도 긴장의 끈을 놓지 않았다.

그러던 5월의 이날 아침, 노인이 집을 나가고 한참 지나자 일군의 남녀가 길을 따라 내려오는 이상한 소리가 들렸다. 몹시 엄숙한 리듬에 맞춰 움직이는, 무겁고 느린 발소리였다. 죽은 이를 수행하는 자들의 발소리였다. 그 순간 금세라도 눈물이 떨어질 듯한 어조에 실린 못난이 블레즈의 노랫소리가 들려왔다. 그러나 그녀가 알아들은 것은 첫 몇 마디뿐이었다.

"내 딸아, 들어라, 잘 보고 귀기울여라……"

누가 땅에 묻히는 걸까? 누가 그녀에게 신호를 보내며 경계를 명하는 것일까? 누가 그녀를 흔들어 깨우며 "들어라! 보아라! 귀기울여라!"라고 말하는 것일까?

내 딸아, 들어라, 잘 보고 귀기울여라…… 그녀는 노래하는 목소리에 귀기울였다. 초상의 슬픔과 보조를 함께하는 발걸음에 귀기울였다. 이 부락 남자들과 여자들의 침묵이 땅에 묻히는 남자 혹은 여자의 침묵에 화답하고 있었다. 저멀리 풀들 사이로 노랫소리가 점점 희미해지고, 발소리도 사라졌다. 그리고 침묵만이 감돌았다. 죽은 자의 침묵과 산 자들의 침묵이었다. 내 딸아, 들어라…… 그녀는 잠자리에 길게 몸을 누인 채 귀를 기울였다. 지극히 미미한 소리 하나도 이 침묵을 흐트러뜨리지 못하도록 꼼짝 않고 숨을 죽인 채. 이 농장을, 부락의 모든 농장을 조여오는 침묵이었다. 그러나 피가 관자놀이에서 뛰고, 심장이 점점 빠르고 둔탁하게 쿵쾅댔다. 그녀는 온몸으로 귀기울였다.

내 딸아, 들어라, 잘 보고 귀기울여라…… 그 순간 갑자기 저기 길 위에서 어떤 발소리가 들려왔다. 사람과 짐승, 둘이 함께 다가오는 발소리였다. 발소리가 천천히 비탈길을 올라오고 있었다. 두 개의 발소리, 소치는 사람과 그의 소가 내는 발소리. 점점 가까이 다가오는 그 발소리는 부락 안으로 침투해 농장에서 멀지 않은 곳을 지나고 있었다. 두 개의 발소리, 시몽과 루제의 발소리였다. 호수 깊은 곳에서 올라오는 소리 같기도 한, 자신의 몸 깊숙한 데서 올라오는 그 소리에 카미유는 귀기울였다. 수문이 열리는 순간 호숫물이 맹렬히 솟구쳐오르는 느낌이랄까. 마음속에서 활짝 피어나는, 너무도 격렬한 기쁨에 가슴이 저려왔다. 호수와 연못의 고인 물이 강으로 돌진하며 내는 아우성이 그녀 안에서 일어나 온몸을 가득 채웠다. 점점 불어난 강물이 더욱 세차게 흐르며 양 둑 사이로 장작을 급히 실어날랐다. 마치 그 고장의 댐이 모두 무너져 물이 그녀 안으로 밀려들어오는 것 같았다. 다락방 한구석 짚 매트 위에 꼼짝 않고 말없이 누워 있는 그녀의 몸을 엄청난 아우성이 집어삼켰다. 맑은 샘물이 광포한 소리를 질러대며 그녀의 몸속으로 흘러들어 내면의 살가죽을 벗기고 있었다.

내 딸아, 들어라, 잘 보고 귀기울여라…… 그녀는 광기에 귀기울이고 있었다. 더이상 아무것도 보이지 않았다. 흘러넘치는 호숫물에 두 눈이 잠기고 시선도 휩쓸려들어갔다. 온몸이 팽팽히 긴장되었다.

시몽은 페름뒤파에서 발길을 멈추지 않았고, 걸음의 속도를 늦추지도 않았다. 그는 가던 길을 계속 갔으며, 잇달아 정적이 다시 찾아들었다. 하지만 그녀 안으로 미친듯이 흘러드는 그 물을 멈출 수 있는 것은 아무것도 없었다. 저기, 숲 언저리에서 울려퍼지던 소리가 연이어 페름뒤부 마당에서 올라왔다. 카미유는 부락 여기저기서 들리는 독특한 음향을 알고 있었다. 그 순간 소리가 멎었다.

내 딸아, 들어라…… 누군가 길을 걷고 있는 걸까? 누군가 페름뒤파로 다가오는 중일까? 카미유는 아우성치며 술렁이는 온몸을 곤두세워 귀기울였다. 맨발로 걸어가는 한 남자의 발소리가 들리는 것 같았다. 누군가 찾아와 농장 안마당에 발을 들여놓았다. 개들이 몸을 곤추세우고 맹렬히 짖어대자 개들을 묶어둔 사슬이 돌에 부딪혀 철컥거렸다. 난데없이 시몽이 소리를 질렀다. 그의 목소리가 사납게 짖어대는 개들의 소리를 덮었다. 그가 개들에게 무언가를 던졌다. 미쳐 날뛰는 개들을 달래기 위한 먹을거리였다. 개들은 곧 잠잠해져 게걸스럽게 먹이에 달려들었다. 시몽은 큰 소리로 앙브루아즈 모페르튀의 이름을 불렀다. 농장 주인이자 개들의 주인인 자의 이름이었다. 굶주림과 분노와 죽음의 주인인 자의 이름. 루제의 주인인 자의 이름.

저 위에 있던 카미유가 자리에서 벌떡 일어났다. 그녀의 몸을 공략했던 물이 한꺼번에 빠져나간 참이었다. 그녀는 시몽의 이름을 소리쳐 부르고 싶었다. 와서 자신을 해방시켜달라고 부르짖고 싶었다. 그러나 아무런 소리도 나오지 않았다. 수개월 동안 지붕밑 방에 갇혀 은둔과 침묵의 생활을 한 뒤라 목소리가 죽어 있었다. 소리를 지르고 싶었지만 목이 메어 아무 말도 나오지 않았다. 시몽이 저기 안마당, 지척에 있었지만 카미유는 그를 부를 수 없었다. 시몽은 노인의 이름만 되뇌었다.

노인은 부재하는 동안에도 자신의 포로를 계속 붙들어두고 있었다. 주인이 일부러 굶겨 한층 사나워진 두 마리 개가 지키는 농장에. 카미유는 이 농장의 빗장을 지른 방문 뒤에 갇혀 있었을 뿐 아니라 그녀 자신 안에도 갇혀 있었다. 그녀는 노인에게 목소리마저 도둑맞은 터였다. 그런데 시몽은 저 아래서 노인의 이름만 외쳐대고 있었다. 그녀의 이름은 잊은 것일까? 그렇게 도주와 추방을 경험하는 동안 카미유라는 이름마저 잃어버린 걸까? 그 정도로 노인이 그들에게서 모든 걸 훔쳐간 걸까? 그녀는 문을 치다가 자물쇠에 손가락을 다쳤다. 시몽이 외치는 소리가 들

려왔다. 하지만 지금은 귀를 기울일 때가 아니었다. 그녀 자신이
말을 하고 소리를 질러야 할 때였다. 그런데 그것이 불가능했다.
그러자 한 가지 생각이 떠올랐다.

해질녘이면 그녀가 심지를 돋워 작은 불꽃을 피워두는 초롱이
있었다. 그녀는 그 초롱의 유리를 깬 다음 잠자리에 굴러다니는
헝겊과 마른 걸레에 불을 붙였다. 그것을 문 옆에 갖다두고 불길
이 나무문을 집어삼키도록 입으로 바람을 내뿜었다. 그러자 잠
시 머뭇거리던 불길이 문을 훑고 잽싸게 퍼져나가 나무를 태웠
다. 불길이 나무를 핥는가 싶더니 그 속으로 타들어갔다. 카미유
는 뒤로 물러섰다. 담요를 가져와 물병에 담은 물을 모두 쏟아부
은 다음 담요를 뒤집어썼다. 나무문이 우지직 소리를 내면서 균
열이 점점 더 확장되어갔다. 카미유는 갑자기 웃음이 터져나왔
는데, 그 순간 잃었던 목소리를 되찾았다. 가증스러운 눈이 달린
문, 흉측한 속삭임을 전해오던 괴물 같은 문, 그토록 증오했던
문이 타들어가는 걸 보니 웃음이 나왔다. 불길이 문 주위로 번져
벽을 타고 달리며 천장으로 올라가더니 들보들에 가 붙고 마룻
바닥을 공격했다. 견딜 수 없는 열기에 숨을 쉬기조차 어려웠다.
카미유는 산산이 부서진 나무문을 향해 돌진해 계단을 달려내려
갔다.

마당으로 통하는 문들은 노인이 평소처럼 앞문이건 뒷문이건

모조리 잠가둔 상태였다. 그런데 그가 마찬가지로 닫아둔 덧문들은 안에서 열게끔 되어 있었다. 카미유는 빗장이 질러진 문들로 달려가 몸을 부딪친 다음 서둘러 창문 하나를 열었다. 불길이 그녀를 따라왔다. 다락방이 온통 불바다였다. 불길이 지붕의 들보들을 집어삼키고 점점 더 사납게 노호하며 벽들을 공격하는 소리가 들려왔다. 불길은 그녀의 머리 위를 달리며 천장을 갉아먹고 계단을 굴러내려와서는 부엌으로 침투해 탁자와 장의자들을 공격했다. 부엌 안이 검은 연기로 가득했다. 카미유는 일층 창문을 뛰어넘어 마당으로 내려섰다.

꽃 핀 목련나무 아래 시몽이 서 있는 모습이 보였다. 그는 치솟는 불길 아래 지붕이 무너져내리는 모습을 지켜보고 있었다. 더는 노인의 이름을 부르지 않았다. 이마부터 발까지 루제의 피로 더럽혀진 그의 몸에는 말라붙은 검붉은 피딱지가 들러붙어 있었다. 그의 발치에서는 두 마리 개가 저 위에서 몸을 비틀어대는 불길에 아랑곳없이 엎드린 자세로 수소의 가슴 부위 살덩이를 찢어발기고 있었다. 저 위에서는 들보들이 우지직 소리를 내며 떨어져내리고, 개들의 턱 사이에서는 죽은 수소의 뼈가 우두둑 소리를 냈다. 마침내 카미유를 알아본 시몽은 불길에 고정되어 있던 넋을 잃은 듯한 시선으로 이제 카미유를 바라보았다. 페름뒤부 마당에서 그가 처치한 거대한 짐승의 몸이 계속 그의 눈앞에 아른거렸다. 사지가 잘리고 가죽이 벗겨진 짐승의 몸이 더한층 거대하고 끔찍한 모습으로 다가왔다. 녀석의 뱃속에서 불길이 치솟았다. 녀석은 점점 더 크고 쩌렁쩌렁한 소리로 울어댔다. 순간 짐승의 옆구리가 쩍 벌어지더니 불길로 갈라진 뱃속에서 유령과도 흡사한 무언가가 튀어나왔다. 그러나 그 유령은, 침대가 비고 거울이 가려진 방의 여주인이 아니었다. 녀석의 뱃속 얼마나 깊숙이 렌의 몸이 숨겨져 있는 걸까? 시몽은 어머니의 영상을 계속 찾으며 어머니가 나타나기를 기다렸다. 그러나 그의 눈앞에 나타난 것은 카미유였으며, 그런 그녀를 시몽은 알아보지 못하는 것 같았다. 그런데 저 여자가 정말 카미유일까? 온통 불에 타고 눌은 담요로 몸을 감싼 마른 형체, 연기로 더러워진 얼굴, 살갗이 그을리거나 벗겨진 손.

그녀가 그를 향해 걸어오며 말했다.

"개들을, 그 개들을 모두 풀어줘야 해……"

들릴락 말락 하는, 작고 숨가쁜 목소리였다. 두 사람은 개들을 풀어준 다음 몽유병자처럼 비틀거리며 나아갔다.

"떠나야 해……"

카미유가 다시 말했다. 집안이 온통 불바다였다. 불길이 방마다 침투해 문과 창문을 산산조각내고 가구와 천을 집어삼켰으며 침대를 태웠다. 불길은 더 멀리까지 더 게걸스럽게 타올랐다. 외양간과 헛간도 불길에 휩싸였다. 목련나무 가지들이 몸을 비틀기 시작했다. 갓 피어난 흰 상앗빛 꽃들이 주홍색으로 붉게 물드는가 싶더니 불꽃 같은 꽃들이 마구 흔들렸다. 그러나 꽃들은 이내 생기를 잃고 뜨거운 열기를 받아 오그라들었다. 더운 바람이 일자 대기가 떨며 불그스름한 빛의 물결 속에서 진동했다. 마당을 가득 채운 숨막히는 공기가 벌레들을 밖으로 내몰았다. 개들도 성찬이나 다름없는 고깃조각을 입에 문 채 달아났다.

"떠나야 해⋯⋯"

카미유가 낮은 소리로 되뇌었다. 시몽은 화염더미에서 눈길을 뗄 수 없었다. 저 거대한 짐승의 배에서 이제 어머니가 튀어나오는 건 아닐까? 뜨겁게 타오르는 저 내장에서 어머니가 나와서 평소의 그 춤추는 듯한 묘한 종종걸음으로 그를 보러 오는 건 아닐까?

"이제 떠나야 해, 어서."

카미유가 또 한번 다그쳤다.

두 사람은 떠났다. 시몽은 뒷걸음쳤다. 페름뒤파가 불타고 있었다. 성난 불길이 노호하는 소리가 숲 쪽으로 올라갔다. 그 소리는 시몽에게 던지는 앙브루아즈 모페르튀의 화답이 아닐까? 그의 이름을 외치고 저주하러 온 시몽에게 모페르튀 영감이 터뜨린 진노의 고함소리가 아닐까? 부락 어귀에서 불길이 치솟으며 검은 연기가 소용돌이치고 있었다. 저건 혹 노인의 몸이 아닐까? 증오와 질투의 저 몸이 활활 타올라 곧 소진되는 것은 아닐까? 카미유는 시몽의 어깨를 불길에 그을린 담요로 감싸 덮어주었다. 그녀는 시몽의 손을 잡아끌며, 그가 매혹당한 듯싶은 저 불의 환영으로부터 그를 떼어놓으려 했다.

"뒤돌아보지 말고 서둘러, 어서, 어서…… 뒤돌아보지 마……"

하지만 이렇게 되뇌는 그녀 또한 비틀거리며 천천히 달렸다. 더는 아무 힘도 남아 있지 않았다. 요 몇 달간 다락방 깊숙이 칩거해 있던 터라 갑자기 넓은 바깥 공간으로 나오자 현기증이 일었다.

"서둘러, 어서……"

이렇게 말하는 그녀의 목소리는 작고 지쳐 있었으며 두 다리는 떨렸다. 이미 시몽을 이끌고 간다기보다 시몽에게 기대고 있었다.

"달아나자, 어서!……"

이렇게 다그치면서도 그녀는 이제 제자리걸음만 했다.

"날 구해줘……"

그녀는 마침내 이렇게 중얼거렸다.

그때 위게 코르드뷔글이 이처럼 길에 서 있는 그들의 형체를 알아보고는 자리에서 벌떡 일어섰다. 그것은 살아 있는 자들의 몸이 아닌 어렴풋한 형체였다. 뜨겁게 타오르는 음산한 바람에 쫓기는 희미한 형체에 불과했다. 페름뒤파에서 불어오는 바람이었다. 길을 잃은 두 망령은 달아나려 했지만 오도 가도 못한 채 제자리걸음만 했다. 재색과 다갈색의 망령, 피와 먼지의 색깔을 띤 망령이었다.

"들어와요."

그가 집에서 나와 그들을 향해 소리쳤다. 완전히 길을 잃고 기력이 다한 시몽과 카미유는 그의 말에 순순히 응했다. 그 순간 그들은 그 어떤 명령에라도 복종했을 것이다. 아무런 힘도 방어력도 남아 있지 않았다. 등뒤에서 기승을 부리는 화염에 이성이 타버린 것 같았다. 두 사람은 코르드뷔글의 농장으로 들어갔다. 코르드뷔글은 아무 말 없이 방구석으로 가 커다란 나무통을 끄집어내 그들이 있는 곳까지 끌고 왔다. 그런 다음 샘에 가서 물을 길어다가 통을 채우고 비누와 속옷도 가져왔다.

"씻어요."

두 사람에게 이렇게 말한 뒤 그는 자리를 떴다. 그리고 알퐁스가 졸고 있는 창문 앞 자기 의자에 앉아 다시 망을 보았다. 시몽과 카미유는 이제 막 그들에게 내려진 새로운 명령에 복종했다. 나무통에 몸을 담가 더러운 검댕과 피를 씻어낸 다음 옆에 놓인

의자 위에 위게가 가져다둔 옷가지를 입었다. 여자 속옷으로 만든 윗도리와 까칠한 벨벳 천으로 만든 남자 바지였다. 두 사람이 옷을 다 입자 위게가 다시 자리에서 일어나 방을 가로질러 걸어갔다. 그리고 그들에게 비밀의 방을 열어 보이며 말했다.

"여기요."

시몽과 카미유가 다가섰다. 반은 여자, 반은 남자처럼 보이는 똑같은 차림을 하고 있으니 둘의 모습이 놀랍도록 흡사했다. 그 순간 그들은 피로와 두려움과 고독에 지친 아이의 눈을 하고 있었다. 위게가 그들에게 손짓으로 침대를 가리켜 보였다.

"이제 그만 잠자리에 들도록 해요."

이렇게 말한 뒤 그는 방에서 나와 방문을 다시 닫았다.

위게 코르드뷔글의 마지막 명령에 그들은 또 한번 순순히 따르며 침대에 가서 누웠다. 베갯잇과 시트는 그 고장 여자들의 온갖 이름의 머리글자가 섞인 자수와 레이스로 장식되어 있었다. 그들은 그 희고 부드러운 글자들 속에 몸을 뉘었다. 망각의 암호들 속에. 그렇게 두 사람은 나란히 누운 채 곧 잠이 들어, 꿈도 고통도 움직임도 없는 수면의 밑바닥으로 침잠해갔다. 손에 손을 잡고 광막한 잠의 나라에서 서로에게 의지했다. 그 단 한 번의 몸짓으로 마침내 일체의 혼돈이 사라지고 그들의 사랑은 새롭게 맺어졌다. 오후에 위게 코르드뷔글은 소리 없이 방안에 들어가보았다. 어둠 속에서 두 사람이 어깨와 어깨, 옆구리와 옆구리를 맞댄 채 꼼짝 않고 조용히 잠들어 있는 모습이 눈에 들어왔다. 그는 누워 있는 이 두 육신을 한참 동안 지켜보았다. 눈을 감고 입을 다문 두 얼굴 위로 몸을 숙이고서 그들의 잠이 영원히 지속되기를 간구했다. 여자들의 속옷으로 만든 그의 시트들과, 장구한 세월 동안 저녁마다 꿰매곤 했던 레이스 장식들이 마침내 자신들의 몸을 찾은 것이다. 고요하고 부드러운, 쌍둥이의 몸이었다.

두 사람을 위해 위게 코르드뷔글은 도둑질을 하러 마을 사람들의 집 마당으로 갔다. 이번에는 속옷이 아닌 꽃을 훔치기 위해서였다. 그는 작약, 장미, 백합, 붓꽃, 아마릴리스 같은 꽃들을 한아름 꺾었으며, 라일락을 비롯해 꽃 핀 사과나무나 살구나무의 가느다란 가지도 꺾었다. 그런 다음 잠든 두 사람의 방안을 그 꽃들의 향기가 뒤섞여 넘쳐나게 했다. 그는 잠든 이들의 몸을 꽃으로 덮었다. 두 사람의 몸은 쉴새없이 헝겊과 레이스와 꽃에 파묻혔다. 백색의 부드러움에 파묻혀갔다.

그는 둘이자 하나인 몸의 다양한 변신을 보며 경탄해 마지않았다. 어느 늦여름밤, 벌거벗은 두 사람이 어두운 풀밭으로 뛰어드는 모습을 그는 이미 본 적이 있었다. 두 사람이 백악처럼 하얀 시트들을 헤집고 바닥에서 헤엄치는 것을 보았다. 그들이 어떻게 서로의 품을 향해 달려들어 안기는지, 어떻게 서로의 팔과 손과 다리를 섞는지, 그는 본 적이 있었다. 그들이 어떻게 자신들의 두 몸을 엮고 푸는지 보았다. 옆구리와 옆구리, 입과 입이 부딪치며 형성되는, 때로는 격하고 때로는 부드러운 리듬에 맞춰 두 사람이 어떻게 끝없이 죽고 다시 태어나는지를. 둘이자 하나인 몸, 욕구와 쾌락에 얼이 빠진 벌거벗은 쌍둥이의 몸, 변신의 황홀감에 사로잡힌 동일하면서도 다른 몸. 그는 그 모두를 목격했다. 아연실색하여 고통스러운 눈길로 지켜보았다. 그런데 어느 분노의 날, 그 광경과 비밀을 자신이 누설해버린 것이다. 복수에 눈이 멀어, 분을 이기지 못해, 그 비밀을 누설하며 천박한 폭군처럼 행동하고 만 것이다. 어느 누구보다 그 비밀을 알아서는 안 되며 알 수도 없는 자에게, 상처입은 성난 개를 풀어놓듯 비밀을 털어놓은 것이다. 그의 냉혹하고 교만한 주인인 저 노인을 괴롭히기 위하여, 노인의 힘과 오만을 꺾어놓기 위하여. 하지만 실제로 그가 털어놓은 것은 그가 목격한 무엇이었다기보다 아름다움을—광기이며 공포이며 쓰라림인 아름다움을—자신의 두 눈으로 목격한 고통이었다. 밤낮을 가리지 않고 그를 들쑤셔댄 고통이었다. 그에게 자신의 비밀 방보다 더 큰 부富가 되어준 고통이기도 했다. 그는 이런 비밀스러운 부로 무장하고 모페르튀 영감에게 굴욕을 맛보게 했던 것이다.

그러나 모페르튀 영감이 이 쌍둥이 몸을 해체해버렸다. 그렇게 가을과 겨울이 지나고, 봄이 무르익어 어느새 여름으로 들어서고 있었다. 아름다움이, 고뇌에 찬 아름다움이 땅과 날들을 떠나 있었다. 그러던 어느 날 시몽이 다시 나타났다. 유령 같은 수소를 데리고서. 아니, 유령이 아닌 마법의 영靈, 마법의 몸이었다. 그 수소를 시몽은 도살하고 절단하고 잘게 썰었으며, 가죽을 벗긴 다음 그 윗몸통을 갑옷처럼 몸에 둘렀다. 그리고 수소의 마법을 탈취했다. 그 모두를 위게가 목격했다. 시몽이 인간-짐승이 되고 활활 타오르는 살과 땀과 피가 되는 것을. 그리고 시몽 자신이 마법의 몸이 되는 것을. 그런데 그 몸이 또 한번 변모해, 노호하는 불길이 되어 높이 타올랐다. 위게는 환한 아침에 하늘이 붉게 물드는 것을 보았다. 무르익은 봄날, 나무들이 붉게 타들어가는 것을 보았다. 그후 그 몸은 어렴풋한 형체가 되었다. 몸이 살과 피를 비워내 불길을 돋우는 것 같았다. 겹쳐진 형체, 자신의 그림자를 손으로 붙잡고 있는 형체였다. 지친 그림자와 형체였다.

잠들어 있는 희미한 두 형체. 코르드뷔글 자신은 이들의 잠을 지키는, 그 꿈의 가장자리를 지키는 파수꾼이었다. 그는 몸의 그 몽상과 꿈을 꽃으로 덮은 뒤 이제 기다리고 있었다. 무얼 기다리는지는 스스로도 확실히 알지 못했다. 그는 잠든 이들이 깨어나기를 기다리는 동시에, 그들의 잠이 무한정 지속되기를 바랐다. 마법 같은 아름다운 몸의 새로운 변신을 기다렸다.

피에르키비르 수도원

뚱보 레네트의 시신을 매장한 뒤 남자들과 여자들은 마을의 선술집으로 향했다. 에드메만이 성당으로 돌아가 성모님의 푸른 외투 그늘에서 기도를 바쳤다. 성모께서는 반세기 전 그녀에게 주신 기적의 아이를 다시 불러가신 참이었다. 에드메는 울지 않았다. 눈물의 맛에 취하기에는 그녀의 슬픔은 너무도 순수했다. 딸의 임종을 지키는 동안에는 때로 울기도 했다. 그러나 렌이 죽음을 맞은 아침에 딸의 얼굴을 본 순간 그녀는 울음을 그쳤다. 고통과 죽음을 더는 보지 않아도 되었기 때문이다. 모든 것이 소진된 터였다. 인간적인 행복은 물론 절망과 슬픔마저도. 자비로운 성모께서 다시 딸의 손을 잡고 하느님께 데려가신 것이다. 이제 이 땅의 늙은 어미인 그녀가 침묵 속에서, 눈에 보이지 않는 허공에 두 손을 뻗고 있었다. 그렇게 내민 두 손으로 그녀는 자신의 고통을 봉헌했다. 이 고통이 일체의 절망을 벗어던지고 깨끗해지게 하기 위하여. 죽은 이들의 영혼을 절규와 오열로 혼란스럽게 해서는 안 된다는 것을 에드메는 알고 있었다. 떠나는 영혼은 길을 잃고 방황하는 연약한 존재임이 느껴졌다. 그 영혼을 인도하는 것은 더이상 산 자들의 소임이 아니었다. 살아 있는 이들은 그 소멸의 신비를 결코 이해할 수 없는 법이다. 그들이 사랑했던 이들의 영혼은 하느님의 축복을 받은 이들에게 맡겨진다는 사실을 그저 인정할 따름이다. 이미 그 신비 속으로 침투해 영원히 그 안에 머무르는 이들에게 말이다. 에드메는 그 사실을 감지했다. 그리고 모든 사람과 모든 여인 중에서 축복받은 여인인 성모께 자신의 딸을 맡겼다. 세세토록 복되신 여인으로 칭송받는 성모께.

에드메는 울지 않았다. 그녀는 자신의 고통을 신앙과 합치시키려 했으며, 보이지 않는 세계와 투명한 세계, 침묵과 노래의 조화를 꾀했다. 그리고 살아남은 자인 자신의 마음이 죽은 딸의 영혼과 조율되게 했다. 이미 그녀는 삶을 사랑했던 자에 불과했지만, 체념과 상실과 공허 속에서 삶을 더 많이 사랑해야 할 사람이기도 했다.

홀아비가 된 에프라임 역시 이제는 과거에 삶을 사랑했던 자에 불과했다. 그는 선술집의 제일 큰 탁자에 아들들과 함께 둘러 앉아 자두주를 주문했다. 그리고 먼 과거의 그날 저녁처럼 술을 마셔댔다. 격노한 아버지의 선명한 손자국이 찍힌 얼굴로 주제 베르슬레에게 와서 딸 렌을 달라고 청했던 날처럼. 그러나 이 봄 날, 그는 아무것도 요구하지 않았다. 그의 청혼을 받아들였던 렌 을 이제 막 떠나보낸 참이었다. 그는 아무것도 요구하지 않고 주 기만 했다. 에드메가 순종하는 모습 그대로, 그 역시 이 슬픈 이 별을 자신에게 주어진 선물로 탈바꿈시키는 데 동의했다. 그러 려면 자신을 잊는 법을 배워야 했다. 자신을 포기하고, 생명과 욕구가 넘치는 남자의 사랑을 포기하는 법을 배워야 했다. 그는 술잔을 비우고 또 비웠다. 점점 깊어가는 망각을 가속화하기 위 하여, 자신의 밑바닥으로 미끄러져 들어가기 위하여. 이제 무의 미한 것이 되었음에도 여전히 힘차게 끓어오르는 욕구 아래로, 육신이 지닌 힘 아래로 미끄러져 들어가기 위하여. 그러려면 자 기 망각의 맨 밑바닥으로 쏜살같이 빠져들어야 했다. 그가 지닌 힘의 밑바닥으로 한없이 낮게 추락해 솟구치는 일체의 욕구와 반항심을 단번에 제거해야 했다.

그는 아들들에게 둘러싸여 아무 말 없이 연거푸 단숨에 술잔 을 비웠다. 아들들도 아버지가 실컷 술을 마시도록 내버려두었 다. 묘지에서 돌아온 그 시각에 그들 중 누구도 아버지더러 술을 그만 마시라고 만류할 생각을 하지 못했다. 미련퉁이 루이종만 그 모습에 몹시 당황했다. 술잔을 입술로 가져가 단숨에 비우는 기계적인 동작이 끝없이 되풀이되는 것을 보자 그는 덜컥 겁이 났다. 자신이 보는 앞에서 아버지가 자살을 감행하고 있다는 느낌을 받은 것이다. 아버지는 심장이 멎을 때까지 마시려는 것 같았다. 에프라임은 오로지 고통을 멈추고 욕구하는 인간을 자신의 내면에서 제거하려 했을 뿐이지만.

그가 그렇게 마시는 동안 선술집 탁자 주위에 둘러앉은 남자들과 여자들은 먹고 마시며 자기들끼리 이야기를 나누었다. 뚱보 레네트에 대한 이야기였다. 그들은 시간을 거슬러 뒷걸음치며 그들을 떠난 그 여인에 대한 이야기로 꽃을 피웠다. 그러다 사라진 다른 이들의 흔적과 마주치기도 했다. 그들은 죽은 이들을 떠올렸고, 과거에 치러진 장례식들을 다시 기억해냈다. 마르소, 주제, 피르맹 폴랭, 피에르와 레아 코르드뷔글, 기욤 그라벨 같은 이름들이 다시 한번 힘과 울림을 지녔다. 그들의 형상이 어둠 속에서 튀어나오고 수많은 추억이 교차하며 서로를 불러댔다. 가난한 부락민들의 기억이 눈덩이처럼 불어나며 열기를 더해갔다. 시간이 썰물처럼 대거 물러났다. 부락민들이 점점 합세해, 뢰오셴은 물론 다른 인근 부락들과 마을의 죽은 이들을 모두 불러모았다. 그들은 죽은 신도들을 모두 규합해 군중을 이루고 거대 부족을 이루었다. 살아 있는 자들은 그렇게 그네들의 죽은 이들을 언급하며 냇물을 건너듯 현재를 건너갔으며, 웃고 울며 과거의 시간으로 산책을 떠났다. 그들은 한숨을 쉬고 머리를 끄덕이며 술잔을 비웠고, 그러고 나면 지리멸렬한 이야기가 다시 이어지며 새로운 활기가 되살아났다.

그러나 모페르튀가 사람들이 앉은 탁자에는 침묵만이 감돌았다. 초상의 준엄한 슬픔이 그들의 말문을 막아, 저마다 탁자 위에 힘없이 무겁게 놓인 자신들의 손이나 술잔에 퀭한 눈길을 고정하고 있었다. 에프라임이 마신 술은 한 남자가 마실 수 있는 양의 한도를 넘었다. 이윽고 고통이 멎는 순간이 찾아들었다. 욕구로 가득한 인간이 무릎을 꿇고 그 마음이 전복되는 순간이었다. 허공을 향한 수직 낙하. 그는 술잔을 내려놓은 뒤, 양옆에 앉은 인색한 마르탱과 푸른 아드리앵의 어깨를 짚고 일어섰다. 그러고는 작지만 또렷한 목소리로 말했다.

"난 저 위 부락으로 돌아가지 않겠다. 다시는. 오늘 당장, 피에르키비르의 수도사들에게 날 데려다다오. 오늘 당장 말이다. 아들들아, 알아들었지?"

그들은 아버지의 말을 알아들었고, 이해했다. 아내가 죽고 없는 그 농장으로 돌아가 텅 빈 침대에서 자야 하는 아버지의 두려움을. 이런 두려움도 두려움이지만, 노인의 명령을 받으며 일해야 하는 일터로 아버지가 되돌아가고 싶어하지 않는다는 것도 그들은 이해했다. 노인은 여전히 살아 있었다. 자신의 큰아들을 때리고 저주하고 자신을 섬기는 천한 일꾼으로 전락시킨 노인. 작은아들을, 발에 집요한 불행의 족쇄를 채워 죽음으로 몰아간 노인. 카미유를 감금하고 시몽을 멀리 쫓아냄으로써 두 사람을 갈라놓은 노인. 시몽이 노인에게 쫓겨나 먼 곳으로 자취를 감춰버린 뒤로 뚱보 레네트는 추방당한 아들을 기다리느라 잠을 못 이루고 근심으로 얼어붙은 채 초췌해져갔더랬다. 그처럼 분노와 증오, 복수심에 불타 주변 사람들의 행복을 쉴새없이 짓밟은 노인이었다.

그들은 아버지가 하는 말을 알아들었다. 너무 가슴 아픈 일이어서 아버지가 차마 입 밖에 내지 못하는 말까지 알아들었다. 옆 탁자에 앉아 자신들이 공유하는 온갖 기억을 마음속 깊은 데서 끄집어내고 있던 사람들 역시 에프라임이 하는 말을 알아들었다. 그들은 모두 입을 다물었다.

"알아들었지?"

에프라임이 다시 물었다.

그러나 아들들이 미처 대답할 힘을 찾기도 전에 그는 탁자 위에 풀썩, 모로 고꾸라졌다. 나무 탁자에 이마를 찧으면서.

사람들은 에프라임을 홀 안쪽에 놓인 장의자 위에 뉘었다. 아침의 형제들은 마을에서 피에르키비르 수도원까지 아버지를 태워다줄 마차와 말을 구하러 나갔다. 오늘 당장이라고, 아버지가 명했기 때문이다. 그들은 마차를 구해 아버지를 태우고 길을 떠났다. 장사 페르낭과 푸른 아드리앵, 귀머거리 제르맹이 마차 안의 아버지 가까이 자리를 잡고, 인색한 마르탱이 말을 몰았다. 다른 형제들은 마을에 남아, 에드메가 성당에서 돌아와 뢰오셴으로 돌아가기 전에 선술집에서 잠시 쉴 수 있도록 기다렸다.

　에프라임은 수도원 문 앞에 이르러서야 정신을 차렸다. 그는 아들들에게 당장 떠나 부락의 집으로 돌아가라고 일렀다. 자신은 이 고독의 장소, 망각의 울타리를 떠나지 않을 것이며, 이제 장사 페르낭이 집안의 가장이라고. 이렇게 말한 다음 그는 아들들을 포옹하며 작별인사를 나누었다. 그렇게 아들들은 집으로 돌아갔고, 그는 수도원 문을 두드렸다. 누군가가 그에게 문을 열어주었고, 문은 그의 등뒤에서 도로 닫혔다. 자신을 포기하는 법을 배우러 온 홀아비 에프라임의 등뒤에서. 수도사들이 그를 맞아주었고, 그는 그들 사이에 남았다. 그 자신이 해야 할 일을 완수한 것이다. 그 옛날 뚱보 레네트를 사랑하여 장자의 권리와 재산을 포기했던 것처럼. 그 옛날 아버지에게서 해방되었듯이 이제 그는 자기 자신으로부터 해방된 것이다.

동생들은 느지막이 뢰오셴으로 돌아왔다. 이미 해가 저물고 있었다. 그런데 길 아래쪽 하늘에 불그스름한 빛이 타오르는 것이 보였다. 석양의 빛이라 할 수 없는 이상한 빛이었다. 부락에 발을 들여놓고 나서야 그 빛의 진원을 알아낼 수 있었다. 페름 뒤파가 불에 타버린 참이었다. 그들보다 먼저 돌아온 부락민들이 타오르는 마지막 불길을 잡고 있었다. 집은 지붕이 완전히 무너져내리고 문과 창문이 산산조각나버려 거무스레한 벽들만 남아 있었다. 집 내부는 잔해 더미에 불과했다. 벽, 천장, 바닥이 허물어지고, 성한 구석이 한 군데도 없었다. 헛간과 외양간도 모두 타버린 뒤였다. 목련나무는 꽃들이 어지러이 흩어진 땅바닥 쪽으로 휘어져 있었다. 나무껍질이 벗겨지고 부러져나간 가지들에서 떨어진 그해의 마지막 꽃들, 재와 잉걸불의 꽃들이었다.

5월의 비

앙브루아즈 모페르튀가 맨 마지막으로 도착했다. 사위어가는 불길 속에서 검고 매운 연기가 치솟는 잔해들 사이를 뒤지고 다니는 이들도 이미 몇 있었다. 카미유가 이 화재로 목숨을 잃지는 않았는지 모두들 걱정했다. 모페르튀 영감은 넋이 나간 사람처럼 마당 한가운데 멈춰 서 있었다. 그는 잿더미가 된 자신의 농장을 바라보았다. 수개월 전부터 빈틈없이 문을 닫아걸어두었던 그의 은신처가 불길에 휩싸여 온통 부서지고 망가진 모습이었다. 검게 탄 내장을 만천하에 드러내놓고 있었다. 연기가 치솟는 그 내장 사이에서 사람들이 힘겹게 찾고 있는 것이 무엇인지 그는 이해했다. 그것은 카미유의 시신이었다. 그러나 카미유는 저 잔해 속에 있지 않다는 것을 그는 한눈에 알 수 있었다. 그녀는 무사하며, 다름 아닌 그녀가 그렇게 불을 지르고 달아났다는 것을. 카미유의 도주야말로 그를 공포에 빠뜨렸다. 틀림없이 시몽이 돌아온 것임을 그는 직감했다. 그렇지 않고서야 카미유가 다락방에 불을 지르겠다는 생각이나 그럴 힘을 내지 못했을 것이다. 그는 두 사람을 찾아내겠다고 맹세했다. 필요하다면 자신의 손으로 농장을 전부 재건해놓을 작정이었다. 바조슈에 있는 보방의 철옹성과 같은 성을 지을 것이었다. 베즐레의 생트마들렌 대성당의 것과 같은 지하 묘지를 팔 것이다. 요새를 구축하고 굴과 동굴을 파서 거기에 카미유를 숨겨둘 것이다. 그 안에 단단히 숨겨두고 영원히 포로로 붙잡아둘 것이다. 필요하다면 그녀를 감금하고 그 목에 짐승의 고삐를 매어 달아나지 못하게, 그의 말괄량이를 누가 훔쳐가지 못하게 할 것이다.

밤사이 비가 내렸다. 잔해 속에서 은근히 타오르던 마지막 불꽃이 꺼지고 재가 진흙더미로 변했다. 시커먼 물이 페름뒤파의 앞마당을 가로질러 흘렀다. 하지만 앙브루아즈 모페르튀는 재난을 당한 그의 소유지를 떠나려 하지 않았다. 그는 집 뒤편 채소밭 맨 안쪽에 자리한 창고를 은신처로 삼아 그 안에 가득 쌓인 연장과 도구를 모두 치운 다음 거기에 잠자리를 마련했다. 그는 이런 허술한 공간에 만족했으며 농장을 다시 짓는 동안 그곳에 머무르기로 결심했다. 그는 패배를 인정하지도 절망하지도 않았다. 엄청난 재산을 소유한 만큼, 더 큰 건물들을 짓게 할 것이었다. 그의 인내심은 전보다 더 견고해져 고집불통이 되었다. 그의 분노를 에워싸고 그 어느 때보다 더 단단히 굳어 있었다. 그는 내일 당장 읍으로 나가 격정의 시몽을 고소하기로 결심했다. 카미유를 겁탈하고 납치한 죄와 그의 가축을 훔치고 그의 농장에 불을 지른 죄 등 시몽이 저지른 온갖 만행을 고발할 것이었다. 도둑에다 방화범인 시몽을 고소할 것이었다. 시몽은 무법자로 찍혀 경찰에 쫓기고 체포되어 감옥에 던져지는 신세가 될 것이다. 그는 자신의 힘과 권리를 확신했다.

그는 일찍이 뱅상 코르볼에게 품었던 증오심을 시몽에게 품었으며, 그 자신을 카트린과 하나가 되게 했던 열정을 카미유에게 바쳤다. 그의 마음과 정신 속에서는 죽은 자들이 산 자들을 끊임없이 사로잡았으며, 아름다움에는 분노의 맛이 감돌았고, 욕망은 복수와 전쟁이라 명명되었다.

그는 임시변통으로 만든 짚 매트 위에 누워 빗줄기가 주변의 기왓장과 돌, 나뭇가지에 부딪혀 튀는 소리에 귀기울이고 있었다. 무성한 이파리들을 후려치고 땅 위로 튀어오르는 거센 소나기였다. 그는 빗소리를 들으며 잠이 들었다. 소리가 그의 꿈속으로 밀려들었다. 하천의 인부로 고용되어 일했던 젊은 시절처럼 자신이 커다란 통나무 뗏목을 타고 떠내려가는 모습이 보였다.

그런데 통나무들이 점점 더 커지더니 나무줄기만한 길이와 굵기가 되었다. 결국 그는 나무줄기 뗏목을 타고, 쓰러진 숲을 타고 떠내려갔다. 그러자 강바닥이 움푹 팸과 동시에 확장되더니 물이 불고 넘쳐 점점 더 세차게 흘렀다. 그렇게 하천은 넘실대는 강물이 되었다. 그사이 그는 홀로 거대한 뗏목을 타고 하류로 떠내려가면서 가늘고 긴 막대로 강둑을 쳤는데 그때마다 강둑이 뒤로 물러났다.

강은 호수처럼 넓고 바다처럼 물살이 거칠었다. 그가 탄 뗏목은 성한 데 없이 해체된 상태였다. 떨어져나간 통나무들이 물에 잠기는가 싶더니 몸체를 일으켜 나무들이 되고 그 가지들에 다시 싹이 돋았다. 물속 깊숙이 뿌리를 내리고 선 나무들은 카트린의 눈과 카미유의 눈처럼 초록색이었다. 전설 속에 나오는 뱀 같은 녹색 숲이 강의 물길을 따라 스르르 몸을 일으켰다.

종소리가 물속에서 시끄럽게 울려퍼졌다. 종소리는 잇달아 나무줄기 속에서 윙윙대며 나무껍질에 구멍을 냈다. 낭랑한 소리가 나면서 카트린이라는 이름이 난폭하게 나무껍질에 새겨졌다. 카트린이라는 이름이 나무들의 심장에서 뛰었으며, 해처럼 노랗고 이상하게 생긴 동그란 가시투성이 열매들이 그 가지에서 무르익었다. 그 열매들이 무수한 해처럼 강바닥에서 빛을 발했다.

카미유가 강둑을 따라 달려가고 있었다. 그녀의 웃음소리가 들렸다. 나뭇가지들에서 해들이 농익은 과일처럼 뭉그러졌다. 빛이 흐르다 물과 뒤섞였다. 카트린이 바닥에 등을 대고 누운 채 금빛으로 넘실대는 그 물위를 스치듯 미끄러져 내려갔다. 그녀는 이제 장작 몇 개로 변해버린 망가진 뗏목 위에 비스듬히 누워 부유했다.

그는 강 하류로 떠내려가던 중 장대를 잃어버렸다. 대신 그의 손에는 기다란 지팡이가 쥐어 있었다. 그 옛날 그가 뗏목으로 목재를 운반하던 일꾼이었을 당시 그가 속해 있던 조합의 깃발에 성 니콜라의 채색 목재 조각상이 장식되어 있었는데, 지팡이는 그 조각상의 손에 들려 있던 것과 흡사했다. 그는 점점 좁아져가는 뗏목 위에 몸을 웅크리고 앉은 채 지팡이로 노를 저으려 했다. 수천 조각으로 파열된 태양의 껍질들이 강물에 실려갔다. 카미유는 여전히 둑 위를 달리고 있었다. 그녀는 더이상 웃지 않았다. 대신 고함을 지르거나 노래를 불렀다. 그녀는 허스키한 낮은 목소리로 가락을 붙여 계속 소리를 질렀다. 남자의 목소리였다. 루제라는 이름을 부르짖던 순간 시몽의 목에서 터져나왔던 소리였다.

그는 뗏목 위에 가로누워 있었다. 여러 개로 불어난 카트린의 몸으로 이루어진 뗏목이었다. 숲들이 사라지고, 강물도 더이상 반짝이지 않았으며, 종소리도 전혀 들리지 않았다. 귓전을 때리는 희미한 심장박동 소리만 들려왔다. 카트린의 심장에서 들리는 박동 소리가 서로 연결된 그녀의 수많은 몸 하나하나에서 울려퍼졌다.

앙브루아즈 모페르튀는 소스라쳐 잠에서 깨어났다. 심장이 뛰었다. 새벽의 첫 동이 트고 있었다. 내리던 비가 막 그쳐 나뭇가지와 지붕에서 빗방울 듣는 소리가 들렸다. 덤불 속의 새 몇 마리가 몸을 파르르 떨었다. 그는 창고에서 나왔다. 바깥 공기가 상쾌했다. 젖은 땅에서 기운을 북돋우는 쌉쌀한 향내가 피어올랐다. 나무딸기 옆을 지나는 순간 부드러운 꾀꼬리 울음소리가 들려왔다. 그는 채소밭을 가로지르고 농장의 잔해 더미를 우회해 길로 들어섰다. 졸음이 가시자 전날 그 참담한 광경을 목전에 두고도 잃지 않았던 호기가 사라져갔다. 그를 잠에서 퍼뜩 깨어나게 한 그 꿈이 그의 마음을 혼란에 빠뜨렸다. 피곤함이 밀려왔다. 느닷없이 노년의 무게가 그를 짓눌렀다. 그는 숲 쪽으로 올라갔다. 걷고 싶다는, 나무들 사이로 사라지고 싶다는 기분에 사로잡혔다. 부락민들은 아직 잠들어 있었다. 잘된 일이었다. 아무도 만나고 싶지 않았다. 그는 사람들을 한 번도 좋아해본 적이 없는데, 지금 이 순간이야말로 더없이 그랬다. 그는 나무들을 향해, 나무들의 침묵과 나무들의 그림자, 나무들의 힘을 향해 걸어갔다. 이제 그가 기댈 곳이라고는 나무들밖에 없었다.

초저녁에 내린 비 소리에 시몽은 잠에서 깨어났다. 눈을 반쯤 떴을 때 자신이 모르는 방에 누워 있음을 알고 깜짝 놀랐다. 꽃과 어지러운 향기로 가득한 낯선 방이었다. 카미유가 그에게 기대어 잠들어 있었다. 그녀가 그처럼 가까이 있다는 사실에 그는 더한층 놀랐다. 그토록 오래 그리워했고 품에 안고 싶었던 그녀가 아니던가. 그녀와 헤어지며 얼마나 괴로워했던가. 그런데 갑자기 어느 날 아침, 온실 향이 가득한 희고 서늘한 방에서 그녀 바로 곁에 누운 채로 잠에서 깨어난 것이 아닌가. 그 순간, 그날 하루 동안 일어난 일들이 머릿속에 뒤죽박죽으로 떠올랐다. 황량한 부락과 텅 빈 농장, 초상의 슬픔에 되는대로 방치된 부모의 방, 아가리를 벌린 침대와 장롱을 가린 커다란 시트 그리고 루제의 모습이 다시 보였다. 고독한 추방 생활 내내 그에게 위로를 주고 친구가 되어준 짐승이었다. 그지없이 온순한 눈매와 따듯한 콧방울을 지닌 루제. 지난겨울 루제의 옆구리에 기대어 그 온기를 느끼며 잠들었던 날이 부지기수였다. 그런데 희고 거대한 몸집의 루제가 황량한 마당 한복판에 아침 볕을 눈부시게 받으며 서 있는 끔찍한 모습이 불쑥 이어졌다. 죽음이 문지방에 뿌려둔 눈부신 빛 속에 발광한 낯선 짐승 한 마리가 버티고 선 모습이 다시 떠올랐다. 그 거대한 짐승이 도끼에 맞아 풀썩 쓰러지는 모습도 보였다. 가죽이 벗겨진 채 그의 등에 얹힌 짐승과 그 짐승의 피로 낭자한 길, 페름뒤파의 정면도 다시 보였다. 덧문이 모두 닫힌 집은 적의 가득한 침묵에 싸여 있었다. 여윈 개 두 마리가 사슬 부딪는 요란한 소리를 내면서 으르렁대며 날뛰었다. 지붕에서는 검은 연기가 피어오르고 하늘을 향해 불길이 치솟았다. 눌은 담요를 뒤집어쓴 형체가 창밖으로 불쑥 튀어나왔다. 물을 가득 채운 커다란 나무통이 보이고, 자신이 카미유와 함께 그 물속에 몸을 담그는 모습도 보였다. 그 모든 광경이 뒤죽박죽되어 순식간에 머릿속을 스쳐지나갔다. 그러나 그것들의 의미를 더듬고 맥락을 되새기기 전에 그는 카미유 쪽으로 몸을 돌려 양손으로 그녀의 얼굴을 감싸안고 눈과 입술을 더듬었다. 그렇게 그녀를 되찾고, 마침내 알아보았다. 지난가을 그들이 경험한 똑같은 굶주림과 격정, 몸짓으로 두 사람은 서로의 몸을 다시 붙안았다.

방안은 온통 꽃과 불가사의한 백색, 침묵, 난잡한 레이스 장식이었고, 바깥에서는 비가 내렸다. 거센 빗발이 담벼락과 덧문들에 부딪혔다. 그 모두가 그들의 감각을 되살아나게 하고 기억을 일깨워주었으며 재회의 기쁨을 만끽하게 했다. 한밤중이 되자 그들은 소리 없이 창을 통해 달아났다. 위게 코르드뷔글은 옆방에서 자고 있었다. 두 사람은 페름뒤부까지 내달렸다. 시몽이 조

용히 문을 두드리자 에드메가 지체 없이 와서 열어주었다. 더이
상 잠을 이루지 못하는 에드메는 끝없이 삶을 직조하는 세월을
이미 헤아리지 않은 지 오래였다. 내 딸아, 들어라, 잘 보고 귀기
울여라. 그날 아침 그녀는 딸이 누워 있는 커다란 너도밤나무 침
상 앞을 종종걸음으로 걸어가면서 못난이 블레즈의 노랫소리에
화답하며 길에서 내내 그「시편」의 구절들을 읊조렸었다. 그렇게
그녀는 들었으며, 귀기울였다. 떠들썩한 세상 밑바닥에서 하느
님의 침묵을 향하여.

　방긋이 열린 문틈으로 너무도 작고 가녀린 할머니의 모습을
본 순간 시몽은 아침에 빈집을 보며 느낀 공포와 불안을 잠시 잊
었다. 할머니는 늘 그렇듯 거기 있었다. 온갖 풀과 초목의 비밀
을 알고 있을 뿐 아니라 육체의 고통과 마음의 번뇌를 언제나 진
정시켜준 할머니였다. 그녀는 어김없이 그곳에 머물렀다. 남의
눈에 띄지 않는 자그마한 체구의 다정한 노파.

　두 사람은 함께 집안으로 들어갔다. 에드메는 그들을 식탁에
앉힌 뒤 먹을 것과 마실 것을 내왔다. 집안에 있던 형제들도 식
탁에 와 함께 앉았다. 모두 밤의 형제들이었다. 아침의 형제들은
피에르키비르에서 해가 저물어서야 일을 마치고 마을에 남아 잠
을 청했기 때문이다. 식탁에 모인 형제들은 거의 말이 없었다.
못난이 블레즈가 다만 이렇게 말했다.

"우리 어머니는 아름다웠어. 노트르담데에트르 공터에서 우리가 어머니를 위해 천사를 조각했던 나무를 아버지와 페르낭이 베어냈지. 우리가 그 속에 어머니를 눕혀 옮겼고, 많은 사람이 우리와 함께했어. 아버지는 돌아오시지 않을 거야. 피에르키비르 수도원으로 가셨거든. 그곳에서 침묵과 망각 속에 살기를 원해서. 그곳 트랭클랭 강가에서, 바람에 떠는 큰 바위 곁에서 살기를 원해서. 우리가 조만간 아버지를 찾아가 형이 돌아왔다고 말할게. 기뻐하실 거야. 한데 이제 둘이서 어쩔 셈이지?"

"떠날 거야. 영감이 우릴 찾기 전에, 오늘밤 당장. 영감이 우릴 찾아낼 수 없는 아주 먼 고장으로 갈 거야. 일감은 어딜 가든 구할 수 있어. 나중에 영감이 더이상 여기 없을 때 돌아올게. 하지만 지금은 지체 없이 떠나야 해. 밤새도록 걸을 거야. 난 숲을 잘 아니까 길을 잃을 염려는 없어. 우린 아발롱 쪽으로 갈 거야."

두 사람은 숲을 가로질러 밤새도록 걸을 마음의 준비가 되어 있었다. 다음날도 종일 걸을 수 있을 만큼 원기가 넘쳤다. 노인이 그들의 흔적을 놓칠 때까지 걷고 또 걸을 것이었다.

그들은 여행을 떠날 채비를 했다. 에드메가 먹을 것과 속옷 몇 벌을 챙겨주었다. 미련퉁이 루이종은 카미유를 불러 부모가 쓰던 방으로 데려갔다. 장롱에서 어머니가 쓰던 숄을 찾아 그녀에게 주고 싶었기 때문이다. 스스로가 치마 입는 걸 몹시 좋아한 터라 카미유가 그렇게 남자 바지를 아무렇게나 입은 모습을 보니 안쓰러웠던 것이다. 그는 어머니가 쓰던 숄로 카미유를 치장해주고 어머니의 추억으로 그녀를 감싸주고 싶었다. 그가 장롱문을 여는 순간 거울을 가린 시트가 바닥으로 미끄러져내렸다. 순간 카미유는 거울에 비친 자신의 모습을 보았다. 처음으로 그녀는 자신이 시몽을 닮았음을 알고 놀랐다. 그녀는 미련퉁이 루이종이 내미는 숄을 받아 에드메가 준 바랑 깊숙이 접어 넣으며 말했다.

"그곳에 가면 쓰고 다닐게."

그곳이 어딘지는 그녀도 알 수 없었지만 그 노인이 없는 곳이라는 점만은 분명했다. 그들에게 노인의 질투가 미치지 않는 곳, 그가 광기와 분노로 그들을 위협하지 않는 곳이면 어디라도 좋았다.

카미유는 시몽의 낡은 웃옷을 꿰입고 머리를 틀어올려 모자 안으로 넣은 뒤 큼직한 구두를 신었다. 숲을 통과하려면 그런 복장이 유리할 것 같았다. 거추장스러운 치마 차림의 여자보다는 남자가 무성한 덤불 속을 더 잘 걸을 테니까. 어쨌거나 지금 그녀에겐 치마도 드레스도 없었다. 예전에 입던 옷과 장신구는 하나도 남아 있지 않았다. 그것들은 모두 불타 없어졌고, 연기에 그을린 드레스도 코르드뷔글의 농장에 남아 있었다. 하지만 그렇게 차려입으니 마치 시몽의 가냘픈 쌍둥이 형제처럼 보이는 것이 그녀는 마음에 들었다. 안심이 되기까지 했다. 노인이 고집 스레 그녀에게 덮어씌우려 한 어떤 죽은 여자와의 끔찍한 유사 성을 그렇게 해서 떨쳐버릴 수 있었기 때문이다. 나무문 너머에 서 노인이 몹시도 애타게 불러대던 여자였다. 그러나 문은 불탔 으며, 농장도 모두 불타버렸고, 그와 함께 과거도, 노인의 광기 도 타버리고 없었다.

시몽과 카미유는 각자 가방을 어깨에 둘러메고 에드메와 형제 들에게 작별을 고한 뒤 페름뒤부를 조용히 빠져나갔다. 그리고 숲 쪽으로 발길을 재촉했다. 새벽이 밝아오고 있었다.

노래

두 사람은 잘 숲 속으로 들어갔으며, 얼마 안 가 강물이 출렁이는 쪽으로 접어들었다. 퀴르 강의 그 지점은 하천이라기보다 급류였다. 비에 불어난 강물이 이 바위 저 바위에 부딪히며 출렁였다. 그런가 하면 차갑고 맑은 샘물이 나무들 사이의 암석에서 솟구쳤다. 여름이면 시몽과 그의 형제들이 내려와 멱을 감곤 했던 장소였다. 흐르는 물소리를 들으니 시몽은 아버지가 생각났다. 아버지는 이제 저 아래, 퀴르 계곡과 트랭클랭 계곡을 가르는 고원 반대편 땅에 머물렀다. 아버지는 자신의 내면으로 떠나 부동不動과 정적 속에서 먼길을 나아가고 있었다. 어머니가 사라지면서 하나하나 일러준 보이지 않는 흔적들을 쫓아가고 있었다. 자아 망각의 길로 들어선 아버지는 이제 텅 빈 기다림의 맨 가장자리에 머무를 따름이었다. 물가 바위 위에 아슬아슬하게 놓인 무거운 돌덩이처럼. 하찮은 것 하나에도 이 돌덩이는 천천히 흔들릴 수 있었다. 아버지는 자신이 그토록 사랑했던 여자를 기억하며 흔들렸다. 부재와 고통과 희망으로 마음이 동요하도록 내버려두었다. 그는 자신이 불려갈 차례를 조용히 인내하며 기다리면서 하느님의 이름에 자신을 맡겼다. 날이면 날마다 그 이름을 찬양할 것이다. 강둑에서 뽑혀 급류에 휩쓸려 떠내려가는 풀잎처럼 유순하게. 아버지는 그곳으로 가버렸다. 트랭클랭 강이 일직선으로 내려다보이는 곳으로. 그리고 정오의 아들인 그는 카미유와 함께 떠났다. 두 사람은 노인의 분노로부터 최대한 멀리 달아났다. 급류의 아우성이 그들 안에 울려퍼지며 그들의 행보와 일치를 이루었다. 기분을 북돋우는 경쾌한 폭포 소리였다. 풀과 가시덤불, 고사리, 나뭇잎이 아직 빗물로 반짝이고, 나뭇가지와 덤불숲 속에서는 새들이 파르르 몸을 떨었다. 새들은 높고 가느다란 소리로 맑고 고운 가락의 귀여운 곡조를 지저귀었다. 도망치는 두 사람을 둘러싼 모든 것에서 상큼한 맛이 묻어났다. 청량하기 이를 데 없는 촉촉한 기운이었다. 하늘이 붉게 물들기 시작했다.

시몽이 먼저 떡갈나무 다리를 건넜다. 급류가 으르렁대는 협곡을 가로질러 걸려 있는 굵은 통나무였다. 그는 숲속의 모든 지

름길을 꿰뚫고 있었다. 빗물로 불어난 급류를 건너려면 이 다리밖에 없었다. 되도록 빨리 부락에서 멀어져야 했다. 아침이 환히 밝기 전에 잘 숲에서 벗어나 노인의 영역을 떠나야 했다. 벌목꾼들이 임시로 만들어둔 다리는 난간도 없이 허술하고 불안정했으며 몸체도 이끼가 끼어 미끄러웠다. 시몽이 조심스레 다리를 건넜다. 반대편에 무사히 이르러 나무가 단단하다는 걸 확인한 그는 저편에서 제 차례를 기다리는 카미유를 불렀다.

"됐어, 너도 건널 수 있어. 천천히 와, 미끄러우니까."

그는 급류의 요란한 소음 너머로 외쳤다. 카미유는 조심스러운 걸음으로 천천히 다리 앞으로 다가왔지만 곧 겁을 먹고 그 자리에 멈춰 섰다. 그런 카미유의 용기를 북돋워주기 위해 시몽이 노래를 부르기 시작했다. 어린 시절 형제들과 큰 소리로 부르던 노래 하나를 웃고 손뼉을 치면서 불렀다. 숲속에서 간혹 두려움이 찾아들 때 부르던 노래였다.

"우린 이제 숲으로 가지 않아요. 베인 월계수들을, 미녀가 거둬 모을 거예요……"

그의 쩌렁쩌렁한 노랫소리가 물소리를 뒤덮고 카미유의 두려움을 몰아냈다.

간밤의 악몽으로 흐려진 생각에 활기를 불어넣기 위해 나무들 사이로 들어선 앙브루아즈 모페르튀는 흠칫 놀랐다. 사냥감 냄새를 맡고 딱 멈춰 선 사냥개처럼 그 자리에서 꼼짝도 하지 않았다. 갑자기 마음속에 생기가 가득 차올랐다. 급류가 흐르는 쪽에서 무슨 목소리를 들은 것 같았다. 시끄러운 물소리에 뒤섞여 들려오는 절규였다. 급류의 절규일까? 급류가 화강암 바위들에서 어떤 육성을 탈취해낸 걸까? 날이 막 밝기 시작한 이 시각에, 무슨 정신 나간 호소를 해대는 걸까? 그는 얼굴을 적시는 높다란 풀들 사이로 몸을 굽히고 급류가 있는 쪽으로 서둘러 나아갔다. 숨을 죽인 채. 온몸의 감각이 생살을 드러낸 듯 예리해졌다. 목소리는 이제 아주 가까이서 들렸으며 나무들과 바위들 사이에서 튀어올랐다. 그가 아는 목소리였다. 시몽의 목소리였다. 시몽이 노래를 부르고 있었다.

도둑이며 방화범인 시몽. 시몽의 목소리를 빌려 급류가 노래를 불렀다. 떠들썩한 물소리 사이로 빠른 리듬과 쾌활한 곡조에 실려 노랫말이 튀어나왔다.

"매미가 자거들랑 깨우지 마세요…… 춤을 추세요, 이렇게 추세요, 펄쩍 뛰어요, 춤을 춰요, 당신이 원하는 사람을 안아요……"

시몽의 목소리가 바위에 물거품처럼 부딪혀 튀어오르며 물속에서 노닐었다. 목소리가 모든 것을, 모두를 비웃는 것 같았다. 목소리가 그를, 앙브루아즈 모페르튀를 비웃고 있었다. 분명 그

356

랬다.

시몽이 부르는 노래와 그의 활기, 그의 쾌활함에 용기를 얻은 카미유는 두려움을 물리치고 통나무 다리를 건너기 시작해 이미 절반쯤 와 있었다. 그녀는 두 팔을 약간 벌려 몸의 균형을 유지하면서 나아갔다.

"나이팅게일의 노래가 그를 깨울 거예요…… 춤을 추세요, 이렇게 추세요……"

노인은 급류가 흐르는 협곡 언저리, 통나무 다리 근방에 이르렀다. 풀숲에 웅크리고 숨은 그의 눈에 희미한 형체 하나가 잡혔다. 그 형체는 계곡 위에 가로누운 통나무 위를 양손을 벌려 균형을 잡으며 줄타기 곡예사처럼 아슬아슬하게 건너가고 있었다. 곡예사의 등만 어렴풋이 분간할 수 있었지만, 저건 시몽이라고, 시몽일 수밖에 없다고 그는 생각했다. 도망자 시몽, 고함을 질러대는 시몽, 무례한 시몽…… 풀숲에 몸을 낮추고 숨은 앙브루아즈 모페르튀는 다리를 건너는 형체만 보았을 뿐 급류 반대편에서 기다리는 형체는 보지 못했다. 그의 눈에는 시몽임이 틀림없는 그 형체만 포착되었다. 그의 눈은 그 줄타기 곡예사에게 고정되어 있었다. 물안개 속에서 목청을 돋워 노래를 부르며 조심조심 떨리는 발걸음으로 이끼 낀 낡은 통나무 다리를 건너 달아나는 형체. 그는 뚫어져라 그 형체만을 바라보았다. 복수의 기쁨과 증오로 예리해진 눈빛으로.

"나이팅게일의 노래가 그를 깨울 거예요, 꾀꼬리도 그 부드러운 목청으로…… 춤을 추세요, 이렇게 추세요……"

카미유는 몇 발짝만 더 가면 반대편에 다다를 참이었다. 그 순간 주먹만한 커다란 돌멩이가 획 하고 대기를 갈랐다. 돌멩이는 줄타기 곡예사의 두 어깨 사이에 명중했다. 카미유는 균형을 잃고 미끄러져, 시몽이 달려들어 붙잡을 새도 없이 기우뚱 넘어갔다.

노랫소리가 뚝 그쳤다. 같은 순간, 외마디 절규가 요란한 물소리를 꿰뚫었다. 절규는 급류가 흐르는 협곡 밑바닥으로 떨어짐과 동시에 바위들 사이에서 솟구치는 듯했다. 남자가 아닌 여자의 절규였다. 앙브루아즈 모페르튀는 얼이 빠진 몸짓으로 일어섰다. 이해할 수 없었다. 그는 시몽을 겨냥하고 돌을 던져 그를 급류 속으로 떨어뜨렸는데 돌연 급류가 카미유의 목소리로 소리를 질러대고 시몽은 다리 반대편에서 다시 불쑥 모습을 드러냈으니 말이다. 급류는 이미 잠잠해졌다. 절규도 노랫소리도 들리지 않았고, 급류는 전과 다름없는 떠들썩한 소음을 내며 흘렀다. 저기, 맞은편 다리 언저리에 시몽이 망연자실한 모습으로 서 있었다. 그는 소리를 지르지도, 움직이지도 않았다. 급류 바닥을 뚫어지게 바라보았다. 그를 향해 얼굴을 돌린 채 맑은 물 밑바닥

자갈 위에 누워 있는 몸을 바라보았다. 환각에 사로잡힌 사람처럼, 그 몸을 바라보았다. 자신의 묘한 분신, 물에 비친 자신의 그림자였다. 돌들에 부딪혀 만신창이가 되어 물 밑바닥에 누워 있는, 초록색 눈을 한 자신의 그림자였다. 그 순간 또다시 돌멩이 하나가 대기를 갈랐다. 다시 한번 외마디 절규가 떨어져내리는가 싶더니 내처 바위들 사이에서 솟아올랐다. 또다시 몸 하나가 급류의 물을 산산이 튀게 했다.

이제 시몽이 물 밑바닥에 누워 있었다. 그렇게 저 아래, 두 사람이 누워 있었다. 도둑 시몽과 방화범 시몽. 한 명은 건장하고 또 한 명은 가냘픈, 쌍둥이였다. 한 사람은 바닥에 등을 대고, 또 한 사람은 돌들에 얼굴을 묻은 자세로 누워 있었다. 한 사람은 눈을 뜬 채 저 위 숲 너머 하늘의 갈라진 틈새에 푸른 시선을 던지고 있었으며, 또 한 사람은 자갈들 속에 이마를 묻고 있었다.

앙브루아즈 모페르튀는 그렇게 시몽과의 관계를 청산했다. 모든 시몽과의 관계에 끝장을 냈다. 카미유를 훔쳐간 도둑, 농장을 태운 방화범, 그 모든 시몽을 쓰러뜨렸다. 잇달아 불속에 던져질 장작들처럼 몰락한 그들의 몸을, 급류의 물이 휩쓸어가기를 바랐다. 멀리, 아주 멀리, 이름 모를 늪지로 그들을 실어가기를.

그런데 카미유는, 카미유는 도대체 어디에 있는 걸까? 말괄량이는 어디에 숨어 있는 걸까? 앙브루아즈 모페르튀는 뢰오셴으로 돌아왔다. 우린 이제 숲으로 가지 않아요. 이 곡조를 나지막이 휘파람으로 불면서. 목구멍이 깔깔하고 입술이 까칠해 휘파람 소리가 자꾸 끊어졌다. 그는 부락을 통과하는 길을 우회해 집으로 돌아왔다. 황폐해진 농장에 눈길 한 번 주지 않은 채 채소밭 맨 안쪽에 자리한 창고로 곧장 발길을 옮겼다. 그는 창고 안에 들어가 짚 매트에 몸을 뉘었다. 같은 곡조를 줄곧 휘파람으로 불어대는 사이사이 갑자기 히죽히죽 웃곤 했다. 간혹 '우린 이제 숲으로 가지 않아요'라는 노랫말이 새어나오기도 했는데, 그럴 때마다 웃음이 발작적인 기침처럼 터져나와 노랫말이 끊어졌다. 바깥에서 다시 세찬 비가 내리기 시작했다.

온종일 비가 내렸다. 숲에서 내려오는 길이 흙탕이 되었다. 쉴 새없이 내리는 빗물에 눌려 사과나무와 자두나무와 라일락의 가지들이 휘고, 정원의 꽃들은 짓이겨진 꽃잎들로 무거워진 머리를 푹 떨구었다. 길들이 사방에서 도랑을 이루고, 도랑과 하천이 넘쳐 급류가 되어 흘렀다. 저녁이 되어서야 빗발이 약해지기 시작했다. 지평선에 무지개가 모습을 드러냈다. 보라와 초록과 노랑, 삼색이 주조를 이루는 무지개. 짙은 보라색과 선명한 초록색, 밀짚 같은 노란색이었다. 아이들이 집에서 나와 마당의 흙탕물 속에서 철벅댔으며, 눈이 부시도록 아름다운 무지개를 보면서 좋아라고 소리를 질러댔다.

시몽과 카미유의 시신은 그 이튿날에야 두 사람이 추락한 지점보다 한참 아래쪽 하류에서 발견되었다. 불어난 퀴르 강의 물살을 타고 바위들 사이로 거칠게 요동치며 떠내려온 두 시신에서 세차게 날아든 돌멩이에 저마다 등과 이마를 맞은 자국을 분간해낼 수는 없었다. 뼈가 부러지고 살갗이 긁히고 찢긴 시신들은 완전히 훼손된 상태였다. 그렇게 급류를 타고 떠내려온 두 구의 시신에서는 사고사의 흔적밖에는 읽어낼 수 없었다. 이끼가끼어 미끌거리는 낡은 통나무 다리를 급히 건너려다 실족해 추락사한 것이라는.

앙브루아즈 모페르튀에게 손녀딸 카미유의 죽음을 알리러 온 사람은 아무도 없었다. 설령 누가 그런 용기를 냈다 한들 쓸데없는 짓거리였을 터였다. 노인은 제정신이 아니었다. 화재가 난 그날 저녁 이후로 정신이 오락가락하는 것 같았다. 채소밭 깊숙이 자리한 자신의 창고 오두막에 칩거하는 노인은 황폐해진 농장에는 조금도 관심이 없어 보였다. 사업에도 완전히 흥미를 잃었다. 자신의 오두막을 나와서도 숲 쪽으로 산책을 나가는 게 고작이고 숲속으로는 들어가지 않았다. 그는 나무들이 있는 근방까지 가서는 그 가두리를 따라 걸었다. '우린 이제 숲으로 가지 않아요'라는 곡조를 쉴새없이 휘파람으로 불어대면서 예의 발작과도 같은 웃음을 사이사이 터뜨렸다.

부와 힘을 자랑하던 모페르튀는 그렇게 단번에 끝장이 나버렸다. 교만과 분노가 등등했던 모페르튀의 시대가 끝난 것이다. 그의 이성은 농장과 함께 불타버리고, 그의 힘도 카미유와 함께 사라졌다. 그렇게 그는 무책임하고 종잡을 수 없는 태도가 나날이 악화되더니 끝내 모든 권리와 재산을 박탈당해야 했다. 그런데 그가 맏아들을 포함해 다른 자손들에게서 상속권을 빼앗은데다 직계 상속자들이 죽은 터라 재산의 관리는 마르소의 미망인이자 카미유의 어머니인 그의 며느리에게로 넘어갔다. 그렇게 해서 클로드 코르볼은 그 옛날 노인이 부당하게 차지한 아버지의 숲을 되찾게 되었다. 그곳에서 베여 목재가 되는 나무들과 마찬가지로, 그렇게 숲들은 예전의 정당한 소유주―저지대의 소유주―에게 다시 귀속되었다.

잘과 솔슈, 파이 숲의 소유주이자 페름뒤파의 주인이며 뢰오셴의 부호였던 거만한 모페르튀는 사람들의 뇌리에서 곧 잊혀갔다. 과거에 그가 쌓은 부_富의 수수께끼 같은 비밀도 사람들의 호기심을 전혀 자극하지 못했다. 이제 아무도 그에게 관심을 갖지 않았다. 성마르고 난폭하며 질투심 많은 모페르튀는 폐허가 된 농장 뒤편에 자리한 창고 깊숙이 들어박혀 아무도 만나지 않는 가련한 인간에 지나지 않았다. 더이상 사람들을 알아보지 못하는 그 불쌍한 노인은 실제로 사람들을 보고 있는 것 같지도 않았다. 그는 늘 같은 노래를 흥얼거리며 사이사이 날카로운 웃음을 터뜨리면서 숲가를 정처 없이 거닐기만 했다.

"우린 이제 숲으로 가지 않아요. 베인 월계수들을, 미녀가 거둬 모을 거예요."

미녀는 이제 그곳에 없었지만 노인은 그녀를 기다렸다. 자신의 말괄량이를 기다렸다. 그렇게 그가 기다리고 있으면 미녀는 끝내 돌아올 터였다.

"나이팅게일의 노래가 그를 깨울 거예요, 꾀꼬리도 그 부드러운 목청으로……"

아득히 먼 옛날

Jadis, jamais assez

춤을 추세요,

이렇게 추세요,

펄쩍 뛰어요, 춤을 춰요,

당신이 원하는 사람을 안아요……

저 위, 뢰오셴에서는 세 사람이 기다림 속으로 침잠해들어갔
다. 기다림의 광기 속으로. 이미 일어난 것이기에 더는 닥칠 수
없는 무언가를 그들은 기다렸다. 우선 에드메가 있었다. 참새처
럼 작고 가벼운 모습으로 끝없이 이어지는 세월을 통과해가는
다정한 할머니. 한 마리 개똥벌레라고 할까. 페름뒤부에서 그녀
는 마침내 딸을 다시 만나러 가게 될 그날을 기다렸다. 그녀는

자신의 낡은 묵주알을 굴리며 자비로운 위로의 성모님을 매 순간 새롭게 찬미하면서 부름을 기다렸다. 자신을 잠시도 떠나지 않은 부름을 기다렸다. 항시 그녀를 불렀으며 또 그녀 자신이 어김없이 화답했던 그것을 기다렸다. 눈이 부시도록 찬란한 텅 빈 기다림, 승천의 기다림이었다.

날씨가 화창해지자 그녀의 모습이 다시 눈에 띄었다. 몹시 왜소한 체구의 그녀가 민첩한 발걸음으로 묘지로 향하는 길을 내려가는 모습이 보였다. 도중에 멈춰 서지도, 좌우를 돌아보지도 않고 앞만 바라보며 속보로 걸어갔다. 그 무엇도 그녀의 주의를 흩뜨리거나 발길을 늦출 수 없었다. 생쥐의 종종걸음, 마음이 한곳에 오롯이 집중된 기도하는 이의 걸음이었다. 그녀는 사랑하는 외딸, 기적과도 같은 딸이 묻힌 평화의 들판을 향해 곧장 걸어갔다. 손에 들꽃 다발을 들고서. 그렇게 걸어가는 내내 성모님께 바치는 신도송을 웅얼댔다. 손가락 끝에서 닳아 윤기가 흐르는 그녀의 묵주알처럼, 입술 위에서 쉴새없이 맴돌아 반들반들해진 말들이었다. 그녀의 타액처럼 되어버린 말들. 손톱처럼 반짝이는 회양목 알갱이들. 그녀의 고통은 비가 온 뒤 나타나는 무지개의 찬란함을 발했다. 그녀의 고통에는 들판과 초원과 과수원과 정원의 냄새가 배어 있었다. 그녀의 고통은 산들바람처럼 상쾌하고 샘물처럼 맑았다. 그녀의 신앙이 고통을 정화한 터였다. 눈물이 영혼의 공동空洞에서 반짝였다. 그 눈물에서는 성모님이 입은 겉옷의 푸른색이 묻어났다. 에드메는 이처럼 푸른 영혼 속에서, 푸른 기다림 속에서 종종걸음을 치고 있었다. 그녀는 미소 띤 얼굴로 노래를 흥얼거리며 죽음의 기슭을 걸어갔다. 이미 죽음의 아름다운 두 눈이 어렴풋이 보였다. 렌의 온순한 시선을 담은 눈, 성모님의 겉옷 같은 푸른색이 깃든 눈이었다. 저 푸른색 속으로 곧 녹아들어간다는 생각이 그녀를 환희로 감쌌다.

그녀 곁에는 이제 미련퉁이 루이종과 못난이 블레즈만 남아 있었다. 다른 이들은 떠나고 없었다. 시몽이 죽은 뒤 모두 부락을 떠났다. 형제가 죽음을 맞은 숲에서 그들은 더이상 일을 하거나 살고 싶지 않았으며 그럴 수도 없었다. 숲이 정오의 형제를 덮쳐 쓰러뜨려 형제들을 절반으로 갈라놓은 것이다. 숲이 그들을 쫓아냈다. 어머니가 땅에 묻혔고, 아버지는 트랭클랭 강가에서 한 마리 어린양처럼 떠는 커다란 바위의 그늘 밑으로 피신했다. 잇달아 형제들이 그곳을 떠났으며, 시몽이 그 문턱에서 쓰러져버린 여행을 저마다 완수했다. 솔로뉴 숲 쪽으로 내려간 외톨이 레옹은 그곳에서 무법자처럼 살며 밀렵꾼 레옹으로 통한다는 소문이 들렸다. 딴 곳의 엘루아는 자신의 강 루아르를 찾아내 넓은 강물이 모래 속으로 빠져드는 곳 근방에 정착했다.

아침의 형제들은 자신들의 고장을 벗어나 아주 먼 곳까지 여행을 감행했다. 그들은 바다를 건너고 대륙을 옮겨가 퀘벡까지 모험을 나섰다. 숲들이 까마득히 펼쳐진 곳, 강들이 바다만큼 넓은 곳이었다. 그곳의 강들은 엄청나게 많은 원목들을 실어 날랐다. 하늘조차 더 광활해 보이는 곳, 숲과 물에서 그 어떤 기억의 흔적도 찾아볼 수 없는 곳이었다.

아직 페름뒤부에 남아 있는 루이종과 블레즈 역시 제 차례가되어 부락을 떠날 날을 기다렸다. 에드메가 딸과 재회하러 떠나는 날 그들도 아버지를 다시 보러 떠날 것이었다. 거울마다 수은박이 오래전에 벗겨져나간 농장의 문을 닫고 떠나 피에르키비르 수도원의 문을 두드릴 것이다. 아버지의 뒤를 이어 그들도 보조 수사가 될 것이다. 트랭클랭의 맑은 물에 자신들의 기억을 깨끗이 씻어낼 것이다. 미련퉁이 루이종은 하루에 세 번 종을 치는일을 그만두고 하루하루를 나무들 사이에서 보냈다. 그는 느릅나무 가지들을 타고 기어올라 이파리들 속에 웅크리고 앉아서는새들과 함께 지저귀었다.

위게 코르드뷔글로 말하자면, 그는 집들의 마당과 풀밭에서 속옷을 훔치는 일을 오래전에 그만두었다. 자신의 페름뒤밀리외에서 바깥출입을 거의 하지 않고 그 어느 때보다 홀로 외롭게살아갔다. 어느 날 아침 늙은 수탉 알퐁스가 횃대처럼 올라앉던

의자에서 바닥으로 떨어져 즉사한 이후로 녀석의 자리를 계승한 수탉은 없었다. 이제 코르드뷔글은 오로지 과거의 시간을 도둑질하는 자였다. 기억 속으로 돌아가 자신의 마음속에 박혀 있는 이미지들을 끊임없이 염탐했다. 페름뒤파의 풀밭 위에 있는 나신의 시몽. 루제와 함께 길을 가는 시몽. 땀을 줄줄 흘리며 활활 타오르는, 거죽이 벗겨진 시몽. 그가 맞아들이고 숨겨주었으며 그 몸을 꽃으로 장식했던, 둘로 나뉜 시몽. 그 모든 시몽의 이미지들을. 어느 날 아침, 시든 꽃들로 뒤덮인 빈 침대를 남겨둔 채 사라진 시몽. 숲과 비에 내몰려 돌투성이 급류 바닥으로 던져진 시몽. 격정의 시몽, 쌍둥이 시몽, 잠시도 가만있지 못하며 예기치 못한 순간에 불쑥 나타나곤 하던 시몽. 그때마다 깜짝 놀랄 만큼 새로운 아름다움을 과시하던 시몽. 새로운 출현, 새로운 변신을 기대하게 했던 시몽. 어느 겨울 저녁 수소의 등에 실려 사라졌다가 봄이 무르익은 시기에 그 소를 데리고 돌아온 시몽. 점점이 이어진 꽃들의 흔적 속으로 사라졌다가 급류에 빠진 시몽. 계절이 바뀌면 시몽은 물줄기를 타고 돌아올 것이다. 위게 코르드뷔글은 그가 돌아오기를 기다렸다. 방은 준비되어 있었다. 시몽이 돌아오면 그에게 방 열쇠를 내주고 그의 잠을 지켜줄 것이다. 그가 꾸는 꿈의 파수꾼이 될 것이다. 그는 초록색 눈을 한 분신의 손을 잡고 돌아올 것인가? 아니다. 그 분신은 시몽의 그림

자에 불과했다. 어떤 늪의 탁한 물에서 빠져나온 그림자는 너무
도 아름다운 모습의 그를 쫓아다니다 급류의 물속으로 자취를
감추었음이 틀림없었다.

그런가 하면 앙브루아즈 모페르튀는 그의 말괄량이를 기다렸
다. 전설 속 뱀의 눈을 한 말괄량이, 뱀의 몸을 한 말괄량이였다.
저기 욘 강둑에, 퀴르 강물 속에 누워 있는 미녀. 저곳 아니면 이
곳을 가고 있는 미녀. 모든 강에서 헤엄을 치고, 모든 숲을 달리
는 미녀. 새벽 이슬 속에서, 맑은 물 속에서 졸고 있는 미녀. 무성
한 잡초 밑 혹은 자갈 위에 누워 쉬는 미녀. 매미가 자거들랑 상처
를 주지 마세요. 나이팅게일의 노래가 그를 깨울 거예요. 꾀꼬리도 그
부드러운 목청으로 그를 깨우겠죠. 미녀는 돌아올 거예요, 흰 바구니
를 들고 딸기를 따러 갈 거예요, 들장미꽃도 따러 가겠죠. 전설 속의
뱀들은 죽지 않는다. 늙지도 않는다.
그 뱀들은 원무 속으로 들어오듯 세상 속으로 들어온다. 춤 속
으로 들어오듯 시간 속으로 들어온다. 춤을 추세요. 이렇게 추세
요! 그는 웃고 있었다. 모페르튀 영감은 매 순간 웃고 있었다.
전설 속의 뱀들은 죽지 않는다. 그것들은 남자들 마음속으로
들어온다. 남자들의 손바닥 안에서 춤을 춘다. 남자들의 꿈속에
서 노래 부르고, 남자들의 핏속에서 헤엄친다. 전설 속의 뱀들은

불멸의 말괄량이다. 거기 있던 미녀는 또다시 거기 있을 것이다.
매미, 나의 매미여. 자, 노래를 불러라. 숲속 월계수에 잎들이 벌써 돋
아났으니.

숲속에 황무지들이 생겨나고 노략질이 성행하게 되었다. 부락
은 텅 비어버렸다. 모페르튀가의 아들들은 모두 떠나고 없었다.
제일 어린 두 아들을 제외하고. 이들도 떠날 채비를 마치고 이미
문지방에 서 있었다. 그후 전쟁이 페름그라벨과 페름폴랭의 남
자들을 부르더니 그들 대부분을 붙잡고 돌려주지 않았다. 사람
들은 더이상 숲으로 가지 않았고 전쟁터로 떠난 뒤 돌아오지 않
았다. 돌아온 자들도 가족을 데리고 곧 다시 떠났다. 강에 뗏목
을 띄워 목재를 나르던 시절 역시 사라져갔다. 사람들은 더는 숲
으로 가지 않았고, 흐르는 물로도 가지 않았다. 사람들은 도시로
떠났다.

비가 내려 눈이 녹았다. 모든 흔적이 사라졌다. 눈과 서리와 언 땅에 새겨진 지나간 해의 흔적들이 말끔히 사라졌다. 지나간 세기, 과거가 되어버린 세기들의 모든 흔적이 사라졌다. 비가 내려, 사람들과 짐승들의 발자국으로 이루어진 문자가 지워졌다. 다시 시작되어야 했다. 그러나 우화 속으로 다시 들어와 기억을 춤추게 할 사람은 이제 아무도 없었다.

땅이 부스럭대기 시작하더니 새 빛이 하늘에 모습을 드러냈다. 그 밀짚처럼 노란 빛이 보일 듯 말 듯 전율했다. 물기를 살짝 머금은 새들의 노랫소리가 한층 경쾌하게 들려왔다. 맨 먼저 돌아온 새들의 노랫소리였다. 새들은 아직 헐벗은 나뭇가지 위에서, 되는대로 방치된 헛간과 외양간 지붕 위에서 자신들의 텃세

권을 알렸다. 새벽부터 새들이 지저귀는 소리가 적막 속에 들려왔다. 유리잔에 금이 가는 듯한 날카로운 소리였다. 그리고 저녁 무렵이면 숲으로 돌아가는 시끄러운 떼까마귀의 쉰 울음소리가 어김없이 지나갔다. 낮과 밤 사이에, 과거와 오늘 사이에, 하늘을 가로질러 그어진 낭랑한 소리의 줄무늬였다. 심원한 과거와 황량한 오늘 사이에 그어진 줄무늬.

오래전, 미녀는 그곳에 있었다. 그렇다면 지금 그녀는 어디로 가버린 걸까? 그녀는 자고 있다고, 임종에 든 노인은 말했다. 그러나 그는 아직 귀기울인다. 저 모든 새들의 노랫소리 사이에서 나이팅게일과 목청 고운 꾀꼬리의 소리를 분간해내려 한다. 그가 머무르는 황폐한 창고 주변, 가시덤불과 쐐기풀 숲에 둥지를 튼 새들이다. 마지막 순간까지 그는 애타게 귀기울인다. 잠든 그녀를 깨울 저 두 새의 노랫소리에. 말괄량이, 내 말괄량이, 자, 노래를 불러라. 노인은 중얼거린다. 예의 그 사악한 웃음, 고뇌가 감도는 웃음은 사라지고 없으며, 찌푸린 얼굴에 부자연스러운 미소만 감돈다. 그녀가, 그의 말괄량이가 돌아오는 중이다. 그녀가 다가온다. 그의 누추한 방 벽들을 통과한다. 딸기와 들장미꽃을 따가지고 온다. 벽들을 통과하고, 노인을 통과한다. 몸을 살짝 숙여 가벼운 몸짓으로 그의 시선을 낚아챈다. 그의 떨리는 미소와 가쁜 숨결을 낚아챈다. 그러더니 미녀는 어느새 사라진다.

노인들에게 죽음은 순식간에 일어난다. 이미 오래전에 그 뿌리와 힘을 상실한 숨결 하나를 낚아채는 것으로 족하다. 그들의 마음과 정신 속에서 화석화된 광기 몇 알, 그 마르고 갈라진 깍지들을 주워모으는 것으로 족하다. 하지만 마지막 순간에 이 노인은 최종적인 반기를 들며 분연히 일어선다. 그에게는 아직 과거가 전부일 수 없기 때문이다. 절대로 전부일 수 없다. 이 마지막 순간, 그는 광기로 빛나는 몹시도 단단한 이 알갱이들을 놓으려 하지 않는다. 에드메가 기도로 자신의 묵주알들을 반들거리게 했듯이 그가 분노로 연마한 알갱이들이다. 에드메는 떠나고 없었다. 눈이 부시도록 찬란한, 푸른 죽음 속으로 용해되어 들어갔다. 그러나 노인은 아직 저항한다. 시큼하고 씁쓸한 광기의 이 알갱이들을 악착스럽게 깨문다. 그가 좋아라고 물어뜯었던 알갱이들이다. 그런데 미녀가 이 알갱이들을 빼앗아 와작와작 순식간에 먹어치운다. 노인은 입을 벌린 채 멍하니 남아 있다. 미녀가 창을 통해 달아난다. 죽음이 거기 있던 미녀의 시선과 자태를 취했던 것이다. 노인들은 더이상 구별하지 못한다. 옛날과 지금을, 전설 속의 뱀들과 말괄량이들을, 사랑과 분노를. 앙브루아즈 모페르튀는 평생 노인이었다.

파괴적인 사랑의 광기

『분노의 날들』은 프랑스 중부 고산지대인 모르방을 배경으로 앙브루아즈 모페르튀라는 인물을 비롯해 에드메와 그녀의 외딸 레네트, 시몽을 포함한 레네트의 아홉 아들, 카미유, 코르볼가의 사람들이 펼쳐놓는 이야기다. 뱅상 코르볼이 질투에 눈이 멀어 아내 카트린을 죽이는 광경을 목격한 앙브루아즈 모페르튀는 카트린의 시신을 단 한 번 본 것으로 그녀에게 광적인 사랑을 느낀다. 그 사건 이후 그는 뱅상에게서 부를 빼앗고 숲의 주인으로 군림하게 되는데, 급기야 죽은 카트린을 자신의 삶 속으로 다시 불러들이기 위해 자신의 작은아들을 카트린의 딸과 결혼시킨다. 그런 식으로 작은아들 부부에게서 앙브루아즈는 카트린을 빼닮은 카미유를 얻고, 카미유를 카트린의 화신이라 믿으며 병적으로 집착해 끝내는 주변 인물 모두를 파멸로 내몬다. 이렇게 소설은 앙브루아즈라는 인물 안에서 파괴적인 사랑의 광기가 눈을 뜨고 이 광기가 등장인물들의 운명을 뒤흔들어놓는 과정을 그려나간다.

이야기가 전개되면서 분노와 증오로 가득한 앙브루아즈의 파괴적인 사랑과 대비되는 다양한 형태의 사랑 혹은 광기가 모습을 드러낸다. 특히 앙브루아즈와 에드메의 대조가 두드러지는데, 앙브루아즈가 욕망과 집착의 화신으로서 폭력을 상징한다면 성모마리아에게 맹목적인 신앙을 바치는 에드메는 자애와 안식의 상징이다. 어쩌면 에드메는 현실과 크게 동떨어진 인물이지만, 세상을 한없이 순수한 시선으로 바라보는 완벽하게 '행복한' 여인이다.

20세기 초, 욘 강이 흐르는 외진 고장의 벌목꾼들의 삶을 배경으로 삼은 이 소설의 등장인물들은 작가의 다른 소설에서도 자주 마주치게 되는 주변인, 소외된 인간들이다. 산업화된 문명 세계로부터 단절된 삶을 사는 거칠고 무뚝뚝하며 충동적인 사람들이다. 본능에 충실한 이 야성적이며 고독한 사람들은 자연을 닮았고 그들의 사랑도 쉽사리 극단으로 치닫는다. 이 인물들만큼이나 신비롭고 수수께끼 같은 작품인 『분노의 날들』은 뚜렷한 스토리 라인이 있고 현실의 시간과 공간 속에서 일어나는 이야기이지만, 책을 읽다 보면 독자는 어느 순간 현실의 세계가 사라지고 신화적인 영원의 시공 속으로 들어가 있는 듯한 기분에 사로잡히게 된다. 작품 전체의 배경을 이루는 물소리, 바람 소리, 나뭇가지 부딪는 소리 등 자연의 소리를 비롯해 노래와 기도 소리, 그 모든 웅성임이 이 같은 느낌에 일조하는 듯하다. 작품 전체를 감싸고 있는 종교적인 울림과 자주 언급되는 성서의 구절들, 장례식에 등장하는 성가대의 〈레퀴엠〉, 숲속에 성모상을 안치하는 장면 등이 이런 문화에 익숙지 않은 독자에게는 낯설고 이질적으로 다가올 수도 있지만, 이렇게 해서 구체적인 현실인 동시에 이미 신성한 영역으로 옮겨져 있는 기이한 우주가 탄생한다.

작가의 감각적이고 서정적인 묘사는 신비하고도 몽상적인 분위기를 만들어내는데, 앞서 말한 모든 술렁임 뒤에 찾아드는 정적, 소설이 시작되기 전과 이야기가 마무리될 때 최종적으로 찾아드는 침묵이 무엇보다 강렬한 인상을 준다. 그러나 비장미가 깃든 이 문장들은 무겁거나 복잡하지 않으며 전체적으로 한 편의 그림과도 같은 색채감을 띠며, 소설 곳곳에 등장하는 과장과 기이한 유머는 목가적 정서로 가득한 이 작품에 동화 같은 분위기를 부여한다. 위게 코르드뵈글을 비롯한 시골 사람들의 몸짓과 말투, 아홉 형제가 지닌 별명의 내력, 에드메의 미신적인 신앙, 뚱보 레네트의 형이상학적인 굶주림 등이 그렇다. 거기에 덧

붙여 레네트의 아버지 주제의 죽음이나 클로드의 목련나무와 그
랜드피아노, 마르소의 자살 장면은 두고두고 잊히지 않을 일화
들이다. 작가의 이런 시각적인 문체는 회화에 대한 그녀의 관심
과도 무관하지 않을 듯하다. 실제로 실비 제르맹은 화가들의 그
림에 매혹되었으며, 회화는 보이지 않는 세계를 표면에 드러나
게 한다는 점을 강조했다.

그런가 하면 소설 작품을 비롯해 다양한 장르를 아우르는 작
가의 작품들 밑바탕에는 제르맹 특유의 '철학'이 들어 있다. 잘
지은 건축물 같은 체계라기보다 가스통 바슐라르의 '몽상의 시
학'과도 흡사한 철학이다. 작가 스스로 "내가 쓰는 소설의 시발
점에는 언제나 하나의 이미지가 있다"고 말하며, 자신의 창작 행
위는 어떤 완벽한 계획이나 구상을 실천해나가기보다 하나의 이
미지에서 출발해 스스로를 몽상에 맡기는 식으로 이루어진다고
고백했듯이 말이다. 이 대목에서 우리는 작가가 파리 소르본 대
학에서 철학을 전공했으며, '기독교 신비주의자의 금욕' 및 '인
간의 얼굴'이라는 주제로 석·박사 논문을 썼음을 상기할 필요가
있다. 1985년 이래 발표된 제르맹의 삼십여 편에 달하는 작품들
은 하나같이 윤리적인 관점과 삶의 의미에 무게를 두고 있다. 그
런 만큼 세계와 인간 내면에 깃든 악을 문제삼으며 어둠에서 밝
음으로 나아가는 길을 모색하는 실비 제르맹을 두고 '조르주 상

드와 도스토옙스키의 혼합체'라 지칭하는 것도 무리는 아니다. "신이 존재하지 않는다면 모든 것이 허락되어 있다"는 도스토옙스키의 말이 작가의 뇌리에서 떠나지 않았던 점도 주목해야 할 것이다. 특히『분노의 날들』에서는 그녀의 작품에 반복적으로 등장하는 '악의 신비'라는 주제가 인간 내면에 깃든 집착이라는 광기의 폭력성으로 변주되어 등장한다.

　소설의 화법이나 소재로 미루어 알 수 있듯이, 실비 제르맹은 현재 프랑스 문단에서 이례적인 글쓰기를 하는 작가다. 그녀는 현대 소설의 특징인 모던한 도시를 소설의 배경으로 삼는 대신 거친 전원의 삶과 전통적이며 예스러운 것들의 부활을 시도할 뿐 아니라, 그녀가 사용하는 전지전능한 삼인칭시점의 표현 방식 또한 독백이나 내면성을 강조하는 현대적인 취향과는 동떨어진 것처럼 보이기 때문이다. 작가는 처녀작인『밤들의 책』과『호박색 밤』에서 이미 연대기적인 대하소설 양식을 시도했는데, 이처럼 현대성에 역행하는 듯한 소설 작법도 실비 제르맹의 경우에는 시대착오적인 퇴행과 전혀 상관이 없어 보인다.

　이 두 작품에 이어 세번째로 발표한『분노의 날들』에서는 밝고 맑고 유머러스한 분위기와 위험하고 음산하며 불길한 분위기가 교차하면서, 이런 신비롭고도 몽상적인 배경 속에서 이야기가 현실과 비현실의 경계를 넘나들며 색채와 향기, 울림으로 가득한 한 편의 시처럼 그려진다. 권두에 인용된 폴 발레리의 시 「원기둥들의 찬가」에 나오는 그리스의 원기둥들과도 흡사한 작품이 아닌가 싶다. 그리스의 어느 아침 매미 소리로 요란한 더운 대기 속에서 장난스러운 기쁨으로 빛나며 정교하고도 순수한 아름다움을 과시하는 원기둥들, 물질적인 시간과 싸워 이긴 지성의 상징인 그 원기둥들이 허공이 아닌 역사 속에 자리하듯, 『분노의 날들』 또한 형언할 수 없는 인간들의 발자취에 형상을 부여한 소설 작품이다. 에드메가 마지막에 녹아들어간 그 눈부신 푸른빛이 그렇듯, 정서의 초월적인 고양을 이루어내는 놀랍고도 아름다운 책이다. 1989년 페미나상을 받은 이 소설은 프랑스 문학을 사랑하는 독자들에게 새롭고 특별한 독서 체험을 선사할 것이다.

2016년 9월
이창실

지은이 **실비 제르맹**

1954년 프랑스 샤토루 출생. 소르본대학교에서 철학을 전공했다. 첫 장편소설 『밤의 책』(1985)을 시작으로 역사에 뿌리를 둔 작품세계를 구축하고 있다. 『분노의 날들』(1989)로 페미나상, 『마그누스』(2005)로 '고등학생들이 선정하는 공쿠르상'을 수상했다. 『프라하 거리에서 울고 다니는 여자』 『호박색 밤』 『숨겨진 삶』 등을 발표했다.

옮긴이 **이창실**

이화여자대학교 영어영문학과를 졸업하고, 프랑스 스트라스부르대학교 응용언어학 과정을 이수한 후, 이화여자대학교 통번역대학원 한불과를 졸업했다. 옮긴 책으로 『돌의 연대기』 『죽은 군대의 장군』 『누가 후계자를 죽였는가』 『광기의 풍토』 『마그누스』 『숨겨진 삶』 『너무 시끄러운 고독』 등이 있다.

문학동네 세계문학
분노의 날들

1판 1쇄 2016년 10월 7일 | 1판 3쇄 2024년 1월 5일

지은이 실비 제르맹 | 옮긴이 이창실
책임편집 김영수 | 편집 신선영 오동규
디자인 강혜림 최미영 | 저작권 박지영 형소진 최은진 서연주 오서영
마케팅 정민호 서지화 한민아 이민경 안남영 왕지경 황승현 김혜원 김하연 김예진
브랜딩 함유지 함근아 고보미 박민재 김희숙 박다솔 조다현 정승민 배진성
제작 강신은 김동욱 이순호 | 제작처 한영문화사(인쇄) 신안문화사(제본)

펴낸곳 (주)문학동네 | 펴낸이 김소영
출판등록 1993년 10월 22일 제2003-000045호
주소 10881 경기도 파주시 회동길 210
전자우편 editor@munhak.com | 대표전화 031)955-8888 | 팩스 031)955-8855
문의전화 031)955-1927(마케팅), 031)955-1917(편집)
문학동네카페 http://cafe.naver.com/mhdn
인스타그램 @munhakdongne | 트위터 @munhakdongne
북클럽문학동네 http://bookclubmunhak.com

ISBN 978-89-546-4243-9 03860

잘못된 책은 구입하신 서점에서 교환해드립니다.
기타 교환 문의 031) 955-2661, 3580

www.munhak.com